KB084239

나의 포르노그래픽 어페어

Politics

나의 포르노그래픽 어페어

애덤 써웰 지음

황보석 옮김

이숲에 올빼미

I

II

III

I

1. 프롤로그

1

모세는 부들부들한 분홍색 수갑을 여자 친구의 손목 둘레로 가만가만 조이려다 그녀의 얼굴이 살짝 찌푸려지는 것을 알아차렸다.

나는 여러분도 모세처럼 될 거라고 생각한다. 그의 여자 친구 이름은 나나다. 나는 여러분도 나나를 좋아하게 될 거라고 생각한다.

"자기 왜 그래?" 모세가 물었다. "뭐가 잘못 됐어?"

그는 나나의 목 옆에 쪼그려 앉아 있었고 그녀는 배를 깔고 누워 있었다. 다이빙 선수처럼 팔을 머리 위로 쭉 뻗친 채.

잘못된 것은 바로 그것, 그녀의 손목이 수갑에 비해 너무 가늘다는 거였다. 그것이 나나가 얼굴을 찌푸리고 있는 이유였다. 세세한 계획에 문제가 있었다. 그런데 나나는 세세한 계획에 신경을 쓰는 여자였고, 섹스를 진지하게 받아들였다. 하지만 그녀가 몸을 꿈틀댄다면 수갑에서 손이 빠져나오기 딱 좋은 상황에서는 섹스를 진지하게 받아들이기가 어려웠다. 나나는 그 상황이 생각했던 것 같지 못하다고, 그 상황의 묘미는 꿈틀거림에 있다고 이유를 달았다.

위를 흘끗 올려다보았다가 그녀는 모세의 낙담한 얼굴을 보았다.

"자기, 뭐가 잘못됐어?" 그녀가 물었다.

나나는 자기가 어떻게든 그 연기를 해내야 할 거라며 차근차근 설명을 덧붙였다. 가만히 있으면서 가짜로 꿈틀대는 흉내를 내야 할 거라고. 그녀는 그에게 다정했다. 그것은 사실이었다. 그녀가 아쉬운 듯 새털이불에다 대고 또 다른 계획이 있었다고 털어놓았다. 그 계획이란 그녀는 꼼짝없이 포박 지워져 있고 압제자 모세는 희희낙락하게 수갑 푸는 열쇠를 둘 다, 그러니까 진짜 열쇠와 예비 열쇠를 모두 잃어버린 척하는 거였다. 그러나 재미는 즉석에서 꾸며내는 연기에 있었다.

나는 그 커플이 마음에 든다. 그들은 자기네가 직접 해보려는 커플이고 나는 그것이 마음에 든다.

나나는 이런 상상을 했었다. 그래서 대강 윤곽을 짜놓기도 했었는데, 그 윤곽이란 밧줄에 묶인 다음 사정없이 계간을 당하는 거였다. 그녀는 자기의 강한 남자가 능력을 증명해 보였으면 싶었다. 그런데 그들은 서로 협조적이 되려고 애쓰는 커플이어서 모세는 출입제한 방침이 있는 쉬!, 혹스턴 섹스용품점에 들러보자는 말로 호응을 해주었다.

출입제한 방침? 그렇다, 맞다. 여성을 대동하지 않은 남성은 출입 금지.

쉬!,에서 모세와 나나는 4분 동안 소심하게, 뭘 사려는 생각은 없이 이것저것 기웃거렸다. 쉬!,에서는 향냄새가 났다. 모세는 그만 나가야겠다고 마음을 정했다가 다음에는 생각을 고쳐먹었다. 만일 그냥 나간다면, 모세의 생각으로는, 성인용품에 불안해하는 사람들로 보일 수도 있었다. 그런다면 섹스를 두려워하는 사람들인 것처럼 보이게 될 터였다.

나는 모세가 왜 그런 일로 그렇게 걱정을 하는지 확실히는 모른다. 하지만 모세가 걱정을 한 것은 사실이었다. 그는 성인용품들에 겁을 내고 있었다. 특히 힘줄이 툭툭 불거지고 항문 삽입 갈래가 별도로 달린 30센티짜리 딜도를 겁냈다. 하지만 그는 겁먹은 것처럼 보이고 싶지 않았다. 무관심한 것처럼 보이고 싶었다.

그를 위해서건 아니면 그녀를 위해서건, 그들은 표범가죽 무늬가 찍힌 조그맣고 매끄러운 딜도를 하나 샀고, 이제 그 딜도는 침대 밑의 마분지 상자 속에서 밖을 엿보고 있었다. 그들은 또 로프도 좀 샀다. 그리고 속박용품 쪽으로 손짓을 해서 나나가 착용할 검은 가죽브래지어도 하나 샀다. 그 브래지어는 세 사이즈나 작아서 극기 훈련용 가죽브래지어 같았다. 그 브래지어가 나나의 젖가슴을 납작하게 눌렀지만 나나는 복종하는 역할을 할 만큼 다 하면서 그 열세 살짜리 계집아이에게나 맞을 브래지어를 찼다. 모세에 대해서 말하자면, 그의 역할은 지배였다. 그러므로 모세는 부들부들한 분홍색 수갑의 구매자이자 집행자, 아니면 적어도, 만일 수갑의 고리와 톱니와 잠금쇠 등등이 나나의 가녀린 골격에 너무 헐렁하지만 않았다면, 그 비슷한 사람이었다.

수갑이 너무 헐렁했다. 그녀는 억지 연기를 해내야 했다.

그래서 수갑은 그만두기로 하고, 모세는 가느다란 분홍색 속박 로프를 집어 들었다. 그리고 로프를 그녀의 가짜 수갑 찬 손목에 둘러 8자 모양으로 얽은 다음 매듭을 지어 침대 기둥에 묶었다. 그녀의 손목이 느슨한 형광 로프로 묶인 열십자 꼴이 되었다.

고통스러운 방식으로 나나는 편안했다. 이건 완벽해, 그녀는 생각했다. 이게 바로 그 제대로 된 느낌이야. 그녀는 고통을 즐거움으로 만들고 싶었다.

다음에 모세가 그녀의 엉덩이를 양옆으로 벌렸다.

나나의 첫 반응은 당혹스러움이었다. 하지만 바로 이어서 환희가 뒤따랐다. 모세가 그녀의 엉덩이 틈새에 코를 들이박고서 냄새를 맡고 있었다. 그리고 집요하게 혀를 놀려 나나의 항문을 핥았다. 그가 혀를 색이 좀 더 짙은 주름진 부분에 살짝살짝 밀어 넣었다.

그런데 여기서 나는 좀 더 구체적이 되어야 할 것 같다. 나나는 금발이었다. 그것도 그냥 금발이 아니라 완전한 금발. 그래서 나는 "더 짙은"이 실제로 짙다는 뜻으로 여겨지지 않았으면 한다. 나나의 항문은 아주 연한 색이었다. 그 항문은 알비노(색소가 결핍된 백피증, 옮긴이) 항문이었다.

모세가 그녀의 엉덩이를 양손으로 벌려 분홍빛 항문을 옆으로 잡아 늘이면서 즐기기 시작했다. 나나에게 그것은 — 민망하면서도 익숙해지고 있다는 생각이 든 것은 — 새로운 느낌이었다.

그 느낌이 그녀에게 새로운 전율을 안겨주었다.

그래서 나나는 "나한테 얘기해줘."라고, 아니 더 정확하게는 포르노그래피에 대한 경의로 "난~테 얘개~줘"라고 길게 끌었다.

2

섹스 중에 나누는 대화의 태도는 여러 가지다. 섹스 중에 나누는 대화의 종류도 여러 가지다. 어떤 사람들은 소리쳐 명령하기를 좋아한다. 그들은 이렇게 말할 것이다. "내 그걸 빨아." 명령은 꽤 역설적이 될 수 있다. 예를 들어 어떤 때는 남자가 "내 걸 빨아도 되는지 물어봐"라고 할 것인데 – 그것은 요청을 위한 명령이다. 또 어떤 여자나 남자가 "나한테 네 그걸 빨아달라고 해봐" 한다면 그것은 명령을 위한 명령이다. 그것은 명령을 요청으로 바꾼 거나 거의 마찬가지다. 다른 사람들은 이야기를 파트너 쪽에서 해주었으면 한다. 그것은 자기의 파트너가 위축되어 있지나 않을까 하는 생각이 들 때 특히 더 자극적이다. 다른 한편으로, 이야기가 단지 안심을 시켜주는 소리인 사람들도 있다. 사실, 때때로 그들은 원하는 안도감을 얻기 위해 이야기를 할 필요조차도 없다. 소음만으로도 충분하다, 그런 사람들에게는 소음이 이야기의 한 변형이다. 또 다른 극단적인 예는, 내 짐작으로는, 어느 정도의 현실 전환이나 역할 연기를 수반하는 것 같다. 많은 사람들이 섹스 중에 다른 누군가가 되어보기를 원한다. 많은 사람들이 섹스 중에 다른 누군가가 다른 누구라고 상상하기를 좋아한다.

그런데 나나는 그날 몽상가였다. 그래서 이야기를 하고 싶어 했다. 그녀는 역할 연기를 하고 싶어 했다.

평소 때의 나나는 섹스 중에 나누는 모든 대화를 못마땅해했다. 속삭임마저도 그녀를 성가시게 했다. 하지만 바로 그때에는, 핀즈버리의 구중중한 구역에 있는 연립주택에서 딜도 상자 위에 놓인 여성용 장구와 해비태트 침대머리 램프의 검은 전선에 정신이 약간 흐트러지기는 했어도, 나나의 이야기는 프로급이었다. 그녀는 환상이 모세에게 뜻밖의 즐거움이 될 거라고 생각했다. 저녁 시간이 꿈결처럼 지나가게 해줄 거라고.

그녀는 열심이었고, 침착해지는 것에 대해 생각하고 있었다. 그러나 모세는 나나가 바라는 것처럼 더 침착해지지는 않았다. 어느 편이었냐 하면 오히려 더 불안해했다. 모세는 불안덩어리였다.

어째서 그저 음란해지는 것만 가지고는 안 되는 거지? 그것이 모세가 하고 있던 생각이었다. 하지만 그렇다고 풀이 죽은 것은 아니었다. 아직은 아니었다. 그는 곰곰이 생각을 해보았다. 그리고 답을 한 가지 떠올렸다. 속으로 그는 나나가 일종의 연극을 원한다고 생각했다. 그 생각이 옳았다. 그녀는 세밀한 환상을 원했다. 세밀한 상상을 하고 싶어 했다.

모세는 반(反) 유대적 환상을 떠올렸다. 그것이 놀라운 일로 여겨질 수도 있다는 것은 나도 안다. 하지만 모세가 떠올린 환상은 그것이었다.

핥고 빨고 하는 사이사이, 모세는 교외에서 부유한 이교도 – 유대인의 견지에서 본다면 – 의 외동딸로 자란 여자를 자기의 유대인 조상들이 누렸던 부와 관련된 이야기들로 조롱했다. 그것은 낙오자의 의기양양함이었다. 아니, 그보다는 나나가 그를 낙오자라고 생각했을 수도 있었다. 하지만 모세에게는 힘과 우수한 혈통이 있었다. 모세의 아버지는 1964년에 SS 샬롬 호가 처녀 항해를 했을 때 그 배에 타고 있었다. 샬롬 호는 이스라엘의 자랑이었고 호화로움의 본보기였다. 각 선실에 비치된 임즈 가죽 의자(미국의 디자이너 찰스 임즈가 몸에 맞도록 디자인한 의자, 옮긴이)의 폭신한 모더니즘에 이르기까지 모두가 다. 심지어 그 배에는 유대교회당까지도 있었다.(그러나 샬롬 호는 참담한 실패를 겪었고, 그로 인해 이스라엘 해운사의 여객수송 시대도 막을 내렸음, 옮긴이)

그녀의 연인은 강한 조상들을 두고 있었다. 예를 들어 모세의 증조할아버지는 이스트엔드(원래는 런던 동부 빈민가였으나 2차 대전이 끝난 뒤 단지식(團地式)의 근대적 주택군이 건설되어 상점가와 주택가로 변모한 지역, 옮긴이)의 영웅이었다. 그는 프로 권투선수였고 근육질 유셀이라는 별명이 붙어 있었다. 반면에 나나는 그저 아빠의 공주일 뿐이었다. 모세와는 달리 귀여움을 받으며 자란 수도권 여자였다. 그녀는 교외에서 살고 있었지만 모세는 메스껍다는 투로 그녀가 에지웨어에서 산다고 했다.

그런데 그것은 사실이었다. 환상이 아니었다. 그녀가 교외에서 산다는 것은. 그녀가 파파와 함께 에지웨어에서 자랐고 에지웨어가 북런던 교외라는 것은.

이야기의 그 대목에서 모세는 벌을 주는 제스처가 필요하다고 결정했다. 소재가 다 동나버렸기 때문이었다. 그래서 그는 그녀의 엉덩이를 찰싹 때렸다, 가볍게. 나나가 신음소리를 내고 고개를 틀어 올렸다가 도로 내렸다. 모세는 그녀의 엉덩이를 다시 때렸다, 좀 더 세게. 그러나 너무 안달을 낸 탓에 손이 미끄러져 떨어지는 것 비슷하게, 그녀의 엉덩이와 허벅지가 만나는 살이 도도록한 부분에서 되튀는 꼴이 되고 말았다.

그 어설픈 동작이 그의 기분을 망쳤다. 갑자기 그는 맥이 빠지는 것을 느끼고 나나의 다리 사이에서 무릎을 꿇으며 오른팔을 들어올렸다.

연립주택 위층에서 걸음마타는 아기가 꽈당 넘어져 빽빽 울어댔다.

그 소리에 모세는 더더욱 움츠러들었다.

가엾은 모세. 그는 불안해하는 새디스트, 부끄럼 많은 뻑쟁이(항문성행위자, 옮긴이)였다. 그에게는 실습 경험이 없었다. 그게 그가 걱정을 하는 이유였다. 그리고 또 다른 걱정은 나나의 실습 경험은 얼마나 될까 하는 것이었다. 그 두 가지 걱정은 헤어날 수 없는 것이었다.

그래서 모세는 그답지 않게 나나를 때렸다. 아주 세게. 나나가 무슨 말인지 모를 소리를 웅얼거렸다.

3

다음에 모세는 무릎을 꿇고 준비 자세를 취했다. 두 손가락으로 그녀의 질구 안쪽을 가볍게 두드리며 엄지를 항문에 밀어 넣는 식으로. 그의 손가락들이 보다 더 일반적으로는 볼링공을 잡을 때의 모양이 되었다. 다음에 그가 자기의 성기에 침을 발라 오른손으로 붙잡고 숙이면서 그녀의 항문이었으면 하는 곳에 대고 눌렀다.

나나가 그만 멈춰달라고 했다. 너무 아프다고.

그 말이 모세에게는 버티라는 신호가 되었다.

모세는 유대인이 아닌 여자는 누구나 유대인 남자에게 그런 식으로 당하기를 좋아한다면서 계속 밀어붙였다.

얼마나 고상한 버팀인가! 약간은 미심쩍어하면서도 모세는 여전히 자기의 환상을 지속시키고 있었다. 그리고 나는 그 버팀이 칭찬할 만하다고 생각한다, 정말이다. 어떤 독자는 비웃고 있을지도 모른다. 또 어떤 독자는 섹스에 관한 한 중요한 건 기교라는 말을 하고 있을지도 모른다 – 하지만 나는 그게 틀렸다고 생각한다. 버팀은 또한 고상하기도 하다. 모세는 고상해지려 하고 있었다.

왼손으로는 중심을 잡고 다른 손으로는 집게손가락을 그녀의 항문에 갖다 대는 동시에 귀두를 여자가 그러듯 잡아끌면서, 그는 안으로 밀어 넣으려고 했다. 하지만 그 부자연스러운 자세 때문에 곤란한 문제가 생겨났다. 불안정해서 바르르 떨리는 왼팔이 생각만큼 강하지가 못했던 거였다. 그래, 누가 뭐래도 이건 꽤 어려운 일이야. 모세는 생각했다. 움직이지 않는 여자 항문에다 한다는 건. 그는 말장난을 했다. "어이, 섹스 돌! 몸을 좀 높여줄 수 없겠어?" 하지만 나나는 그럴 수 없었다. 그는 그것을 알고 있었다. 그녀가 유순하고 기대에 찬 항문을 들어 올릴 수 없다는 것을 알고 있었다. 떨림이 떨리는 것으로 보여서는 안 되었다.

그 생각에 그는 동작을 멈추었다. 나나가 얼굴이 짓눌린 채로 그 멈춤을 알아차렸다. 만일 그녀가 곁눈질을 했다면 시트 밑으로 희미하게 비치는 매트리스 레이블에 적힌 던로필로라는 글자들을 읽을 수 있었을 것이다.

그러나 세상에는 통찰의 순간들이 있는데, 그때가 바로 그런 순간이었다.

모세는 손을 뻗쳐 침대 옆에서 핸드크림 – 렌 타이티언 바닐라 핸드 앤 바디크림 – 을 움켜쥐었다. 그리고 엄지와 검지로 튜브 뚜껑을 홱 딴 다음, 크림을 다 짜내어 귀두와 포피소대, 발기한 성기 전체에 문질렀다. 그런 다음 튜브는 나나의 금발 위에다 깃털처럼 놓아서 머리칼을 장식했다. 그 튜브는 계속 거기에 그 대로 있었다.

크림 때문에 그의 성기가 화끈거리고 따끔거렸다. 그는 다시 밀고 들어갔다가 묘하게 따듯하고 꽉 조이는 느낌이 들자 거기에서 멈췄다. 안도감의 파도가 그에게로 밀려왔다. 그는 느긋이 그 멋진 순간을 자축했다. 그런데 누구라서 그러지 않을까? 여기에서 위선적이 되지는 말자. 그는 애인의 항문에다 섹스를 하고 있었다. 천천히 더 안쪽으로 미끄러지듯 뚫고 들어가는 자신을 느끼며 그는 그녀 안에서 기다렸다.

그 순간이 모세의 저녁 시간에서 최고의 시점이었다.

그는 본격적으로 일을 시작하기에 앞서 성기를 조금 뒤로 빼고 다시 조금 더 뒤로 빼다가 그만 쭉 미끄러져 나오는 바람에 말짱 헛일이 되고 말았다. 당황스럽고 경악스럽고 부끄러워서 그는 재빨리 성기를 밀어 넣으려고, 부자연스러운 안식처로 돌려보내려고 했지만 기껏 나나의 놀란 질 속에다 끝내버리고 말았다.

낙관적으로 본다면, 어쨌든 그는 잠시 항문 섹스를 하기는 한 셈이었다. 그래서 후배위는 계간과 거의 매한가지라고 자신을 설득했다. 자기는 틀어서 디밀었고 구부러졌었다고.

하지만 아니었다.

그것은 항문 섹스가 아니었다. 모세는 그것을 알고 있었다. 그것은 항문 섹스의 반대였다. 정확히 말하자면 이성 간의 질내

성교였다.

그는 나나의 몸 위로 축 늘어져서 곰곰이 이스라엘을 생각했다.

이제 그 순간은 모세의 저녁 시간에서 최악의 시점이 되어야 했다. 하지만 그렇지가 않았다. 더 나빠졌다. 그는 나나의 등 위에 가만히 누워 생각을 하기 시작했다. 그리고 생각을 하는 동안 차츰차츰 히스테리성이 되었다. 그랬다, 자기 마음대로 무엇이든 할 수 있는 모세는 히스테리성이 되었다.

이건 틀림없이 최고로 불안한 섹스 신이야. 모세는 생각했다. 이건 틀림없이 역사상 최고로 불안한 섹스 신이야. 그는 전반적으로 다른 커플들, 전 세계의 물릴 정도로 만족한 커플들에 대해서 생각해 보았다. 다른 모든 침실에서는 여자와 남자들이 둘씩, 셋씩, 그리고 또는 – 누가 알아? – 넷씩 황홀경에서 탄성을 지르고 있을 것이었다. 모두들 의기양양하게 날뛰겠지. 굳어들어 정지된 모세는 그런 생각을 하고 있었다. 그들은 무아경일 것이었다. 그의 생각으로는 틀림없이 그랬다.

4

나는 모세의 문제점에 대해서 부연설명을 좀 하려고 한다. 그것은 보편적인 문제점이다. 누군가가 보편적이지 못하다는 것은 보편적 불안이다.

프랑스의 저명한 소설가인 스탕달은 『사랑』이라는 책에서 우리가 왜 독서를 하는가에 대해 그 나름의 이론으로 설명한다. 그 이론은 이런 것이다. "비교해부학을 공부하지 않고서는 생리학에 대해 스스로 아는 것이 거의 없는 것과 마찬가지로, 우리는 허영과 여러 가지 다른 이유로 생겨나는 망상 때문에 다른 사람들의 약점을 공부하지 않고서는 우리 자신의 열망이 어떤 모습인지 명확하게 알지 못한다. 나의 이 글이 어떤 유용한 목적에 도움이 된다면 그것은 정신을 훈련시켜 이와 같은 비교를 하도록 해주는 데 있을 것이다."

좀 더 쉽게 설명해보기로 하자. 우리는 우리의 위가 어떻게 생겼는지 모르는 것처럼 우리의 느낌이 어떤 모습인지 모른다. 우리의 위가 어떻게 생겼는지 알지 못하는 것은 피부 때문이다. 우리는 허영과 여러 가지 다른 이유로 생겨나는 망상 때문에 우리의 느낌이 어떤 모습인지 알지 못한다. 피부라는 문젯거리를 극복하기 위해 우리는 해부학 책을 공부한다. 그리고 허영과 여러 가지 다른 이유로 생겨나는 망상을 알기 위해서는 소설들을 읽는다.

이것을 모세가 나나의 등 위로 늘어져 있을 동안 더 커진 그의 불안과 비교해보자. 그는 자기 이외의 모든 사람들이 자기보다 더 나은 섹스를 할 것이라는 걱정을 하고 있었다. 그래서 찌무룩한 느낌으로 마음이 편치 못했다. 그런데 찌무룩한 느낌에서 벗어나는 방법은 자신을 다른 사람들과 솔직하고 침착하게 비교하는 것이다. 그렇게 하면 다음에는 모든 사람들이 어느 면에서는 똑같이 서툴다는 것, 단지 선택받은 소수만이 항문 섹스에 매번 성공한다는 것을 알게 된다. 그리고 다음에는 균형감을 되찾는 것이다.

모세에게는 소설이 필요했다.(그에게는 이 소설이 필요했다.) 모세는 소설의 결핍으로 고통 받고 있었다. 이 소설은, 이를테면, 모든 것을 작게 만드는 하나의 거대한 행위다. 어느 것에건 그에 맞는 사이즈가 있다. 만일 모세가 이 책을 읽었더라면, 나는 그가 행복했으리라고 생각한다.

이것은 보편적인 문제다. 이것을 여러분에게 비교해 보라. 예를 들어서, 모세가 약간 걱정을 하고 있는 것에 대한 여러분의 첫 반응은 어쩌면 그 걱정을 생각에서 지워버리는 것이었을지도 모른다. 여러분은 그가 비현실적으로 나약해 보인다고 생각했다. 섹스에 대해 모세처럼 불안해하는 남자는 정말 상상도 하지 못했다고. 또 어쩌면 여러분은 이 글 또한 음란하다는 생각까지 했을 수도 있다. 뭐랄까, 그게 여러분이 처음에 했던 생각일 것이다. 여러분의 허영심과 여러 가지 다른 이유로 생겨나는 망상이 그런 생각을 하게 만들었다. 하지만 나는 여러분이 실제로는 정말로 당혹스러워 하지는 않았다고 생각한다. 내 생각은 여러분도 그걸 좋아한다는 거다. 어쩌면, 단지 어쩌면, 아닐 수도 있겠지만. 그렇지만 내 생각으로는 살아오면서 어느 때엔가 여러분에게도 그와 똑같은 어떤 일이 일어났다는 것이다.

틀림없이 그런 일이 있었다! 이 책은 안심을 시켜주려는 것이다. 이 책은 보편적이다. 이것은 비교 연구다. 내가 가장 원치 않는 것은 그런 일이 나에게만 해당된다는 것이다.

이 책이 보편적인 만큼, 이 책에 그 어떤 지역적인 어려움도 있어서는 안 된다. 예를 들어, 어쩌면 모세의 이름이 어려울 수도 있다. 그 이름은 매우 유대인다운 이름이다. 왜냐하면 그의 이름은 모세의 아버지가 비유대인 여자와 결혼한 뒤 그의 유대인 가정에서 용인한 것이기 때문이다. 아마도 여러분은 그 이름이 어떻게 발음되는지 모를 것이다. 아무래도 여러분은 유대인 가정교육을 받지 않았을 테니까. 자, 이제 내가 알려주겠다. 모세는 "모이샤"로 발음된다. 그것이 그 이름을 발음하는 방식이다. 알겠는가? 나는 그것을 나 혼자서만 알고 싶은 생각은 조금도 없다.

5

나나에 대해서 말하자면, 그녀는 살짝 불쾌감을 느끼고 있었다. 포박 지워져 있는 척을 하는 동안 손목이 철제 수갑에 쓸려 아파서였다. 또 모이샤의 깔쭉깔쭉한 손톱들 중 하나에 살이 할퀴어지기도 했다.

"푸으 조." 그녀가 모이샤에게 웅얼거렸다.

모이샤가 몸을 숙여 헐렁한 분홍색 로프를 풀어주었다. 그리고는 빙글 돌아 벌렁 드러누운 다음, 수그러지고 쪼그라들어 축 처진 자신의 성기를 내려다보았다. 손목을 문지르고 있던 나나가 맥 빠진 침묵을 알아차리고 목을 꼬아 어깨너머로 모이샤를 살펴보았다. 그가 침울해진 것이나 아닐까 걱정이 되어서였다. 어쩌면 그가 울적한 기분에 빠져들었는지도 모를 일이었다. 나나는 울적해지지 않는 방법은 이야기를 하는 것이라고, 논리적으로 논리를 세웠다.

오, 나나, 일이 그렇게 간단하기만 했더라면. 바로 그때 모이샤가 필요한 만큼 침착하기만 했더라면. 하지만 그는 그렇지가 못했다. 대신에 모이샤는 연극조가 되었다. 정말로 연극조가 되었다.

나나의 남자친구에게는 두 가지 감정이 있었다. 하지만 그 중 어느 것도 소용이 없었다. 위에서도 간단히 얘기했지만 그 두 가지 감정에 공통된 요소는 히스테리였다. 모이샤는 겁을 내고 부끄러워했다. 자기가 나나를 만족시키지 못한 것 때문에 부끄러웠다. 그는 제대로 환상적이었던 적이 없었고 현실적이지도 못했다. 또 자기가 그녀를 실망시켰다고 생각했기 때문에 그녀가 골이 났다고도 믿었다. 틀림없이 그럴 것이라고. 그리고 그 때문에 겁이 났다. 왜냐하면 그녀가 골이 나서 비꼬는 투가 되거나 실망할 수도 있기 때문이었다. 그 생각에 특히 더 겁이 났던 것은, 나나가 정말로 실망했다면 그는 더더욱 부끄러울 것이기 때문이었다.

결국 그는 겁이 나는 것 이상으로 부끄러워졌다.

그러나 나나는 냉소적이지 않았고 실망하지도 않았다. 오로지 열심일 뿐이었다. 그녀는 다정했고 실망을 하지도 않았다. 태연했다.

"자기 괜찮아?" 나나가 물었다.

그녀는 아주 열심이었다! 단지 걱정을 하고 있었을 뿐이었다. 그녀는 모이샤를 걱정하고 있었다.

하지만 그의 반응은 단순했다. 그는 침착한 성공의 가면을 쓴 인격을 즉석에서 꾸며냈다. 그리고 모든 것이 다 잘 되었다고 결론지었다. 모이샤는 확실한 유혹자라고. 우선 먼저 섹스에서 놀라운 발전이 이루어졌고 이제는, 그들이 만족해서 거기에 누워 있는 동안, 그는 나나에게 자기의 자신감이 손상된 비밀을 이야기하면서 처음부터 다시 사랑을 속삭이기로 마음먹었다. 그것이, 정사 뒤의 조용한 친밀감과 대화가, 사람들이 섹스를 하는 이유였으니까.

그날 밤은 기억할 만한 밤이었다. 제기랄, 그랬다.

모이샤는 나나가 묻는 말에 대답을 하지 않았다. 자기의 정신적 육체적 상태를 설명하지 않았다. 그러니까, 직접적으로는. 대신에 그는 딴소리를 좀 했다.

"언젠가 나는 우리 부모하고 같이 노르망디 어딘가에 있는 작은 레스토랑에 가 있었어." 모이샤가 눈길을 돌린 채 – 왜냐하면 그러는 것은 당황해하는 몸짓이 아니라 진지한 몸짓이므로 - 말을 꺼냈다. "그리고 창문 너머로 군대를 재현한 행렬이 해방을 축하하는 것처럼 거리들을 지나 행진하는 것을 보았지."

하지만, 그리고 그것이 문제였는데, 그 행렬은 점령을 축하하는 것일 수도 있었다. 모이샤는 어쩌면 그들이 점령의 무언극을 하고 있었는지도 모르겠다고 했다. 왜냐하면 어떻게 해서인지 그는 마을 꼭대기에 있는 성과 천천히 움직이는 드라이 클리닝한 제복 차림의 금발 남자들도 볼 수 있었고, 그래서 꼬맹이 모이샤는 이렇게든 저렇게든 그 두 행사 모두에 섞여들었던 거니까.

그리고 바로 그것이었다. 그것이 - 꼬맹이 모이샤의 일화, 은밀한 두려움, 색다른 경험 - 이 항문 섹스 실패에 대한 그의 변명이었다.

모이샤는 무슨 말을 하려고 했던 것일까? 내가 알려주겠다. 그는 미안하다는 말을 하려고 하고 있었다. 나나에게 화내지 말아달라는 말을 하고 있었다. 그는 나나가 자기를 동정하게 만들려 하고 있었다. 자기는 나치를 겁낸다는 말을 하고 있었다.

하지만 나나는 화가 나 있지 않았다. 그녀는 나치가 아니었으니까. 그녀는 단지 혼란스러웠을 뿐이었다. 모이샤가 당황한 것이 아닐까 궁금했을 뿐이었다. 그녀는 그 설정 - 섹스 보조기구들에 둘러싸인 채 이야기꾼인 모이샤가 침대에서 자신의 어린 시절 두려움을 이야기하는 - 에 대해서 다른 어떤 설명이 있을 수 있는지 궁금했다.

6

나나는 항문이, 모이샤의 손톱에 긁힌 자리가 쓰라렸다. 그래서 몸을 꿈틀대며 통증을 눅이려고 애썼다. 그녀는 모이샤가 자기의 항문 안으로 얼마나 깊이 들어왔었는지가 궁금했다. 또 그 통증이 자기가 이제 감염되었다는 뜻인지도 궁금했다.

모이샤는 나나가 뒤에서 알몸인 자기를 보고 있다는 것을 알 수 있었다. 무방비로 노출된 자기를. 모이샤는 나나가 자기의 아랫배를 보고 있지나 않을까 걱정이 되어서 아래를 내려다보았다. 거기에 그의 성기가 있었다. 번들거리는 그의 성기가 한심하고 처량해 보였다. 그래서 그는 뭔가 걸칠 것을 찾으려고 일어섰다. 저녁 아홉 시밖에 안 되었지만 그가 원하는 것은 잠옷뿐이었다.

모이샤는 다시 유대인을 익살맞게 흉내 낸 모습으로 돌아갔다. "자기 그 유대적인 거 좋아하지 않았어? 그게 내가 생각할 수 있는 최고의 거였는데."

풀이 죽어서 모이샤가 멋쩍게 웃었다.

그녀는 조용히 그를 보고 있었다. 그의 모습이 만화에서 튀어나온 것 같아 보였다.

"왜 그래?" 그가 물었다.

그녀가 생끗 웃고 나서 대답했다. "웃기지 마, 자기는 반만 유대인이야."

모이샤는 몸을 약간 앞으로 숙인 채 그녀 앞에 서 있었다. 이제는 격자무늬 파자마가 걸쳐진 오른쪽 다리에 체중을 싣고서. 그의 왼쪽 발은 조금 더 앞쪽으로 나가 있었고 무릎은 살짝 굽혀져 있었다. 그는 파자마를 입고 있는 중이었다.

　가로등 불들이 제멋대로 하나씩 둘씩 켜지는 동안 나나는 거기에 그대로 누워 있으면서 자기가 왜 행복한지 생각해보았다.

　"그리고 자기는 할례도 하지 않았어." 그녀가 덧붙였다.

　"시시한 일로 말다툼은 하지 말자고." 그가 파자마 왼쪽 다리에 발을 끼려고 깨금발로 방을 가로질러 뛰면서 구슬렸다.

2. 주요 인물들

1

얘기가 너무 멀리까지 가버렸다. 그렇다는 것을 나도 안다.

항문 섹스와 속박 로프로 하는 이 실험이 있기 전에 모이샤와 나나는 서로 아는 사이가 되었고 사랑에 빠졌다. 그 이후로, 그러나 항문 섹스를 하기 전에, 그들은 정상위(正常位), 나나의 얼굴에 사정하기, 오럴섹스, 남녀의 역할 바꾸기, 여성간의 동성애, 골든샤워(물, 특히 소변으로 성적 흥분을 일으키는 행위, 옮긴이), 3자혼교, 피스팅(주먹이나 손가락을 여성의 음부나 항문에 넣는 행위, 옮긴이) 등을 시도해보았다. 하지만 그것들 모두가 다 성공적이지는 못했다. 사실 그중에서 제대로 이루어진 것은 거의 없었다.

위에서 열거한 항목들에 걱정이 된다면 설명을 좀 해주어야 할 것 같다. 이 책은 섹스에 관한 것이 아니다. 아니, 이 책은 미덕에 관한 것이고 이 이야기는 친절함에 관한 것이다. 이 소설에서 내 주인공들은 섹스를 하고 할 수 있는 모든 일을 다 한다. 도덕적인 이유로.

나중에 그들은 사랑에 빠지지만 여자들끼리의 성행위와 3자혼교를 시도해보기 전에 그들 중 하나가 다른 여자에게 빠져든다.

그리고 이야기 말미에서는 한 등장인물이 뇌종양으로 죽어

가게 될 것이다.

그들이 본 것처럼 상황이 그렇게 간단하기만 했더라면. 벌어진 일들에 배경적인 상황이 없기만 했더라면.

2

그러므로 이제까지는 시작과 그 나머지였다.

그것은 일종의 유희였다.

나나의 아버지가 그녀를 도마 웨어하우스(런던 코벤트 가든에 있는 251석의 비영리 극장, 옮긴이)에서 한 가지 극을 한 번씩만 리바이벌하는 연극공연에 데려갔다. 연극 제목은 오스카 와일드의 「베라」 아니면 「니힐리스드(허무주의자)」였다. 나나의 아버지는 그 연극이 오스카 와일드를 기려서 한 주일 동안 그의 전작(全作)을 공연하는 연극제의 첫 작품이라고 설명을 해주었다. 그 한주일 동안의 연극제는 유명한 정치 희곡작가인 데이비드 헤어가 정교하게 기획한 것으로, 오스카 와일드가 우리와 동시대 사람임을 보여주려는 것이었다. 그가 21세기로 와 있었다. 동성애자 오스카는 처세술이 어디에나 있다는 것을 알고 있었다.

파파는 도마 웨어하우스 이사여서 그 연극을 보아야 했다. 그의 말로는 그것이 그의 일이고, 그에게 선택권은 없다는 것이었다. 그런데 파파는 그 연극을 혼자서 보고 싶어 하지 않았다. 나나와 같이 보고 싶어 했다. 그는 그것이 예기치 않은 멋진 경험일 것이라고 했다. 또 그것은 동시대적인 리바이벌이며 데이비드 헤어가 그 연극을 걸작이라고 했다는 칭찬도 곁들였다.

그러나 나나의 마음을 끈 것은 데이비드 헤어가 아니었다. 아니, 그것은 파파였다. 그녀는 파파를 사랑했기 때문에 그 연극을 보러 갔다.

여기에서 나는 부연설명을 좀 해야겠다. 파파는 홀아비였다. 나나의 어머니는 나나가 네 살 때 세상을 떴고 그래서 나나의 어머니는 이 소설에 등장하지 않는다. 그것이 그녀가 나나와 파파의 관계에서도 빠져 있는 이유다. 그녀는 조용히 빠져 있었다. 나나는 어머니를 단지 파파의 가장 친한 친구로만 알았다. 어머니를 상상할 때면 나나는 언제나 파파와 이야기를 나누는 모습으로 상상했다. 그런데 나나는 어머니와 파파 사이의 그런 대화를 중단시키고 싶지 않았다. 대화가 그녀 없이 이어지는 것을 더 좋아했다.

그것이 나나와 파파가 그처럼 친밀한 짝인 이유였다. 그것이 그들 부녀가 한 커플로서 「베라」 아니면 「니힐리스트」를 보러 간 이유였다.

그런데 나나는 나중에 그것이 시작이었다는 생각을 하곤 했다. 그 연극이 시작이었다는.

연극이 끝나고 불이 밝혀지자 특권이 있는 파파는 나나를 무대 뒤로 데려갔다. 그리고 거기에 모이샤가 있었다. 속으로 자기가 그 연극의 스타가 맞다고 자신하면서 플라스틱 의자에 걸터앉아 있는. 하지만 그는 모든 것에 싫증이 나 있었다. 그 온갖 수다에 싫증이 나 있었다.

모이샤는 배우였다.

나나가 그를 처음 보았을 때 그는 무대에 있었고 뒤에서 조명을 받아 신파적인 모습이었다. 그것 말고는 사실상 그를 보지 못했었고, 나중에 둘이 사랑하는 사이가 되었을 때는 그랬었다는 말로 그를 놀려댔다. 사실 나나는 오스카 와일드에 따분해져서 거의 졸다시피 하고 있었다. 그래서 연극을 보는 대신 주위―조명 설비, 그녀의 왼쪽에서 서로를 더듬고 있는 야한 커플―를 둘러보고 있었다. 벤치 시트(팔걸이로 나누어지지 않은 긴 좌석, 옮긴이)의 곧추 선 등받이와 뒤쪽에서 소리를 죽인 기침 소리가 그녀를 짜증스럽게 했다.

그러니까 그것이 나중에 무대 뒤에서 모이샤―파울 마랄로프스키 왕자 역을 했던 배우―가 일어나 왕자다운 미소로 싱긋이 웃었을 때 그녀가 미소에 담긴 암시를 알아차리지 못한 이유였다. 그녀가 본 것은 모이샤의 앞니에 들러붙어 있는 치석(齒石)이었다. 그는 한쪽 눈이 다른 쪽 눈보다 이상하게 작았다.

어쩌면 그녀가 언짢아한 것으로 보일 수도 있지만 그렇지는 않았다. 어떤 사람들은 내내 아름답고 모든 사람들이 때로는 아름다울 수 있지만, 모이샤에게는 뭔가 특이한 구석이 있었다. 그는 카메오(연극에서 주제를 돋보이게 하기 위한 인상적인 장면, 또는 명

배우가 단역으로서 연기하는 짤막하고 묘미 있는 연기, 옮긴이) 배우였다. 그것은 부분적으로 그의 170센티 남짓한 작은 체구와 배가 살짝 들어간 몸집 때문이었고, 대체로는 그의 익살스럽고 감정 풍부하고 살집 좋은 얼굴과 크기가 다른 커다란 갈색 눈 때문이었다. 그는 스케치하기에 꼭 좋은 냉소적이고 별난 매력이 있는 남자였다. 관리를 전혀 하지 않은 치아에 대한 자의식으로 모이샤는 오른쪽 아랫입술을 살짝살짝 깨물곤 했는데 그 때문에 어쩐지 좀 매력적으로 보였다. 그런 행동이 그에게 일종의 수줍은 매력을 주었다.

모이샤는 잘 생기지는 않았지만 매력적이었다. 그에게는 익살스러운 우아함이 있었다.

3

사람들이 연인을 처음 만날 때의 상황은 평범하고 진부하기까지 하다. 어떤 사람들에게는 그 상황이 어렵다. 또 때로는 너무 진부하다. 숙명이니 운명이니 천생연분이니 하는 거창한 것을 믿는 사람들에게는 특히 더 어렵다.

그 상황은, 예를 들자면, 나데즈다 만델스탐에게도 어려웠다. 나데즈다는 강제노동수용소에서 사망한 소련의 시인 오시프 만델스탐의 아내였다. 그녀는 거창한 것들, 이를테면 숙명이니 뭐니 하는 것들을 믿었다. 다음은 그녀가 오시프에 대해 기술한 것이다. "그는 자기의 숙명에 대해 추호의 의심도 없었고 그 숙명을 꼭 자기의 필연적인 운명인 것처럼 그렇게 단순히 받아들였다."

나는 이 옆길로 샌 이야기에서 잠시만 또 옆길로 새려고 한다.

이 얼마나 말도 안 되는 거짓말인가! "그는 자기의 숙명에 대해 추호의 의심도 없었고 그 숙명을 꼭 자기의 필연적인 운명인 것처럼 그렇게 단순히 받아들였다." 나는 그것이 부도덕하다고 생각한다. 나데즈다는 오시프가 강제노동수용소에서의 죽음을 자기의 운명으로 받아들였다는 뜻을 비치고 있다. 그녀는 그가 강제노동수용소에서 시적(詩的)으로 행복하게 죽었다는 말을 하고 있는 것이다. 아니, 나는 그런 젠체하는 태도를 이해할 수 없다. 그 죽음은 힘들었을 것이다. 나는 나데즈다의 남편 입장에서 생각하고 있다. 그는 평온하게 밀가루 빵을 먹을 수 없었을 것이다. 그 빵은 언제나 명을 줄이는 빵이었을 것이므로.

어찌 되었건, 나데즈다는 그녀의 자서전이자 남편에 대한 회고록인 『버림받은 희망』 1권에서 자기가 어떻게 위대한 낭만파 시인 오시프 만델스탐과 만났는지를 다음과 같이 기술했다.

저녁이면 우리는 예술가들, 배우들, 음악가들을 위한 나이트클럽인 정크샵에 모였다. 그 클럽은 하리코프(구소련 우크라이나 공화국 동부의 도시로 원래는 우크라이나 공화국의 수도였음, 옮긴이)에서 온 두 번째 서열과 세 번째 서열의 몇몇 관리들을 숙박시키는 데 쓰이고 있던 그 도시의 가장 나은 호텔 지하에 있었다. M은 어쩌다 그 관리들이 타고 오는 기차에 자리를 하나 얻었고 그래서 실수로 같은 호텔에 있는 아주 멋진 방에 들여졌다. 첫째 날 저녁 그는 정크샵으로 내려왔고 거기에서 우리는 곧, 그러는 것이 아주 자연스러운 일이기라도 한 것처럼, 서로 친해졌다. 그리고 1919년 5월 1일부터는 언제나 우리의 삶을 함께 나누었다. 비록 우리가 그로부터 1년 반 뒤에는 서로 떨어져 살아야 하게 되었더라도.

위의 구절을 다시 기술하면 진짜 이야기를 알 수 있게 된다. 그 일은 이런 식으로 전개되었다. 오시프는 우연히 나타났고 호텔 바로 내려가서 몇몇 처녀들과 이야기를 나누었다. 그리고 그 처녀들 중 하나를 아주 좋아하게 되었다. 하지만 그 뒤로 1~2년 동안은 그 처녀를 보지 못했고 그녀에 대해서는 모두 잊어버렸다. 그가 다시 그녀와 마주쳤을 때 그녀는 그를 기억하지 못해서 그는 그녀에게 기억을 일깨워주어야 했다. 다음에는 둘이 모두 사랑에 빠졌고 서로에게 자기네가 서로를 다시 만나게 된 것은 운명이었음에 틀림없다고 했다.

그런데 내 등장인물들은 누구도 그처럼 로맨틱하지 않았다. 하지만 모든 사람들과 마찬가지로 조금은 로맨틱했다. 그래서 그들이 자기네의 첫 만남은 너무 평범했다고 생각하는 게 서글퍼 보였다. 그들이 사랑에 빠지지 않은 게 서글퍼 보였다.

4

파파가 호감 가는 미소를 짓고 모이샤에게 크로포트킨 왕자 (여기에서의 왕자는 왕실 혈통의 왕자가 아니라 무정부주의자의 왕자라는 뜻임, 옮긴이)의 이력에 대해서 물었다. 그 질문은 매우 박식한 것으로 보일 수도 있었다. 파파가 러시아의 무정부주의자에 관한 연극인 오스카 와일드의 「베라」 또는 「니힐리스트」의 역사적 배경을 알고 있는 것처럼 보일 수도 있었으니까. 하지만 그 질문은 박식한 것이 아니었다. 단지 파파가 프로그램의 개요를 읽었음을 보여주는 것일 뿐이었다.

파파는 파울 마랄로프스키 왕자의 역할에 관한 모이샤의 해석에서 알게 된 놀라운 사실들에 감탄했다.

모이샤는 겸손한 자세로 눈길을 낮추어 파파의 두 가지 색을 배합한 구두, 천과 가죽을 엮어 넣은 곡선들을 보았다.

"아, 예." 모이샤가 대답했다. "그 장면을 찾아내는 데 몇 세기가 걸렸지요."

그런데 모이샤가 정말로 겸손해하고 있었을까? 아니, 그렇지 않았다. 모이샤는 손가락 끝과 그 언저리에 불그스름한 습진이나 있었고 그래서 양손을 모아 쥐어 습진을 감추고 있었다. 그럼으로써 그 손이 뒤에서 보이지 않게 한 거였다. 그리고 그 때문에 거만한 제스처를 취하려고 해도 그러기가 어려웠다. 그것이 거기에서 모이샤가 고개를 숙여 앞으로 약간 내민 채 – 그에게 자금을 모아주는 사람의 세련됨을 인정하면서 – 양손을 뒤로 모아 꽉 움켜쥐고 서 있는 이유였다.

파파는 그 엄숙함에 감탄했고 그런 고상한 자세로 보이는 명백한 임기응변의 재치에 감탄했다.

5

모이샤는 진력이 나 있는 전문직업인이었다. 무대 뒤에 있는 것에도 진력이 나 있었다. 초라함이 그를 우울하게 했다. 그런데 나는 그것을 이해할 수 있다. 가짜로 꾸민 화려함이 사람을 우울하게 하는 거니까. 하지만 모이샤가 살짝 우울해하는 데는 또 다른 이유가 있었다. 왕실 가족이 아무도 참관하지 않은 것이었다.

왕실 가족?

최근에, 어느 토요일 아침에, 모이샤는 바비칸 홀(런던에 있는 유럽 최대의 행위예술 센터, 옮긴이)에서 오케스트라 연주에 맞춰 벤저민 브리튼의 「오케스트라에 대한 젊은이의 지침」을 낭송했었다. 그 공연에는 여왕의 어머니인 황태후도 참관을 했었고 모이샤는 황태후와 만난 것이 좋았다. 그녀와 만난 것이 아주 많이 좋았다.

우선 먼저, 무대 뒤에서 공연자들이 말굽 형태로 늘어섰고 모이샤는 신참인 탓에 그 한쪽 끝으로 밀려났다. 복도에서 누군가와 이야기를 하고 있는 황태후의 목소리가 들려왔다. 어쨌건 모이샤는 그것이 황태후의 목소리일 것이라고 짐작했다. 콧소리가 섞인 귀족적인 목소리였다. 다음에 드디어 그녀가 나타났다.

모이샤는 문에서 가장 가까운 곳에 있었는데 그것이 대이변이었다. 그것은 모이샤가 황태후에게 첫 번째로 소개된다는 뜻이었으니까. 왕실 예절 교육을 받지 못한 모이샤는 누군가를 그대로 따라하겠다는 마음을 먹고 있었다. 특히 제1바이올린 연주자를 주의 깊게 지켜보기로 했다. 제1바이올린 연주자 하나만 앞가슴에 주름 장식이 달린 와이셔츠를 입고 있었기 때문이었다. 나머지 사람들은 모두 평범한 흰색 M&S 셔츠를 입고 있었다. 모이샤의 생각으로는 제1바이올린 연주자가 황태후에게 인사하는 법을 알고 있을 것 같았다.

하지만 이제는 제1바이올린 연주자가 모이샤를 도와줄 수 없었다. 엘리자베스 황태후가 어떻게 만류해볼 틈도 없이 곧장 모이샤에게로 걸어왔기 때문이었다. 그녀의 키는 145센티미터쯤 될 것 같았다. 그 때문에 모아샤는 더 불안해졌고 그래서 어떻게 해야 할지를 몰라 그대로 뻣뻣이 서 있었다.

황태후와 악수를 하면서 모아샤는 "하이." 하고 인사를 건넸다.

황태후의 얼굴에 웃음기가 번졌지만 황태후의 시녀인 앤 스크리치 부인은 뻣뻣하게 굳어들었다.

대이변이 으레 그렇듯, 그것은 작은 시작이었다.

모이샤는 왕가 사람이란 곧 왕족이라는 생각에 정신이 아득해졌다. 그런데 그의 생각이 옳았다. 황태후는 황태후였다. 그녀는 정확히 황태후였다.

다음에 대화가 시작되었다. 방 한쪽 끝에 놓인 커다란 안락의자에 황태후가 앉았고 그 양옆으로 더 작은 의자가 두 개 놓였다. 바브리컨 오케스트라의 지휘자가 더 작은 의자에 앉을 두 사람을 골랐다. 그 나머지 사람들은 모두 지켜보았다. 캐비아 카나페(작은 정어리, 치즈 따위를 얹은 크래커 또는 빵; 전채(前菜)의 일종, 옮긴이)를 먹는 동안 지켜보지 않는 척했지만 지켜보았다. 신중하게 계산된 시간 간격을 두고 지휘자의 지시에 따라 두 의자 중 하나가 비워졌다 다시 채워질 것이었다.

모이샤의 대화 상대는 제3클라리넷 연주자였다. 그의 이름은 산지브였고 사는 곳은 해로우 월드였다. 모이샤는 따분하다는 생각이 들었다. 산지브가 황태후에게 백 년 동안의 삶에서 많은 것이 바뀌지 않았느냐고 물었다. 그러자 황태후는 아 예 물론이지요 한 다음, 자기는 전차에도 절대로 익숙해지지 못할 것이라는 생각을 했었다고 덧붙였다. 다음에 그녀가 조그만 회색 눈으로 모이샤의 커다란 갈색 눈을 들여다보면서 물었다. "하지만 우리는 무엇에나 익숙해질 수 있지 않나요?"

이것이 연애 유희적인 것일까? 그런 생각을 하면서 모이샤는 갑자기 그 멜랑콜리한 세계적인 여자에게 홀딱 반하고 매료되었다. 그래서 그녀를 바라보며 그녀에게서 매력을 찾아낼 수 있을까 하는 생각을 해보았다.

그는 찾아낼 수 있었다.

게다가 얼마나 멋진 여자 친구인가! 모이샤는 그런 생각을 해보았다. 황태후가 최근에 배운 이메일 교신에 대해서 이야기하는 동안 모이샤의 생각이 이리저리 떠돌았다. 그는 백일몽을 꾸고 있었다.

그는 황태후의 젊은 연인이 되어 그녀의 말년에 위안이 되어줄 것이었다. 그는 헬로! 지에 통면으로 실릴 특집 기사—여왕의 어머니와 그녀의 친구를 다룬 상세한 보도—를 상상했다. 통면 기사는 헬로! 지에만 실리는 것이 아니라 이홀라(ihola: 영어로 Hello, hi, 라는 뜻의 스페인어, 옮긴이)에도 실리게 될 것이었다! 어쩌면 『파리 마치』(프랑스의 주간잡지로 주요 국가와 국제적인 행사들과 관련된 뉴스를 실음, 옮긴이)에까지 기사가 실릴지도 모를 일이었다. 엘리자베스와 모이샤는 유일무이한 사랑의 둥지인 요트를 타고 세계를 함께 여행할 것이었다. 모이샤는 그 여행이 정확히 성적이지는 않을 것이라고 인정했다. 글쎄, 어쩌면 그럴 수도 있겠지만 그는 상관하지 않을 셈이었다. 하지만 그가 상상하기에 그 여행은 현실주의적으로 단지 서로에게의 심취가 될 것이었다. 그리고 황태후의 뜻이 그를 좋아하는 쪽으로 바뀌었다는 사실이 밝혀져서 선정적인 저속한 신문에 고약한 기사가 실리더라도 황태후의 측근들은 이해해줄 터였다. 그녀의 시녀인 앤 스크리치 부인도 이해해줄 거였다.

모이샤는 다정하게 엘리자베스 윈저를 바라보았다. 그리고 닳아빠진 하늘색 신발의 깔쭉깔쭉한 코를 보면서도 너그럽게 못 본 척했다. 시간이 다 동나 간다는 생각이 들어서 그는 교묘하게 주름을 잡아 드리운 비단모슬린 치마 밑의 유혹을 추측해 보았다. 그녀의 다리가 기이하다는 것은 그도 인정했다. 그녀의 정강이는 궤양으로 두꺼워져서 꼭 플라스틱처럼 보였다. 그녀는 별난 바비 인형 같은 다리에 팔은 쪼글쪼글 주름이 지고 멍이 들어 있었다.

느닷없이 모이샤는 황태후가 팔에 둘린 실크 지혈대를 이로 물어 잡아당기면서 묵직한 은 스푼에 헤로인을 녹이고 있는 모습을 상상해보았다. 아니 어쩌면 앤 스크리치 부인이 지혈대를 붙잡아주고 있거나 – 추측컨대 앤 부인은 그녀를 위해 무엇이든 할 것이므로.

하지만 그중 어느 것도 별로 그럴 법하지는 않았다.

그런데 나는 그가 옳았다고 생각한다. 황태후가 색정증 환자에다 마약 중독자였다는 것을 믿을 만하다고는 생각하지 않지만 모이샤가 그 생각을 한 것은 옳았다고 생각한다. 부자들과 유명한 사람들의 삶을 다른 방식으로 상상해보는 것은 언제나 중요하니까. 그것은 친절해지기 위한 아주 좋은 습관이다. 그럼으로써 더 잘 공감할 수가 있게 된다.

오, 모이샤는 생각했다. 오, 사랑스러운 분이시여.

그런데 다음에는, 마치 그가 충분히 기뻐하지 않기라도 한 것처럼, 자필로 쓴 감사 편지가 왔다. 바비칸 극장 관리자 앞으로 보내진, ER(Elizabeth Regina, 즉 퀸 엘리자베스, 옮긴이)이라는 글자가 꼬불꼬불하게 얽힌 글자체로 돋을새김 되고 그 글자들 위에 왕관이 얹힌 클래런스 하우스(런던에 있는 왕가, 1953~2002까지 영국 황태후가 살았음, 옮긴이)의 공식 편지지에다 그녀는 이렇게 적었다.

바비칸으로 초대를 받을 때마다 나는 늘 그처럼 큰 기쁨과 전율을 느껴요. 모든 공연이 너무도 완벽해서지요. 그러나 걱정이 되기도 하는데 그것은 공연이 항상 너무 완벽하기 때문이에요! 해마다 나는 새로운 공연자들 때문에 너무 걱정이 돼요. 그 공연을 지난해만큼 즐길 수 없으면 어쩌나 해서 말이지요.
하지만 나는 즐겼어요!
어쩌면 여러분은 맥스 비어봄 경(1872~1956, 영국의 수필가, 패러디 작가, 풍자만화가, 옮긴이)의 글을 읽지 않는지도 모르지만, 그는 내가 아주 좋아하는 작가들 중 하나예요. 그의 책 『줄레이카 돕슨』에서는 사람들 모두가 어떻게 해서 줄레이카라는 젊은 여자와 사랑에 빠지는지를 묘사하지요. 그건 그녀가 너무도 아름답기 때문이에요. 지금 여러분 모두를 줄레이카라고 부르는 것은, 여러분이 그렇게도 여럿이고 모두들 그처럼 재능이 뛰어나기에, 물론 썩 온당치는 못하겠지요. 하지만 나는 여러분의 연주를 들을 때마다 줄레이카의 찬미자들 중 하나처럼 경외감을 느껴요.

어쩌면 여러분은 이 편지가 그처럼 훌륭한 행사에 대해 너무 가볍게 들떠 있다고 생각할 수도 있겠지만 나는 토요일에 여러분과 헤어졌을 때 완전히 들뜬 기분이었고, 지금도 여전히 들뜬 기분이 아닐까 싶어요.

따뜻한 감사와 함께 언제까지고 여러분을 친애하는, 엘리자베스 R.

얼마나 멋진 분인가! 모이샤는 개별적으로 그에게 온 복사본을 정독하면서 그런 생각을 하고 있었다. 얼마나 매력적인 분인가! 그리고 결국, 모이샤는 이렇게 생각했다. 예의 바른 게 무엇이 잘못인가? 그런데 나는 그의 생각에 동의한다. 누가 뭐래도 미덕에는 잘못이 아무것도 없는 거니까.

6

그러니까 그것이 가엾게도 진이 빠져서 조급해진 모이샤가 파파에게 이야기를 하면서 품격 높은 예의를 간절히 원한 이유였다.

그는 무대 뒤에서의 만남에 관해서라면 모든 것을 다 알았고 그런 것들에 신물이 나 있었다. 섹시한 미망인이라도 있다면 모를까, 그런 모임들이 모이샤를 살짝 기분 나쁘게 했다. 샴페인과 캐비아 카나페가 아니라 사람들이 그를 짜증스럽게 했고 이사회가 그를 귀찮게 했다. 그래, 나는 여기에 있고 저 사람들은 내게서 감사하다는 말을 듣고 싶어 하지. 모이샤는 속으로 그렇게 투덜거렸다. 저 사람들은 연기에 대한 자기네의 통찰력에 내가 흥미를 가져주었으면 하지.

모이샤에게는 우리 모두와 마찬가지로 그의 문제가 있고, 그래서 매우 유치해질 수도 있다. 특히 그가 피곤하거나 겁이 났을 경우에는. 그러니 그를 그냥 놓아두기로 하자. 그의 불평을 못들은 척해주자. 그가 파파의 인간적인 예의를 알아보지 못했다는 사실을 용서하자.

파파가 품격이 아주 높지는 않았을 수도 있지만, 그에게는 온전히 그만의 에티켓이 있었다. 어딘가 모르게 정성 어린 면이 있었다. 그리고 비록 "정성"이 내가 좋아하는 단어는 아니더라도, 그것은 파파가 좋아하는 단어다. 그래서 나는 그를 정성 어리다고 할 것이다. 실제로, 나는 한 걸음 더 나아가 파파와 그의 세속을 초월한 본성에 대한 경의로, 그에게 하나의 이미지를 부여할 것이다. 파파는 이 이야기에서 자비로운 천사다.

파파가 크로포트킨 왕자에 관해 붙임성 있게 이야기를 하고 싶어진 데에는 두 가지 이유가 있었다. 이번 관람은 그가 이사회의 일원으로서 처음 수행하는 일이었고 그래서 열심인 것으로 보이려 하고 있었다. 자신의 역할을 수행함으로써 이사회에 감명을 주려 하고 있었다. 그리고 또, 그는 친절해지려고도 하고 있었다. 모이샤에게 크로포트킨 왕자에 대한 이야기를 한 것은 그

를 치켜세워주려는 것이었다. 그것은 아는 척이 아니라 자신이
모이샤의 공연에 매료되었음을 보여주려는, 그러니까 말하자면
일종의 칭찬이었다.

7

모이샤가 파파에게 주눅이 들어 있는 동안 나나는 옆걸음질
로 가만가만 물러섰다. 어려워하는 모이샤가 그녀를 수줍게 했
다. 그녀는 파파를 감동시키는 그 남자에게 수줍음을 느꼈다. 다
른 한편으로 거기에는 나나가 차고 있는 팔찌의 반짝이는 녹색
구슬 그물세공을 몹시 마음에 들어 하는 안잘리라는 예쁘고 수
다스러운 처녀도 있었다. 그녀의 오른쪽 귀에는 플라스틱 다이
아몬드 귀고리가 걸려 있었다. 나나는 팔찌가 영 불편하다고 툴
툴거렸다. 보기에는 썩 괜찮아 보여도 손목을 짓누른다고. 그녀
는 안잘리를 바라보았고 안잘리는 그녀에게 미소를 지어 보였
다. 나나가 두 손가락으로 오른쪽 안경다리를 잡아 돌리며 조그
만 검은 테 안경을 벗었다.

안잘리는 이 이야기의 또 다른 주인공이다.

나나는 안잘리의 화장에 특히 감탄했다. 그래서 나는 그 화장
을 묘사하고자 한다. 안잘리는 광대뼈 맨 위에서부터 핑크색 홍
조를 주어 양쪽 눈 바로 밑까지 매끄럽게 이어갔다. 그리고 눈 둘

레로는 스모키 블랙 아이라이너를 했고 그 언저리에다는 서서히 그녀의 피부색과 한데 합쳐지는 부드러운 갈색 아이섀도를 하고 있었다.

나나는 그것이 마음에 들었다. 안잘리에게는 스타일이 있었다.

나나가 샴페인을 한 모금 마시고 나서 빨간 캐비아와 사우어 크림이 얹힌 조그만 블리니(이스트를 넣은 팬케이크, 원래는 러시아 음식임, 옮긴이)를 하나 먹었다. 그리고 다음에는 조그만 참새우 크루아상이 얹힌 조그만 블리니를 하나 더 먹었다. 그녀는 뒤뚱거리는 샴페인 잔을 약지와 새끼손가락 사이에 끼워 고정시키고 있었다.

"그거 멋진 이름이네요, 안잘리란 이름 멋져요." 나나가 말했다. "내 이름은 나나예요."

아무래도 나는 나나의 이름에 대해 설명을 좀 해야 할 것 같다. 나는 그 이름이 조금 이상하게 들린다는 것을 알고 있다. 그녀의 원래 이름은 니나였다. 하지만 니나가 아기였을 때, 니나는 나나라는 말밖에 할 수 없었다. 그래서 나나의 이름이 나나가 된 거였다.

대화가 잠시 끊겼다. 안잘리가 담배를 찾아 손을 주머니로 밀어 넣었다가 한 개비를 꺼내어 비스듬히 입에 물었다.

"그러면 다른 연극은 뭘 해봤어요?" 나나가 물었다.

그것은 그저 대화였다. 그러나 대화가 언제나 대등하지는 않다. 우리는 상대방이 어떤 대답을 할지 정말로는 모른다. 어떤 때는 거창한 질문을 했는데 상대방은 그저 고개만 끄덕일 수도 있고 아니면 별 것 아닌 사소한 질문을 했는데 상대방에게서 거창한 대답을 들을 수도 있다.

"그러면 다른 연극은 뭘 해봤어요?"라는 나나의 질문에 대한 답으로 안잘리는 나나에게 자기의 경력을 이야기해주었다.

그러니까 안잘리는 여배우였었다. 그러나 여하튼 간에 시작은 무엇으로 했었을까? 누가 무엇을 어디에서 시작했다는 말까지 해야 할까? 그렇지는 않지만 안잘리는 여배우로 시작했었다. 그리고 다음에는, 그러니까 최근에 들어서는 발성법 코치인 폴란드 여자를 만났다. 그런데 뭐랄까, 그 여자는 처녀가 아니라 여인이었다. 세파에 찌든 나이가 한참 더 위인 여자였다. 그 여자는 열정적이었고 오페라를 사랑했고 19세기의 벨칸토 창법을 사랑했다. 그래서 배우들보다 가수들을 더 좋아했다. 그런데 안잘리는 가수가 되고 싶어 했던 적이 없었다. 학교에서는 그녀에게 노래를 하는 것이 좋겠다고들 했지만 그녀는 사랑에 빠지기 전까지는 그러려고 하지 않았다. 그런데, 이것이 슬픈 부분이다 – 그래요, 안잘리에게는 슬픈 이야기가 있었어요 하며 안잘리가 웃었다 – 왜냐하면 안잘리는 놀랄 만한, 정말로 매혹적인 가수이기 때문이었다. 거짓말 아니고 정말이었다. 그녀는 완벽한 메조 소프라노였고 그녀의 음색은 달무리 같았다. 누가 그 생각을 하려 했을까? 그녀가 달무리 같은 목소리를 가지고 있었다는. 그러나 조시아 – 그 폴란드 여자 – 는 벨리니, 이탈리아의 작곡가 벨리니를 사랑하는 조시아였다. 그런데 벨리니는 메조 소프라노에는 관심이 없다. 아니, 벨리니는 소프라노를 선호해서 주연 배우는 언제나 소프라노다. 그리고 조시아는 로맨틱한 주연 배우를 원했다. 사향 냄새 풍기는 가슴을 한 소프라노 안잘리를 원했다. 그리고 뭐랄까, 안잘리는, 안잘리는, 조시아와 사랑에 빠졌다. 그래서 그녀는 노래를 연습했지만 중간쯤까지밖에 가지 못했다 – 인터메조였죠, 외로운 안잘리가 웃었다. 그리고 폴란드 여자는 다른 여자를 찾아 그녀에게서 떠났다. 그렇게 됐어요. 어쨌든, 그녀가 말했다. 적어도 그녀는 말하는 목소리를 갖게 되었고 그것 – 배우 – 이 실제의 그녀였다. 그래서 잘못된 것은 아무것도 없었다. 그러니까 안잘리가 웃으며 말하려고 했던 것은, 자기가 연극을 하지 않았다는, 최근에는 하지 않았다는 것이었다. 그녀는 이제 주로 영화 일을 하고 있었다. 영화 일. 그러니까 실제로는 주로 광고였는데, 그녀는 광고가 수입이 조금 더 낫다고 했다. 연극은 단지 모이샤하고 이번 것만 하고 있다면서도 배역은 알려주지 않았다. 여러분은 그를 만난 적이 있는가? 그는 그녀의 좋은 친구였다. 그들은 아주 오랫동안 친구였고 그녀는 순전히 호의로 그 일을 하고 있었다.

아이쿠. 이런.

이야기를 하지 않는 사람이 되기란 정말로 진 빠지는 노릇이다.

그런데 나나는 이야기를 하지 않는 여자였다.

어쩌면 여러분은 나나가 안잘리의 말을 자르지 않은 것에 놀랐을지도 모른다. 그녀는 안잘리에게 그 어떤 캐묻는 질문도 하지 않았다. 안잘리라는 예쁜 여자가 자기의 레즈비언 러브 라이프에 대해 이야기를 하기 시작하면, 여러분은 무슨 말인가로 대꾸를 해주어야 할 것이라고 생각한다. 나는 안잘리의 짤막짤막한 이야기를 물어보라는 부추김이라고 생각하는 사람들까지도 상상할 수 있다.

하지만 나나는 묻는 사람이 아니었다. 내성적인 사람이었으니까. 그녀는 아름다웠고 수줍음이 많았다.

나나는 이야기하기를 좋아하는 사람이 아니었다.

예쁘지 않은 대부분의 사람들 ─ 그런데 대부분의 사람들은 예쁘지 않다 ─ 은 예쁜 여자가 강하고 오만하다고 생각한다. 하지만 나는 그것이 잘못이라고 생각한다. 그보다는 예쁜 여자는 수줍은 여자일 경우가 더 많다. 그들은 내향적이고 소심하고 옷을 형편없이 못 입을 수도 있다. 종종 그들은 자기네를 어떤 식으로든 예쁘다고 하는 것에 놀라기도 한다.

예쁜 여자들은 콧대가 셀 것으로 여겨지는데 나는 그 이유가 사람들이 예쁜 여자는 언제까지나 예쁠 것이라고 믿기 때문이라고 생각한다. 그런 믿음이 그들을 예쁘지 않은 사람들 ─ 가끔씩만 예쁜 사람들 - 과 반대로 만든다. 하지만 예쁘다는 것도 가변적이다. 그 어떤 예쁜 여자도 언제까지고 예쁘지는 않다. 예쁘다는 것은 나이에 따라서도 가변적이다. 어떤 사람들은 열네 살 때 예쁘고, 어떤 사람들은 예순일곱 살 때 멋질 수도 있다. 또 어떤 사람들은 네 살 때에만 예쁜데, 그것은 비극이다.

그런데 나나는 예뻤다. 나나는 아름다웠다.

하지만 나나가 실제로 얼마나 아름다웠냐고?

나나는 아름답지 않을 수가 없었다. 그녀는 아름다워지려고 하지 않았지만 그래도 아름다웠다. 그것이 그녀가 얼마나 아름다웠느냐 하는 것이다. 나나는 긴 머리, 짧은 머리, 위스피 프린지(앞머리가 조금씩 모여 흩어지도록 한 헤어스타일, 옮긴이), 단발머리, 페더드 밥(한쪽으로 치우치게 가르마를 탄 형태의 단발머리, 옮긴이), 상고머리, 스크레이프드 백 포니테일(머리를 뒤로 묶어 길게 늘어뜨린 헤어스타일, 옮긴이), 하이라이트(이마 가운데 부분이 드러나게 머리칼을 양옆으로 늘어뜨린 헤어스타일, 옮긴이)를 해보았었고 이제는 짧은 비대칭 프린지 스타일을 하고 있었다. 심지어는 한 달 지난 마르셀 웨이브(고데를 써서 굵게 웨이브를 주는 헤어스타일, 옮긴이) 같은 복고풍이 한창 유행하던 때에도.

그녀는 아름답지 않을 수가 없었다.

에지웨어 하이 스트리트에 있는 디렉터스 커트 미용실에서 미용사들은 머리가 젖어 있는 불쌍한 고객들을 그냥 놓아둔 채 어슬렁거리며 나나에게로 조언을 해주러 왔다. 그런 미용사들을 안젤로와 파울로라고 부르기로 하자. 나나는 그 둘 모두를 매혹시켰다. 연필로 그린 것처럼 가느다란 콧수염에 검은 곱슬머리를 하고 있던 안젤로는 나나의 매력이 창백한 안색에 있다고 했다. 파울로는 그녀의 창백한 안색과 머리칼 색을 매혹적이라고 생각했다. 그들은 나나에게 머리칼을 염색한 적이 있느냐고 물었다. 나나는 없다고 했다. 그들은 나나에게 절대로 머리칼을 염색하지 말라고 했다. 지금의 머리칼 색이 가장 기막힌 색이라는 것이었다. 그녀의 머리칼 색은 금발과 백발의 절묘한 배합이었다.

그녀의 머리칼은 아름다웠다. 나나는 늘씬한 몸매에 엷은 금발이었고 젖가슴이 풍만했다. 그녀의 안경은 조그만 검은 사각테였지만 그래도 그녀는 여전히 예뻤다.

하지만 ― 그런데 이것은 사실이었다 ― 그녀는 어렸을 때에는 못생겼었다. 학교에 다니고 있었을 때, 나나는 키가 제일 컸고 최고로 말라깽이에 안경을 낀 아이였다. 성격도 머슴아이 같았고 매서웠다. 그래서 그 반작용도 있었다. 어린 시절 내내 나나는 자기가 못생겼다고 믿었다. 모두들 그녀가 못생겼다고 했고, 그 결과로 그녀는 예쁜 사람들을 좋아하지 않았다. 아니 오히려, 예쁜 것을 가치 있다고 생각하지 않았다. 그러는 대신 그녀는 영리하고 주의 깊고 조용한 아이가 되었다.

열네 살 때에는 말라깽이에 선머슴 같던 여자아이가 스물다섯 살 때에는 다리가 늘씬한 우아하고 기품 있는 여자가 될 수도 있다. 그것은 아이러니다. 그것은 일종의 심리적인 문젯거리다.

이제 그녀는 아름다웠고 아름답다는 칭찬을 받았다. 그리고 나나는 그 모든 칭찬에 어리둥절해졌다. 안젤로와 파울로가 그녀를 당황스럽게 했다. 그들이 무턱대고 호의를 보이는 것만 같았다. 그녀는 자기의 아름다움을 싫어하는 여자였다. 자기가 아름답다고 믿지 않는 여자였다. 아름다움이 그녀에게 힘을 실어 주기도 했고 불안하게도 했다. 하지만 그녀가 무엇을 어떻게 할수 있었을까? 사람들이 내가 얼마나 사랑스러운지 말해줄 때 그사람들 입을 막을 수는 없는 노릇이다. 또 그들에게 외모는 중요하지 않다고 할 수도 없다. 만일 그런다면 그 말이 가식적이거나 위선적인 것으로 들릴 테니까.

그것이 나나가 말을 하지 않는 여자가 된 이유였다. 이제 그녀는 예쁜 만큼, 말을 하지 않는 것이 오만하거나 기묘하게 보일 수도 있었다. 하지만 실제로는 그렇지 않았다.

편치 못한 아름다움 – 그게 내가 나나를 설명하는 방식이다.

9

그러는 사이, 모이샤와 파파는 가벼운 이야기를 나누고 있었다.

"그러니까 선생님께서는 은행 업무에 종사하고 계시는군요. 제 말이 맞는지요?" 모이샤가 물었다.

"뭐랄까, 그건 당신이 은행 업무가 무엇이냐고 생각하느냐에 달렸지요." 파파가 대답했다.

"글쎄요, 저는 잘 모르겠는데요." 모이샤가 궁금해했다.

"그건 은행 업무라기보다는 리스크 업무지요." 파파가 힌트를 주었다.

"그렇겠군요." 모이샤가 동의했다.

"글로벌한 맥락에서의 리스크 관리 요인들이 있어요. 다음에는 리스크 데이터의 청산. 신용 리스크 모델링. 가어프(GARP)의 혁신." 파파가 말했다.

"가어프라니요?" 모이샤가 멍하니 입을 벌리고 있다가 물었다.

"일반적으로 인정된 리스크 원칙들이지요." 파파가 설명을 덧붙였다. "가어프를 가아프(GAAP), 즉 일반적으로 인정된 회계 원칙과 혼동하면 안 돼요. 사람들은 종종 그 둘을 혼동하지요."

"알겠습니다." 모이샤가 맞장구를 쳐주었다. "가어프와 가아프가 언제나 저를 못 살게 하거든요."

하지만 그 말이 웃음을 끌어내지는 못했다.

모이샤가 다시 웃음을 끌어내려고 했다.

"저는 은행 농담을 한 가지 알고 있는데요." 모이샤가 허두를 꺼냈다.

파파는 다른 샴페인 잔을 하나 집어 들었다.

모이샤가 "영국 회계사와 시칠리아 회계사의 차이는요?" 하고 나서 기다렸다가 "없다고요? 제가 말씀해 드릴까요?" 하고는 다시 같은 말을 되뇌었다. "제가 말씀해 드릴까요?"

"얘기해 봐요." 파파가 말했다.

"영국 회계사는요," 모이샤가 말을 이었다. "해마다 얼마나 많은 사람들이 죽어갈지를 알려줄 수 있어요. 시칠리아 회계사는 자기의 이름과 주소를 알려줄 수 있고요."

그 말은 웃음을 끌어냈다. 예의 바른 웃음을 끌어냈다.

파파는 그것이 그저 농담으로 넘길 문제는 아니라면서 서글픈 어조로 모이샤에게 은행은 크래쉬 앤 번(완전한 녹초, 옮긴이)을 처방한다고 했다.

"뉴욕을 알고 있습니까?" 파파가 물었다. "뉴욕은 정말 제정신이 아니에요. 나는 늘 내 베개를 일터로 가져가 회의실 바로 거기에서 죽을 거라는 생각을 하곤 했지요. 내가 뱅커스 트러스트 은행에서 일하던 때 내 친구, 찰리 보로코프스키, 그 더없이 다정한 친구가 이집트의 디자이너들과 이상하게 엮였어요. 내가 어디까지 얘기했더라? 미쳤지요. 뉴욕은 미쳤어요. 아 그래, 찰리 보로코프스키. 찰리는 이틀 밤낮을 일했어요. 자금을 끌어모으는 어떤 사업의 회계감사에 대비해서 숫자들을 미리 조사하면서요. 그 친구는 월요일 아침에 일을 하러 갔는데 수요일에 나는 말 그대로 그 친구를 들어 내왔지요. 그 친구는 회의 중에 자기가 거기에 있다는 것도 기억하지 못하더군요. 그 친구는 이가 아주 희었는데 사과가 그 이유라고 했지요.

파파가 말을 이었다. "상대가 전화를 걸어서 '안녕하시오, 안녕하시오, 친구' 할 때는 그들이 거래를 원한다는 걸 알게 되지요. 그게 그들이 거래를 원한다는 걸 아는 방법이지요. 그들은 이렇게 말해요, '안녕하시오, 안녕하시오, 친구'라고."

"저는 그게 마음에 드는데요." 모이샤가 말했다.

"그렇지요, 나도 그래요." 파파가 동의했다.

파파는 이 배우가 마음에 들었다. 그는 모이샤가 아주 마음에 들었다.

10

"우리 아빠 만나봤어요?" 나나가 물었다. "나는 그쪽이 우리 아빠를 만났으면 해요."

"음 음 그래요, 나는." 안잘리가 망설였다.

"오, 꼭 만나보아야 해요." 나나가 그러고 나서 파파 쪽으로 건너가 안잘리에게 파파를 소개했다.

파파는 모이샤에게 나나를 소개했다.

파파와 안잘리는 파파의 화려한 넥타이에 대해 이야기하기 시작했다.

"공연이 정말 성황이어서 기쁘겠어요." 나나가 치하했다.

"아, 그저 페이퍼 하우스(무료 초대 손님들로 만원인 극장, 옮긴이)일 뿐입니다."

모이샤의 그 말은 자신을 낮추어 매력적으로 보이려는 것이었다. 그러니까 농담 비슷하게 한 말이었다. 하지만 불행히도 모이샤는 그 말을 알아듣게 할 수 없었다. 나나는 페이퍼 하우스가 무엇인지 전혀 몰랐으니까.

"페이퍼 하우스가 뭔가요?" 그녀가 수줍게 곁눈질을 하며 물었다.

그녀는 글라스에 담긴 샴페인을 마셨고 다음에는 잔이 비어 있는 것을 알아차렸다. 그러나 모이샤는 알아차리지 못한 척했다. 대신에 그는 극장들의 간계, 그들의 원 플러스 원 행사, 매수 등에 대해 설명했다. 그녀는 "오," 하고 놀라움을 표했고 다음에는 정말로 걱정이 되어서 한 마디 덧붙였다.

"정말 사람 진 빠지게 하는 일이겠네요. 그 모든 대사들을 줄줄이 다 외워야 하다니. 나는 뭘 외우는 건 딱 질색이에요."

그녀가 다시 안경을 썼다.

두 가지가 모이샤를 매혹시키고 있었다. 첫 번째 매혹은 이것이었다. 그녀는 그가 그때껏 보았던 가장 아름다운 처녀들 중 하나였다. 두 번째 매혹은 이것이었다. 그녀는 예쁠 뿐만 아니라 사랑스럽기도 했다. 그리고 또 모이샤의 건강을 염려하고도 있었다.

이 여자에게는 남자친구가 있어야 해, 하고 모이샤는 생각했다.

그래서 모이샤는 그녀에게 깊은 인상을 심어주려고 했다.

"하지만 그 속에서 연기를 하는 건 그렇게도, 너무도 흥미로운 일이지요." 그가 어느 때보다도 더 지성적으로 말했다.

나나가 고개를 끄덕였고 모이샤는 말을 이었다.

"그건 실로 정말, 너무도 멋진 역할이지요. 대사는 문제가 되지 않아요."

나나가 곰곰이 생각을 해보다가 입을 열었다.

"하지만 계속 되풀이되는 온갖 농담들. 어떤 대사들은 터무니없고요."

"나는 그걸 샤를로트 코르데(프랑스 대혁명 시기에 마라를 살해한 젊은 여성, 옮긴이)의 영혼이 지금 내 영혼 속으로 들어온 거라고 생각하는데요."

"터무니없네요. 그건 너무 로맨틱해요."

모이샤는 그것이 굉장한 역할이었다는 말을 하지 않았더라면 싶었다. 그녀의 말에 그저 동의를 했더라면 하고 있었다. 그래서 한 걸음 뒤로 물러났다.

"맞습니다." 모이샤가 수긍했다. "내 말은, 연극이 고전을 유행으로 바꾸지는 않는다는 뜻이었어요. 연극은 고전을 로맨틱하게 묘사하지요."

둘 사이의 대화가 중단되었다. 둘 중 누구도 그 말을 이해하지 못했다. 분명히 모이샤도 이해하지 못했다. 그가 몸을 좌우로 흔들다가 자세를 바로잡았다. 나나는 빈 샴페인 잔을 들여다보았다.

대화의 중단은 몹시 곤혹스럽다. 대화에는 기민함이 필요하다. 그런데 불행히도, 모이샤나 나나나 모두 기민하지는 못했다.

나나가 "고전을 낭만적으로 묘사한다."는 말을 되뇌며 슬로우 모션 같은 반응을 보이는 동안 모이샤가 소심하게 덧붙였다.

"내 말은 그게 그저 행위로 하는 주장이 아니냐는 겁니다."

모이샤가 눈썹을 내리고 입술을 내밀어 설명하기 곤란하다는 것을 지적으로 보여주려고 했다. 그리고는 곁눈질로 파파를 보았다.

파파는 안잘리와 연기의 인종 정책에 대한 이야기를 나누고 있었다. 그는 개혁을 약속하고 있었다.

11

그것이 시작이었다. 그 대화가 나나와 모이샤 사이에 생겨난 로맨스의 시작이었다. 하지만 나나는 그것을 알아차리지 못했다.

그것은 안된 일이었지만, 나데즈다 만델스탐이라면 그것이 안된 일이라고 생각했겠지만, 나나는 파파와 함께 에지웨어로 돌아오는 동안 모이샤에 대한 생각을 하고 있지 않았다. 그녀는 이미 그를 거의 잊어버린 채, 극장에 대한 생각을 하고 있었다.

극장들이 그녀를 당혹스럽게 했다.

그 극장에는 휴게실이 있었다. 그 휴게실에서 파파는 느긋하게 목을 뒤로 젖히고 뚱뚱한 키 큰 남자와 이야기를 주거니 받거니 하고 있었다. 그리고 나나는 파파의 말에 귀를 기울이면서 측은해하는 눈길로 연극 프로그램들과 로즐리 데어리 아이스크림이 담긴 플라스틱 상자를 끈에 매어 목에 걸고 있는 소년을 바라보았다. 그러면서 측은해하는 마음으로 그 아이가 젤을 발라 이마에 가지런히 드린 앞머리로 여드름을 어떻게 가리고 있는지 알아차렸다.

그리고 다음에는 객석. 허세를 부리는 객석. 그녀는 흐릿하게 꺼져가는 무대 장치의 작은 불빛들을 지켜보았다. 사람들은 허스키한 속삭임으로 주고받던 이야기들을 거의 다 끝냈다. 나나는 비상구 표시인 하얀색 화살표들을 센 다음 초록색 백라이트를 배경으로 해서 달려가는 하얀색 남자들의 수도 세었다.

파파가 나나의 오른손을 가볍게 톡톡 치고 그녀의 무릎에 놓여 있던 안경을 쓰라면서 싱긋이 웃어보였다.

다음에 파울 마랄로프스키 왕자로 분장한 배우가 무대에 나타났다. 저 사람 이름이 뭐였더라, 모세 뭐였는데…… 파파가 프로그램을 안전등 쪽으로 휙 펼치면서 혼잣말로 중얼거렸다. 모세, 사회주의 사교계의 명사가 진부한 농담들을 점잔빼어 길게 늘였다. "훌륭한 민주주의에서는 모든 사람들이 다 귀족이어야 합니다." 아무도 웃지 않았다. 파울 마랄로프스키 왕자가 경구를 읊조렸다. "문화는 요리법에 달려 있지요. 나 자신을 위해 내가 원하는 단 한 가지 불멸의 것은 새로운 소스를 만들어내는 겁니다."

나나는 「베라」, 또는 「니힐리스트」의 결말을 곰곰이 생각해보다가 그 비극적인 감상에 놀랐다. 사랑으로 고통 받던 베라는 러시아를 구하지만 자신을 죽인다. 그래서 나나는 누구보다도 더 소중한 파파를 돌아보았고 그도 자기처럼 미소 짓고 있기를 바랐다.

그러나 파파는 미소 짓고 있지 않았다. 파파는 천사여서 그 결말에 감동을 받았고, 나나가 생각하기에는, 울다시피 하고 있었다. 하지만 그녀는 파파에게 마음을 쓰는 딸이어서, 그 무엇보다도 더 파파를 좋아해서, 파파가 그러는 것에 당혹해하지 않았다. 아니, 그녀는 정말로 그를 보살펴주려고 했다.

"괜찮아요. 아빠, 괜찮아요." 나나가 속삭였다. "걱정 말아요. 그녀는 여전히 살아 숨 쉬고 있어요."

나나는 단지 연극을 이해하지 못한 것이었다.

12

안잘리가 집으로 돌아간 것은 자정 무렵이었다. 그녀는 켄티시 타운의 한 연립주택에서 비크람이라고 하는 오빠와 함께 살고 있었다. 여러분은 이 이야기에서 비크람을 보게 될 일이 결코 없겠지만 나는 여러분이 궁금해할 경우에 대비해서 지금 딱 한 번만 그를 언급하고 있다. 그가 여기에 나온 이유는 여러분에게 안잘리가 외톨이는 아니었음을 확인시켜주기 위해서다.

안잘리는 주방으로 가서 냉장고 안을 들여다보고는 냉장고를 닫았다. 그런 다음 데님 재킷을 벗고 거실 소파에 앉았다가 일어나서 소변을 보았다. 그리고 다시 주방으로 가서 냉장고를 연 다음 컵 모양의 마분지 용기에 조그맣게 포장된 벤 & 제리 프리시 푸드 아이스크림을 꺼냈다. 그녀는 아이스크림 뚜껑을 따서 냉장고 위에 놓아두고 소파에 앉아 집게에 물린 종이 철–거린더 차다(케냐 출신의 여자 영화감독, 옮긴이)에게서 안잘리에게로 보내진 새로운 영화 대본–을 집어 들고 열네 번째 줄 끝까지 거의 다 읽었다. 그녀가 그 일을 하지 않았다는 분명한 표시는 종이 집게를 풀지도 않았다는 것이었다. 그녀는 신하 부인에게 그 영화 대본을 받아달라고 요청하는 편지를 바라보고는 소파에 앉은 채로 텅 비어 있는 TV 화면을 응시했다.

그러다 그녀는 아이스크림을 떠올렸다.

그녀는 소파에서 일어나 서랍에서 숟가락을 꺼냈다. 아이스크림은 여전히 딱딱하게 얼어 있었지만 어쨌든 그녀는 아이스크림과 스푼을 가지고 소파로 돌아왔다. 그리고 아이스크림을 쑤셔서 구멍을 내어 숟가락을 핥다가 소파에서 털썩 내려앉아 양손과 무릎으로 바닥을 짚고 비디오테이프를 하나 끼냈다. 그 테이프는 그녀의 어머니가 보내준 「쇼레이」(라메시 리피 감독의 감옥을 무대로 한 인도 영화, 영어명은 "Embers"임, 옮긴이)였다. 그녀는 네 시간짜리 영화를 볼까말까 생각하면서 자기가 심각한 발리우드 영화를 얼마나 싫어하는지도 생각해보았다. 그녀가 좋아하는 것은 오로지 가볍고 유쾌한 영화들만이었고 그래서 자기 어머니의 취향을 비웃으며 큰 소리로 웃다가 그 커다랗게 웃는 소리에 그만 섬뜩해졌다. 그녀는 비디오 테이프를 플레이어에 밀어 넣고 플레이 버튼을 누른 다음 TV를 켜고 채널을 0으로 돌렸다.

그녀는 전 남자친구가 그리웠다, 조시아가 그리웠다.

그녀는 에지웨어에 있는 벨 뷰 극장으로 심야 인도 영화들을 보러 가곤 했던 기억을 떠올렸다. 벨 뷰 극장은 파파와 나나의 집 근처에 있었지만 안잘리는 아직 그것을 모르고 있었다. 안잘리의 가족은 캐논스 파크에서 살고 있었고 온 가족이 함께 「획획」을 보러 갔었는데, 안잘리는 자기네가 왜 늘 영화를 획획이라고 했는지가 궁금했다. 또 자기가 아미타브 바찬보다 마드후리 딕시트를 얼마나 더 좋아했는지도 생각났다. 그녀는 식구들이 모두 벨 뷰 영화관에서 사모사(인도음식, 튀긴 삼각형의 페스트리, 옮긴이)를 먹었던 일, 그녀의 어머니가 안잘리의 티셔츠 안쪽으로 간질간질한 종이 냅킨을 쑤셔 넣어주고 했던 일을 떠올렸다. 또 자기가 자그마하고 우스꽝스러운 조니 워커(1926~2003, 인도의 코미디 영화배우, 본명은 바드루딘 자말라둔 카지, 옮긴이)를 얼마나 좋아했는지도. 그녀는 조니가 출연했던 구루 두트(1925~1964, 인도의 영화감독·제작자·배우, 옮긴이) 감독의 영화 「미스터 & 미시즈 '55」, 특히 히트송인 「딜 파르 후아 아이사 자두」를 기억했는데 그 영화에서 조니는 바에서부터 버스 정류장을 거쳐 버스를 타고 도로로 들어설 때까지 사랑에 빠진 구루 두트의 이야기에 귀를 기울인다. 또 영화 「데브다스」에 나온 마드후리 딕시트, 양 눈 사이에 다이아몬드 모양의 황금 잉곳을 박아 넣은 여배우도 기억났다.

안잘리는 볼리우드 마살라(인도 요리에 사용되는 혼합 향신료, 여기서는 적당히 얼버무린 영화 정도의 뜻임, 옮긴이) 영화는 좀 전문적이지 못하다는 생각이 들었다.

그런 영화들의 매력은 정확히 외형적인 것은 아니었다.

안잘리는 그리 성공적이지 못한 러브 라이프에 조금은 성공적인 배우였다.

나는 이것이 아주 이상한 설정이라고는 생각하지 않는다.

결국, 섹스가 전부는 아닌 것이다.

II

3. 그들 사랑에 빠지다

1

나나는 4월 28일에 모이샤와 사랑에 빠졌다.

그것이 모이샤의 생각이었고 그가 기억하는 날짜였다. 모이샤는 그날 자기가 거실에서 펼쳐 보인 연기에 나나가 홀딱 반했다고 생각했다.

그 생각은 별로 그럴듯해 보이지 않을 수도 있었다. 또 사실별로 그럴듯하지도 않았다. 그의 연기가 어떤 것이었는지를 알게 되면 특히나 더 그럴듯해 보이지 않을 것이다.

그들은 핀즈버리에 있는 모이샤의 집에 있었다. 그의 집은 빅토리아 양식 연립주택 2층이었는데 거기에서 모이샤는 쿠션트릭을 하겠다고 했다.

"뭘 한다고요?" 나나가 물었다.

"아, 쿠션트릭요." 모이샤가 대답했다.

그 쿠션트릭이란 이런 것이었다. 모이샤가 창문을 밀어 연 다음 쿠션을 하나 집어 들었다. 그의 할머니가 빨간색 벨벳으로 커다란 하트 장식을 해 놓은 쿠션이었다. 그가 쿠션을 아기인 것처럼 끌어안고 방 안을 이리저리 돌아다니며 어르고 뽀뽀를 하고 던져 올렸다 받고 하는 동안 그 쿠션의 황금색 장식술들이 펄럭거렸다. 나나는 모이샤를 빤히 쳐다보았다. 그의 모습이 아빠로서의 행복감에 차 있었다. 그러나 다음에는 느닷없이, 비극적으로, 아기가 모이샤의 손에서 미끄러져 창밖으로 튕겨져 나가 포장도로에 털썩 떨어졌다. 그 쿠션 아기는 이제 빈 하이네켄 맥주 상자 옆에 널브러져 있었고 모이샤는 자식을 잃은 것에 비통해하면서 입 모양으로 고뇌를 표현했다.

하지만 그것이 나나가 그와 사랑에 빠진 계기였을 리는 없었다. 거기에는 절정에 이르는 순간이라고는 없었으니까. 또 설령 있었다 하더라도 나는 그것이 바로 그 순간이었다고는 생각하지 않는다. 하지만 모이샤는 자기의 재능이 그녀를 매혹시켰다고 결론지었다. 그것이 그의 결론이었다.

그렇다고 해서 모이샤에게 재능이 없었다는 얘기는 아니다. 그는 훌륭한 배우였다. 다만 그녀를 매혹시킨 것이 그의 재능은 아니었다는 얘기다. 여러분도 알 테지만 모이샤가 쿠션트릭인가 뭔가 하는 것을 펼쳐 보였을 때 나나는 지켜보고 있지도 않았다. 그러니까 보고는 있었지만 눈여겨보지는 않았다는 얘기다. 대신에 그녀는 자기가 써야 할 석사 논문이 있는데도 일요일 오후에 왜 거기에서 그러고 있을까 하는 생각을 하고 있었다. 특히나 더 당황스러웠던 것은 모이샤가 아주 이상한 행동을 하고 있다는 것이었다.

아니, 모이샤는 잘못 알고 있었다. 그녀를 매혹시킨 것은 그의 재능이 아니었다.

2

실제로 사람들은 틀린 결론을 내리는 일이 많다. 나는 그에 대한 이론을 한 가지 가지고 있는데, 결론이 종종 틀리는 이유는 사람들의 기억력이 너무 나쁘기 때문이다.

예를 들자면, 모이샤가 맨 처음 나나에게 전화를 걸었을 때 그녀는 그에게서 걸려온 전화라는 것을 알았다. 그런데 그의 이름을 철자가 틀리게 입력해 두었던 탓으로 그녀의 노키아 62ioe 폰에는 그 이름이 "모이샤 몹(Moysha mob)"으로 떴다. 하지만 그녀는 전화를 받지 않고 전화벨이 그냥 울리도록 놓아두었다. 그 이유는 그녀가 블룸즈버리 피자 익스프레스 화장실에서 상체를 앞으로 굽히고 머리를 숙인 채 양 다리를 벌려 버티고 앉아 있었기 때문이었다. 또 그녀는 그 전화가 온 것을 아예 기억도 하지 못했다. 하지만 그 전화는 모이샤가 그녀에게 첫 번째로 건 전화였다. 그들의 러브 스토리에서 그 전화가 결정적인 계기였는데도 나나는 상황이 거북했기 때문에, 그리고 로맨틱하지도 않았기 때문에, 아예 기억조차도 하지 못했던 것이다.

하지만 그렇더라도 누구나 다 조금씩은 로맨틱하다. 또 누구나 다 기억력이 안 좋기도 하다. 모이샤도 약간은 로맨틱했다.

모이샤는 기억하는 것이 거의 없던 탓으로 이 연애의 시작에 대해 두 가지 결론을 내렸다. 하지만 그 두 가지 모두 틀렸다.

첫 번째 결론은 자기가 그녀를 매혹시켰다는, 그녀가 자기의 재능에 매혹되었다는 것이었다. 그것은 그가 나나와 키스를 한 직후에 한 생각이었다. 두 번째 결론은 그녀와의 사랑이 순수한 사랑이라는 것이었다. 그것은 그가 나나와 갈라선 뒤에 한 생각이었다. 그 두 가지 결론 모두 그가 세세한 일들을 모두 잊어버렸기 때문에만 이치에 닿았다. 첫 번째 결론으로 이르는 데서는, 그는 나나가 눈여겨보지 않았다는 것과 자기가 거실에서 느꼈던 불안감을 잊어버렸다. 그리고 두 번째 결론으로 이르는 데서는, 도마 극장 무대 뒤편에서 그들이 잠시 나누었던 소심한 대화를 잊어버렸다.

첫 번째 결론, 즉 나나를 매혹시켰다는 결론은 모이샤를 로맨틱하게 했다. 그리고 두 번째 결론, 즉 순수한 사랑이라는 결론은 두 사람 모두를 로맨틱하게 했다.

3

다음번에 전화를 걸었을 때 모이샤는 수를 좀 썼다. 극장에서 전화를 걸어 나나의 노키아 62ioe 폰에 "발신자 번호 숨김"으로 뜨게 한 것이었다. 그래서 나나는 파파의 전화일 거라고 생각했지만 파파가 아니었다. 모이샤는 그녀에게 술 한잔 같이 하러 나와줄 수 있겠느냐고 물었고 나나는 수줍으면서도 행복하게 "아니, 아니, 아니, 나는 음…… 안 돼요. 오늘 밤엔 안 돼요. 하지만 나한테 이메일을 보내는 건 어때요?" 라고 대답했다.

그는 그녀에게 이메일을 보내지 않았다. 그도 쑥스러워서였다.

처음엔 그는 자기의 연극 기법들이 그녀를 맥 빠지게 할 뿐인 것 같다고 인정했다. 하지만 그에게는 언제나 재치가 있었다. 또 상대방의 마음을 사는 방법도 여러 가지 알고 있었다. 그는 나나에게 연기의 요령들을 알려 주었지만 그러면서도 그녀가 왜 자기 이야기에 귀를 기울이고 있는지는 미스터리라고 생각했다. 그는 멋지지가 못했으니까.

그런데 나는 모이샤가 실제로 자신에 대해 불공정했다고 생각한다. 물론 그가 믿을 수 없을 만큼 멋지지는 않았던 것은 사실이다. 사실, 내 등장인물들 중 누구도 정말로 아주 멋지지는 못한데 나는 그것이 마음에 든다. 하지만 그렇더라도 그는 꽤나 멋진 편이었다.

그러나 모이샤에게는 특유의 멋지지 않은 면이 한 가지 있었다. 그것은 연기였다. 연기를 해야 할 때면 모이샤는 이런저런 생각들을 했다. 그에게는 이론도 있었고 배운 것도 있었다. 이를테면 그는 18세기의 위대한 배우였던 데이비드 개릭 추종자였다. 쿠션 트릭도 사실 얼마쯤은 데이비드 개릭에게서 표절한 것이었다.

그리고 이것도 또 다른 표절이었다. 모이샤는 나나에게 「로미오와 줄리엣」의 마지막 장면에서 줄리엣이 너무 빠르지도 너무 늦지도 않게, 시간 맞춰 깨어나 로미오가 죽는 것을 보아야 한다고 했다. 그러는 것이 결정적으로 중요하다고. 줄리엣이 약물에 취한 잠에서 깨어나려고 안간힘을 쓰는 동안 잠이 덜 깬 상태에서 로미오가 죽음의 미약(媚藥)을 립스틱 묻은 입술로 가져가는 장면을 보아야 한다는 것이었다. 그래야 그 연극이 정말로 비극적인 것이 된다고. 왜냐하면 그 장면이 관객들로 하여금 로미오와 줄리엣은 그 이후로 내내 행복하게 살 수도 있었다는, 그 연극이 해피엔딩이었을 수도 있다는 생각을 하게 해서 그 연극을 가슴 저미는 비극으로 만들어 주리라는 것이었다. 아 물론, 연기의 기술은 인간의 감정에 관한 모든 것을 다 아는 데 있었고 모이샤는 그 방면의 전문가였다.

다음에 그는 나나가 구지 스트리트 지하철역으로 내려가고 있었을 때 전화를 걸었다. 그녀는 나중에 전화하겠다고 했지만 그러지 않았다.

그러나 모이샤에게는 또 다른 재주들이 더 있었다. 그는 머리를 문 안쪽으로 디밀고 4~5초 사이에 표정을 열광적인 기쁨에서 온화한 기쁨으로, 기쁨에서 만족으로, 만족에서 충격으로, 충격에서 놀람으로, 놀람에서 슬픔으로, 슬픔에서 기진맥진으로, 기진맥진에서 두려움으로, 두려움에서 공포로, 공포에서 절망으로 바꿀 수 있었다. 자기의 얼굴을 어떤 표정으로든 연달아 바뀌게 할 수 있었다. 비크 스트리트에 있는 알파벳 바에서 모이샤는 나나에게 그 묘기를 선보였다. 그리고 나나가 좋아하는 것 같아 보이자 나중에 또다시 보여주겠다고 했다.

나나가 그의 책들을 이것저것 훑어보다 닉 케이브 시집을 집어 들자 그는 미소를 짓고 "아니, 아니, 아니, 그건 안 돼." 하며 책을 빼앗으려고 했다. 하지만 그때쯤엔 짓궂은 나나는 이미 그 책에 적힌 "건방진 애송이를 영원히 사랑하는 C에게서" 라는 헌사를 보고 난 뒤였다.

나나는 그가 완고하다고 생각했다. 그러나 완고함에는 그 나름대로의 매력이 있었고, 그 완고함은 결국 그가 그녀를 좋아한다는 징표이기도 했다. 고집이 센 것에 좋은 점들도 있었다.

그리고 다음에는, 그들이 나중에 기억하기로는, 모이샤가 나나에게 전화를 걸었을 때 그녀는 친구들 중 하나와 함께 있었다.

"알 것 같아." 모이샤가 넘겨짚었다. "클레오나 나오미. 아니면 비프나 스쿠터."

"클레오였어." 나나가 대답했다. "아니 탐신, 그래, 탐신하고 같이 있었어. 우리는 M&S에서 브래지어들을 차보고 있었거든."

"나한테 그 얘긴 한 적 없는데." 모이샤가 의아해했다. "나한테는 그게 신발이었다고, 신발을 신어보고 있었다고 했어. L.K. 베넷 상점에서."

"브래지어 얘기는 하지 않으려고 했는데." 나나가 얼버무렸다.

그녀는 브래지어를 차보고 있었고 갑자기 그 일이 떠오르자 당황스러워졌다. 그래서 그랬었다고 시인했고 그렇게 그들은 술에 취했다.

또 언젠가 그녀는 이렇게 물어보기도 했다. "그런데 자기 다리오 포(Dario Fo: 이탈리아의 작가로 총체적 연극인이라 불리며 1997년

노벨상 수상, 옮긴이)의 작품들 좋아해?"

"다리오 포?" 모이샤가 되물었다.

"자기 그 사람 희곡들 많이 가지고 있잖아."

"아, 그 희곡들," 모이샤가 대답했다. "아니, 아니, 아니 사실은 하나도 없어."

"아, 나는 그냥 자기가 그 사람을 좋아할 거라는 생각이 들어서." 나나가 재치 있게 말을 받았다. "그 사람 훌륭한 것 같아, 내가 생각하기에는."

"정말?" 모이샤가 맞장구를 쳐주었다. "아마도 그렇겠지."

우리는 정말 너무도 잘 어울려, 나나는 행복하게 그런 생각을 했다.

4

섹스에 대해서 말하자면, 나나와 모이샤 사이의 섹스는 킬킬대는 웃음으로 시작되었다. 두 번째 밤이 지나는 동안 그들은 소파에 깐 이부자리에 얌전히 앉아 현대 연극의 지위에 대해 이야기하고 있었다. 그러다 모이샤가 일어나 오줌을 누러 갔다. 그것이 새벽 2시였는데, 그가 돌아왔을 때는 나나가 얌전히 앉아 있지 않았다. 더 이상은 아니었다. 그녀는 몸을 길게 뻗고 가로누워 있었다.

모이샤는 그것이 기회임에 틀림없다고 생각했다. 하지만 그러면서도 아주 천천히, 더없이 느리게 움직였다. 모이샤는 그 기회를 그르치고 싶지 않았다. 잘못된 해석을 하고 싶지 않았다.

그는 잘못된 해석을 하고 싶지 않았다! 그녀가 가로누워 있었다!

그는 그녀에게 키스했고 그녀도 그에게 키스했다. 그녀가 그에게 키스했고 그도 그녀에게 키스했다. 그녀가 "자기는 사랑스러워." 했고 그는 "자기도 사랑스러워." 했다. 그리고 다음에는 둘이 같이 킥킥 웃기 시작했다.

여러분도 이미 알아차렸겠지만, 모이샤에게 불안해하는 구석이 없는 것은 아니었다. 그래서 그는 "안 된다고 하려고 했어?" 하고 물어보았다가 나나가 "언제?" 하고 되묻자 "내가 자기에게 키스해도 되냐고 물었더라면." 했다. 그 말에 나나는 이렇게 대답했고. "내가 안 된다고 했다면 자기를 시건방진 사람 만드는 꼴이 되었을 걸. 자기는 내가, 잘은 모르겠지만, 자기를 겁낸다고 생각했겠고. 그래서 자기에게 키스한 거야."

그런데 그 말이 정말처럼 들리기는 했어도 모이샤는, 한껏 의기양양해지고 당당해지고 기분이 돋워진 모이샤는 그것이 거짓말일 거라고 생각했다. 그래서 모이샤는 그녀에게 다시 키스했다.

5

나는 조금 되짚어 가려고 한다. 나나에게로 곧장 되짚어 가려고 한다. 나나는 베드포드 스퀘어에 있는 건축협회 카페에 있었다. 그 시점에서 그녀는 모이샤를 만나기는 했지만 아직 키스는 하지 않고 있었다. 그러니까 말하자면 이제 막 사랑에 빠지려는 참이었다. 하지만 모이샤와 사랑에 빠지려는 참이었다 하더라도 그에 대한 생각을 하지는 않고 있었다. 소설의 여주인공처럼 사랑의 본질에 대한 생각에 잠겨 있지는 않았다.

그녀는 건축가 미스 반 데어 로에(Mies van der Rohe: 적을수록 풍요롭다는 철학으로 단순하고 간결한 건축을 고수한 독일 태생의 표현주의 건축가, 옮긴이)에 대해서 생각하고 있었다.

내 생각으로는 그것이 여러분에게는 놀라운 일일 수도 있을 것 같다. 하지만 놀랄 필요는 없다. 나나가 왜 모이샤가 아니라 건축가 생각을 하고 있었는지에 대해서는 그럴 만한 이유가 있었으니까. 나나는 건축학회 건축 대학원에서 개설한 1년 과정의 역사 및 이론 강의를 수강하는 학생이었고 박사 학위를 받기 위한 준비 단계로 석사과정을 밟고 있었다. 그리고 미스 반 데어 로에는 나나의 석사 논문 주제였다.

그녀는 조용한 여자였다 – 여러분도 그것을 알고 있다. 그녀는 학구적이 되고 싶어 했다. 건축사학자가 되고 싶어 했다.

미스 반 데어 로에는 1921년에 유리로 된 고층 건물을 창안한 혁명적이고 혁신적인 건축가로 바우하우스 운동에 관여하고 있었다. 바우하우스 운동은 새로운 사회민주주의에 대한 요구에 따라 디자인과 스타일에서의 혁신을 시도했고 모든 장식을 경멸했다. 1930년에 바우하우스 운동의 마지막 지도자가 된 미스 반 데어 로에는 모든 종류의 정치적 행동을 금지시켰다. 그러나 1933년, 바우하우스는 새로 선출된 나치 정부에 의해 해산되었고 미스는 1937년에 미국으로 건너갔다.

하지만 지금 이것은 혁명적인 건축에 대한 에세이가 아니다. 건축은 때로 혁명적이 될 수 있고 나는 그것을 좋아한다. 또 바우하우스도 좋아한다. 하지만 지금 나는 바우하우스에 관심을 두고 있는 것이 아니다. 지금 내 관심은 나나에게 있다.

역사학도로서 나나는 정확성을 신뢰했다. 이제 나는 만일 여러분이 그녀에게 모이샤와 그녀의 애정사에서 세세한 일들을 떠올려 보라고 했다면 그녀는 떠올리지 못했으리라는 것을 알고 있다. 하지만 언제고 항상 정확하기는 어려운 일이다. 요점은 그녀가 노력했다는 것이다.

나나의 석사 논문은 미국에서의 미스 반 데어 로에에 대한 비판적 수용을 주제로 한 것이었다. 그녀는 그를 이상화한 사람들을 좋아하지 않았다. 나나가 그를 좋아했다는 것은 분명하지만 그녀는 또한 정확성을 좋아하는 여자이기도 했다.

우선 먼저, 그녀는 미스가 베를린에서 시도했던 혁명적인 건축과 미국으로 건너가 설계한 마천루들 사이에서 민주주의 이론에 근거한 자연스러운 진행을 보지 못했다. 하지만 그녀가 찾으려 한 연결 고리는 심미적인 것이었고 정치적인 것이 아니었다. 그녀의 두 번째 쟁점은 미스가 정치적이었을 때 미스 그 자신과 관련된 것이었다. 예를 들자면, 미스는 바우하우스 이론에 따라 평평한 지붕을 고집했다. 바우하우스의 주장에 따르면 뾰족한 지붕들은 부르주아적이라는, 카이저의 왕관을 상징한다는 것이었다. 반면에 나나는 뾰족한 지붕들이 꼭 필요한 것이라고 생각했다. 그 지붕들은 실제적이고, 빗물을 아래로 흘려보내고, 그리고 독일에는 비가 많이 내리니까.

그녀는 베를린에 있는 미스 반 데어 로에의 최고 걸작인 뉴 내셔널 갤러리를 보러 갔던 일을 떠올렸다. 거기에서는 모든 방들에 조그만 물통들과 물을 흠뻑 빨아들인 대걸레들이 전략적인 거리를 두고 배치되어 깔끔한 선들을 흩뜨리고 있었다.

나나가 괴짜로 여겨질 수도 있다는 것은 알지만 그래도 나는 그녀를 좋아한다. 세세한 것들에 대한 그녀의 관심이 마음에 든다. 때로는 그것 – 사실에 대한 관심 – 으로 충분한 인식을 얻을 수 있다고는 생각하지 않지만. 그렇더라도 정확한 역사학도가 되는 데에는 잘못된 것이 아무것도 없다.

여러분도 알 테지만 친구들과 어울려 떠들기 좋아하는 사람이 건축에 대해서 생각하면 그는 곧바로 누군가에게 이야기를 할 수 있다. 친구들과 어울려 떠들기 좋아하는 사람이 바이마르 시절 독일 공공 디자인의 본질에 관한 새로운 이론을 접하게 되면 그 또는 그녀에게는 귀를 기울여주는 경청자가 생긴다. 반면에 그저 앉아서 읽고 생각만 하는 사람들은 단지 그들 자신에게만 끌릴 수 있을 뿐이다. 그런데 나나는 그런 타입의 사람, 그러니까 조용한 사람이었다.

이게 무슨 빌어먹을 시간 낭비람? 1962년에 아트 갤러리의 디자인을 정치화하려 했던 미스의 시도를 고찰하면서 나나는 그런 생각이 들었다. 그것은 너무도 지독한 시대착오적 발상이었고 한 이론을 30년씩이나 고수하는 것은 정말 너무도 나태하다는 것이 나나의 생각이었다. 그것은 단지 향수의 한 형태에 지나지 않았다.

이제 알겠는가? 그녀는 괴짜였지만, 그렇더라도 매력적이었다.

6

하지만 섹스에는, 섹스에는 시간이 걸린다. 연습도 필요하다.

이것은 이를테면 그들이 어떻게 처음으로 섹스를 했느냐 하는 것이다. 그들이 처음으로 섹스를 한 것은 처음으로 키스를 한 지 일주일 뒤의 일이었다. 그리고 4월 28일부터는 3주 뒤였다.

한밤중에, 코벤트 가든 호텔에서, 모이샤와 나나는 알몸이었다. 윙윙거리며 돌아가는 미니바(호텔 객실 안의 냉장고, 옮긴이)가 놓인 구석지에서도 다 보이게 알몸이었다.

그들이 호텔에 있었다고?

호텔은 모이샤가 낸 한턱이었다. 그의 생각은 사람들이 한턱 낸 것에 대해서는 보답을 한다는 것이었다. 하지만 불행히도 그 생각이 맞는지 아닌지 테스트해볼 수는 없었다. 왜냐하면 그는 몹시 취해 있었으니까. 어쩌면 너무 취해서 무엇을 먹을 수도 없었을 것이다. 분명히 너무 취해서 섹스의 즐거움을 음미할 수도 없었다.

빈 미니어처 스톨리치나야(사과향이 나는 러시아의 대표적인 보드카, 옮긴이) 병이 침대에서 바닥으로 툭 떨어졌다.

그것은 섹스 신이 아니었다. 아직은 아니었다. 나는 누구에게도 잘못된 느낌을 심어주고 싶지 않다.

모이샤는 나나의 길고 가냘픈 몸 위에서 흔들거리며 손등으로 사랑스럽게 그녀의 배를 쓰다듬었다. 이제는 손등이 이단적인 성기로 보일 수도 있었다. 아니, 실제로 그것은 이단적인 성기였다. 그러나 모이샤는 거기에 생각을 부여했다. 손등은 창의력 풍부하게 부드럽다고. 그것이 한 가지 이유였다. 그리고 좀 더 슬픈 다른 이유도 있었다. 그가 손등으로 나나를 쓰다듬은 이유는 그녀가 모이샤의 손가락에 생긴 불그레하고 거친 습진의 거칠거칠한 감촉을 느끼지 못하게 하려는 것이었다.

나나는 그의 페니스를 꽉 움켜쥐고 있었다. 하지만 발기한 페니스는 아니었다. 두 사람은 자기네가 그래야 한다고 상상하는 방식으로 – 진지한 표정으로, 결의에 찬 표정으로 – 서로를 바라보았다. 아주 진지한 표정으로. 모이샤가 아래를 흘끗 내려다보고는 자신의 페니스가 어떻게 될 것인지 확인해보려고 했다. 하지만 페니스는 보지 못하고 나나의 오른쪽 손등에 있는 주근깨만을 보았다. 그는 그 주근깨들을 유심히 살펴보았다, 양 팔꿈치를 괴어 등을 젖힌 채 양 팔꿈치로 버티고 누워서 그 주근깨들을 유심히 살펴보았다. 다음에 그는 자신의 하복부에 매달려 있는 양초(반쯤 발기해 늘어진 페니스를 뜻함, 옮긴이)를 알아차렸다. 그와 나나 모두가 그의 우아하지 못한 페니스를 관찰하는 동안, 모이샤는 배를 안쪽으로 끌어당기려고 했다.

나나와 모이샤의 첫 번째 섹스 신은 섹스 신이 아니었다. 조금은 섹스 신처럼 보였지만 그렇더라도 섹스 신은 아니었다. 그것은 익살극이었다.

모이샤는 침대에서 내려왔다. 그리고는 마실 것을 가지러 가거나, 무슨 이유라도 있는 것처럼 창가에 서 있거나, 또는 아무 짓도 하지 않고 자기의 축 늘어진 배와 축 늘어진 성기를 내려다보았다. 그러다 한심하게도 그는 슬림라인 미니 슈웹스 토닉워터 캔을 잘못 밟았고 비틀거리며 무릎이 꺾이는 동안 그의 입이 벌어졌다. 마침내 그가 뒤뚱거리던 몸을 바로잡고 숨을 내쉬기 시작했다가 다 내쉬었을 때쯤 떨리는 목소리로 뇌까렸다. "젠장, 빌어먹을."

킥킥 웃으면서 그들은 서로에게로 파고들어 싱글침대에서 서로를 꼭 끌어안았다.

나는 싱글침대가 이상해 보인다는 것을 안다. 나나도 침대가 싱글인 것에 놀랐다. 그러나 거기에는 설명할 것이 한 가지 있었는데, 그 설명은 금전적인 것이었다. 모이샤는 슬픈 어조로 그녀에게 더블 룸은 숙박요금이 천문학적이라고 이유를 댔다.

7

새벽 4시에 나나는 잠을 깼다. 아직 술이 덜 깨어 숙취가 남아 있었다. 그녀는 하품을 하고 또 하며 일어섰다. 그리고 물 컵을 들어 올리다가 미끄러뜨려 침대에 물을 쏟았다.

그녀는 사랑을 하고 있었다. 지금 이 말이 계집아이 같은 소리로 들린다는 것은 알지만, 그래도 그것이 사실이었다. 그녀는 속이 메슥거리는 중에도 자기가 거기에, 모이샤가 숙박비를 치른 싱글 룸에 있는 것이 굉장하다고 생각했다. 그리고 또 모이샤는 잠들어 있고 자기는 깨어 있는 것도 멋지다고 생각했다.

이제부터 그 장면을 설명하도록 하겠다. 그 어둑새벽 목가(牧歌)를 설명하도록 하겠다.

위에서 내려다본다면 여러분은 모이샤가 자고 있는 동안 침대와 서 있는 나나를 보게 될 것이다. 침대 위에는 라울 뒤피 (Raoul Dufy: 1877~1953, 프랑스 화가·디자이너, 옮긴이)의 화창한 풍경을 묘사한, 클립 프레임 액자(그림이나 사진을 간편하게 넣었다 뺐다 할

수 있도록 액자 뒤판을 클립으로 고정시켰다 풀었다 하도록 된 액자, 옮긴
이)에 든 복사본 판화가 한 점 걸려 있었고 창틀에는 붉은 제라늄
꽃들이 심어진 계단식 화분이 놓여 있었다. 그리고 판화 옆으로
는 밖에서 내리는 비가 창문틀에 갇혀 있었다. 하지만 나나는 그
매혹적인 배열도, 또 그녀 뒤쪽에 있는 어항 한 귀퉁이에서 한 물
고기가 다른 물고기를 스쳐 지나가는 것도 보지 못했다. 그래서
그 금붕어가 그녀의 머리를 수평으로 가로지르거나 통과하는 것
을 볼 수 없었다. 실내장식은 그녀의 첫 번째 관심사가 아니었다.

　와인 두 병에 더해서 미니어처 스톨리치나야 네 병에 미니어
처 짐빔 세 병에다 미니어처 고든 진까지 해치운 탓으로 그녀는
오줌이 마려워 죽을 지경이었다.

8

　이 이야기에서 다음 번 사건은 펠라치오(음경구강성교, 옮긴이)
였다.

　나는 그것이 좋게도, 또는 나쁘게도 보일 수 있다고 생각한
다. 개인적으로 나는 그것을 좋게 보지만 그렇다고 해서 내가 펠
라치오를 본질적으로 좋다고 생각한다는 얘기는 아니다. 뭐랄
까, 아니 나는 펠라치오를 좋게 여겨서 여간해서는 펠라치오에
반대하지 않는다, 하지만 그것이 내가 여기에서 펠라치오가 제

격이라고 생각하는 이유는 아니다. 내게는 또 다른 설명 방법이 있다. 사랑은 많은 부분이 섹스에 달려 있다. 섹스 없이 사랑을 지속시킨다는 것은 어려운 일이다. 그래서 결국, 나나와 모이샤가 서로를 진정으로 사랑하려 한다면, 그들은 섹스까지 가야 했다. 그것이 내 이론이다.

그것은 또 나나의 이론이기도 했다.

그런데 그날 아침 나나의 행동 이면에는 또 다른 은밀한 동기가 있었다. 그녀는 모이샤의 고도로 숙달된 옛 애인들의 끝없는 행렬을 상상하고 있었다. 의심의 여지없이, 그들은 나나보다 더 고도로 숙달되어 있었다. 나나는 모이샤가 과거에 사귀었던 맵시 좋은 여자들과는 경쟁 상대가 못 되었다. 나나와는 달리, 그 완벽한 여자들은 5인치 하이힐을 신고서도 걸을 수가 있었고, 그들의 젖가슴 역시 브래지어를 하지 않고도 탱탱했다. 요가로 단련된 그들의 팔다리는 그 어떤 성행위 자세에도 낯설지 않았다.

모이샤가 과거에 사귀었던 맵시 좋은 여자들이 우리 모두에게 일종의 수업이 되어야 한다는 것. 그것이, 나는 잘 모르겠지만, 자신의 매력을 믿지 않았던 여자의 결론이다. 그것이 자신의 성적 매력에 자부심을 느끼지 못했던 여자의 자연스러운 결론이다.

다만 나는 사람들이 절대 그런 결론에 이르지 말았으면 좋겠다.

나나는 물을 좀 들이켰다. 그런 다음 졸려서 멍한 정신으로 모이샤의 가슴에 난 검은 버섯구름 같은 보드라운 털을 지나 그의 배꼽에서부터 점점 더 희미해지는 수직선을 따라서 음모를 거쳐 정해진 경로로 내려가 마침내는 성기에 이르렀다. 그 대목에서 그녀는 입술 크림이 발라진 자신 없는 입술을 열어 아주 가만가만히 모이샤를 감쌌다. 모이샤가 커지고 더 커지고 하다가 졸리게 잠을 깼다. 그는 따뜻하게 흘러나온 침이 자기의 고환 주위에서 차가워지는 것을 느낄 수 있었고 그 느낌이 그에게 커다란 만족감을 주었다.

어떤 사람들은 성교 행위가 이루어지기도 전에 펠라치오를 하는 것은 일반적인 섹스 에티켓에 어긋난다고 생각하는데, 나는 그것을 이해할 수 있다. 펠라치오는 좀 의외의 것이니까. 나는 그것을 인정한다. 그것은 나에게도 의외의 것에 가까운 일이다. 그러나 섹스 에티켓은 가변적이어서 상황에 맞추어져야 하는데 ─ 이 경우에는 불안감으로 특징 지워진 것이었다. 그리고 불안감으로 특징 지워진 섹스 상황에서 사람들은 종종 부드러운 펠라치오보다 훨씬 더 극단적인 방법에 호소한다. 펠라치오의 예비 행위는 사실상 꽤나 조심스러웠고 나나는 모이샤에게 펠라치오를 온전히 다 해줄 생각은 아니었다. 그래서 오르가슴에 이를 때까지 그러고 있지는 않았고, 펠라치오는 단지 맛보기용이었다.

나나는 일을 후딱 해치워버리려 하고 있었다. 그 불안해하는 상황에서 두 사람 모두 섹스를 원했다. 하지만 실제로는 양쪽 모두 이미 섹스를 하고 난 뒤였더라면 하는 생각을 하고 있었다. 그 정도로까지 그들은 불안해하고 있었다. 모이샤는 나나 위에서 불안해했고 나나는 모이샤 밑에서 자기가 그를 불안케 하고 있다고 불안해했다.

그녀는 모이샤의 성기에서 입을 떼고 위로 올라갔다. 그런 다음 양손과 양 무릎을 짚고 모이샤의 몸 위로 웅크려 그의 납작하게 납작한 젖꼭지를 혀끝으로, 분홍색 젖꼭지를 분홍색 혀로 가로질렀다. 그런데 나는 그녀가 매우 용감해져 있었다고 생각한다. 그것은 – 조용히 즉흥 연기를 하는 것은 – 어려운 일이니까.

"나한테 섹스 해달라고 해줘." 모이샤가 그녀에게 말했다.

나나는 조심스럽게 곁눈질을 하며 그저 미소만 지었다.

"그래 달라고 해줘." 그가 되뇌었다.

모두가 알고 있듯이, 섹스는 지배 게임이다.

나나는 모이샤를 보고 있었다. 모이샤가 너무 급하게 서두르고 있는 건 아닐까 하는 생각을 하면서. 하지만 그녀는 자기의 땅딸막한 연인이 행복해하는 것을 원하기도 해서 그가 해달라는 대로 해주었다.

"나한테 섹스 해줘." 아니, 그녀는 말을 길게 끌어 이렇게 말했다. "난~테 섹스 해줘어. 해줘어어."

그런데 다음에는, 그런데 다음에는, 모이샤가 말을 듣지 않고 자기가 먼저 페이스를 늦췄다. 그리고 프로처럼, 그녀를 가만히 놓아둔 채 그녀의 성기를 만지며 손가락만 살며시 밀어 넣었다.

그 애무에 행복해져서 그녀는 가만히 눈을 감았다.

나나는 행복하게 눈을 감고 속으로 이것 말고는 아무것도 생각하지 말자고 했다. 하지만 그런 생각을 하자마자 자기도 모르게 다른 생각이 떠올랐다. 미니바에 대한 생각이었다. 그래서 생각을 하는 대신 그녀는 눈을 떴다. 눈을 뜨고 모이샤의 입술을 바라보았다. 그의 벌어진 입술을 바라보면서 그 상황에 맞는 자세를 취했다. 그러자 자기에게 새 립스틱이 있어야 한다는 생각이 떠올랐고 그 생각에 이어 아이섀도가 엷어져가고 있다는 생각도 떠올랐다. 그녀의 눈썹은 황토색 음영이 없으면 아주 비현실적으로 엷어 보였기 때문에 아이섀도가 황토색조라야 했다. 하지만 그녀는 근래에, 심지어는 퓨어 뷰티 화장품 가게에서도, 그 아이섀도를 보았는지 못 보았는지 통 기억이 나지 않았다.

다음에 모이샤가 몸을 돌렸다. 그녀 위로, 그녀의 등 뒤로 몸을 돌려 그의 성기를 그녀에게 밀어 넣었다. 그리고 동작을 멈추었다. 나나는 입을 다문 채 적당한 소리로, 숨이 막히는 것 같은 신음 소리를 냈다. 그가 성기를 좀 더 밀어 넣었고 그녀는 신음 소리를 좀 더 냈다.

그것은 섹스였다! 그것은 섹스 신이었다!

마침내 그 일이 끝났다. 사실, 그 일은 아주 빨리 끝나버렸다. 다른 많은 남자들처럼, 모이샤는 지나치게 흥분해 있었다. 그렇게 빨리 끝난 것이 특히 더 한심했던 이유는, 모이샤가 신의 섭리를 시험하고 싶지 않아서 섹스 전에 자위를 하는 예방책을 쓰지 않았기 때문이었다.

나나는 오르가즘에 이르지 못했다. 그런데 나는 그것이 놀랄 일은 아니었다고 인정해야 한다. 나나에게도 분명히 그것이 놀랄 일은 아니었다.

하지만 그 사소한 불일치로 인해 여러 가지 열에 뜬 생각들이 떠올랐다. 특히 모이샤에게 여러 가지 열에 뜬 생각들이 떠올랐다. 나나가 긴장이 풀려서 만족스럽게 그를 꼭 끌어안고 있는 동안, 모이샤는 그녀가 어떤 느낌이었는지가 궁금했다. 직접적인 칭찬을 기대하는 것은 너무 심하리라는 것 정도는 모이샤도 알 수 있었지만, 아무 말도 오가지 않는 것이 그로서는 좀 불안했다. 나나는 그저 시무룩해하고 있을 뿐이라는 생각이 그를 놓아주지 않았다.

오 모이샤. 모이샤, 모이샤, 모이샤. 말 없는 순간이 있어서는 안 된다고? 상호 침묵은 있을 수 없다고? 그대는 언제까지고 그걸 두려워 할 셈인가?

나는 여러분에게 이 얘기를 해주어야 한다. 불행히도 그는 언제까지고 그걸 두려워 할 거라고.

그는 자신의 성기가 쪼그라드는 것을 느낄 수 있었다. 그래서 그 민망한 상황을 최소한으로 줄이기 위해 그녀가 내뻗은 왼팔 위로 몸을 굴려 그녀 옆으로 옮아갔지만 나나는 그에게 깔린 팔을 빼냈다.

나나에 대해서 말하자면, 그 시점에서 그녀의 감정은 행복감과 불쾌감이 뒤섞여 있었다. 그녀는 섹스를 했다는 것에 행복했다. 하지만 허벅지 안쪽 근처에서 근질거리고 끈적거리는 정액 때문에 불쾌했다. 그녀는 화장실로 가서 몸을 씻을까 하는 생각을 해보았다가 그러지 않기로 했다. 그대로 있어야 할 것 같아서였다. 몸을 씻는 것은 도취되지 않은 것으로 보일 수도 있는 거였으니까. 그리고 어느 면에서는, 자기가 끈적거리는 느낌을 꽤나 좋아한다고도 생각했고 그렇게 바뀐 생각이 마음에 들기도 했다. 그녀는 산산이 부서져 망가지고 타락한 느낌이었다.

　그녀는 그 타락한 느낌이 좋았다.

　그래서 그녀는 젖은 양쪽 허벅지를 비벼 문지르며 물었다.

　"자기는 우리 모두 이제 곧 산산이 부서질 거라고 생각해? 자기는 우리가 J. G. 발라드(중국 태생의 영국 단편작가, 옮긴이)의 그 책에서처럼, 그 책 제목이 뭐였더라, 충돌? 자동차 충돌에서만 섹스를 할 수 있는 사람들이 될 거라고 생각해?"

　모이샤는 그녀를 매혹시키고 진정시켰다. 곰곰 생각하고 뜸을 들이며 그녀를 바라보다가 안심을 시켜주었다.

　"나는 운전 못해." 모이샤가 대답했다.

10

나는 그 대답이 위트 있었다는 것을 안다. 남자 연인이 위트 있을 때는 근심걱정 없고 노련해 보인다. 그러나 사실은 뭔가 좀 달랐다. 모이샤는 무사태평하고 근심걱정 없는 것이 아니었다. 그는 거칠고 화난 생각들을 하고 있었다.

섹스를 하는 동안에는 남자 연인이기가 어렵다. 행위에 부정할 수 없이 객관적인 수행적 측면이 있기 때문이다. 슬프게도, 지속 시간은 객관적이다. 그것은 17초일 수도 있고 55분일 수도 있다. 동시에 둘 모두일 수는 없다. 그런데 모이샤는 지속 시간이라는 잔인하게 객관적인 속성에 대해 생각하고 있던 탓으로 거칠고 화난 생각들에서 벗어나지 못하고 있었다.

모이샤의 성가신 바람은 나나가 어떤 식으로든 섹스에 빠져들어 그녀의 시간 감각이 증발해버렸으면 하는 것이었다. 그녀의 시간 감각이 정처 없이 떠돌지 않았다면, 그의 생각으로는, 그녀가 위트 있는 생각들을 하고 있을 것 같았다. 당연히 그럴 것이었다. 그런데 모이샤는 그녀가 위트 있는 생각들을 하는 것을 원치 않았다.

물론 나나는 위트 있는 생각들을 하고 있지 않았다. 나나는 그저 질 내부로의 침투가 정상적으로 끝났다는 것에 만족해하고 있었다. 완벽하게 만족해하고 있었다.

만족해하지 못하는 것은 모이샤였다. 코벤트 가든 호텔에서 모이샤는 동성애적 관점을 보고 있었다. 동성애자의 유리한 점 한 가지는 남자들의 평균치가 무엇인지 정확히 알 수 있어서 불확실성으로 고민하지 않아도 되는 것이라는 생각을 하고 있었다. 양성애의 문제점은, 모이샤의 생각으로는, 남녀 양쪽의 은밀함이었다. 거기에는 투명성이라고는 없었다. 한 남자를 다른 남자들과 비교 평가해주는 가이드는 여자들이었는데, 여자들은 충분히 믿을 만하지가 못했다. 너무 도덕적이어서 믿을 수가 없었다. 그들은 언제나 너그러웠다. 아니, 어쩌면 다른 사람들에게 이야기할 때는 그렇지 않을 수도 있겠다는 것은 모이샤도 인정했다. 하지만 그와 함께 침대에서 시적인 비를 지켜보고 있을 때면 그들은 언제나 그렇게도 다정했고 마음을 편하게 해주었다. 그들은 그와의 섹스가 정말 좋았다면서 모이샤의 상냥한 배려와 지속시간을 칭찬했다.

아니, 모이샤는 남자들을 원했다. 다른 남자들과의 솔직한 토론을 원했다. 하지만 그럴 수 없다는 것이 그를 슬프게 했다. 그것이 그를 슬프게 한 이유는, 실제로 그런 일이 일어날 수 있다고는 믿지 않았기 때문이었다.

어쩌면 이야기가 옆길로 새는 것처럼 보일 수도 있겠지만 모이샤가 이상적이라고 여기는 대화는 없었다. 그런 대화가 있었던 것은 오래전 일이었는데, 그래도 있기는 있었다.

1928년 3월 3일, 앙토냉 아르토(프랑스의 작가·영화배우, 옮긴이), 앙드레 브르통(의학을 전공한 프랑스의 시인으로 1924년에 초현실주의 선언을 발표함, 옮긴이), 마르셀 뒤아멜(프랑스의 배우·영화감독으로 기계문명에 대한 분노를 표명함, 옮긴이), 뱅자맹 페레(프랑스의 다다이즘 시인, 옮긴이), 자크 프레베르(프랑스의 시인·시나리오 작가, 옮긴이), 레이몽 크노(프랑스의 소설가, 옮긴이), 이브 탕기(프랑스 태생의 초현실주의 화가, 옮긴이), 그리고 피에르 위닉(프랑스의 소설가, 옮긴이) 등이 한데 모여 섹스에 대한 이야기를 나누었다. 나는 그들 중 몇몇은 개인적으로 유명하지 않다는 것을 알고 있다. 하지만 그들에게도 중요한 점이 있고, 그러므로 무시되어서는 안 된다. 그들은 초현실주의 그룹의 주요 멤버들이었다. 그리고 섹스에 대해서 솔직하게 이야기하는 것이 공정하고 완벽한 사회를 창조하는 데 필요한 출발점이라고 생각했다. 그들은 그것이 첫 번째 정치적 단계라고 생각했다.

만일 모이사가 거기에 있기만 했더라면, 나는 그 모임이 그를 진정시켰을 것이라고 생각한다. 그 모임이 많은 남자들을 진정시켰을 것이라고 생각한다.

11

레이몽 크노 여러분은 한동안 성교를 하지 않았습니다. 여자와 단둘이 있게 된 순간부터 사정할 때까지 얼마나 오래 걸리겠습니까?
자크 프레베르 어쩌면 5분, 어쩌면 한 시간요.

마르셀 뒤아멜 나도 같은 생각이오.

뱅자맹 페레 거기에는 두 부분이 있어요. 첫 부분은 섹스행위 그 자체 이전의 꽤나 길어질 수 있는, 아마도 그때의 내 욕망에 따라 30분쯤 되는 시간. 둘째 부분은 5분쯤 되는 섹스 행위.

앙드레 브르통 첫 부분은 30분보다 훨씬 더 길어요. 거의 무한정으로. 둘째 부분은 아무리 길어야 20초.

마르셀 뒤아멜 더 정확히 말하자면, 둘째 부분은 최소 5분.

레이몽 크노 전희 행위 최대 20분, 둘째 부분 1분 미만.

이브 탕기 첫 부분은 두 시간. 둘째 부분은 2분.

피에르 위닉 첫째: 한 시간. 둘째: 15초에서 40초 사이.

앙드레 브르통 그러면 두 번째로 할 때는요? 가능한 가장 빠른 시간 내에 다시 한다고 가정한다면요? 나는 섹스 행위에 3분에서 5분이오.

뱅자맹 페레 섹스 행위는 대략 15분 내외.

이브 탕기 10분

마르셀 뒤아멜 나도 같아요.

피에르 위닉 그때그때 달라요. 2분에서 5분 사이.

레이몽 크노 15분 정도.

자크 프레베르 3분에서부터 길게는 20분까지. 음모를 밀어낸 여자와의 섹스는 어떻게 생각해요?

앙드레 브르통 아주 멋지고 무한히 더 낫지요. 나는 그걸 본 적은 없지만, 틀림없이 대단할 거예요.

12

나는 정말로 모이샤가 자신의 성행위에 대해 그렇게까지 당황해할 필요는 없었다고 생각한다. 초현실주의 운동 창시자인 안드레 브르통은 아무리 길어야 20초 내에 사정한다고 했다. 또 소설가이자 『지하철에서의 자지(*Zazie in the Metro*)』 저자인 레이몽 크노는 1분도 버티지 못한다고 했다.

반면에 모이샤는 6분 47초를 버티고 나서 사정했다. 앙드레 브르통이나 레이몽 크노에 비한다면 그는 슈퍼맨이었다. 그는 반쪽만 유대인이었을 수는 있어도, 반쪽이 잘못되었을 수는 있어도, 여전히 선민(選民)들 축에 끼어 있었다.

그런데 주목할 만한 것은 그의 성적인 능력만이 아니었다. 그는 또한 "면도한 섹스"의 전문가이기도 했다. 그랬다, 모이샤는 털 없는 여자 성기를 보았다. 그가 열일곱 살이었을 때, 제이드라는 그의 생애 첫 번째 여자 친구가 모이샤에게 줄 생일선물로 자기의 음모를 모두 밀어냈었다. 그녀는 아주 잘 발라지는 이막 센시티브 제모크림을 써서 그렇게 했다. 그리고 프리지 인 브릭스턴(런던에 있는 라이브 디스코클럽, 옮긴이) 여자 화장실로 그를 데려가 자기의 바지 속으로 손을 밀어 넣게 했고 그래서 모이샤는 아기처럼 매끈하고 참을 수 없이 음란한 그녀의 촉촉한 그곳을 만져볼 수 있었다.

모이샤는 섹스 예술의 대가, 타고난 재주꾼이었다.

13

하지만 나는 지금 우리가 파파를 무시하고 있는 것이 아닌가 하는 생각이 든다. 그리고 나는 파파를 무시하지 않을 것이다. 이제 모이샤와 나나가 마침내 섹스를 한 만큼, 우리는 잠시 그들을 대신 무시할 수 있다.

그의 딸이 이단적인 유대인 젊은이에게서 만족을 얻고 있는 동안 파파는 양복을 한 벌 고치고 있었다. 그런데 공교롭게도, 그가 양복을 고쳐달라고 한 사람은 정통 유대인 남자였다.

삶은 그런 아이러니와 우연의 일치로 가득 차 있다.

블럼멘탈 씨는 파파의 양복장이로 땅딸막한 몸집에 네모난 얼굴을 한 75세의 노인이었다. 그에게는 머리칼이 없었다. 그는 카디건을 입었고 해치 엔드의 셰익스피어 클로즈와 밀턴 가 모퉁이에 있는 유대교회당 옆에서 살았다. 런던 전역을 나타내는 지도에는 유대교회당들이 다윗의 별로 표시되어 있었다. 그는 아내와 함께 살고 있었는데, 블럼멘탈 부인 역시 땅딸막한 몸집에 얼굴이 네모난 여자였다. 하지만 그녀에게는 머리칼이 많았고 카디건을 입지도 않았다.

장소는 셰익스피어 클로즈와 밀턴 가 모퉁이에 있는 그들의 튜더 양식을 흉내 낸 집, 때는 일요일 아침이었고, 파파는 바지허리와 윗도리 어깨 사이즈를 줄여달라고 하고 있었다.

블럼멘탈 씨는 블럼멘탈 부인과 함께 쓰는 거실에서 무릎을 꿇고 앉아 입에 핀들을 일렬로 문 채, 파파의 히스 속 식물 섬유가 섞인 양말 위로 몸을 굽히고 있었다. 그는 파파에게 그처럼 고급 천을 고르는 안목이 있다고 칭찬을 하면서 동시에 그 양복을 만든 사람들이 솔기 바느질을 제대로 하지 못했다고 비판도 하고 있었다.

파파는 이스라엘 경치 사진들이 실려 있는 커피 테이블 용 책(꼼꼼히 읽기보다는 그저 넘겨보도록 만든, 사진과 그림이 많이 실린 크고 비싼 책, 옮긴이)을 보았다. 번쩍번쩍한 바르미츠바(유대교에서 13세가 된 소년의 성인식, 옮긴이) 숄을 두른 소년의 사진 둘레로 소용돌이 모양의 황금색 실 장식과 빨간 테두리가 덧대어진 액자를 보았다.

그런데 파파는 무슨 생각을 하고 있었을까? 늘 그랬듯, 파파는 아우슈비츠에 대한 생각을 하지 않으려 하고 있었다.

아우슈비츠?

그것은 파파가 사악해서가 아니었다. 아니 그래서가 아니었다. 그것은 파파가 다정했기 때문이었다.

파파는 아우슈비츠에 가본 적이 있었다. 업무 차 크라코로 여행을 갔던 길에 이스라엘 소년 소녀 여행단과 함께 아우슈비츠로 가보았다. 파파가 거기로 갔었을 때 아우슈비츠는 화창하고 깨끗했다. 잔디도 잘 깎여 있었다. 일본인 단체 여행객들이 입구에 용접된 글자 ─ "Arbeit Macht Frei(노동이 자유를 준다는 뜻임, 옮긴이)" ─ 밑에서 사진을 찍기 위해 포즈를 취하고 있었다. 한 청

소부가 여행 가방이며 아이들의 옷이며 머리칼 따위가 들어 있는 진열 상자들의 유리를 닦고 있었다. 거기에는 몇 톤씩이나 되는 머리칼들이 있었다. 나치는 머리칼들을 무겁게 쌓아올렸고, 파파는 그것이 하나의 업적이라고 생각했다. 그것은 – 모든 것을 비정상으로 만드는 것은 – 하나의 업적이었다.

그러나 실제로는 어느 것도 비정상이 아니었다. 그것이 파파가 아우슈비츠에서 느낀 주된 슬픔이었다. 그것이 비정상이었으면 더 나았겠다고 그는 생각했다. 그러나 모든 사물들이 딱 제대로 된 크기였다. 그것들은 평범한 물건들과 똑같았다.

거기에는, 만일 어떤 여자아이가 몸을 돌렸다면 그 아이의 어깨에 스쳤을 법한, 그 아이의 목에 닿았을 법한 주름장식도 하나 있었다. 모든 것의 비례가 딱딱 맞았다.

정말로 파파는 아우슈비츠에 가지 말았어야 했다. 그곳은 그를 절망케 했을 뿐이었다. 그곳이 그를 파괴했다. 왜냐하면 다정한 사람들은 부당한 침해에 경악하기 때문이다. 그리고 그 때문에 너무도 당황해서 그 이유를 찾아보려고 한다. 어떻게, 그들은 이렇게 묻는다, 어떻게 사람들이 그렇게까지 잔인해질 수가 있을까?

파파는 단지 알고 싶었을 뿐이었다.

언젠가 그는 마이다스 배틀필드 여행사에서 주관한 홀로코스트 홀리데이를 알리는 소책자를 받은 일이 있었지만 거기에 적힌 문구에 너무도 소름이 끼쳤다.

"셋째 날. 오늘 아침 우리는 트레블링카 죽음의 수용소로 차를 몰아갔다. 거기에서는 매일 1만 7천 명에까지 이르는 희생자들이 살해되었다. 오후에 바르샤바로 돌아오면서 우리는 쾌적하고 평화로운 와젠키 공원(폴란드의 마지막 왕이 조성한 유럽에서도 아름답기로 손꼽히는 공원, 옮긴이)을 가로질러, 아마도 쇼팽의 선율에 따라, 어슬렁거렸고 수상(水上)궁전을 방문했다가 저녁을 먹으러 호텔로 돌아왔다."

파파는 아둔하지 않았다. 잔인하지도 않았다. 단지 순진무구했다.

악의 본질을 이해하려는 그 나름의 시도로, 파파는 한동안 잠들기 전에 프리모 레비(이탈리아의 작가·화학자, 옮긴이)의 추천 문구가 있는 구돌프 헤스의 자서전인『아우슈비츠 사령관』을 읽었다. 프리모는 절대로 선전의 대가가 아니었다. 루돌프 헤스에 대한 그의 추천 문구는 이러했다. "이 책은 악으로 가득 차 있다. 이 책에는 문학적 가치라고는 없으며 이 책을 읽는 것은 고뇌다."

루돌프 헤스가 파파를 당혹케 했다.

루돌프는 그저 농부가 되고 싶어 했던 사람이었다. 그가 원했던 것은 사일로(사료·곡물 등을 넣어 저장하는 원탑 모양의 건조물, 옮긴이)와 농기계들을 가진 유쾌한 직업이었다. 그런데도 그의 삶은 아우슈비츠를 통솔하는 것으로 끝났다. 만일 루돌프가 현대에 살았더라면 그의 가장 소중한 바람은 물라드 가구 회사 제품들이 구비된 주방에서 립튼 얼그레이 홍차 잔과 홉노브 레드와인 잔을 앞에 놓고 앉아 브뤼셀 관료주의자들의 사악함을 성토하는 것일 수도 있었다. 그는 조용한 삶을 원했을 것이고 가장 가까이 간 폭력행위는 프랑스의 배신과 부당행위에 대한 항의로 모어톤 인 마시 식품 체인점 밖에서 돼지를 한 마리 죽이는 일이었을 터였다.

그러나 아니었다. 그는 아우슈비츠를 통솔했다.

"아우슈비츠는 어땠지요?" 언젠가 블럼멘탈 부인이 파파의 순진한 질문을 그대로 흉내 내어 되뇌었다.

블럼멘탈 씨가 블럼멘탈 부인을 건너다보았다. 파파와 블럼멘탈 씨는 벨벳 전기안마의자에 앉은 블럼멘탈 부인의 파란색 타이츠에 감싸인 통통한 발을 눈여겨보았다.

"거기가 어땠냐고?" 블럼멘탈 씨가 되물었다. 그런데 그가 뭐라고 할 수 있었을까? "음식이 나빴어." 그가 대답했다. "음식이 끔찍했어."

파파는 그 말이 우스운 것인지 아닌지 정말로는 알지 못했다. 그저 소리 내어 웃지 않았을 뿐이었다. 그는 웃고 싶어서 킥킥거리기까지는 했다. 하지만 킥킥거리는 것은 웃는 것이 아니다.

"당신은," 블럼멘탈 부인이 말했다. "요즘 같은 때에 당신은 이런 얘기로 곤란을 겪게 될 거예요."

"무슨 곤란?" 블럼멘탈 씨가 물었다.

블럼멘탈 부인은 이렇게만 대답했다. "곤란요."

파파는 블럼멘탈 부부를 좋아했다. 그들을 많이 좋아했다. 블럼멘탈 씨가 하얀 조끼 차림으로 무릎을 꿇고 그의 바짓단에 핀들을 찔러 넣고 있었을 때 파파는 그의 팔목에 피어난 검버섯들 사이에서 푸르스름한 색으로 문신된 다섯 자리 숫자를 볼 수 있었다. 그것이 파파를 슬프게 했다.

어쩌면 여러분은 여기에서 다섯 자리 숫자의 중요성을 알고 있을지도 모르지만, 아마도 모를 것이다. 그 다섯 자리 숫자는 블럼멘탈 씨가 아우슈비츠의 초창기 수용자라는 뜻이었다. 그는 수천 명 가운데서 살아남은 단 몇 십 명 중의 하나였고 대부분의 사람들보다 더 오래 견뎌냈다.

하지만 다른 어떤 것이 파파를 슬프게도 했다. 그것은 그저 숫자가 아니었다. 그것은 이것이었다.

"지금 우리 이웃에 흑인 여자가 살고 있어요." 블럼멘탈 부인이 말했다.

"아, 정말요?" 파파가 물었다.

"네, 흑인이요." 블럼멘탈 부인이 대답했다.

"그거 참 좋겠군요." 파파가 말을 받았다.

"좋다니요?" 블럼멘탈 부인이 펄쩍 뛰었다. "유대교회당 바로 옆에 흑인이라고요! 어떤 미치광이 집구석이기에 유대교회당 옆에? 당연히 하나도 좋지 않아요!"

블럼멘탈 부부는 고상했다. 그들 모두 강제 노동 수용소에서 살아남았다. 하지만 그들은 인종 차별주의자이기도 했다. 그들은 흑인을 싫어했다. 그리고 분명히 그것이 파파를 좌절케 했다. 그는 어떻게 생각해야 할지 알 수 없었다. 블럼멘탈 부부가 그를 당황케 했다. 그들은 고상하면서도 비열했다.

의심할 바 없이, 블럼멘탈 부부는 속을 알 수 없었다. 그들은 도덕적으로 애매모호했다.

"그런데 따님은요?" 블럼멘탈 부인이 물었다. "니나는 어떻게 지내요?"

"나나." 파파가 고쳐 말했다.

"나나." 블럼멘탈 씨가 따라 했다.

"그 애는 남자친구를 새로 사귀었어요." 파파가 대답했다.

"그거 좋지요, 남자친구." 블럼멘탈 씨가 맞장구를 쳐주었다. "그런데 이번에는 어때요, 그 남자친구? 썩 좋은 사람일 것 같지는 않은데요."

"그 친구 배웁니다." 파파가 대답했다.

"그럼 썩 좋지는 않군요." 블럼멘탈 씨가 퉁을 놓았다.

"그런데 내 생각엔 그 친구 유대인인 것 같아요." 파파가 덧붙였다.

"그렇다면 분명히 썩 좋지는 않지요!" 블럼멘탈 부인이 자기 딴에는 농담을 한답시고 코를 쿵쿵거리며 새된 소리로 외쳤다.

파파는 용케도 킥킥거릴 수는 있었다. 그것이, 그 끊임없는 하찮은 유머가 정말로 너무도 곤혹스러웠다.

나는 그런 유머를 매우 좋아한다. 하지만 그렇더라도 나는 친절하지 않다. 다정하지도 않다. 나는 파파처럼 그렇게 다정하지 않다.

4. 로맨스

1

내 어머니는 1963년에 프라하로 수학여행을 갔었고, 페트라라는 유대인 여학생 집에 묵었었다.

사실 페트라는 반만 유대인이었다. 어머니 쪽이 유대인이었던. 나치가 프라하를 점령했을 때 사람들은 페트라의 아버지에게 페트라의 어머니를 떠나보내야 한다고 귀띔을 해주었다. 하지만 그는 그러지 않았고 그래서 나치는 그를 테레친에 있는 강제노동 수용소로 보냈다. 그들은 페트라의 어머니도 보냈다. 그러나 두 사람 모두 살아남았다. 그것은 분명히 아주 예외적인 일이었다. 테레친에서 살아남은 사람들은 많지 않았으니까. 살아남은 것을 축하하기 위해 페트라의 어머니와 아버지는 둘째 아이를 갖기로 했다. 그 둘째 아이가 페트라였다.

테레친 이후 프라하에는 유대인들이 별로 남아 있지 않았고, 그 때문에 페트라는 유대인다운 것에 각별한 호기심을 보였다. 그래서 교환학생 프로그램에 참여하기로 했을 때에도 유대인 여학생을 신청했는데, 그것이 내 어머니가 그녀와 함께 지낸 이유였다. 내 어머니 역시 유대인이다.

나중에 페트라와 내 어머니는 정기적으로 편지를 주고받았다. 그러다 1968년, 러시아가 프라하를 침공한 뒤 페트라는 런던으로 건너왔고 내 어머니 가족과 함께 살았다. 그러나 1년 뒤 러시아인들은 해외에서 살고 있는 모든 체코인들에게 돌아오기를 원한다면 3주 동안의 결정할 시간을 주겠다고 선언했다. 만일 그들이 가족을 다시 보길 원한다면 당장 돌아가야 했고, 그래서 그녀는 돌아갔다.

여기에 페트라에 관한 두 가지 사실이 있다. 그녀는 결코 공산당에 입당하지 않았다. 그것이 첫 번째 사실이다. 그리고 두 번째 사실은 이것이다. 그녀는 바츨라프 하벨(1936~2011, 체코의 희곡작가·수필가·시인·반정부운동가·정치가, 옮긴이)의 연극들을 밀란 쿤데라의 소설들보다 더 좋아했는데, 그 이유는 쿤데라가 1975년에 체코슬로바키아를 떠난 것이 저항에 대한 배반이기 때문이라는 것이었다.

그러나 페트라가 1969년에 돌아가기로 한 것은 저항 방침에 동기를 부여받은 것이 아니었다. 또 공산당의 기치에 대한 믿음으로 부추겨진 것도 아니었다. 1969년에 페트라가 체코로 돌아간 것은 런던에서 어떤 청년이 그녀와 결별했기 때문이었다. 그것이 그녀가 돌아간 이유였다. 하지만 그녀는 언제나 자기가 돌아간 것은 가족을 버릴 수 없었기 때문이라고 믿었다. 자기의 유대인 유산을 버릴 수 없었기 때문이라고. 자기는 옳은 일, 제대로 된 일을 해야만 했기 때문이라고. 그것이 페트라의 이론적 설명이다.

하지만 거기에는 보다 덜 낭만적이고 보다 더 긍정적인 해석도 있었다. 런던에서 페트라는 임시직으로 일하고 있었다. 그런데 프라하에서는 페트라의 어머니가 미국 대사관에 그녀의 일자리를 만들어 주기 위해 어떻게든 손을 써두었고 그 일자리는 월급제였다. 보수가 상당히 좋은 월급제였다. 그 월급으로 페트라는 옛 유대인 거주지에 있는 집을 한 채 살 수 있었다. 그녀는 늘 유대인 거주지에 있는 집을 꿈꾸어 왔다. 하지만 그것 역시 꼭 종교적 이유에서만은 아니었다. 그 이유는 그녀가 아르누보를 좋아했기 때문이었다. 여러분도 알다시피, 페트라는 유행을 열망해서 스톤워싱(데님이나 진을 인디고 블루로 염색한 뒤 염색된 제품을 부분적으로 탈색시켜 디자인 효과를 내고자 후처리하는 방식, 옮긴이)을 한 통이 좁은 청바지에 하늘색 폴리에스터 양말과 발등 부분을 뱀가죽 무늬로 처리한 끈 없고 가벼운 검은색 신발을 신었다. 그리고 유대인 거주지의 격자무늬 세공과 천장을 두른 꽃무늬 장식도 좋아했다.

그러니까 페트라는 두 가지 이유로 돌아간 것이었지만 그중 어느 것도 분명한 이유는 되지 못했다. 그녀가 프라하로 돌아간 이유는 20세기 초의 실내장식을 좋아했고 또 남자친구에게서 차이기도 했기 때문이었다.

2

"예예, 예, 예예." 안잘리가 감탄했다.

"그게 마음에 들어요?" 나나가 물었다. "정말로?"

"그럼, 그럼요." 안잘리가 대답했다.

그러면서 안잘리는 강조를 할 셈으로 손을 휙 내젓다가 보드카 토닉이 담겨 있던 빈 유리잔을 툭 쳤다. 잔이 기우뚱거리다가 다행히 제자리를 잡았다.

내가 안잘리의 모습에 대해서 얘기했던가? 내 생각엔 하지 않은 것 같다. 뭐랄까, 그녀의 화장에 대해서는 얘기했지만 그녀의 옷에 대해서는 하지 않았다.

안잘리는 가냘프고 자그마하고 가무잡잡한 몸에 스타일은 사교적이면서도 스포티했다. 안잘리가 평소 때 하는 차림은 열다섯 살 때부터 입어온 낡은 데님 재킷과 검은 줄이 박힌 빨간색 페리 엘리스 트레이닝 바지였고 종종 손목에 은팔찌를 차기도 했다. 그녀의 코에는 콧잔등을 가로질러 좁은 부분에 주근깨들이 나 있었고 양 뺨에는 희미한 연보라색 여드름 자국들이 있었다. 그리고 등을 반쯤 내려가 등뼈 부분에는 사마귀가 하나 있었다.

나중에 가서는, 나나는 그 사마귀를 지겨워하게 될 것이었다.

하지만 나는 지금 너무 앞질러 가고 있다.

"나는 때때로 미스가 조금은, 조금은 너무 실용적이었다고 생각해요." 나나가 말했다.

"그 사람의 마천루들처럼요?" 안잘리가 물었다.

"아 아뇨, 그것들은 대단하죠."

"아, 그래요, 멋지죠."

"그 건물들은 정말 꾸밈이 없거든요." 나나가 설명을 덧붙였다.

"나는 그 마천루들이 좋아요. 그 프리드리히슈트라세 마천루, 그건 정말 아름다워요." 안잘리가 맞장구를 쳐주었다.

"온통 유리로 된 그 건물 말인가요?"

"그래요, 맞아요, 그 건물."

"아, 그래요, 그 건물 아름답죠." 나나가 동의했다.

여러분도 알 수 있다시피, 그들은 건축 이야기를 하고 있었다. 그들은 지식인이었으니까. 그런데 모이샤도 거기에 같이 있었다. 다만 그는 대화에 끼지 않고 있었을 뿐이었다. 자기가 알아서 끼어들지 않았고, 아무 말 없이 짓눌린 백합들로 가득 채워진 2피트짜리 시험관 옆의 붉은색 가죽 소파에 뚝 떨어져 앉아 있었다. 대신에 그는 돈값이 아깝지 않게 마이바 주인이 하얀 도자기 그릇에다 우아하게 담아 낸 6파운드 50펜스짜리 모듬 일식을 먹고 있었다. 이런 생각을 하면서. 내 몫은 아니더라도, 빌어먹을 내 몫은 아니더라도. 그 음식에 6파운드 50펜스를 치른다는 것은 그의 생각이 아니었다. 그 금액은 그가 개인적으로 치를 만한 것이 아니었다.

그는 말없이 계속 우적우적 먹고 있었다.

안잘리와 나나가 서로를 알아가는 동안에.

"내가 보기에 흥미로운 건 형태가 국제적이 되는 방식이에요." 나나가 말했다. "나는 그들이 옳았다고, 그걸 국제적 스타일이라고 한 게 옳았다고 생각해요. 그러니까 내 말은, 나는 사람들이 그…… 그…… 그…… 바우하우스와 더불어 그걸 순전히 베를린 특유의 것으로 여긴다고 생각해요. 하지만 미스 반 데어 로에는 뉴욕으로 건너가서 같은 건물들을 설계하죠. 그러니까 그건 베를린과는 아무 상관도 없어요. 그건 모두 형태와 관련된 거예요."

안잘리가 고개를 끄덕였다. 그녀는 뭔가를 배우고 있는 것이 오히려 좋았다. 모이샤가 새로 사귄 예쁘장한 여자 친구와 그녀의 어려운 이야기들이 오히려 마음에 들었다. 그녀가 똑똑하다는 것이 재미있고 즐거웠다.

"하지만 지붕은요? 그건 어떻게 된 거죠?" 안잘리가 물었다.

"그게 무슨 말이죠?" 나나가 되물었다.

"뭐랄까, 나는 거기에 독일적인 어떤 이유가 있다고 생각했어요." 안잘리가 대답했다.

"아, 지붕이 평평한 건물들을 설계한 것 말인가요? 뾰족한 지붕에 반한다는 거죠?" 나나가 핵심을 짚었다.

"그래요." 안잘리가 대답했다.

"아, 나는 그거 끔찍하다고 생각해요." 나나가 그러고 나서 덧붙였다. "나는 그게 싫어요. 그건 모두 공산주의하고 관련이 있거든요."

"공산주의하고요?" 안잘리가 의아해했다.

"그들은 뾰족한 지붕들을 왕관 같다고 생각했어요." 나나가 설명했다. "그래서 자기네 지붕들을 평평하게 한 거고요."

"왕관 때문에요?" 안잘리가 물었다.

"그런 거죠." 나나가 대답했다.

"하지만 비가 올 때는 어떻게 하고요?"

"오, 제대로 짚었네요."

나나가 고개를 끄덕였다. 그녀는 이 여자가 오히려 좋았다. 모이샤의 예쁘장한 친구가 오히려 마음에 들었다. 그녀가 똑똑하다는 것이 재미있고 즐거웠다.

"미스는 블라인드를 고르지 않게 하는 것도 거부했어요." 나나가 말했다. "거~어부했다니까요. 그 사람은 블라인드가 올려지거나 내려지기를 원했어요. 뉴욕에 있는 시그램 빌딩, 그 마천루에서도요. 그러자 안에 있던 사람들 모두가 불평을 했죠. 그래서 미스는 타협을 했어요. 또 다른 위치를 추가한 거죠. 그래서 위 또는 중간 또는 아래로 한 거고요, 내 말은."

"단지 세 위치만으로요?" 안잘리가 물었다.

"아, 내가 아는 한에서는요." 나나가 대답했다. "내가 아는 한에서는요."

3

내게는 나나와 모이샤의 로맨스에 대한 아주 간단한 이론이 있다. 그것은 이렇다. 그들의 로맨스는 로맨틱하지 못했다. 뭐랄까, 그것은 일반적으로 로맨틱한 것이 아니었다.

예를 들자면, 로맨스의 기존 개념에서 대단히 중요한 요소는 로맨스가 커플 개념이라는 것이다. 로맨스는 친구의 반대 개념이다.

친구들은 종종 이런 식으로 불평을 한다. "스테이시가 나를 버렸어. 걔는 이제 내내 헨더슨만 보고 싶어 해." 그러나 다른 한편으로 스테이시는, 우리가 잠시 스테이시를 주의 깊게 살펴본다면, 친구들이 자기에게 너무 들러붙는다고 생각한다. 어쩌면 이 예는 좀 추상적일 수도 있다. 나도 그것이 좀 추상적이라는 것을 안다. 그래서 몇 가지 세세한 사항들을 추가하겠다. 스테이시는 혀짤배기소리를 극복했다. 이것은 그녀가 말을 다른 사람들보다 더 느리게 한다는 뜻이다. 그녀는 오른쪽 손목에 여러 가지 색깔의 우정 팔찌를 차고 있다. 그녀의 남자친구인 헨더슨은 그녀보다 나이가 어리고 그것이 그녀를 곤란하게 한다. 그녀는 열아홉 살이고 그는 열여섯 살이다.

어쨌거나, 스테이시는 어느 한 사람과의 관계에 시간을 할애하는 것이 얼마나 중요한지를 자기 친구들은 이해하지 못한다고 생각한다. 이것은 물론 부분적으로는 그녀가 자기 친구들이 헨더슨을 너무 자주 보는 것을 원치 않기 때문이다. 내가 말했듯이 그는 겨우 열여섯 살밖에 되지 않았으니까.

헨더슨에 대해서 말하자면, 그의 친구들 역시 그와 스테이시의 관계가 너무 배타적이라고 생각한다. 하지만 그렇게 생각하는 데는 나름대로 이유가 있다. 헨더슨은 절대로 스테이시를 자기 친구들과 함께 만나려고 하지 않는다. 그들이 그녀의 체격을 알고 있기 때문이다. 스테이시는 아주 가녀린 여자는 아니다. 그래서 헨더슨의 친구들은 그가 단지 어머니의 모습을 원하는 거라고 그를 놀린다. 그가 커다란 젖가슴을 가진 어머니의 모습을 원하는 거라고. 그들은 헨더슨의 고추가 스테이시에게 배꼽처럼 들러붙어 있다고 놀린다.

그런데, 나나와 모이샤는 분명히 스테이시와 헨더슨의 관계와 동일하지는 않았다. 그 어떤 로맨스도 동일하지는 않다.

나나와 모이샤의 관계는 로맨틱하지 않은 로맨스였다.

4

가죽 소파에 앉아 있는 안잘리와 나나, 그리고 창가의 마이바에 앉은 모이샤 옆에 젊은 여자가 하나 있었다. 그녀는 홀치기염색을 한 올리브 색 스카프에 땋은 머리를 했고 땋은 머리끝은 형광 청록색 플란넬 면(綿) 헤어밴드로 단단히 묶여 있었다.

그녀는 프랑스인이었다. 알제리 계 프랑스인. 그녀는 또 다른 알제리 계 프랑스인 친구와 잡담을 하고 있었다. 둘 모두 프랑스 어로 얘기하면서.

"와!" 그녀가 소리쳤다. "와, 에그자그드모(바로 그거야라는 뜻 의 프랑스어 'exactement'을 독특하게 발음해서 낸 소리, 옮긴이), 당 라 비 (dans la vie; 프랑스어로 '인생에서라는 뜻임, 옮긴이), 와."

그러고는 얇은 올리브 색 점퍼를 벗어 청록색 물음표 아래의 점이 여성의 상징 – 십자가 달린 원 – 으로 그려진 소매 없는 검 은 윗도리를 드러냈다.

그것은 그 둘이 레즈비언이라는 광고였다. 그녀가 검은 윗도 리 안쪽으로 검은 실처럼 가느다란 브래지어 끈의 후크를 채웠 다. 그러는 그녀를 나나가 바라보았다. 안잘리도 바라보았다. 다 음에 안잘리는 그녀를 바라보고 있는 나나를 바라보았다.

5

하지만 나나는 레즈비언이 아니었다. 그래서 자기의 남자친 구를 돌아다보았다. 그리고 기분이 어떠냐고 물었다.

모이샤는 기분이 좀 처져 있는 것 같았다. 미묘하게 양념을 한 음식들에 약간 메스꺼워진 모양이었다. 그가 양념이 묻은 손 가락을 빨았다.

"자기에게서 참 좋은 점은," 안잘리가 그에게 말했다. "칭찬받을 만한 음식에 정말로 기회를 준다는 거야. 자기는 정말로 성의를 다 보여, 아무것도 낭비되지 않아."

"나도 알아요." 나나가 생긋이 웃으며 말을 받았다. "그건 틀림없이 저 사람의 청교도 같은 면일 거예요. 낭비를 싫어하는."

모이샤가 "왜 나를 가지고 그래?"하는 제스처로 양팔을 벌리고 응수했다. "그 스타일을 뭐라고 하건 – 인도에서 쓰는 말인데, 루티엔스(인도 뉴델리 건설의 주역이었던 영국의 건축가, 옮긴이) 뭐라는 거 알아?"

그러나 안잘리는 이미 나나와 이야기를 하고 있었다.

"내가 그 팔찌를 너무 좋아한다고요? 내가 저번에 그게 진짜로 아주 멋지다고, 정말 대단하다고 그랬던가요?"

"그걸 어디서 구했어요?" 나나가 물었다.

모이샤는 하던 말을 계속했다. "아니, 그걸 뭐라고 하지?"

"아, 정말요?" 나나가 안잘리에게 물었다. "정말요? 아니, 얘기하지 않았어요."

"어디서였는지는 모르겠어요. 내 생각엔 혹스턴 부티크 같은데……" 안잘리가 대답했다. "아니, 아니, 아니, 그 조그만 곳에서였어요, 어딘지 알 거예요, 브릭 레인을 따라 조금 내려가면 작은 가게들이 있는 공터가 하나 있잖아요. 내 생각엔 그 가게들 중 하나에서였던 것 같은데." 그녀가 말을 이었다. "그리고 모자 속테도 하나 샀는데 아주 시원한 거예요. 또 '나는 파리를 사랑한다'

는 글자가 박히고 조그만 철제 에펠 탑이 매달려 있는 빨갛고 하얗고 파란 허리띠도 하나 샀고요. 우리 언제 거기로 한 번 가보자구요. 아니, 그러니까 내 말은 파리가 아니라 브릭 레인 말예요. 아, 시원해."

"내가 브릭 레인에 있는 베이겔(도넛형의 딱딱한 롤빵) 빵집으로 데려가준 적 있었던가?" 모이샤가 말을 자르고 끼어들었다.

"베이겔? 베이겔이라고 했어?" 나나가 물었다.

"응. 왜? 무슨 말을 하려는 건데?" 모이샤가 되물었다.

안잘리는 담배에 불을 붙였다.

"뭐냐면 바이글, 모두들 바이글이라고 했어." 나나가 대답했다.

"그래, 아마 에지웨어에서는 나만 빼놓고 모두들 '바이글'이라고 할 거야." 모이샤가 인정했다. "하지만 나는 '베이겔'이라고 해. 그런데 어쨌든……"

안잘리가 나나에게 연기를 훅 뿜고는 왼손을 빠르게 휘저어 연기를 흩트렸다.

"에지웨어 출신인가요?" 그녀가 물었다. 그녀는 나나에게 물은 거였다.

"그래요." 나나가 대답했다.

"그거 놀라운데요. 나는 캐논스 파크에 살아요." 안잘리가 말했다.

"정말요?" 나나의 목소리가 높아졌다.

"그런데 어쨌든," 모이샤가 하려던 말을 계속했다. "우리 언제 거기로, 브릭 레인 베이커리로 가보자구. 거기는 값이 아주 싸거든, 베이글이나 다른 것들이 내가 알기론 50펜스밖에 안 해. 크림치즈에다 연어에다 갖가지 것들을 곁들여서."

"아, 그래, 나도 거기 알아." 안잘리가 장단을 맞췄다.

"아." 모이샤가 따라 했다.

"클럽 활동이나 다른 어떤 일이 끝난 뒤 느지막하게 거기로 가보면 정말 좋을 것 같네요." 나나가 안잘리에게 말했다.

"그래요, 나도 거기 알아요."

"거긴 멋진 거리지, 브릭 레인은." 모이샤가 끼어들었다. "베이글과 그 술집…… 이름이 뭐더라? 투 나인 원, 아니, 투 나인 원이 아니고 뭐더라? 원 나인 투, 아니, 아니, 젠장, 나이니 쓰리 피트 패스트. 그리고 카레도." 그가 잠시 말을 멈췄다가 다시 이었다. "거기 그 레스토랑에 가본 적 있어, 프림이라고? 아, 거기는 인도 사라센 식이야."

"뭐라고?" 안잘리가 물었다.

"인도 사라센 식." 모이샤가 대답했다. "그건 스타일이야. 인도에서는 루티엔스 스타일, 뉴델리에서는 이국적인 고딕 양식."

"아 그렇군. 그런데 그게 뭐에 관한 거지?" 안잘리가 물었다.

"뭐 아무것도 아니야." 모이샤가 그러고 나서 같은 말을 되뇌었다. "아무것도 아니야. 그저 내가 그걸 좋아한다는 거지. 나는 그저 이야기를 하려고 했던 것뿐이야."

"이 세상에서 바우하우스 스타일 건물들이 가장 많이 모여 있는 데가 텔아비브라는 거 알아?" 나나가 그렇게 묻고 나서 덧붙였다. "거기에서는 노동자들을 위해 플랫 식 주택들을 지었거든."

"아니, 그건 몰랐어." 모이샤가 대답했다. " 난 그건 몰랐어, 달링."

6

아니, 모이샤는 제대로 된 유대인 젊은이가 아니었다. 그는 유대 민족의 역사를 열심히 공부하지 않았다. 만일 모이샤에게 이스라엘 지도에서 텔아비브를 짚어보라고 한다면, 그가 제대로 짚을 수 있을지 나로서는 의심스럽다.

나는 민족의식에 대해서도 간단한 이론을 가지고 있다. 로맨스와 마찬가지로 민족의식은 존재하지 않는다. 사실, 민족의식은 로맨스다.

때때로 모이샤는 공공연하게 유대인임을 즐겼다. 또 때로는 충성심도 느꼈다. 하지만 그는 자기 나라에 대해 걱정을 하고 싶지는 않았다. 유대인들에 대해서도 걱정하지 않았다. 그것은 부분적으로 그의 아버지 한쪽만이 유대인이기 때문이었다. 또 그의 아버지가 별로 유대인다운 유대인이 아니기 때문이기도 했다. 1968년에 모이샤의 아버지는 이스라엘로 옮겨 갔지만 1973년에 다시 돌아왔다. 이스라엘에 신물이 나서였다. 그리고 1975

년에는 유대인이 아닌 글로리아라는 여자와 흔쾌히 결혼했다.

어느 주말, 모이샤는 나나와 사랑스러운 파파하고 같이 점심 식사를 하면서 자기가 유월절(逾越節)을 얼마나 싫어했는가 하는 이야기로 그들을 즐겁게 해주었다. 자기는 유월절을 딱 한 번밖에 안 치렀지만 그 한 번으로 충분하다고.

"유월절에 대해서 알고 계세요? 무교병(無酵餠; 유대인들이 유월절에 먹는 떡, 옮긴이)을 찾아 돌아다녀야 해요. 가장 어린 아이는 무교병을 찾아 돌아다녀야 하고, 우리 할아버지는 그걸 위층 화장실에 숨겼지요. 아실 거예요, 볼 코크(물탱크 속의 수위를 조절하는 장치. 물에 뜨는 고무공이 달려 있음, 옮긴이)가 달린 물탱크 안에다요. 그리고 다음에는 그걸 먹어야 해요. 그래서 저도 그걸 먹어야 했는데 끔찍했지요. 저는 할아버지가 어떻게 거기로 올라갔는지 모르겠어요." 모이샤가 말을 이었다. "할아버지는 파킨슨병을 앓고 있었거든요. 하지만 할아버지는 거기로 올라갔어요."

파파는 그 이야기가 아주 재미있다고 생각했다. 나나도 그 이야기가 아주 재미있다고 생각했다. 그녀는 입을 다문 채로 쿡쿡 웃었고 그 바람에 머리가 앞뒤로 흔들렸다. 그녀가 그럴 수밖에 없었던 것은 물을 크게 한 모금 꿀꺽 삼켰기 때문이었다.

"그리고 다음에는 이 노래를 불러야 해요." 모이샤가 덧붙였다.

"노래?" 파파가 묻자 모이샤가 그 노래를 불렀다.

"'단 하나의 아이, 단 하나의 아이, 아버지가 2주짐(zuzim; 고대 히브리 은화, 옮긴이)으로 사 온 단 하나의 아이, 단 하나의 아이.'

아니, 이 노래에서 재미있는 것은요," 모이샤가 말을 이었다. "아이와 고양이와 강아지와 지팡이와 불과 물과 황소와 푸줏간 주인이 있고 그 다음에는 죽음의 천사가 푸줏간 주인을 죽이고 푸줏간 주인은 황소를 죽인다는 거예요. 아니, 그 반대가 되겠네요. 푸줏간 주인이 황소를 죽이고 그 다음에 죽음의 천사가 푸줏간 주인을 죽이는 식으로. 정말로 재미있지요."

때때로 그는 충성심을 느꼈다. 하지만 그렇지 않을 때가 더 많았다. 그는 국가에 대한 충성을 이해하지 못했다. 어느 한 대목에서 파파가 나치 친위대 중령 아돌프 아이히만의 재판에 대해 통탄스러워하자 모이샤도 그 재판이 통탄스럽다고 동의했다. 정의가 그처럼 극악무도하게 오용된 것이 통탄스럽다고(아이히만 재판에서 이스라엘 법정은 15가지 항목으로 기소를 하고 그중 한 가지만 유죄여도 사형이라고 미리 정해 두었음, 옮긴이). 그러나 파파가 통탄스러워한 이유는 그것이 아니었다(누가 보아도 아이히만과 변호인단의 변론이 너무도 불충분했다는 뜻임, 옮긴이). 파파는 재판을 받아야 했을 장본인이 광적인 나치 사냥꾼 시몬 비젠탈이라는 데는 동의하지 않았다. 그것은 그저 모이샤의 의견일 뿐이었다.

아니, 모이샤는 유대주의와 편한 관계가 아니었다.

예를 들자면, 모이샤는 1996년 유대인학생연합의 하가다(탈무드 중의 비율법적인 교훈적 이야기; 유월절(逾越節) 축하연에 사용되는 전례서(典禮書), 옮긴이)를 한 권 가지고 있었다. 나도 그 책을 가지고 있다. 유대인학생연합의 하가다는 유월절 전례(典禮)의 올바른 절차를 설명하는데, 히브리어를 모방해 뒤에서부터 시작되고 그러므로 뒤에서 앞으로 읽어야 한다. 나는 그것이 가식이라고 생각한다. 모이샤도 그것이 가식이라고 생각했다. 어쨌든 그 책에는 "왜 유대인인가?"라는 장이 있다. 그 장을 위한 추진력은 브리튼의 우두머리 랍비, 조나단 삭스 박사에게서 나왔다.

인터뷰에 응한 저명한 유대인들 – 그 인물들은 저명하고 그 중에는 커크 더글러스, 유리 겔러, 로잔, 스티븐 스필버그, 그리고 엘리 위젤도 포함된다 – 중의 하나는 토크쇼 호스티스인 바네사 펠츠였다.

다음은 "왜 유대인인가?"라는 삭스 박사의 질문에 대한 바네사 펠츠의 대답이다. 그런데 나는, 유대주의에 회의적인 삭스 박사의 분석 관점에서, 모이샤의 생각에 동의한다는 말을 해야겠다. 모이샤와 나는 모두 바네사의 대답이 좀 언밸런스하다고 생각했다.

이종족간 결혼은 우리에게서 미래를 강탈해요. 그것은 유대인을 비범한 사람들로 만들어준 5000년 동안의 학문, 박해, 유머와 낙관주의를 보존하는 것이 무가치하다고 일축하는 무신경한 짓이에요. 유대인과 이방인과의 모든 결혼은 우리의 본질을 이루는 토대를 좀먹어요. 결국, 유대인 아이들이 없이는 유대인 자손도 없는 거죠. 핀츨리(런던 북부의 한 구역)에 있는 내 세 발짜리 소파에서 보더라도 그건 비극처럼 느껴져요.

바네사 펠츠! 얼간이 바네사 펠츠! 2년 뒤인 1998년에 그녀의 유대인 남편은 그녀에게서 떠났고 바네사는 다른 남자에게로 돌아섰다. 그 남자는 유대인이 아니었는데, 당연히 나는 그 이종족간 결혼에 찬성했다. 그리고 그 유대인 아닌 남자가 바네사 펠츠에게서 떠났을 때는 찬성하지 않았다. 나는 그 불상사로 인해 바네사가 영원히 유대인들이 가리키는 비유대인으로 낙인찍히게 될 것이 우려스러웠다.

7

그런데 안잘리는 어땠을까? 그녀는 자기의 인종적 특성으로 더 괴로워했을까? 아시아 계 영국인인 안잘리는 자기가 물려받은 유산이 뒤섞인 것에 화가 났을까? 아니, 그녀는 아니었다. 뭐랄까, 그녀는 괴로워하지 않았고 영화에 훨씬 더 많이 신경을 썼다.

하지만 영화마저도 인종적으로 문제가 될 수 있다. 안잘리와 그녀의 학교 친구인 아르주나는 1992년에 스파이크 리 감독의 맬컴 X 일대기를 다룬 영화가 나왔었을 때 그 영화를 보러 간 적이 있었다. 그들은 스테이플스 코너 멀티플렉스 영화관에서 그 영화를 보았는데, 관객 중에 백인은 아무도 없었다. 관객 하나하나가 다 순전히 흑인이거나 그 비슷한 부류였다. 하지만 적어도 그들은 맬컴 X처럼 아프리카계 미국인은 아니었고 모두가 다 아르주나와 안잘리 같았다.

그것이 안잘리를 당황케 했다. 아니, 안잘리를 당황케 한 것은 정확히 말하자면 그것이 아니었다. 그것은 관객이 아니라 관객의 태도였다. 뭐라고 설명할 수는 없었어도, 그들 모두가 맬컴 X와 동일했다. 그것이 어이없어 보였다. 안잘리는 속으로, 내가 나 자신을 맬컴 X라고 생각하지 않고도 이 영화를 확실히 좋아할 수 있을까? 하는 생각을 해보았다. 그들이 스테이플스 코너 멀티플렉스 영화관에서 걸어 나오는 동안 안잘리는 아르주나를 바라보았다. 그녀는 그를 좋아했다. 아니 그게 아니었다. 그녀가 좋아한 것은 단지 그의 안경, 양쪽 안경테에 그 안경을 구입하면 어떤 식으로든 월드와이드 기금을 지원하게 된다는 표시로 작은 팬더곰이 새겨진 네이비블루 안경테였다. 아르주나는 블랙파워 자유 투사처럼 보이지는 않았다. 더구나 그의 아버지가 그를 케논즈 파크에 있는 집으로 데려가려고 월넛 마감이 된 흰색 메르세데스 승용차를 몰고 왔을 때에는 더더욱 블랙파워 자유 투사처럼 보이지 않았다.

안잘리는 관객의 태도를 이해할 수 없었다. 「맬컴 X」는 좋지도 나쁘지도 않은 그저 그런 영화여서 그녀가 기억할 수 있는 것은 호텔 침실에서 맬컴 X 주위로 360도 원을 그리면서 돌아가는 수평 이동 촬영뿐이었다. 그 하나만이 유일하게 의미 있는 촬영이었다.

그러나 거기에는 인종차별이라는 복잡한 문제가 있었고 그것이 사실이다. 인종 문제에 있어서라면 안잘리도 민감할 수 있었다. 그녀는 인정하지 않을 수도 있었지만 그래도 민감했다. 예를 들자면, 안잘리가 인도에 대해 좋아하는 것은 발리우드 영화뿐이었다. 그리고 안잘리가 발리우드 영화를 좋아하는 아주 간단한 이유도 한 가지 있었다. 그 이유는 발리우드 영화가 인도답지 않다는 것이었다.

인도답지 않다? 발리우드 영화가 인도답지 않다? 뭐랄까, 그건 안잘리에게는 인도가 소들의 나라, 사다리와 진흙탕의 나라이기 때문이었다. 인도는 가족들로 넘쳐났다. 반면에 감상적이고 음악적인 영화는 가족과 정반대였다. 발리우드는 할리우드였다.

인도에 거주하지 않는 2세대로 분류되고, 안잘리 자신도 포함하는 다른 사람들의 말에 따르자면 상주하는 영국 시민으로서, 안잘리는 마살라 영화들을 즐겼다. 또 흥미롭게 관심을 가지고 시얌 베네갈(인도의 뉴시네마를 주도한 대표적인 감독, 옮긴이)과의 인터뷰를 읽기도 했다. 베네갈은 『시네블리츠(인도에서 발행되는 월간 영화 잡지, 옮긴이)』의 헌신적인 독자들에게 "우리에게 있어서 현재의 관심은 모두 이산민(離散民)들로 귀결됩니다. 그들이 없다면 아무도 관심을 보이지 않을 것입니다."라고 인도인 비슷한 말을 했는데, 안잘리는 그 말을 인도답지 않다는 이유로 좋아했다.

나는 시얌이 쓴 "이산민"이라는 단어가 조금 이상하다고 생각한다. 이산민은 조국에서 추방된 사람들이다. 그리고 인도는 소와 진흙의 나라였을 수도 있지만, 소와 진흙이 사람들을 조국에서 추방하지는 않는다. 시얌이 "이산민"이라는 말로 해외에 거주하는 인도인을 뜻한 것은 약간 멜로드라마적이었다.

안잘리도 그 "이산민"이라는 단어가 이상하다고 생각했다. 그녀는 이산민이 아니었다. 노스런던 칼리지에이트 스쿨을 거쳐 옥스퍼드 대학교 브레이즈노스 칼리지에서 장학금을 받아 공부한 안잘리는 하나의 성공 스토리였지 추방과는 아무런 관련도 없었다.

발리우드 영화는 이산민과는 정반대였다. 안잘리에게는 그것이 그 영화들의 매력이었다. 그 영화들은 조국과도 아무런 관련이 없었다. 그것들은 모두 스타일에 관한 것이었다.

어쩌면 여러분은 발리우드 영화에 스타일은 없다고 생각할지도 모른다. 아마도 여러분은 그 영화들이 저속하다고 생각할 것이다. 글쎄, 스타일은 논쟁의 여지가 있다. 중요한 것은 이것이다. 안잘리가 이제까지 인도와 관련해서 뭔가를 좋아했다면, 인도답지 않은 이유로 좋아했다는 것이다.

8

사실, 안잘리는 종종 혼란스럽다. 그것이 내가 그녀를 좋아하는 이유 중 하나다. 그녀는 예측할 수가 없다. 예를 들어, 혼란스러운 것은 단지 안잘리의 민족 정체성만이 아니다. 오, 천만에!

그녀의 성적 정체성 역시 혼란스럽다.

올드 본드 스트리트(런던의 고가 브랜드 매장이 늘어서 있는 거리, 옮긴이)에서, 나나는 안잘리의 흐릿한 반사상 옆에 있는 흐릿한 반사상이었다. 그들은 진열장 안에 있는 태너 크로플 여행 가방에 감탄하고 있었다. 그 여행 가방은 분홍색이었다.

"봐, 모이샤, 봐, 저거 너무 예쁘다." 안잘리가 모이샤에게 말했다.

모이샤가 어떤 소리, 동의한다는 뜻의 소리를 냈다. 그는 패션에 대해 생각하고 있지 않았다. 나나와의 키스에 대해 생각하고 있었다. 하지만 바로 얼마 전에 마신 스타벅스의 형편없는 라테로 입이 망쳐진 것처럼 느껴졌다. 그 느낌이 나나와 키스하고 싶은 욕망을 없애버렸다. 그래서 대신에 그는 나나를 뒤에서 끌어안고 그녀의 어깨에 코를 비비며 그녀의 엉덩이에 몸을 밀착시키고 좌우로 흔들었다.

"너만큼 예쁘진 않아." 그가 안잘리에게 그러고 나서 능글맞게 웃었다.

안잘리에게? 그가 안잘리에게 그 말을? 그래, 그랬다. 그는 농담을 하는 것처럼 해롱거리고 있었다.

안잘리가 미소를 지어보였다. 그녀도 해롱거리고 있었다.

9

오, 쇼핑. 오, 패션.

어떤 사람들은 단순히 어떤 물품이 아주 고가이기 때문에 패션을 찬미한다. 그것은 바람직한 태도가 아니지만 다행히도 누구나 다 인정하는 태도는 아니다. 다른 사람들은 패션의 만듦새, 솜씨를 좋아한다. 나는 오히려 그런 사람들이 마음에 든다. 그런 사람들은 옷을 예술작품으로 보는 사람들과 비슷하다. 그들에게는 옷이 심미적이며, 그 옷들은 기술을 연마할 수 있는 기회다. 그런데 나는 내가 그런 사람들을 정말로 믿는지는 잘 모르겠다는 말은 해야겠다. 그 사람들이 속으로는 그저 비싸기 때문에 패션을 찬미하는 것은 아닐까 싶어서다. 그건 절대로 확실히 알 수가 없다. 하지만 그렇더라도 기본적으로 나는 그들을 좋아한다.

다음에는 새로운 유행을 좇는 사람이 되고 싶어서, 잡지들이 그러듯, 관념적으로 패션에 관심을 갖는 사람들이 있는데 나는 그런 사람들을 정말로 이해할 수 없다.

또 다음에는 패션을 경멸하는 사람들이 있다. 그들은 패션이 너무 비싸다는 이유로 그것을 경멸한다. 아니면 그런 옷이 물질주의적이거나 실제로는 정말 보기 흉하다거나 실용적이지 못하다는 이유에서이기도 하다.

나는, 나의 태도는, 놀랐다는 빈정거림이 곁들여진 테크니컬한 관심과 존중이다. 그것이 나무랄 데 없는 태도다.

그들 세 사람 사이에서, 패션에 대한 태도는 서로 달랐다. 그런데 여러분은 이것을 알아두어야 한다. 왜냐하면 이야기의 이 대목에서 나나와 모이샤와 안잘리는 올드 본드 스트리트와 새빌 로(런던의 고급 수제 양복점들이 늘어서 있는 거리, 옮긴이)를 따라 윈도 쇼핑을 하고 있었기 때문이다. 그들은 자기네가 어떻게 해서 거기로 왔는지 잘은 몰랐지만 아무튼 그들이 있는 곳은 거기였다. 그들은 런던의 패션 세계 중심에 있었다.

나나는 즐기는 방식으로 패션을 좋아했다. 그녀는 전문적인 일에 관심이 있는 사람들 중 하나여서 얽히고설킨 복잡한 바느질이 마음에 들었다. 그리고 또 디자이너들이 늘씬하고 호리호리한 여자들의 요구에 응하기 위해 들이는 노력도 마음에 들었다. 그녀가 모델들의 멍청하고 얼뜨기 같은 모습을 좋아하는 것도 놀랄 일은 아니었다. 그녀는 새로운 재료들도 좋아했고 혁신을 위한 탐구에는 박수갈채를 보냈다. 하지만 너무 비싼 가격은 마음에 들지 않았다. 또 패션의 빙퉁그러진 속성도 싫었다. 그녀에게는 패션이 배척이라는 뜻이었는데, 나나는 배척을 싫어했다. 패션의 고상한 척하는 열망이 그녀를 따분하게 했고 불빛 비치는 유리문을 휙 열고 들어설 때 제대로 된 식별력이 있는지 알아보려고 말없이 곁눈질하는 외국의 앞잡이들도 따분했다.

안잘리는 패션을 전혀 좋아하지 않았다. 그녀는 나나보다도 훨씬 더 따분해했고 비싼 가격에는 더더욱 아연실색했다. 가격 때문에 옷이 아주 간단히 비현실적인 것으로 바뀌어버렸다. 안잘리에게는 패션이란 것이 과대선전이었다. 정말로 그녀는 패션에 대해서는 생각해본 적이 없었다.

그것이 그녀와 모이샤를 한데 엮어주었다.

모이샤는 가장 열정적이었다. 그러니까 가장 열정적으로 패션에 반대했다. 모이샤에게는 패션이 너무도 하찮은 상품, 단지 복제품에 열망하는 불안한 사람들을 위한 것일 뿐이었다. 패션은 비독창적인 것에 대한 숭배를 조장했기에 순응주의였다. 그것이 패션에 대한 그의 이론이었다.

그러나 모든 이론은 특정한 개인의 것이다. 모이샤에게 있어서는 패션이 얼빠진 순응주의라는 이론은 내면적인 도덕적 엄숙함으로 표현될 수도 있었다. 그것은 덧없는 것에 대한 과도한 관심이 못마땅해서 생겨난 이론일 수도 있었다. 그러나 다른 한편으로는 불안함 때문일지도 몰랐다. 또 아니면 모이샤가 그런 사치스럽고 호화롭고 섬세한 옷들을 아름답다고 느끼지 않았거나 그런 옷을 살 만큼 부자가 아니었기 때문에 그런 옷들을 비웃기로 작정한 것일 수도 있었다.

어쨌거나 - 모이샤도 안잘리처럼 패션을 싫어했다. 패션은 그를 성가시게 했다.

10

하지만 그는 노력했다. 솔직히, 모이샤는 애를 썼다. 프라다에서 그는 하품을 하면서 운동화를 하나 집어 들고 살펴보려고 했다. 그 운동화는 보이지 않는 기다란 할로겐 등으로 조명을 받는, 실톱으로 가공된 검은 플라스틱 구두였다. 나나가 그에게로 다가왔다. 모이샤를 챙겨주려고 다가왔다. 그리고 옆에 서더니 팔을 뻗쳐 쇳소리가 나는 옷걸이 위로 떠도는 아주 조그만 어떤 물체를 만졌다. 모이샤는 그녀를 따라 해보려고 했다. 허세를 부리는 듯한 소리를 내면서. 하지만 그러다 괜히 맥만 더 빠졌다.

그들은 킥킥 웃었다.

다음에 한 남자가 그들 뒤로 다가왔다. 몸에 딱 들러붙는 검은 T셔츠 밖으로 불거진 근육들이 튀어나오고 양쪽 팔 부분을 비스듬히 터낸 남자였다. 그 터낸 자리들은 아마도 의도적일 것이었다. 모이샤는 그가 점원 아니면 모델일 것이라고 생각했지만 어느 쪽인지는 알 수 없었다.

모이샤가 스타일 세계에서의 자기 위치에 대해 생각해보고 있는 동안 그 남자는 나나에게 세일러스트라이프(굵은 폭의 수평 줄무늬, 옮긴이)가 든, 아랫단을 졸라매는 끈이 달린 조그만 흰색 반바지가 그녀에게 얼마나 잘 어울릴 것인가 하는 이야기를 하고 있었다. 그녀가 정말로 멋지다고, 그래서 아주 섹시하다고 칭찬을 늘어놓으면서.

그는 점원이었다. 모이샤는 당장 그가 싫어졌다.

애인이 입에 발린 칭찬을 받고 있으면 기분이 좋은 걸까? 모이샤는 그런 생각을 해보았지만 그 생각을 오래 하지는 않았다. 그것은 부분적으로는 그가 기분이 처져 있고 질투도 났기 때문이었다. 그리고 또 볼일을 보아야 했기 때문이기도 했다. 그는 스타벅스 커피 때문에 속이 안 좋았고 그래서 남몰래 살짝살짝 방귀를 뀌고 있었다. 매끌매끌한 옷걸이에 걸린 터무니없는 바지들을 가지고 곡예를 하는 동안 그에게는 방귀가 고민거리였다. 방귀가 나올 때마다 계속 움직여 자기가 피운 냄새로부터 거리를 두어야 했으니까.

모이샤는 그날 아침에 마신 커피가 후회스러웠었다. 한동안 속이 별로 좋지 않았더라도 이제는 좀 나아질 거라고 생각했지만 나아질 것 같지가 않았다. 그의 위장이 커피로 인해 몹시 부대끼고 있었다.

모이샤는 당연히 기분이 좋지 않았다. 거기에다 패션도 싫어했다. 그는 숨을 거칠게 쉬지 않으려고 애쓰면서, 자기 몸을 끌어당기듯 계단을 올라갔다. 이 옷들은 남성용일까 여성용일까? 갑자기 모이샤는 남녀양성 자웅동체를 생각했다. 그가 알고 있는 상점들에는 남성용 매장과 여성용 매장이 따로 있었다. 그 상점들에는 남성용 매장과 여성용 매장이 층까지도 분리되어 있었다.

그런데 그때 나나는 옆에 있는 안잘리와 함께 스트라이프 무늬 정장을 눈여겨보고 있었다.

"그건 남성복이야." 그가 안잘리와 나나 모두에게 말했다.

나나가 눈살을 찌푸리고는 "나는 늘 남성복을 원했어." 했다. 그 말은 사실 오므린 손가락 끝으로 매끄러운 천을 살살 매만지며 정장에다 대고 한 말이었다. "저걸 입으면 내 키가 더 커 보일 거야." 그녀가 혼잣말처럼 중얼거렸다.

"아, 더 크게—" 모이샤가 말을 길게 늘였다. "왜냐면 그게 중요하니까. 그러니까 내 말은 자기가 더 커지는 걸 확실히 해낼 수 있다는 거야."

나나가 모이샤에게 미소를 지어보였다. 모이샤가 놀려댈 때 그녀는 그것이 좋았다.

나나는 도시에서의 품격 있는 하루를 위해 만들어진 남성용 비즈니스 정장을 바라보았다. 그리고 안잘리는 그 옷을 입어보았다.

"멋져, 재단이 흥미롭게 되어 있어." 그녀가 감탄했다.

그런데 그녀의 말이 옳았다. 안잘리는 마음만 먹었더라면 패션계에 있을 수도 있었다. 오른쪽 주머니가 왼쪽보다 아주 약간 더 높게, 대칭을 의도적으로 어긴 배치였고 그래서 멋졌다. 멋지다는 것은 형태를 어떻게 해야 할지 알고 있기 때문이다. 여러분은 이 말을 따라서 되뇌지 않아도 된다. 다음에는 나나가 분홍색 셔츠를 보려고 옷걸이들을 몇 개 더 밀어젖혔다. 그 셔츠는 여러 개의 절단면들을 한데 모아 꿰맨, 미치광이 같은 누비 버전이었다.

모이샤가 "이제 그만 갈까?" 했다. 아니 그것은 사실 묻는 말이 아니라 해본 말이었다. 내가 물음표를 찍었더라도 모이샤는 물음표를 붙이지 않고 말했다. 그는 "그만 가자." 라고 한 것이었다.

모이샤는 휙 돌아서다가 V넥 탱크톱 셔츠 차림의 젊은 남자와 부딪쳤다. 그의 탱크톱에는 두 가지 무늬 – 앞쪽에 하나, 뒤쪽에 하나 – 가 있었다. 뒤쪽은 파란색과 노란색의 가로 줄무늬였고 앞쪽은 여러 가지 색의 선들이 갈지자 모양으로 얽혀 있었다. 하지만 저 옷에는 이 이상한 친구가 틀림없이 꽤나 좋아했을 게 한 가지 있군. 침울해진 모이샤에게 그런 생각이 떠올랐다. 그것은 집게에 물렸던 것처럼 보이는 미치광이 같은 기발함으로, 뒤쪽 무늬가 앞쪽에서부터, 앞쪽 왼편에서부터 시작된다는 거였다.

모르겠다. 개인적으로 나는 그 점퍼의 아이디어가 마음에 들어서 모이샤가 그것을 좋아하지 않았다는 것이 약간은 마음에 걸린다.

11

"내가 아침에 약 먹었더랬나? 기억이 나질 않네, 나 약 먹었어?" 나나가 물었다.

"응, 그래 먹었어." 모이샤가 대답했다.

"아, 무슨 약인데 그래?" 안잘리가 물었다.

"마이크로지논(먹는 피임약, 옮긴이)." 나나가 대답했다.

"그런데 그거 괜찮아?" 안잘리가 물었다.

"음. 그래." 나나가 대답했다.

"근데," 안잘리가 덧붙였다. "그 약을 먹으면 기분이 너무 처져."

"너 그 약 먹어?" 모이샤가 물었다.

"뭐랄까, 먹었었는데," 안잘리가 말을 이었다. "하지만 이걸 구했어. 내가 그 남자, 기억날 거야, 토퀼이라고, 그 사람하고 같이 외출했을 때 구해줬어, 그 사람이. 마리나라는 건데 꼭 코일처럼 생겼고, 피임약을 먹지 않아도 되게 해주는 거야. 호르몬처럼."

"왜 아직까지 그 약을 먹는 건데?" 모이샤가 물었다.

"그건 약이 아니야." 안잘리가 대답했다.

"글쎄, 뭐든 간에," 모이샤가 말을 이었다. "너는 이제 더 이상 남자하고 섹스 안 하잖아, 안 그래? 너 지금 어떤 종류의 섹스를 하고 있는 건데?"

"나?" 안잘리가 되물었다. "어떤 종류의 섹스냐고? 나는 아무 섹스도 안 해. 알잖아. 그게 내가 하고 있는 종류의 섹스야."

"난 그저 생각을 해본 거였어." 모이샤가 둘러댔다.

"그런데 네가 그걸 왜 알고 싶어 하지?" 안잘리가 따지고 들었다.

"아 뭐, 그냥 생각만 해본 거야. 내 말은, 네가 다시 남자들하고 하고 있나 해서." 모이샤가 대답했다.

"그런데 그거 불편하지 않아?" 나나가 물었다.

"아니, 아니," 안잘리가 대답했다. "괜찮아. 난 그걸 한 5년쯤 그대로 넣어둘 생각이야. 너도 그걸 하는 게 좋아." 안잘리가 나 나에게 말했다.

그러는 동안 모이샤가 이세이 미야케(패션을 예술로 전환시킨 '소재의 건축가'로서 일본뿐 아니라 전 세계적으로 독보적인 패션 디자이너. 여기서는 이세이 미야케 패션 매장을 뜻함, 옮긴이)의 문을 밀고 있어서 안잘리는 당기고 있어야 했다.

서투른 모이샤.

12

이세이 미야케에서 나나는 특히 행복했고 그래서 모이샤와 안잘리에게 자기는 마치 휴일 여행을 즐기고 있는 것 같다고 수다스럽게 알렸다. 하지만 두 사람은 자잘한 금속 디스크들로만 만들어진 옷에 홀려서 놀라워하고 있었다. 그런데 나나는 자기가 파파와 함께 여행하기로 했다는 말을 했었던가? 자기가 9월 첫째 주에 떠날 휴일여행을 예약했다고 했었던가? 모이샤가 입술을 내밀고 고개를 끄덕였다. 그녀는 옷에 대해서 이야기를 하고 있다가 아무 말도, 하다못해 중얼거리는 소리도 들리지 않자 옆을 돌아다보았다. 모이샤와 안잘리가 둘이서 같이 킥킥 웃고 있었다. 모이샤가 입술을 내밀고 고개를 끄덕였다. 나나는 같이 고개를 끄덕여주고 하던 얘기를 계속했다.

나는 아주 잠깐만 이야기를 중단시키려 한다. 나나가 오해를
받게 하고 싶지 않아서다.

어쩌면 여러분은 여기에서 나나가 배려하는 마음이 없다고
여길지도 모르겠다. 패션을 싫어하는 모이샤에게 신경을 써주지
않는 것으로 보인다고. 여러분도 알다시피, 모이샤는 패션을 싫
어했다. 그가 보기에 패션은 단지 비싼 모조품, 비실용적인 물건
일 뿐이었다. 그리고 나나도 패션이 그를 화나게 한다는 것을 알
고 있었다. 그녀는 어느 면에서는 그와 생각이 같았다. 하지만 다
른 한편으로는 모이샤를 이해하고도 있었다. 그녀는 모이샤가
불만스러워하는 원인인 은밀한 불행을 알고 있었다. 그 옷들이
모이샤로 하여금 자기는 못생겼다는 느낌이 들게 한 것이었다.
그래서 나나는, 그런 말을 하기가 몹시 어색하기는 했어도, 모이
샤에게 그가 아름답다는 것을 일깨워주고 싶었다. 그러니까 풀
죽을 이유는 없다고.

이세이 미야케에서 나나가 행복하고 쾌활해한 것도 실은 모
이샤에 대한 사랑의 제스처로 그런 것이었다. 어쩌면 그런 태도
가 세련되지 못했을 수는 있었지만, 그렇더라도 진지하고 다정
하기는 했다. 그것은 모이샤에게 그들이 함께 즐길 수 있음을 납
득시키려는 것이었다. 그는 완전히 아름다웠다. 그는 못생긴 것
이 절대 아니었다. 그녀는 바로 그 순간에는 그것이 사랑의 몸짓
으로 보이지 않는다는 것을 알고 있었다. 하지만 그렇더라도 모
이샤가 결국에는 그렇게 볼 것이라고 생각했다. 마침내는 그것

을 사랑으로 볼 것이라고.

이세이 미야케에는 금색 은색 나뭇잎 모양의 아플리케(꿰매 붙인 장식, 박아 넣은 장식, 옮긴이)가 있는 주름진 연회색 드레스가 하나 있었다. 그 드레스는 딱 한 번만 입을 수 있는 것이었다.

"저걸 입고 있는 자기를 보면 정말 좋겠다!" 양성애자인 나나가 모이샤에게 말했다.

그녀는 솔직해지려 하고 있었다. 그를 놀리려는 것이 아니었다. 그녀는 모이샤가 그 드레스를 입고 있다는 생각이 너무도 마음에 들었다. 나나의 생각으로는 그것이 가장 섹시한 차림이었다.

그러나 불행히도 모이샤는 그것이 가장 섹시한 차림이 될 거라고 생각하지 않았다. 그는 이성 복장을 하는 성도착자보다 화장실 생각을 훨씬 더 많이 하고 있었다. 화장실에 가는 것이 아주 많이 급했고 그 때문에 그의 생각이 흐트러졌다.

느닷없이 신학적으로, 모이샤는 자존심이라는 주요한 죄에 대해서 숙고하기 시작했다. 자존심과 허영의 차이에 대해 숙고했다. 그는 수도원의 요체를 볼 수 있었고, 삭발식을 하고서 수도복을 입고 채마밭에서 잡초를 뽑는 모이샤를 상상했다. 그는 양배추를 키울 것이었다. 당근도 키울 것이었다. 그는 이세이 미야케가 뿌리채소 분야로까지 가지를 뻗쳤다고는 생각하지 않았다.

모이샤가 앞장을 선 채, 그들은 이리저리 지그재그로 돌아다니고 있었다.

13

잠시 헨더슨과 스테이시에게로 돌아가 보자.

헨더슨의 경우, 그의 로맨스에서 가장 황홀했던 순간은 깜짝 선물로 스테이시와 함께 동물원 구경을 가서 그녀에게 난생 처음 기린을 보여주었을 때였다. 그것이 그의 즐겁고 로맨틱한 기억이었다. 하지만 스테이시는, 그와는 반대로, 런던 동물원 구경에서 많은 것을 기억하지 못한다. 왜냐하면 그녀는 그날 월경 중이었고 헨더슨과 사귄 지 얼마 안 되었을 때여서 그 말을 하기가 너무 당황스러웠기 때문이었다. 이전의 남자친구가 월경에 구역질을 한 일도 있었던 그녀로서는 헨더슨이 그것을 어떻게 받아들일지 알 수 없었다. 대신에 스테이시는 헨더슨이 연필로 써서 이불 밑에 숨겨두었던, 몹시 흔들리는 필적의 조그만 쪽지를 찾아낸 첫 번째 밤을 훨씬 더 명확하게, 애정을 가지고 기억한다. 그 쪽지는 그가 그녀를 얼마나 사랑하는지 설명해주는 것이었으니까. 필적이 흔들린 이유는 헨더슨이 베개를 받침대 삼아 연필로 썼기 때문이었다.

로맨스는 복잡하다. 로맨스에는 두 사람 이상이 포함된다. 이것은 모든 세부 사항이 모호할 수도 있다는 뜻이다. 그런데 나는 그 점이 아주 마음에 든다.

예를 들자면, 모이샤가 가장 마음에 들어 하는 순간은, 분명히 그들이 새빌로로 갔던 때가 아니었다. 모이샤의 마음에 드는

기억은 쇼핑이 아니었다. 그것은 블로우잡이었다. 자신의 성기
가 딸기 향에 딸기 색인 콘돔 안에서 단단해져 있었을 때 베풀어
진 블로우잡이었다.

14

어느 날 아침, 졸려서 흐릿한 눈으로 모이샤는 새털 이불 속
으로 파고들었다. 이불 안쪽에서는 냄새가 났다. 잠결에 뀐 방귀
냄새와 뜨겁게 성교를 한 몸 냄새. 나나가 코를 킁킁거렸다. 그녀
는 총천연색 동물들의 꿈을 꾸고 있었다. 그 동물들은 고무처럼
느껴졌지만 그녀에게 코를 부비고 그녀를 사랑할 때는 모피로
덮여 있었다.

꿈은 모이샤가 알 바 아니었다. 그가 할 일은 그녀가 비몽사몽
이지만 행복하도록 천천히 그녀를 깨우는 것이었고 ─ 그러는 동
안 아주 천천히 그녀의 다리를 벌렸다. 그는 나나의 다리를 보풀
처럼 작은 돌기들이 나 있는 그의 짧은 혀가 닿을 수 있을 만큼만
벌렸다. 그리고 다음에는 그녀가 동요하거나 잠을 다 깨지 않도
록 숨만 쉬었다. 그는 숨을 쉬고 또 쉬고 하면서 그녀의 몸이 잠결
에 천천히, 조용히 쭉 뻗쳐지는 것을 지켜보았다. 그리고 다음에
는 교묘히 혀를 놀렸다. 혀를 밀어 넣어 부드럽게 미끄러져 들어
가도록 했다. 그녀의 맛은 거의 땀 맛이었다. 그는 자기의 숨 냄새

를 맡을 수 있었고 그 냄새를 맡지 않으려고 애썼다. 새로 떠오른 태양으로부터 빛이 발그스름하게 이불 안쪽으로 스며들었다.

모이샤는 두 손가락으로 그녀의 음순을 벌렸다. 주름들에 이상하게 끈적끈적하고 하얀 반점이 하나 묻어 있었다. 그것을 뭐라고 해야 할까, 리코타(이탈리아 산 소젖 또는 양젖을 원료로 한 비숙성 연질 치즈, 옮긴이)?

그것은 로맨스가 아니었다. 로맨틱한 로맨스가 아니었다.

모이샤는 혐오스러워하지 않았다. 다만 계속 밀고나가지 않는 쪽을 택했을 뿐이었다. 그러니까 성욕을 잃어버린 것이었다. 그런데 불행히도, 그것은 나나가 잠을 막 깨었을 바로 그때였다.

"뭐해, 자기 뭐해?" 그녀가 물었다.

"자기 그게 이상해." 모이샤가 대답했다. "자기 그게 뭔가 좀 이상해."

그는 언제나 재치가 없었다, 모이샤는. 나나가 한 손가락을 음순 둘레로 꾹꾹 눌렀다 다시 들어 올려 살펴보았다. 그리고 코를 킁킁대며 냄새도 맡아보았다.

"이건 냉이야." 그녀가 말했다. "이건 그냥 냉이야."

그리고 다음에는 당황했다. 어째서인지는 몰랐지만 당황한 것은 사실이었다. 그녀는 당황했다.

하지만 나나는 당황해할 필요가 없었다. 나는 냉이 당황스러운 것이라고 생각하지 않는다. 그것은 분명히 여자들에게는 당황스러운 것이 아니다. 거의 모든 여자들이 수시로 질내 효모균에 감염된다. 효모균은 종종 감염을 유발하지 않고 질에서 증식한다. 감염은 효모균이 과도하게 증식될 때, 다시 말해 질의 정상적인 건강이 망쳐지는 경우에만 발생한다. 그리고 우리 모두는 질의 건강이 어떻게 망쳐지는지를 알고 있다. 남자들이 망치는 것이다.

아니, 모이샤에게는 그것이 훨씬 더 당황스러웠다. 모이샤의 성기가 아니고는 달리 어떻게 나나의 질 건강이 망쳐지게 되었을까? 그는 이것을 알고 있었다. "재발성 질염이 있는 여성들의 경우," 매뉴얼에는 그렇게 적혀 있다. "파트너가 동시에 어떤 치료를 받아야 할 필요가 종종 있다. 감염이 증상 없이 남성에게 영향을 줄 수 있고 재감염을 일으키는 원인이 될 수 있기 때문이다." 그 문구는 비난받아야 하는 쪽이 보통은 남자임을 정중하게 지적하는 한 방식이다.

하지만 그날 저녁, 모이샤는 양심의 가책을 느끼지 않고 있었다. 미안하지만 그는 미안한 느낌이 들지 않았다. 그는 행복했다. 그날 저녁 모이샤는 향수 어린 성애학(性愛學)으로 한 턱 대접을 받고 있었다. 그에게는 여성의 신체구조라는 매혹적인 모습을 볼 기회가 주어졌다. 나나의 케인스턴 원스 페서리 포장상자 안에 "수면 중에(모이샤는 "중에"라는 세련된 어휘가 마음에 들어서 싱긋이 웃었다) 크림이 효과를 낼 수 있도록 밤에 삽입하십시오."라고 적힌 쪽지가 들어 있었다. 그리고 나나는 플라스틱 피임기구를 가지고 침대에서 다리를 벌린 채 모이샤에게 삽입 과정을 읽어달라고 했다.

그것은 완벽한 설명 그림이었다. 하늘색을 배경으로, 여성의 단면도가 TV 스튜디오의 디오라마(촬영을 위해 만든 축소 모형, 옮긴이)처럼 누워 있었고 팔다리는 진녹색으로 윤곽이 그려져 있었다. 그 그림에는 하복부의 덤불도 포함되어 있었다. 그리고 갖가지 모양의 선들이 간략하지만 정확하게 방광, 자궁, 질, 직장을 표시하는 화살표들과 함께 그려져 있었다. 그 단면도는 어떤 변화도 겪어보지 않은 몸이었고 모이샤가 필요로 하는 모든 정보였다.

"도포(塗布) 기구를 불편하지 않을 때까지 조심스럽게 질 안으로 깊이 밀어 넣으십시오." 모이샤가 읽어야 할 부분을 읽었다.

그는 괄호 속에 든, 은밀히 그렇게도 많은 즐거움을 선사하는 문구("등을 대고 누워 무릎을 구부려 세웠을 때 삽입이 가장 쉽습니다.")를 보고 즐거워졌다. 그리고 나나는 관심 많은 산부인과 의사를 위해 무릎을 구부렸다.

"도포 기구가 제자리에 있도록 주의하면서 미리 주입된 분량의 크림이 질내에 침착(沈着)되도록 주입기를 천천히 끝까지 밀어 누르십시오. 사용 후에는 어린이의 손이 닿지 않는 안전한 장소에 폐기하십시오."

그녀는 포르노 스타처럼 주입기를 질 안으로 밀어 넣었다. 주입기가 짧아지면서 크림이 폭하고 분출했다.

"짜고 남은 희뿌연 찌꺼기가 보일 거야." 모이샤가 그러고 나서 진지하게 덧붙였다. "그렇다고 해서 처리가 제대로 되지 않았다는 얘기는 아니고."

어째서 그때가 모이샤의 로맨스에서 가장 마음에 드는 순간이었을까? 그때가 마음에 드는 순간이었던 이유는 나나가 질염에 걸려 불가침이었다 하더라도 스스로 즐기고 싶어 했기 때문이었다. 그녀는 자신의 몸이 원하는 자의식과 그 방식에 따라 결정을 내렸고, 환상적인 여자가 되고 싶었다. 그녀의 환상은 환상적이 되는 것이었다. 온갖 장황한 의료적인 이야기들을 섭렵한 뒤 그날 점심 때 그녀는 부츠 상점에서 카네스텐 크림과 함께 향기가 나는 여러 개들이 콘돔을 한 갑 구입했다. 콘돔은 때때로 그녀의 몸을 더 청결하게 유지하려는 새로운 발상이었다. 나나가 톱샵(영국의 여성 의류 브랜드, 옮긴이) 깅엄(가로와 세로의 간격이 같은 작은 격자무늬, 옮긴이), 하늘하늘한 분홍색 체크무늬 면 드레스를 입고 양 다리를 벌려 모이샤 위로 무릎을 꿇고 앉았다. 그리고 다음에는 그의 성기에 옷을 입혀 그에게 딸기 맛을 보게 해주었다.

그것은 어린 소녀 나나였다. 그리고 모이샤는 그녀의 막대사탕이었다.

그것은 로맨스였다. 그랬다, 어느 면에서는 로맨스였다. 로맨스는, 결국, 짜 맞추기에 있는 것이다.

15

나는 여러분이 내가 모이샤를 못마땅해 한다고 여기지 않았으면 싶다. 전혀 그렇지 않으니까. 나는 그를 평가하려는 것이 아니다. 내가 믿기로는 여자 친구들에게 아구창(鴉口瘡)을 옮기지 않는 남자들은 아주 드물다. 성행위로 전염되는 질병을 적어도 한 가지 이상 옮기지 않는 남자들은 아주 드물다. 그런 일은 우리 모두에게 일어날 수 있다. 예를 들자면, 그런 일은 마오 주석에게도 일어났었다.

아마도 여러분은 이 사실에 놀랄 것이다. 아마도 "마오 주석이?"라고 의아해할 것이다. 그 위대한 공산주의 지도자이자 사상가가? 『한 톨의 불씨가 요원의 불길을 일으킬 수 있다』와 『대중의 행복에 관하여』, 『일하는 방법에 유의하라』 같은 고양된 작품들의 저자가? 아니, 마오 주석은 아니라고 생각할 것이다. 하지만 솔직하게 말하자면 그것이 사실이다. 나는 지금 이 이야기를 꾸며내고 있는 것이 아니다. 여러분은 마오의 전속의사였던 리즈수이 박사의 회고록에서 그 명백한 증거를 찾아볼 수 있다.

그 책에서 리 박사는 마오쩌둥의 섹스 취향을 설명하는데, 그 취향은 사정을 하는 일 없이 가능한 한 많은 젊은 여자들과 잦은 섹스를 하기 위한 것이었다. 그리고 또 물론 어떤 정신이 돌아버린 신경증 때문도 아니었다. 아니, 아니었다. 모택동의 섹스 취향은 도교의 고결한 가르침에서 온 것이었다.

"도교적 처방은 오랜 지속을 위한 것이었다." 리 박사는 그렇게 기술하면서 남자들이 감퇴하는 양기 – 체력과 정력과 장수의 원천인 정기 – 를 젊은 여자의 음수(陰水) – 음액, 또는 질 분비물 – 로 보충하려 한다고 한다. 왜냐하면 양기는 건강과 정력에 필수적인 것으로 여겨져 낭비되어서는 안 되기 때문이다. 그러므로 성교를 할 때 남자는 여간해서 사정을 하지 않고 그러는 대신 여성 파트너의 분비물로부터 힘을 흡수하는 것이다. 더 많은 음수가 흡수될수록 남자의 정기가 더 많이 강화된다. 그러므로 잦은 성교가 필요하다.

그것은 통상적인 섹스 라이프는 아니었어도 섹스 라이프로 여겨질 수는 있었다. 그러나 질병은 거기에서도, 삶이 가장 순수한 곳에서도 닥칠 수 있다. – 그런 것이 운명이다. 한 젊은 여성이 질염(膣炎)에 걸린다. 그녀는 곧 그 질병을 마오 주석에게 옮기고 마오 주석은 그것을 다른 상대들에게 옮긴다.

아구창과 마찬가지로 질염은 여자들에게는 몹시 고통스럽지만 남자들은 아무것도 느끼지 못한다. 그런 이유로 남자를 설득해서 치료를 받게 하기가 더 어렵다. 더구나 남자들은 슬프게도 매우 자기중심적이다. 그들은 자기네가 느끼지 못하는 질병을 인정하려 들지 않는다. 마오 주석은 매개자였으므로 그 전염병은 마오 주석이 치료를 받기만 했다면 멈춰질 수 있었다. 그러나 아무런 증상도 없는 사람에게 그가 성행위로 전염되는 질병을 옮기고 있다고 설득하기란 매우 어려운 노릇이다.

리 박사는 "주석"이 자기의 제안에 코웃음을 쳤다고 기술한다.

"그게 나를 아프게 하지는 않아. 그러니까 문제될 거 없어. 그런데 왜 그걸 가지고 그렇게 난리를 치지?" 나는 그에게 적어도 자신의 몸을 씻어서 청결하게는 해야 한다고 했지만, 그랬어도 주석은 밤마다 뜨거운 수건들로 마사지만 받았을 뿐이었다. 사실상 그는 목욕을 전혀 하지 않았다. 주석의 음부는 깨끗해진 적이 없었지만 그는 목욕을 거부했다. "나는 내 여자들의 몸 안에서 나를 씻어."라는 것이 그의 반박이었다.

어쩌면 마오의 말들이 오만하고 방어적으로 들릴지도 모른다. 분명히 일종의 미친 소리로 들릴 것이다. 그러나 어쩌면 마오에게는 더 인간적인 측면이 있었는지도 모른다. 어쩌면 그는 단지 당황스러워했을 수도 있었다. 하지만 그가 한 말 중 무엇도 순전히 자연스러운 당황스러움 때문이었다고 설명될 수는 없었다. 자기 의사에게 자기가 성적으로 전염되는 질병의 매개자라고 인정하기란 쉽지 않은 일이니까. 하다못해 모이샤도 그러는 것이 어렵다는 것을 알게 되었는데, 하물며 모이샤보다 훨씬 더 유명한 공인이었던 마오가 그러기란. 어쩌면 이 일화는 단지 누군가의 성적인 건강을 논의할 때 요령이 필요함을 보여주는 것일 수도 있다.

리 박사는 이렇게 적고 있다.

"나는 구역질이 났다. 마오의 성적 탐닉, 그의 도교적인 망상, 그처럼 많은 순진무구한 젊은 여성들을 더럽힌 행위는 내가 견

딜 수 있는 한계를 넘어설 지경이었다."

　이제 나는 리 박사의 말에 모두 동의한다. 다만 상황이 좀 더 복잡했다고는 생각하지만. 그래서 나는 마지막으로 리 박사의 말을 하나 더 인용하겠다.

　"그 젊은 여자들은 감염된 것을 자랑스러워했다. 마오에 의해 옮겨진 그 질병은 명예의 훈장, 그들이 주석과 가까운 관계라는 증거였다."

　이제 알겠는가? 그것은 예상하지 못했을 것이다, 그렇지 않은가? 나는 그것, 즉 성적으로 옮겨지는 질병이 정확하게 이해되었다고는 생각하지 않는다. 성병이 때로는 로맨틱할 수도 있는 거니까.

16

　그런데 나나와 모이샤는 로맨틱했다. 그들 나름의 방식으로 로맨틱했다. 그들은 서로를 사랑했다. 그리고 서로를 사랑한다고도 했다. 그것은 사실이었다.

　그런데 그들의 맨 처음 "사랑해"라는 것은 이런 식이었다.

　"무슨 특별히 하고 싶은 말이 있었던 거야?" 나나가 지분거렸다.

　"아니." 모이샤가 대답했다. "난 자기를 정말로 좋아해, 자기도 알 테지만."

"나를 정말로 좋아한다고?"

"그래, 자기를 좋아해."

"뭐가 좋은데?" 나나가 물었다.

"자기의 모든 게 다 좋아." 모이샤가 대답했다. "난 자기 음모를 사랑해. 자기 음모 색깔을 사랑해. 자기 그걸, 자기 그걸 사랑해. 그냥 자기를 사랑해." 그러고는 모이샤가 말을 고쳤다. "아, 그 말을 하려던 게 아니었는데."

심지어는 그들의 맨 처음 "사랑해"까지도 로맨틱하지 못했다. 그것은 실수였다. 그게 내가 하려는 말이다.

"물론 그렇겠지." 나나가 코웃음을 쳤다.

"내 말은 내가……." 모이샤가 변명을 하려고 했다.

"우우우." 나나가 야유했다.

"내 말은 우리가 서로를 안 지 한 달, 두 달밖에 안 되었다는 거야." 모이샤가 하려던 말을 했다.

"우우우." 나나가 다시 야유했다.

그런데 사실은 그게 아니라 꽤나 로맨틱했다. 그래서 나는 내 주책없는 말을 철회한다. 누군가를 안 지 이틀밖에 안 되었더라도 그를 사랑한다고 믿는 일이 얼마든지 가능하다는 생각에서다. 여러분도 이미 그들을 사랑한다고 느낀다. 단지 말을 하기가 뭣할 뿐이다. 그저 그들을 사랑한다고 말하지 못하는 것일 수도 있다. 그러므로 사회 법칙에 반해서 사랑한다고 한 것은 로맨틱했다. 즉, 모이샤와 나나의 "사랑해"는 로맨틱했다.

"그럴 수 있었다고 생각해?" 나나가 물었다.

"뭘?" 모이샤가 되물었다.

"나를 사랑하는 거." 나나가 대답했다.

"이미 그러는데 뭘?" 모이샤가 응수했다.

"난 잘 모르겠어," 나나가 말했다.

"글쎄, 나도 잘 모르겠어," 모이샤가 말을 받았다. "아마도."

"아마도." 나나가 되뇌었다.

"아무튼 상관없어." 모이샤가 말했다.

"뭐가 상관없어?" 나나가 물었다.

"뭐랄까, 나는 자기를 사랑한다, 뭐 그렇게 생각하니까." 모이샤가 대답했다.

나나는 "자기를 사랑한다, 뭐 그렇게 생각하니까."에서 "뭐 그렇게"가 궁금했다.

그래서 물었다. "자기, 내가 자기를 참 예쁘다고 생각하는 거 알아?"

나나는 모이샤가 예쁘다고 생각했다! 이 얼마나 대단한 러브 스토리인가!

"그래, 오 그래, 나도 자기를 사랑해." 그녀가 말했다.

"자기는 나를 사랑해." 그가 말했다.

"그래." 그녀가 대답했다.

"자기는 나를 사랑해." 그가 다시 말했다.

그녀는 그에게 키스했다. 그도 그녀에게 키스했다.

"그러니까," 그 말을 하면서 모이샤는 싱긋이 웃고 있었다. "자기는 나하고 사랑에 빠진 거야."

"아니, 나는 자기를 사랑하지 않아." 나나가 딴소리를 했다.

"나를 사랑하지 않는다고?" 모이샤가 물었다.

"그래, 맞아." 나나가 대답했다.

"하지만 나는……"

"엿 먹어." 나나가 말을 잘랐다.

하지만 나나는 못돼먹지 않았다. "엿 먹어." 하고 나서 그에게 키스를 했으니까.

5. 흥미유발

어느 날 저녁, 모이샤는 양 다리를 벌리고 나나의 배에 걸터 앉아 있었다. 그의 다리는 뒤로 꺾여 나나의 흉곽 양옆으로 놓여 있었고, 속으로 그는 침착함을 유지하는 것이 매우 중요하다는 생각을 하면서 혼자 킥킥거리고 있었다. 그는 자기의 성기를 내려다보았다. 그의 성기는 붉은색이었다.

나나는 그의 적갈색 성기를 응시하면서 죽어가는 것은 언제나 너무도 멜랑콜리하다는 생각을 하고 있었다.

이 장은 짧지만 꼭 필요한 장이다. 나는 우리가 나나와 모이샤의 섹스 라이프를 한 번 더 엿보아야 하지 않을까 싶다. 그런데 나는 여러분이 무슨 생각들을 하고 있는지 안다. 여러분은 지금 그들의 섹스 라이프에 대해서라면 물릴 대로 물렸다는 생각을 하고 있다.

여러분은 뭔가 완전히 다른 것을 원한다. 이를테면 시베리아 사할린에 있는 탄광촌 이야기 같은 것을 원한다. 더 많은 쇼핑을 원한다.

그런데 미안하다. 그들의 섹스 라이프는 중요하다.

2

나나와 모이샤는 에지웨어에서 단 둘이 집에 있었다. 그들의 원래 계획은 뭔가를 먹는 것이었지만 다음에는 어떻게 해서인지 먹는 일은 뒷전으로 밀려났다. 소스팬 뒤에서 파파가 감추어둔 힐즈 압생트(프랑스산 독주, 옮긴이)를 찾아낸 뒤 먹는 일이 마시는 일로 바뀐 것이었다.

그러나 압생트는 마시는 방식이 매우 독특한 술이다. 그 행복한 커플은 나나의 회녹색 라이터를 찾으려고 소나무로 만들어진 주방 서랍들을 열어 뒤졌다. 그러나 라이터를 찾아낸 것은 부엌세간들 사이의 거품기 안에서였다. 다음에 나나가 스테인리스 샐러드 스푼 가장자리 주위로 불꽃을 드리웠다. 압생트가 회녹색 라이터와 경쟁을 벌이며 지글거렸다. 그들 옆에는 접힌 부분이 끈적끈적하게 들러붙은 파란색과 흰색 봉지에 든 테이트 & 라일 백설탕이 있었다. 지글거리고 있는 것은 그 설탕이었다.

그들은 거실로 건너갔다.

모이샤가 섹시하게 졸린 표정으로 소파 다리들 중 하나에 등을 기댔다. 그리고 굽은 목을 쿠션의 굽은 끝부분에 밀착시키며 기분 좋게 비벼댔다. 그런 그의 모습이, 하얀 국화 무늬가 든 벽지를 배경으로 그렇게 기대어 있는 모습이, 아주 가정적으로 보였다. 그래서 나나는 그에게 압생트를 몇 모금 먹여주었다.

그것은 – 모이샤의 꿈인 여자가 설탕이 가미된 미지근한 압생트를 스푼으로 떠먹여주고 있는 것은 - 호색적인 상황이었다.

"자갸, 자갸, 자기 지금 뭘 보고 있는 거야?" 나나가 물었다.

모이샤가 어떤 이상한, 말은 아니고 "우우오후히야"비슷하게 들리는 소리로 대답을 하고 나서 싱긋이 웃었다. 그것이 그녀를 행복하게 해주었다. 그녀는 모이샤가 행복해서 행복했다. 그리고 행복했기 때문에 한턱내는 의미로 브래지어를 벗었다.

그것은 한턱이었다, 거기에는 의심의 여지가 없었다.

그녀의 젖꼭지는 뒤집힌 보조개들이었다. 모이샤는 그 위로 무릎을 꿇고 양팔로 불안정하게 버티면서 입으로 그녀의 한쪽 젖꼭지, 왼쪽 젖꼭지를 즐겁게 해주었다. 그러자 젖꼭지가 뿔딱 튀어나와 더 울퉁불퉁해지고 더 붉어지고 더 단단해져서 꼭 딸기 젤리토처럼 보였다. 반면에 그녀의 젖꽃판은 피부처럼 연한 색으로 젖꼭지 둘레로부터 차츰차츰 희미해졌다.

모이샤는 그녀를 응시했다. 그리고 자기가 보고 있는 것을 좋아하냐고 물었다. 나나의 대답은 윗잇몸을 드러내 보이는 미소였다. 하지만 그것은 만족할 만한 대답이 아니었다. 그녀는 그것을 알 수 있었다, 서서히 알아차렸다. 그래서 그녀는 모이샤에게 팔을 두르고 그가 키스를 하도록 해주었다. 압생트로 젖은 그녀의 입술이 모이샤의 입에 톡 쏘는 자극을 가했다. 그리고 그것이 바로 그 둘 모두가 섹스 신을 구성하는 방식이었다. 조심스럽게 그들은 서로를 바라보았다. 그리고 조심스럽게 서로를 진정시켰다. 그들은 열중하고 있었다.

그들은 섹스 라이프를 가지려 하고 있었다. 정말로 그랬다. 하지만 그러자면 곤란한 문제가 있었다.

3

순진하게도 많은 사람들이 섹스는 단순하다고 생각한다. 그들은 섹스를 동물적인 열정과 야생의 부르짖음이라고 생각한다. 하지만 섹스 라이프가 복잡해야 하는 데에는 여러 가지 이유가 있다.

내가 아직 여러분에게 이야기하지 않은 것이 좀 있다. 또 나나가 아직 모이샤에게 이야기하지 않은 것도 있었다.

나나는 섹스를 아주 좋아해본 적이 없는 여자였다. 아, 아니, 그건 아주 정확하지는 못하다. 그녀는 언제나 섹스를 어떤 식으로든 즐겼으니까. 단지 섹스를 제대로 한 적이 없었다는 것이다. 그것은 또 다른 사실로 설명하거나 설명될 수 있을 것인데, 모이샤는 그 사실에 대해 들어볼 필요도 없었다.

나나는 절정에 이르러본 적이 없었다. 아, 물론 자기 혼자서 이르러본 적은 있었다. 오른쪽으로 누워 양쪽 허벅지를 딱 붙이고 그 사이로 오른손을 밀어 넣어 반복적으로 문지르면 나나에게도 오르가즘은 쉽게 왔다. 그러나 다른 누구와 함께일 때는 오르가즘이 어려운 문제였다. 아예 올 조짐도 없었다.

왜 그런 것인지 분명한 이유는 알 수 없었다. 나나가 발동이 늦게 걸리는 체질인 것은 사실이었다 하더라도. 열여덟 살 때 나나는 칸이라고 하는 작달막한 터키 젊은이를 남자친구로 두었었다. 처음으로 자위를 한 것은 열다섯 살 때였고. 그녀는 파파의 침대 밑에서 소설 『엠마누엘 2』를 찾아낸 뒤 34분 동안 자위를 했었다. 그러고 나서 그 책을 훔쳤지만 파파는 그 절도에 대해서는 일언반구도 하지 않았다. 딸에게 포르노 소설을 돌려달라고 할 수는 없는 거니까. 그리고 나나도 물론 그 일에 대해서는 입도 뻥긋하지 않았다. 『엠마누엘 2』를 온전히 자기 것으로 하고 싶어서였다.

『엠마누엘 2』는 나나를 흥분시켰고 그녀에게 나름대로의 자위 자세를 갖게 해주었다. 나나가 모로 누워 자위를 한 것은 그런 식으로라야 베개 옆으로 펼쳐진 그 책을 쉽게 읽을 수 있었기 때문이었다.

물론 그것이 나나가 다른 사람하고 같이 절정에 이르지 못하는 이유를 설명해주지는 못했다. 또 나나가 수줍음 많고 발동이 늦게 걸리는, 절정에 이르는 데 소설이 필요한 체질이라서 다른 사람하고 같이는 절정에 이를 수가 없다는 뜻도 아니었다. 하지만 사실은 그랬다.

내 생각엔 그것이 나나와 모이샤의 성적인 불안을 설명해줄 수도 있을 것 같다. 그들이 왜 집중을 하고 있었는지도 설명해줄 수 있을 것 같다. 전에 네 명의 다른 남자들과 했던 성행위는 차치하고라도, 나나는 모이샤와의 23회에 걸친 성행위에서 절정에 이른 적이 단 한 번도 없었다.

나는 특히 그것이 모이샤의 성적 불안을 설명해줄 수 있지 않을까 싶다. 그는, 모이샤는, 늘 자기가 꽤나 능력 있는 연인이라고 생각해왔었다.

하지만 이제는 자기가 능력 있는 연인이라고는 생각하지 않았다.

4

대신에, 압생트를 마시면서, 모이샤는 졸리고 초조했다. 그러니까 졸리게 초조했다.

이제부터 졸리게 초조한 예를 한 가지 들어주겠다.

나나와 키스를 하는 동안 모이샤는 자기가 손을 움직이지 않았다는 사실을 떠올리고 있었다. 그것이 썩 나쁘게 보이지는 않았지만, 그렇더라도 모이샤의 생각으로는, 연인들은 손을 움직여야 했다. 그래서 모이샤는 자기 손이 어떻게 되어 있는지 내려다보았다. 그의 양손은 나나의 갈비뼈들 밑에 눌려 있었다. 그는 나나의 몸에 깔린 손을 빼내어 그녀를 어루만졌다. 하지만 손을 빼내려는 바람에 모이샤의 몸이 나나의 몸 위로, 그의 오른쪽 엉덩이가 그녀의 배에 묵직하게 얹혔고, 그러자 나나는 몸을 조금 꿈틀거려 자리를 바꿨다.

그 동작이 모이샤의 애무를 멈추게 했다. 자기는 여전히 능력 있는 연인이라고 믿으려 애쓰는 중에도 모이샤는 완벽한 성공을 거두지 못하고 있었다. 별도의 또 다른 곤란한 문제를 겪고 있었다. 그것은 동시성의 문제였다. 나나를 사랑스럽게 애무하면서 그와 동시에 모이샤는 나나의 질문 – "자기 내가 정말 자기를 참 멋지다고 생각하는 거 알아?" – 에 귀를 기울이고 있었다. 그것은 그가 종종 반박을 했던 말이었다. 그 "정말"이 그를 걱정스럽게 했다. 질문 전체가 그를 걱정스럽게 했다.

나나의 질문이 모이샤를 걱정스럽게 한 이유는 이것이었다. 그 질문에는 모이샤가 멋지다는 것이 의심스럽다는 뜻도 포함되어 있었다. 왜냐하면, 그 질문을 함으로써 나나는 그가 틀림없이 자기가 멋지다는 데에 자신이 없다고 짐작했을 것이기 때문이다. 그리고 당연히, 그 가정은 모이샤로 하여금 그가 멋지다는 데에 자신이 없어지게 했다.

어쩌면 그런 반응이 아주 자연스럽지는 못한 것으로 보일 수도 있다. 모이샤는 꽤나 사랑스러운 남자라서 나는 내가 모이샤라면 나나의 질문에 불안해하지는 않았으리라는 것을 안다. 나라면 젖가슴을 드러낸 여자 친구와 키스를 하는 동안 그런 질문에 대해 곰곰 생각하지는 않을 것이다.

그는 왼손이 아래쪽을 향해 가도록 해서 그녀의 젖가슴을 지나 스커트 쪽으로 내렸다. 그러고는 약지를 꼬부려 나나의 팬티에서 공단 패드가 대어진 부분을 들추고 장지를 그녀의 질 안으로 밀어 넣었다.

하지만 나나의 팬티가 그렇게 들춰진 것도 순전히 열정적인 것만은 아니었다. 거기에는 슬픈 이유도 있었다. 이것은 슬픈 이유의 장이다. 모이샤는 살그머니 나나가 젖었는지 어떤지를 가늠해보았다. 자기가 얼마나 매력적인지 알아보기 위해 나나의 속옷을 들추고서.

불행히도 모이샤는 매력적이지가 못했다. 나나는 젖어 있지 않았다. 땀이 나 있기는 했어도 흥분한 것은 아니었다. 아니, 아니었다. 그리고 모이샤는 속으로 이것은, 쾌락을 가늠하는 것은, 분명히 가장 잔인한 게임이라고 생각했다. 모이샤가 그것이 잔인하다고 여긴 이유는 자신의 쾌락도 셈에 넣어야 했기 때문이었다.

그렇게 생각을 하고 또 하는 동안 모이샤는 발기가 되어서 편안하게 불편했다.

그는 나나가 완전히 알몸이 될 것인지, 된다면 그때가 언제쯤일지가 궁금했다. 자기의 술 취한 성기에 대해서라면 달인인 그는 그것의 속성을 속속들이 알고 있었다.

5

하지만 나나는 스스로 즐기고 있었다. 사실대로 말하자면 약물에 취한 듯 멜랑콜리한 기분까지 느끼고 있었다. 압생트 술이 그녀를 멜랑콜리하게 해주었고, 이제는 멜랑콜리함이 섹시하게 느껴졌다. 그녀는 자기가 거의 죽어간다는 상상을 하면서 그 상상을 즐기고 있었다. 자기가 죽어가고 있다는 상상이 마음에 들었다.

장례식에서는 모두들 그녀의 죽음을 슬퍼할, 너무도 너무도 너무도 슬퍼할 것이었다.

그녀는 자기의 공상이 완벽하지 못하다는 것을 알고 있었다. 만일 그 공상이 완벽하려면, 방법론적 몽상가인 나나의 생각으로는, 스캘럽(가장자리 장식으로 쓰이는 부채꼴의 연속무늬, 옮긴이) 레이스 장식이 달린 하얀 실크 네글리제를 입고 있어야 했다. 수치스럽게 알몸을 보여서는 안 되었다. 그래서 그 공상은 완벽하지가 못했다. 상의를 벗고 있는 것이 완벽하지 못했다.

그러나 가장 중요한 세부사항은 그녀가 능동적이어서는 안 된다는 것이었다. 그래서 나나는 행복하게 수동적이었다. 그녀는 만져짐을 당하기 위해 거기에 있었고 그녀의 즐거움은 가만히 있으면서 남자의 지독한 쾌락에 굴복하는 것이었다. 그것은 새로운 즐거움이었다.

그렇게 함으로써 나나는 오르가즘에 이르지 않고도 행복했다. 그날 밤 오르가즘은 더 이상 목표가 아니었고 그래서 안심이 되었다.

그 침실 소극(笑劇)에서 나나는 모이샤가 그녀의 공상을 알지 못하리라는 생각은 단 한 번도 하지 않았다. 그냥 그가 알 것이라고만 생각했다. 그녀는 자기의 얼굴을 보고 있는 모이샤를 보았다. 그는 걱정스러워 하는 듯 보였고, 분명히 그녀가 죽어간다는 것을 알고 있는 것 같았다. 그러나 물론 모이샤는 그녀가 19세기에 폐병으로 죽어간다는 것을 모르고 있었다. 그가 어떻게 그것을 알 수 있었을까? 모이샤가 어떻게 나나가 폐병에 걸려 마지막 즐거움을 채우려는 황폐해진 연인이라는 것을 알 수 있었을까?

나나의 병 때문에 그녀를 만질 수 있을지는 몰라도 삽입은 할 수 없었다. 그래서 그녀는 새로운 즐거움을 고안하기로 했다. 그녀의 고뇌에 대한 모이샤의 동정에 대한 동정으로, 우리의 여주인공은 관용을 베풀었다.

"자기 내 얼굴에다 하고 싶으면," 그녀가 말했다.

그러나 아직 다른 곤란한 문젯거리가 하나 더 있었다.

모이샤는 그녀가 젖지도 않았는데 이제 일을 모두 다 끝내려 한다고 생각했다. 그녀가 자기에게다 사정을 하도록 하고 그것으로 일을 끝내고 싶어 한다고. 그러니까 자기 생각이 내내 옳았었다고. 그 서글픈 깨달음이 그를 당황케 했다.

"정말이야?" 그가 물었다.

나나가 고개를 끄덕였다 – 말없이, 열망하듯, 애원하듯.

모이샤는 그녀 위로 옮아갔다. 그의 고환이 그녀의 납작해진 젖가슴 사이에서 덜렁거렸다.

모이샤가 나나의 배에 걸터앉자 그의 양다리가 뒤로 꺾여 그녀의 흉곽 양옆으로 놓였다. 그는 혼자 속으로 킥킥 웃고 있었다. 그리고 속으로 침착함을 유지하는 것이 매우 중요하다는 말을 하고 있었다. 그는 자신의 성기를 내려다보았다. 그의 성기는 붉은색이었다.

나나는 그의 적갈색 성기를 응시하면서 죽어가는 것은 정말로 너무도 멜랑콜리하다는 생각을 하고 있었다.

다음에 모이샤가 자위를 하기 시작했다. 그리고 나나는 응시했다. 그의 성기를 응시했다. 그는 나나를 보았고 나나는 그의 다채색인 성기를 보았다. 그의 성기가 따뜻하게 물렁해지고 있었다. 그랬다, 압생트가 그를 끝장내려 하고 있었다. 하지만 그는 계속했다. 계속하려고 애를 썼다.

그가 사정을 하면 그 일은 성공이 될 것이기 때문이었다. 그가 사정을 하면 나나와 모이샤의 스물네 번째 성행위가 마침내 끝나게 될 것이었다.

6

나는 정말로 나나와 모이샤가 안됐다고 여긴다. 섹스로 행복해지는 것은 쉽지 않은 일이다. 많은 사람들이 섹스 때문에 불행해한다. 심지어는 유명인사들, 이름난 영화인들도 섹스가 어렵다는 것을 알게 된다. 그레타 가르보(스웨덴 출신의 미국 영화배우로 오랫동안 할리우드의 인기스타였음, 옮긴이)도 섹스가 어렵다는 것을 알게 되었다.

"나는 내 성적인 태도를 딱 한마디로 말할 수 있어요. 혼란이죠." 그레타는 그렇게 말했다.

"나는 내가 어떤 남자나 여자와 오래도록 같이 살 수 있다고는 생각하지 않아요. 생각 속에서는 남성과 여성이 모두 매혹적이지만 그게 성행위로 가면 겁이 나거든요. 어떤 상황에서든 나는 열정과 욕정의 힘에 휩쓸리려면 그 전에 많은 자극을 받아야 해요. 하지만 행위 전에도, 또 후에도, 지배적인 요소는 혼란이에요."

그것이 섹스가 그레타를 혼란스럽게 했던 이유였다. 그녀는 자기가 어떤 섹스를 원하는지 잘 알지 못했다. 심지어는 자기가 남자를 원하는지 여자를 원하는지도 몰랐다.

"나는 아주 여러 번 소년의 정력과 어른의 세련된 방법들을 겸비한 경험 많은 성숙한 남자에 대한 꿈을 꾸었어요. 그리고 참으로 이상하게도 내 어머니 나이의 이상적인 연인들에 대한 꿈을 꾸기도 했지요. 그런 꿈들이 서로 겹쳐졌는데 어떤 때는 남성적인 요소가 지배적이었고 어떤 때는 여성적인 요소가 지배적이었어요. 또 어떤 때에는 뭐가 뭔지 잘 알 수 없기도 했고요. 나는 여성의 몸에 남자의 성기가 달린 사람과 남성의 몸에 여자의 성기가 달린 사람을 보았어요. 그런 그림들은 내 마음속에서 한데 뒤섞여 때로는 즐거움을 주기도 했지만 그보다는 고통을 줄 때가 더 많았지요."

나는 지금 나나가 겪는 성적인 문제의 원인이 고민스러운 양성애라고 암시하려는 것은 아니다. 아니, 나나가 그레타 가르보 같다고 말하려는 것이 아니다. 나는 그레타의 이유 그 자체에는 관심이 없다. 내가 관심 있는 것은 그레타가 어쨌건 거기에 어떤 이유가 있다고 생각했다는 사실이다. 지금 나는 누군가가 섹스를 좋아하지 않는 데 어떤 이유가 있다고 생각한다는 것은 일종의 위안일 수도 있다는 것을 알 수 있다. 또 누구라도 가장 원치 않는 것은 비정상이라는 것도 알 수 있다. 그런데 이유를 대면 그 누군가는 정상이 된다. 하지만 나는 이유가 전혀 없을 가망성도 얼마든지 있다고 생각한다, 그래서 나는 그것 역시 정상이라고 생각한다.

ㄱ

이 장은 두 부분으로 나뉘어 있다. 그 두 부분의 길이가 같지는 않다.

첫 번째 부분은 불행으로. 그 부분에서는 거북하고 곤란한 문젯거리를 기술했다.

반면에 두 번째 부분은 훨씬 더 짧고 더 행복하다. 그것은 목가적인 장면이다. 동물의 왕국을 관조하는. 나나와 파파는 동물원에 있었다.

뭔가가 "깩깩." 하거나 "매애." 하고 울었다. "깩깩매애." 하고 울었다. 파파는 그것이 제 앞에 있는 물통과 상추 줄거리를 보고 기뻐하는 너저분한 털을 한 사자거나 아니면 좀 더 그럴듯하게는 전혀 다른 어떤 짐승이었을 수도 있겠다고 생각했다.

파파는 동물의 왕국에 대해 상세한 지식이 있는 사람은 아니었다. 다만 뭔가가, 아니 어떤 짐승이, 그저 병에 걸려 있는 것임이 틀림없다고 생각했다. 그래서 미심쩍은 눈으로 표범을 보고 있었다. 그 표범의 색이 엷은 자주색인지 아니면 연보라색인지 아니면 자주색인지 아니면 고동색인지 아니면 암자색인지 아니면 초콜릿색인지 결론을 내리려고 애쓰면서. 아니, 어쩌면 담배색일 수도 있다고 그는 생각했다.

반면에 나나는 동물의 세계를 썩 좋아하는 여성이었다. 동물들의 조용함을 좋아했고 확실성을 좋아했다. 동물들은 선할 수밖에 없다는 확실성을.

"오 원숭이!" 나나가 킥킥 웃었다.

"저놈이 애무를 하고 있군, 저를 애무하고 있어." 파파가 말했다.

"내가 동물들을 사랑한다고 생각하는 게 무엇 때문인지 알아요?" 나나가 묻고 나서 스스로 대답했다. "그건 동물들이 조용해서예요."

"우후후." 파파가 조그맣게 웃었다.

"동물들이 영양가 있는 먹이가 있다면 더 행복할 거라고 생각해요?" 나나가 물었다. "그놈들이 놀고 생각할 시간을 더 많이 갖게 될 거라고요?"

그러고는 얼른 말을 고쳤다. "아 미안해요. 내 말이 바보 같다는 거 나도 알아요."

그들은 천천히 동물원을 이리저리 돌아다녔다. 북극곰과 펭귄들을 둘러보는 동안 나나는 피스타치오 아이스크림이 먹고 싶다는 생각이 들었다. 그들은 피스타치오 아이스크림을 하나 샀다.

나나는 파파에게 엘사 스키아파렐리라는 새로 찾아낸 흥미로운 인물에 대해서 이야기했다.

여러분은 엘사 스키아파렐리에 대해서 알지 못한다. 나나를 제외하고는 누구도 엘사 스키아파렐리에 대해 알지 못한다. 나나는 그런 여자였다.

엘사 스키아파렐리는, 나나의 말에 따르면, 장식을 위한 부르주아지 취향을 경멸한 초현실주의 패션 디자이너였다. 그 취향을 너무도 경멸해서 그녀는 나비넥타이 매듭으로 묶은 하얀 스카프가 달린 검은 점퍼를 만들었다. 스카프는 점퍼에 짜 넣어졌는데, 그것은 사실 가짜 스카프였다. 그 스카프는 상징, 부르주아를 불신하고 부정하는 상징이었다.

"나는 정말 그런 게 이해가 되지 않아요. 그건 너무, 그건 너무……." 나나가 그렇게 말을 하려는데 그녀의 폰 벨이 울렸다.

모이샤에게서 걸려온 전화였다. 나나는 입 모양으로 파파에게 모이샤에게서 걸려온 것이라고 알려주었고 파파는 미소를 지었다.

그것은 미소 짓게 하는 장면이었다. 그 장면의 모티브는 미소였다. 왜냐하면 그것은, 나나의 생각으로는, 공모(共謀)였기 때문이다.

"하이, 하이, 하이." 그녀가 전화기에다 대고 말했다.

코끼리 한 마리가 "뿌우." 아니면 "삐이." 하고 울었다.

"지금 동물원에 있어." 나나가 말했다. 그리고 잠시 듣다가 "있었어. 얘기했어." 또 잠시 듣다가 "나 학교에 있었어." 또 잠시 뒤에 "아무도." 또 잠시 뒤에 "지금까지!" 또 잠시 듣다가 "모이샤! 모이샤!" 또 잠시 뒤에 "지금 뭐하고 있어?" 또 잠시 듣다가 "우후후 우후후," 또 잠시 뒤에 "아니, 내가 지금 있는 데는." 나나가 미소를 짓고 말했다. "그래 알아. 그래 전화해."

전화를 하는 동안 나나는 오른쪽 손목에 걸고 있던 핸드백 고리를 풀고 립글로스를 꺼내어 왼쪽 손가락 끝으로 천천히 돌려 열어서 찬찬히 입술에 발랐다. 그리고는 했던 동작을 역으로 되짚었다.

그녀가 "오케이." 하고는 파파를 바라보았다. 그리고 전화기를 도로 가방에 넣었다.

"모이샤였어요." 나나가 말했다.

"나도 안다." 파파가 화답했다. 그리고 두 사람은 미소를 지었다.

6. 그들 사랑에 빠지다

다음에는 이런 일이 일어났다. 그들은 차이나타운 한복판의 제라드 거리에 있는 클리닉 댄스클럽에 있었다. 모이샤와 나나와 안잘리 셋이서. 그러나 모이샤는 어슬렁어슬렁 아래층으로 바로 내려갔고 그래서 나나와 안잘리만 남겨졌다. 한 몇 분 동안은 그 둘 중 누구도 서로를 바라보지 않았다. 그저 꿈결처럼 흔들거리며 미끄러지듯 움직이고 있었을 뿐이었다. 아래층에서는 어떤 여자가 모이샤를 한옆으로 밀었다. 그가 화면이 보이지 않게 앞을 가로막았기 때문이었다. 화면에서는 광고가 나오고 있었다. 그녀는 자기가 그 광고에 나오는 것 같다고 설명을 덧붙였다. 모이샤는 미안하다며 자리를 비켜주었다.

그러는 사이, 위층 댄스플로어에서는 안잘리가 나나 쪽으로 점점 더 가까이 다가가고 있었다.

"그 사람 괜찮아? 울적한 거 아니야?" 안잘리가 물었다.

그녀는 입을 나나의 왼쪽 귀, 가지런하게 매만진 컬 장식에 숨결이 느껴질 정도로 가까이 가져다 대야 했다.

"뭐라고?" 나나가 되물었다.

안잘리가 같은 말을 되뇌고 다정한 몸짓을 다시 보였다.

"아, 그래. 그 사람 괜찮아. 복통이 좀 인 거거든." 나나가 대답했다.

"그 사람 뭐라고?" 안잘리가 다시 물었다.

"복통이 좀 일었다고. 그 사람 틀림없이 화장실에 갔을 거야." 나나가 대답했다,

안잘리가 안심이 되어 고개를 끄덕였다.

그러나 모이샤는 화장실에 있지 않았다. 그 짤막한 이야기들이 오가는 동안, 그는 어슬렁거리며 다시 위층으로 돌아와 사람을 찾는 척하면서 어둠에 싸인 시끄러운 사람들 주위를 돌아다니고 있었다. 하지만 분명히 사람을 찾고 있는 것은 아니었고 자기의 가장 친한 두 친구를 관찰하고 있었다. 그러나 아무렇지도 않은 척 보이기란 쉽지 않았다. 뜻하지 않게 낯모르는 사람들과 부딪히는 일이 생겨났고 그들이 돌아볼 때마다 모이샤는 기가 죽어서 미안하다고 했다. 그러는 그의 모습이 꼭 발레를 추는 것 같았다. 커다란 눈을 크게 뜨고 팔을 벌려 몹시 미안해하는 동작을 취하는 것이 꼭 솔로 발레리나 같았다.

그러나 발레는 모이샤에게 자연스럽지가 못했다. 그는 다시 바로 돌아가기로 했다.

하지만 그가 양쪽 가장자리에 미끄러운 철제 테두리가 대어진 좁고 물기 있는 계단을 다 내려올 수 있기도 전에 모이샤보다 더 멋지고 훨씬 더 젊은 여자 둘이 우리의 주인공을 보지 않고 트립합(레게와 힙합을 합친 음악이나 춤, 옮긴이)을 추면서 계단을 올라

왔다. 그래서 그는 몸을 화장실 쪽으로 바짝 붙이고 되짚어 올라가야 했다. 그러는 편이 더 수월했다.

무엇보다도 그는 혼자서 맑은 바람이나 쐬고 싶다는 생각에 발코니로 나가 돌아다녔다. 발코니는 검은 단철(鍛鐵) 소용돌이들과 작은 꽃들의 컬렉션이었다. 바닥에는 다이아몬드처럼 반짝이는 미세한 박편들이 무수히 박혀 있었고. 그러나 거기에도 두 여자와 한 남자 ─ 빈정거리는 큐피드와 그의 천사 같은 주인들 ─ 로 이루어진 어떤 트리오가 자리를 차지하고 있었다.

모이샤는 다시 아래층으로 내려가 바를 지나고 경비원들을 지나 밖으로 나온 다음 빙 돌아서 클리닉 아래에 있는 중국 식당으로 들어갔다.

2

이야기의 이 대목에서는 안잘리의 성적 관심을 존중해주는 것이 중요하다. 안잘리의 성적관심에 대해서는 약간의 혼동이 있을 수 있다. 그녀는 마리나 스톱스 클리닉(런던에 있는 사설 임신 중절·피임 클리닉, 옮긴이)에서 마리나라고 하는 최신 버전 루프 시술을 받았다. 그녀에게는 적어도 하나의 남자친구가 있었는데 그것은 일반적으로 이성 지향을 의미한다. 그리고 여자 친구도 하나 있었는데 그것은 일반적으로 동성 지향을 의미한다.

뭐랄까, 안잘리는 가변적이었다. 그녀는 이렇게도 저렇게도 될 수 있는 여자였다. 안잘리는 누구에게나 관심을 보일 수 있었지만 그렇더라도 기본적으로는 정상보다 동성애자에 더 가까웠다.

이제 나는 드디어 해야 할 말을 했다.

3

모이샤가 중국음식을 주문하는 동안 위층 클리닉에서는 나나와 안잘리가 춤을 추고 있었다. 다른 사람들은 누구도 함께 춤을 추지 않아서 그 둘이서만 한 커플로 춤을 추었는데 한 커플인 척하는 것이 재미있었다. 특히 그 순간 나나로서는 그러는 것이 더더욱 재미있었다. 나나는 손으로 안잘리를 가볍게 잡고 안잘리의 낯설음을 즐기고 있었다. 나나가 생각하기에 안잘리는 완벽하게 아름다웠다. 그녀에게는 스타일이 있었다. 그것은 완전히 새로운 스타일이었다.

그러나 나나가 스타일에 대해 생각해보는 동안 안잘리는 보다 더 실제적인 관심사에 쏠려 있었다. 소변을 보아야 했던 것이다.

"나하고 같이 화장실 가지 않을래?" 안잘리가 소리쳤다. "거기서 우리 모이샤를 찾아볼 수 있어."

나나도 좋다고 했지만 화장실에 모이샤는 없었다. 그리고 비어 있는 화장실도 하나뿐이어서 안잘리가 나나의 손을 잡아 그녀를 안으로 끌어들였다. 안잘리가 뒤로 돌아앉는 동안 나나는 바지와 함께 팬티를 벗어 내렸고 무관심하고 지루하고 외설적인 눈으로 덤불 숲, 색이 더 짙은 얼룩 같은 음모를 내려다보았다. 안잘리가 생긋 웃으며 앞쪽으로 앉았고 나나는 벽에 어깨를 기댔다. 쿵쿵 울리는 저음의 진동이 그녀의 피부를 바르르 떨리게 했다. 그녀는 안잘리의 치찰음 같은 쉬하는 소리를, 오줌이 어떻게 퍼져나가 떨어지는지를 못 듣는 척하려고 애를 썼다.

나나는 안잘리를 보았고 안잘리는 다채색으로 된 낙서 너머로 먼산바라기를 하며 미소를 지었다. 다음에 안잘리가 손으로 배를 잡고 바지 지퍼를 올리며 일어서더니 나나의 손을 잡고 화장실 밖으로 끌어냈다. 터무니없이 부풀어 오른 주먹코에다 왼쪽 눈썹 끝 부분에는 피어싱을 해서 은고리를 끼운 여자가 재미있다는 투로 다른 쪽 눈썹을 추켜올렸다.

바로 그 시간에 사랑받지 못하고 사랑스럽지 못한 모이샤는 젓가락을 입으로 옮겨서 젓가락이 입에 닿자 고추 쇠고기 초면(炒麵)을 후루룩 들이켰다. 그리고 빨간색 플라스틱 캡이 달린 간장병에서 색이 아주 짙은 간장을 몇 방울 흔들어 뿌렸다. 그날 밤은 완벽한 밤이 아니었다. 그의 앞쪽으로 파도들이 영원히 움직이고 있는 것 같은 중국 바다 풍경을 보여주는 전자식 테크니컬러 그림이 한 점 걸려 있었다. 그는 생각을 하지 않으려고 애쓰면서 메뉴판에 적힌 조그만 추천 광고 – "우리는 당신이 수집과 테스트와 최선의 선택에서 누리는 것만큼의 즐거움을 누리리라고 믿습니다."라는, 냉소적이고 재미없는 선전문구 – 를 읽어보았다. 자기가 왜 새벽 한 시에 그 중국 음식점으로 내려왔는지 통 알 수가 없었다. 심지어 그는 배가 고픈 것도 아니었다.

모이샤는 다시 돌아가기로 했지만 문에서 경비원들이 가로막았다. 일단 나갔던 사람은 누구도 다시 그냥 들어갈 수 없다는, 이제는 밤 열한 시가 지났으므로 추가 요금을 내야 한다는 것이었다. 모이샤는 성질이 돋아서 발길을 돌렸다가 갑자기 나나와 안잘리 사이에서 서로가 입 밖에 내어지지 않은 친밀함과 다정함을 보이는 익살맞은 장면을 상상하면서 터덜터덜 되돌아왔다. 그리고 경비원들에게 15파운드나 되는 터무니없이 많은 요금을 치른 다음 위층으로 뛰어 올라갔다.

올라가 보니 그의 상상은 결국 아주 터무니없는 것은 아니었다.

나나와 안잘리는 바에서 어느 소녀와 이야기를 하고 있었다. 그런데 내가 소녀라고 할 때는 정말로 소녀라는 뜻이다. 모이샤는 그녀가 기껏해야 열일곱 살 정도밖에 안 되었다는 생각이 들었다. 단지 그녀는 어떻게 해서인지 서른다섯 살 먹은 아이처럼 보였을 뿐이었다. 그녀의 이름은 베러티(진실)였다. 베러티는 삐딱하게 맨 넥타이와 셔츠의 조합으로 외설적인 차림을 하고 있었는데, 어리벙벙해하는 모이샤에게 그것은 단지 점퍼일 뿐이라고 했다. 벨라 프로이트(런던에 근거를 둔 패션디자이너, 옮긴이)의 넥타이 점퍼들 중 하나라는 것이었다. 그것은 완전한 트롱프 뢰유(속임 그림, 실물과 매우 흡사하게 묘사한 그림이나 그 기법, 그로 인한 착각 효과, 옮긴이) 옷이었다.

베러티는 패션을 좇고 있었다.

그녀는 모이샤에게 자기의 점퍼는 클레멘츠 리베이로(런던의 창의적인 패션 디자이너, 옮긴이)가 카샤렐(명품 의류브랜드, 옮긴이)에 출시한 패션과 함께 바로 이번 시즌 것이라고 알려주었다. 클레멘츠는 의상용 보석류가 핀으로 박힌·티셔츠, 진주 끈들이 달린 블라우스, 체인벨트가 달린 바지 같은 것들을 만들고 있었는데, 그녀의 말로는 그것이 샤넬에 대한 일종의 경의라고 했다.

"엘사 스키아파렐리처럼" 나나가 그 말을 하자 베러티가 행복하게 미소를 지어 보였다.

나는 정말로 나나를 좋아한다. 여러분은 그녀가 엘사 스키아파렐리를 어떻게 생각하는지 알고 있다. 하지만 여기에서 그녀는 예의 바른 행동을 보이고 있었고 그 외로운 소녀에게 친절했다.

"그거 멋져 보여." 나나가 칭찬했다.

그러나 모이샤는 그것이 멋지다고 생각하지 않았다. 나는 여러분이 무슨 생각을 하고 있는지 알고 있다. 여러분은 모이샤가 질투를 하고 있었다는 생각을 하고 있다. 그런데 여러분 생각이 맞다. 그러나 모이샤는 질투만 한 것이 아니었다. 그는 또한 처량함도 느끼고 있었다. 모이샤는 베러티 같은 여자에게 특별한 감정을 가지고 있었다. 그것을 이해하려면 모이샤가 어디 출신인지를 알아야 한다.

모이샤는 프리에른 바네트에 있는 리블스데일 가에서 자라났다. 여러분 중 많은 사람들이 프리에른 바네트에 대해서는 들어보지 못했을 것이다. 그곳은 후배지(後背地), 교외, 북부 노스런던 구역이다. 그곳이 생소한 이유는 어중간한 곳이기 때문이다. 때때로 모이샤는 프리에른 바네트를 햄스테드라고 했지만 그것은 거짓말이었다. 또 다른 때에는 그곳을 하이게이트라고도 했지만 그곳은 하이게이트도 아니다. 프리에른 바네트는 스토운, 사우스게이트, 파머스 그린 구역에 속한다. 그런 곳들은 런던의 덜 알려진 구역이지만 그런 곳들이 프리에른 바네트를 둘러싸고 있는 구역들이다. 내가 확인하려고 하는 수수께끼는 바로이것이다. 프리에른 바네트는 아주 부자 동네도 아니었고 아주 눈부시지도 않았지만 부유한 구역에 속해 있었다.

모이샤는 멋진 여자들을 보았었다. 버스 안에서 그들을 보았었다. 그는 하이게이트에서부터 머스웰 힐로 가는 43번 버스에서 그들을 보았었고 그들을 알고 있었다. 그 젊고 멋진 여자들은 모이샤로 하여금 예기치 않은 감정을 느끼게 했다. 말하자면 모이샤는 베러티 같은 여자들을 로맨틱하게 여겼지만 그들 때문에 처량해지기도 했다. 그들은 아주 젊으면서도 아주 어른 같았다. 그는 그들에게서 비극적으로 망쳐진 천진난만함을 보았다.

"넌 정말 별걸 다 알고 있구나." 나나가 베러티에게 감개무량한 어조로 말했다. "내 모든 스타일 아이콘은 남자들인데."

그러고 나서 그녀가 모이샤에게 어디 갈 데가 있느냐고 묻자 그는 샴페인을 사러 갈 거라고 했다. 그 말에 안잘리가 깔깔대며 웃기 시작했다. 모이샤가 정말 너무도, 그렇게도 귀여워서였다.

"그냥 좀 돌아다녀보려고. 우리가 마실 샴페인도 살 겸." 그가 설명을 덧붙였다.

바에서 모이샤는 20파운드짜리 지폐들을 조그만 곤봉처럼 돌돌 말아 쥐고 불안해하는 남자 여자들 모두와 함께 외로움을 느꼈다. 그 바는 그들 모두를 다 들이기에는 너무 좁았다. 심지어는 모이샤까지도 포위당한 느낌이었는데, 그렇다고 모이샤가 몸집이 큰 사람도 아니었다. 그것은 혼돈이었다. 하지만 모이샤는 외롭고 우울했기 때문에 계속 버텼는데, 외롭고 우울한 모이샤는 불행히도 연극 조의 제스처를 보이는 경향이 있었다. 샴페인 가격은 가장 저렴한 것도 65파운드나 되었지만 그는 그 값을 치렀다. 물론 그 값을 치렀다. 그리고 베러티를 위한 유리잔도 하나 집어 들었다.

바깥쪽으로 내밀어진 돌출창 공간에 맞도록 끈적거리는 빨간 가죽의자들이 배치된 구석지에서 베러티는 안잘리와 그녀의 멋진 친구에게 자기의 삶에서 슬픈 이야기를 하고 있었다.

"우리 엄마는 죽었어요." 그녀가 말을 이었다. "2년 전에. 그건 정말 견디기 힘든 일이었죠. 하지만 이 요법을 시작한 뒤로는 정말 정말 좋아졌어요. 그 요법을 지금까지 2년 동안 해왔는데 내가 이렇게 평온한 기분을 느끼는 것도 그 덕분이겠죠?"

그 말은 순전히 사실이었고 베러티는 하나의 비극이었다. 모이샤의 생각이 옳았다.

4

그러나 다음에는 모이샤의 저녁시간이 더더욱 나빠졌다.

"자, 봐요, 나한테는 여분도 한 알 있어요. 우리 모두 해볼 수 있어요. 좀 해보고 싶지 않아요?" 베러티가 물었다. "나한테 여분이 두 알 있어요. 한 알에 5파운드면 돼요."

"오, 노, 노, 노, 노, 노. 우리는 안 해, 안 해. 기분이 처져서 안 좋아. 그건 기분을 처지게 하니까." 모이샤의 그 말에 베러티가 빤히 쳐다보자 모이샤가 말을 마무리했다. "저 언니들은 그거 이미 다 해봤어."

모이샤는 베러티를 좋게 생각했던 것이 갑자기 후회되었다.

"글쎄, 뭐," 나나가 안잘리를 보고 말했다. "우리 딱 반 알씩만 해보는 건 어때?" 그리고는 베러티를 돌아다보며 물었다. "그래도 되지? 정말 그래도 되는 거지?"

"그럼요." 베러티가 대답했다. "나도 언니들이 그러는 게 좋겠어요."

나나가 포장용 폴리에틸렌 막을 벗겨내어 알약을 테이블에 놓고 조심스럽게, 깔끔하게 둘로 갈라 반쪽을 안잘리의 혀에 살짝 올려놓아 주고 안잘리가 미소를 짓는 동안 나머지 반쪽은 자기의 미소 띤 입안으로 집어넣었다.

섹스에 마약에 로큰롤은 절대로 모이샤의 이력에 들지 않는 것이었다.

"물이 있어야겠지? 물 가져다줄게. 물이 필요할 거야." 모이샤가 클럽에서 수돗물 공급을 차단하고 조그만 에비앙 생수병들을 터무니없이 비싼 값으로 파는 부도덕한 나이클럽 주인들에 뺑뺑 둘러싸여 위태로워진 여자들에게 말했다. 그것은 삶과 죽음의 문제였다. 위태로워진 여자들이 그에게 미소를 지어 보였다.

"술은 마시면 안 돼. 그건 내가 물을 가져올 때까지 그대로 놓아둬." 모이샤가 다짐을 두었다.

그가 물을 가져왔고 그들은 술을 마셨다.

그들 네 사람은 창가에서 이렇게 앉아 있었다. 나나는 안잘리 옆에, 안잘리는 베러티 옆에, 그리고 모이샤는 맨 끝에. 그는 베러티와 몸이 닿지 않도록 하려고 애쓰면서 경직된 한쪽 엉덩이를 시트 한끝에 밀어 넣고 있었다. 하지만 기분이 언짢은 것처럼 보이고 싶지는 않았다.

모이샤의 생각으로는 세상이 너무 신체접촉에 자유로워져 있었다. 그런데 이번에도 다시 모이샤의 생각이 옳았다.

나나와 안잘리는 점점 더 누그러지고 다정해져서 계집아이들 같은 커플이 되어버렸다. 나나의 머리가 안잘리의 얼굴 쪽으로 기울어지고 있었다. 나나는 자신이 어리고 다정하고 약물에 취했다는 느낌이었다. 온 세상이 다 평안해 보였다.

도취된 나나는 자기를 붙잡아주고 있는 안잘리가 세상에서 제일 예쁘다는 생각이 들었다. 맨살이 드러난 나나의 경직된 배를 쓰다듬어주고 있는 안잘리의 동작이 그녀를 전율케 했고 그녀의 감정은 한없이 다정해졌다. 안잘리가 그녀를 다정하게 만들고 있어서 그녀가 코로 부비고 잘근잘근 깨물고 키스를 했을 때에도 그 모든 것이 자연스럽게 느껴졌다. 모이샤는 그저 만족스럽게 지켜보기만 하면서 프리에른 바네트에 대해 떠들어대고 있었다. 그래서 나나와 그녀의 가장 친한 친구 안잘리는 키스를 할 수 있었고 이제 막 키스를 했다. 왜냐하면 키스는 가장 다정한 몸짓이었으니까.

5

나나는 이제 막 레즈비언이 된 것이었을까?

물론 아니었다.

그것은 그저 한 번의 키스일 뿐이었다. 계집아이들처럼 한 키스 한 번으로 여자가 레즈비언으로 바뀌지는 않는다. 나나가 안잘리에게 키스를 한 데에는 이유가 있었지만 그렇다고 동성애적인 이유는 아니었다.

주된 이유는 이것이었다. 내가 전에도 말했었듯이, 나나는 섹스를 좋아하는 여자가 아니었다.

하지만 여자가 왜 그 때문에 레즈비언이 되어야 할까?

쉿, 쉿. 그녀는 레즈비언이 아니었다. 그러나 나나에게는 특별한 성적 강박관념이 없었기 때문에 언제나 다른 사람의 성적

강박관념에 관심이 있었다. 그녀는 언제나 다른 사람들이 섹스를 하는 방법에 관심이 있었고 그 느낌이 어떨지 궁금해했다.

안잘리에게 키스를 했을 때, 나나는 사실 새로운 스릴이라든가 전율을 기대하지는 않았다. 그저 호기심이 일었을 뿐이었고, 그것은 섹스에서의 섹슈얼하지 않은 관심이었다. 여러분도 알겠지만, 나는 그 대목에서 나나가 조금은 자기 몰입적이었던 것으로 보일 수 있었음을 알고 있다. 그런데 그렇게 보는 것은 정말로 몹시 불공정한 일일 듯싶다. 나나가 자기본위적이었다는 결론은 곧 성적인 존재였다는 결론이 될 것이기 때문이다. 그런데 나는 내 독자들 중 많은 사람들이 성적인 존재라는 것을 알고 있다. 하지만 나나는 성적인 존재가 아니었다. 그녀는 천진난만했다.

그것이 중요한 이유였다.

나나가 도덕적으로 불안감을 느끼지 않은 데에도 두 가지 이유가 더 있었다. 그녀는 엑스터시에서 행복했고 그 행복감이 음탕하다는 느낌을 억눌렀다. 그리고 다른 설명은 모이샤가 거기에, 그들 옆에 앉아 잡담을 하고 있었다는 것이었다. 그리고 모이샤도 즐거워했다. 만일 모이샤가 즐거워하지 않았다면 그런 일은 어느 것도 일어날 수가 없었다. 그랬다면 그것은 부정한 짓이었을 것이기 때문이다. 그러나 그가 지켜보고 있었다면 그것은 부정한 짓일 리가 없었다.

그래서 나나는 안잘리에게 키스했다. 안잘리는 다정했다. 모이샤와 키스하는 것보다도 더 다정했다.

그런데 안잘리는 무슨 생각을 하고 있었을까? 악의적이고 의기양양한 생각을 하지는 않았을까?

물론 그렇지 않았다.

그렇다면 안잘리도 천진난만했을까? 뭐랄까, 안잘리는 나나가 천진난만한 것처럼 그렇게 천진난만하지는 않았다. 그녀는 통상적으로 성적이었지만 다른 한편으로는 깊이 헤아려 생각을 하고도 있었다. 또 자기본위적이 되려고도 하지 않았다. 그녀는 나나와 모이샤에 대해 생각하고 있었다. 그녀 역시 엑스터시에서 행복했다. 그녀는, 만일 그녀가 생각을 하고 있었다면, 그 키스는 나나와 모이샤가 서로를 얼마나 사랑하는지 보여주었다는 생각을 하고 있었다. 그들은 가장 사랑스러운 커플이었고 질투로 인해 망가지는 그런 커플이 아니었다.

예를 들어서, 여러분을 안심시키기 위해, 안잘리를 나와 비교해보기로 하자. 나의 나쁜 기질 가운데 하나는 이것이다. 나는 매우 자기본위적일 수도 있다. 내 말이 믿을 수 없게 들릴 수도 있다는 것은 알지만, 그렇더라도 그것이 사실이다. 그것은 내가 상당히 여러 번 어떤 것들을 단지 다른 사람들이 원하기 때문에 원했다는 뜻이다. 나는 종종 내가 놓친 게 있지 않을까 해서 좀 걱정스럽다.

그러나 안잘리는 그런 자기본위적인 방식으로 생각하지 않고 있었다. 자기본위적인 방식은 내가 분명히 이해할 수 있는 방식이지만, 그것은 안잘리가 생각하고 있는 방식이 아니었다. 그녀는 탐을 내는 질투에 휘둘리지 않았고 그저 행복한 기분이었다. 자기 친구가 행복한 것이 행복했고 나나와 모이샤가 사랑을 하고 있는 것이 기뻤다. 그리고 정말로 그녀에게는 나나와 모이샤가 하는 모든 것이 사랑스러운 몸짓이었다.

예를 들자면, 모이샤가 좀 우울하고 침착하지 못해 보이기 시작하자 나나가 안잘리를 비집고 지나 모이샤에게 키스를 해주었다. 그에게 미안해하는 듯 다정하게 키스를 해주었다. 모이샤에게 키스를 해주는 것은 즐거움 이상이었다. 다음에 그녀는 키스를 멈추고 그의 커다란 갈색 눈을 들여다보았다.

6

나는 이 점을 아주 명확히 하려 한다.

안잘리와 나나는 키스는 했지만 성적인 행위는 아무것도 하지 않았다. 하지만 그렇더라도 그들은 결국 섹스를 하게 될 것이다. 그들이 그럴 것이라고 여러분에게 약속하겠다. 그리고 그들이 섹스를 하면 내가 여러분에게 알려줄 것이다. 여러분은 그저 기다리기만 하면 된다. 그러는 사이 여러분은 그들이 점점 더 친밀해지고 있다는, 그 셋이 뗄 수 없는 사이가 되고 있다는 짐작을 할 수 있다.

여러분은 아마도 나나와 모이샤와 안잘리의 특별한 거주 형태에 대해 알고 싶어 할 것이다. 거주 형태가 중요해 보이기 시작할 수 도 있다. 그래서 나는 지금 여러분에게 그 이야기를 해줄 것이다.

그 세 사람은 함께 살고 있지 않다. 그들이 함께 살게 되면 여러분에게 말해주겠다.

7

우선 먼저, 모이샤의 각도에서 보기로 하자. 나는 한동안 모이샤를 조사할 것이다. 이 이야기의 다음 부분은, 그것이 중요한 부분인데, 하나의 사건이 아니었다. 그것은 일련의 두 사소한 사건이었다. 때로는 사소한 사건이 아예 사소한 사건도 아니었고 그저 하나의 느낌일 뿐이었다. 이 이야기의 다음 부분은 그저 사소함이다.

모이샤는 그의 특징적인 피곤한 잠에서 깨어나 그대로 누워 있었다. 그리고 누워 있는 동안 정치, 섹스, 철학, 예술 등에 대해 자기 자신과 잡담을 하곤 했다. 대부분은 섹스에 대해서였지만. 그는 마음이 하나하나의 방탕한 충동들로 이리저리 떠돌도록 내버려두었다. 그리고 첫 번째로 떠오른, 비행소년처럼 캘리 가에서 멍한 눈에 들창코인 어떤 민짜 나이키 운동복 차림의 계집애를 미행하는 멍청하거나 기발한 생각에 코웃음을 쳤다.

누군가가 나쁘게 행동했던가? 천만에. 그것은 부정한 짓이 아니라고 모이샤는 추론했다. 그리고 부정한 짓이 아니었기에 모이샤는 질투하지 않았다. 누가 뭐래도 그들이 서로 키스를 했었을 때 그도 거기에 같이 있었다. 어쨌든 그 키스는 섹시했고 모이샤는 그 키스가 꽤나 마음에 들었다고 인정해야 했다. 그것은 모든 남자친구의 꿈이었다고.

그는 윤리적인 사색가였다, 모이샤는.

하지만 그런 철학적인 생각들을 하게 만든 원인은 무엇이었을까?

어째서 프리에른 바네트 출신인, 그의 사랑하는 어머니 이름은 글로리아인 청년이 미덕의 본질에 대해 숙고하고 있었을까?

때때로 나나와 모이샤와 안잘리는 깃털이불 밑으로 안잘리를 가운데 두고 요에 앉아 비디오를 보며 고고 피자점에서 배달시킨 피자를 먹었다. 고고 피자점에는 오후 다섯 시 30분 이전에 주문할 경우 고객이 선택한 14인치짜리 특대 피자에 마늘빵 두 개와 하겐다즈 아이스크림까지 곁들여서 9파운드 99펜스를 받았다. 그들 모두 때때로 오후 다섯 시는 피자를 먹기엔 너무 이른 시간이라고 인정하기는 했어도.

또는 안잘리가 핀즈버리 파크에 있는, 지금은 폐업한 덥 클럽으로 갔다가 그들과 함께 집으로 와서 하룻밤을 같이 보내기도 했는데, 그것은 나나와 모이샤 쪽에서 그녀가 발을 질질 끌며 켄트타운으로 돌아가는 것을 원치 않았기 때문이었다. 또 때로는 안잘리가 잘 자라는 말이 오간 뒤 자기 자리에서 일어나 다시 나나와 모이샤의 방으로 와서 이야기를 계속하기도 했다. 그녀가 침대에 웅크리고 있는 동안 이불 아래서 모이샤는 자기가 그렇게 구부리고 있으면 자기 가슴도 젖가슴처럼 보이지나 않을까 걱정이 되었다.

그런 일들은, 여러분도 알겠지만, 정말로는 사건이 아니었다. 그런 일들은 정말로 주목할 만한 일이 못되었다. 하지만 그것이 바로 모이샤가 철학적으로 바뀐 이유였다.

한 달쯤 뒤, 그들이 에섹스 가에 있는 엠버시 바에서 하루 온종일을 보낸 다음 버스 정류장에 서 있었을 때, 나나는 손을 모이샤의 바지 주머니 속으로 밀어 넣어 따듯하게 하고 있었다. 그리고 안잘리가 그런 공공연한 애무에 반대한다고 내숭을 떨자 안잘리의 손을 잡아서 모이샤의 주머니에 밀어 넣는 것으로 응수했다. 안잘리는 장난스럽게 손을 모이샤의 성기 쪽으로 가져갔다. 그리고 힘을 살짝 주어 그의 성기를 쥐면서 모이샤의 그것이 흥분해서 발기되기 시작한다는 생각이 들었다.

다음에 버스가 왔다.

순간적으로 키스를 하는 짧은 순간이 있었다.

때때로 안잘리와 나나는 키스를 했다. 그러나 모이샤도 언제나 키스를 했다. 그 일은 언제나 셋이서 같이 하는 키스가 되었다. 안잘리와 나나는 – 다시 말하겠지만 – 커플이 아니었다. 그리고 모이샤, 그 가엾은 남자는 행복했다.

8

행복했기 때문에 모이샤는 나나와 자기의 다양한 습관들을 목록으로 작성했다. 잠을 깨면 그는 나나가 잠을 깼을 때 하는 유희들을 떠올렸다. 나나가 어떻게 파고들면서 말은 하지 않는지를 떠올렸다. 나나는 입을 다문 채 손을 흔들어 무언극으로만 인사를 하곤 했다.

그녀의 샤워는 정해진 순서를 그대로 따랐다. 전신 샤워, 샴푸 두 번, 헤어린스 한 번, 전신 비누칠, 살짝 쪼그려 앉아 사타구니 문지르기, 젖가슴 주위에 타원형으로 거품 밀기, 엉덩이 사이를 씻기 위해 손을 뒤로 돌리고 몸 굽히기, 그런 다음 또 한 번의 린스 다음에 하늘색 바디숍 이태리타올로 박피, 다음에 머리와 몸 전체 샤워.

그녀는 침대 옆에 툴루즈-로트렉(19세기 프랑스의 화가, 옮긴이)의 그림엽서를 한 장 붙여두고 있었다. 몸을 웅크리고 있는 열 살짜리 아이 둘이 자기와 모이샤처럼 보인다는 이유에서였다. 그녀는 눈을 꾹꾹 누르곤 했는데, 모이샤가 걱정이 되어서 안경을 쓰라고 하면 그때마다 괜찮다고 했다. 우울할 때면 그녀는 이리저리 어슬렁거렸고 워더 가(고물 상점으로 유명했던 런던의 거리. 현재는 영화관이 많음, 옮긴이)에 있는 프리덤 휴대품 보관소에서 찾아낸 샤프카(주로 구소련 사람들이 쓰는 둥글고 끝이 약간 가늘며 테가 없는 모피 모자, 옮긴이)를 썼다.

때때로 모이샤는 자기가 동정(童貞)이었으면 싶었고, 축적된 성 경험들에 너무도 큰 부담을 느꼈다. 하지만 아니었다, 그는 동정인 남자들에게도 성 경험이 있다는 것을 인정해야 했다. 그는 자기가 아기였으면 싶었다. 말 못하는 아기였으면 싶었다.

모이샤는 자기가 좋아하는 환상들을 목록으로 작성했다. 그리고 누워서 환상은 버릇이 아닐까 하는 생각을 해보았다. 다음에 그는 환상이 왜 중요할까 생각해보았다가 중요하지 않다고 결론지었다. 그는 오로지 햇빛 속에 있는 나나와 모이샤만을 상상했다. 믿어지지 않게 좋은 휴일에 반사되고 흩어져 더없이 부드러운 햇빛으로 채워진, 흐트러진 침대가 있는 방에서 닐 크래프트(켈빈 클라인의 창의적인 디렉터, 옮긴이)가 디자인한 병에 든, 수맥까지 파 내려간 지하수에서 뽑아 올린 보스 워터를 마시고 있는.

그는 나나 없는 자신을 상상해보려 했다가 그러고 싶지 않아졌다.

그는 다른 방에서 흘러나오는 듀크 엘링턴(미국의 재즈피아노 연주자·작곡가·편곡자·밴드리더, 옮긴이)의 음악소리와 함께 그녀에게로 내려가고 있던 일을 떠올렸다. 그것은 중간 부분이 생략된 섹스 신, 빅 밴드 섹스 신이었다.

그들은 섹스에 대해서 이야기를 나누었다. 또 섹스에 대해 걱정도 했다. 그들은 섹스에 대해서 매일 저녁마다 걱정을 했다. 모이샤는 그녀에게 섹시하다고 보이는 것에 대해서만 생각하라고 했다. 그것이 그의 격앙된 조언이었다.

"자기는 수음할 때 무슨 생각해? 무엇에 대해서 수음해?" 모이샤가 물었다.

나나는 수줍어하는 것 같았고 대답을 하지 못했지만 마침내는 "자기."라고 했다.

슬프게도, 그것이 사실이었다.

반면에 모이샤의 환상은 빨리 와서 그 속도를 늦추어야 했다. 그 환상에는 여중생 포즈로 깅엄을 입고 짐카나(경주마와 기수의 기술을 입증하기 위한 경기나 게임들로 구성되어 있는 승마 대회, 옮긴이)에서 했던 온갖 터무니없는 짓들을 이야기하는 나나가 있었다. 그녀는 안장의 느낌을 설명했다. "등자"라는 단어도 언급했다. 그리고 모이샤는 "나를 말처럼 부려줘."라고 말하는 자신을 상상했다. 또는 그녀에게 임신을 시키는 것에 대해 곰곰 생각해보기도 했는데 그 때문에 사정이 더 빨리 되었다. 때때로 그는 나나에 대한 그의 꿈을 더 추상적으로 만들어야 했다. 그래서 세부 사항에서는 뒤꿈무늬를 뺐다. 너무 많은 세부 사항들은 그를 너무 흥분시켰기 때문이었다. 그렇더라도 나나가 몸에 딱 맞는 욕조에 들어앉아 있고 맑은 물에서 금붕어들이 그녀의 피부 위로 헤엄치며 점점이 떠돌아다니는 환상은 계속 다시 떠올랐다. 그 환상에서 나나는 그녀의 부드러운 음모에 물고기 밥을 뿌린 다음 모이샤가 욕조의 차가운 테두리에 턱을 받치고 그녀를 지켜보는 동안 금붕어들이 먹이를 삼키게 하곤 했다.

나나가 일찍 일어나 강의를 들으러 가서 혼자 남아 있을 때면 모이샤는 안젤리기『컴퍼니』잡지와 함께 공짜로 얻어다 그의 연립주택에 놓아둔 루이스 백소이(영국의 여류 작가·정치가, 옮긴이)의 소설을 읽곤 했다. 섹스 장면을 찾아 펼치곤 하면서. 그 책은 저절로 섹스 장면에서 펼쳐지기 시작했고, 그는 어슬렁어슬렁 화장실로 건너가 두루마리 화장지를 가져온 다음, 네 개의 베개를 침대에다 적당히 놓아두고 비스듬히 누워서 자위를 하곤 했다. 그가 가장 좋아하는 부분은 음악 일을 하는 중에 그 짓을 하고 싶어 하는, 거친 벽돌 벽에 밀어붙여지며 후딱 해치워지기를 원하는 여자에 대한 묘사였다. 그 묘사는 짧지만 연상적이었고 그는 루이스 백소이의 문체가 마음에 들었다. 사정을 하고 난 다음에는 정액이 배 위에서 식어 마침내는 가늘게, 그리고 불쾌하게 옆구리로 흘러내리도록 놓아두었다. 그런데 모이샤는 두루마리 화장지를 치우는 것을 잊어버리곤 해서 나나가 집으로 돌아와서는 그를 놀려대곤 했다.

때때로 사람들은 남자가 성관계를 맺고 있으면서도 자위를 한다는 생각에 충격을 받는 것 같아 보인다. 그러나 그것이 사실이다. 자위는 너무도 일반적인 것이다. 모이샤는 하나의 극단적인 예였지만 그렇다고 해서 여러분이 그가 언제나 침대 머리판에 등을 기대고 있는 것을 보게 되리라는 얘기는 아니다. 그러나 때로는 그것이 그의 자세였다.

모이샤는 나나가 화장실에서 어떻게 몸을 굽히고 서 있었는지를 떠올렸다. 그녀의 아버지가 어느 크리스마스 때 그녀에게 사준 부츠 매니큐어 세트(부츠 모양의 케이스에 담긴 매니큐어 세트, 옮긴이)에서 꺼낸 손톱가위로 음모를 손질하는 사내아이 같은 여자, 또는 자기가 하루 종일 그녀의 팬티를 입고 딱 들러붙는 가벼운 레이스의 감촉을 즐겼던 일을 떠올리기도 했다.

언젠가 한 번 모이샤는 나나가 안잘리를 뒤에서 핥는 환상을 떠올리기도 했지만, 이제는 그것이 이상하게 느껴졌다. 조금은 너무하다고 느껴졌다.

그는 나나가 좋아하는 음식들을 목록으로 작성했다. 그녀는 보라색 새싹 브로콜리를 무척 좋아했다. 또 분홍색 연어회도 무척 좋아해서 젓가락을 들고 몸을 움찔거리고 머리를 깐닥거리며 먹었다. 그는 레스토랑에서 그녀가 보인 침착함에 놀랐다. 그녀의 침착함은 섹시했고 거기에는 마음을 홀리는 매력이 있었다. 그녀는 더 아이비에서 안달을 내지 않고 태연하게 그에게 전화를 걸었다. 파파가 약속을 취소해서 그러는데 좀 와줄 수 있겠느냐는 것이었다.

그때 모이샤는 다림판이 없어서 타일 깔린 욕실 바닥에 쪼그려 앉아 타일들 틈새의 움푹 들어간 모르타르에다 대고 욕을 해대다 손가락으로 찔렀다 욕을 해대다 손가락으로 찔렀다 하며 하나뿐인 셔츠를 다림질하고 있던 중이었다.

그는 그녀를 아주 좋아했다. 그녀의 모든 것을 아주 좋아했다. 심지어는 파파의 집에서 보내는 주말까지도 좋아했다.

그는 온실에 앉아서 오래된, 아마도 『리스크 프로페셔널』인가 하는 잡지를 읽곤 했다. 잡지 선반에는 잡지들이 한 무더기 쌓여 있었다. 그 선반은 광을 낸 마호가니가 뒤틀리고 구부러진 것이어서 프레첼(불규칙한 모양의 비스킷 비슷한 짭짤한 맥주 안주, 옮긴이) 같아 보였다. 모이샤는 『리스크 프로페셔널』을 휙휙 넘기다가 취리히 금융 서비스의 전면광고가 실린 페이지를 펼쳤다. "관계 구축, 해결에 의한 해결." 그것은 취리히 금융 서비스의 모토였다. 다음에는 이탤릭체로 윌리엄 해즐릿의 말을 인용한 구절이 있었다. "여러분은 세상에 대한 모든 추측과 설명보다 어떤 길을 여행하는 것으로 그 길에 대해 더 많이 알게 된다." 그 인용구 밑에는 세월에 찌든 가죽가방을 찍은 조그만 사진이 있었고 옆 페이지는 광택인화로 된 먼지 자욱한 길의 일몰 사진이었는데 저물어가는 시간의 멜랑콜리함으로 빛이 뿌옇게 흐려져 있었다. "여러분이 새로운 땅을 커버하는 데 도움이 되는 다년간의 경험이 다가오고 있습니다." 그것은 과연 사업적이다 싶은 사진 설명이었다.

이건 지구상의 마지막 유토피아로군, 업라이트 피아노에 올려놓아진 사진들 – 레만 호수의 흐릿한 전경, 나비에 열중해 있는 나나 – 을 빙 둘러보며 모이샤는 행복하게 그런 생각을 했다.

모이샤는 『리스크 프로페셔널』에 끼워 넣어진 영국은행협회에서의 아침식사 브리핑 – 더 안전한 환경을 위해 노력하는 극단주의자들 – 을 광고하는 담자색 전단지를 읽었다.

세계화의 도래와 함께 반자본주의적인 목소리가 성장하며 더 정교해지고 있다.

테러리스트와 극단주의자들의 정신력에 대처하려면 그러한 유형의 공격에 대비한 전략적 계획과 사전적 고려와 문화의 완벽한 구현이 필요하다. 그러한 유형의 공격에 대한 준비가 없는 대응책들은 실행을 하더라도 성공을 거두기 어렵다.

모이샤는 그 모든 것을 아주 좋아했다. 한마디로 그는 그녀를 아주 좋아했다.

그는 나나가 그를 사랑하는 것이 어떤 느낌일지 궁금했지만 그 느낌을 상상할 수는 없었다.

그는 거기에 누워서 3자혼교에 대해 생각하곤 했다. 하지만 3자혼교는 없었다. 그는 정말로는 그 어떤 유명한 3자혼교도 생각할 수 없었다. 그것은 이상하게 특이했다. 그는 줄 앤 짐에 대해서 생각했다. 하지만 그 생각은 모이샤가 줄 앤 짐을 본 적이 없었기 때문에 오래 가지 않았다.

9

그러나 우리는 「줄 앤 짐」에 대해서 생각해보기로 하자. 그것은 프랑수아 트뤼포 감독의 영화인데 이 소설에서 나를 제외한,

사실 나는 등장인물도 아니지만, 모든 등장인물들 중에서 단지 파파만이 그 영화를 보았다. 프랑수아 트뤼포 감독 영화의 원작은 앙리 피에르 로슈의 소설 『줄 앤 짐』이었다. 그리고 영화 애호가인 파파는 어떻게 해서인지 1983년 9월에 『옵션스』 잡지와 파반느(16세기 초엽 이탈리아에서 생겨나 17세기 중엽까지 유행했던 궁정무곡, 옮긴이)에 대한 찬사와 함께 그 소설의 번역본 『고전적인 프랑스 러브 스토리』를 공짜로 얻었다.

프랑수아 트뤼포는 그 소설을 읽었을 때 영화를 위해 무언가 새로운 것에 대한 기회가 생겼음을 깨달았다고 했다. 그 소설 덕에 영화에서 다른 어떤 플롯과도 근본적으로 다른 플롯을 찾아냈던 것이었다. 그때까지의 영화 플롯은 관객이 사랑하는 좋은 인물들, 관객이 싫어하는 나쁜 인물들이었다. 모든 것이 명확했다.

반면에 이 특별한 경우에는, 즉 「줄 앤 짐」에서는, 관객들이 주인공들 사이에서 선택을 할 수 없게 되었다. 그들 모두를 동등하게 좋아하도록 강요당하기 때문이다. 세 주인공 모두가 조금은 좋고 조금은 나쁘다. 트뤼포는 『줄 앤 짐』의 플롯에서 가장 강력하게 자기를 강타한 것이 그가 부르는 대로 하자면 "반대 선택"이라는 요소였다고 했다.

그런데 나는 그 요소가 실제로 영화 「줄 앤 짐」에서 구현되는지 어떤지는 잘 모른다. 개인적으로, 나는 잔 모로(프랑스 출신의 영화배우, 옮긴이) 캐릭터를 많이 좋아한 적이 없고 그녀가 완전히 자기중심적이고 매력도 없어 보인다고 생각했다. 하지만 프랑수아가 중요시하는 점은 좋아한다. 나는 이상적인 것을 좋아한다.

모이샤는 꾸벅꾸벅 졸면서 도시가 바빠지는 소리에 귀를 기울이고 핀즈버리에 축복을 보냈다. 모든 식객들에게 축복을 보냈다.

줄과 짐의 우정은 그 어떤 사랑에도 비할 바가 아니었다. 그들은 서로의 다름을 받아들였고 모두들 그 둘을 돈키호테와 산초 판차라고 불렀다.

모든 것이 모호했다.

10

하지만 나나는 무슨 생각을 하고 있었을까? 나나도 행복했을까? 그것이 진정으로 가정적인 행복이었을까?

보라. 아직은 아무 일도 일어나지 않았다. 때때로 두 여자는 서로 키스를 했지만 그 외에는 아무 일도 일어나지 않았다.

물론 그것은 가정적인 행복이었다.

어느 날 저녁, 에지웨어에 있는 그들의 집 침대에서 모이샤와 함께, 나나는 세 장의 미피(네덜란드의 작가이자 일러스트레이터인 딕 브루너의 어린이 그림책 시리즈의 주인공 토끼 캐릭터, 옮긴이) 엽서를 보고 있었다. 그 엽서들이 그녀의 이케아 소나무 책상 위에 매달려 있도록 큐레이트했던 것은 열 살짜리 나나였다.

그것들은 이랬다.

몬드리안의 「예술가의 인상」을 보고 있는 미피.
눈 쌓인 창문에서 안을 들여다보는 미피.
제 주위의 암청색 하늘에 점점이 박힌 노란색 별들과 함께 노란색 초승달에 걸터앉아 있는 미피.

그리고 엽서들 위로는 초록색 양복 차림으로 스마트한 코끝에다 중산모를 꼭 맞게 끼우고 있는 나나의 바바(프랑스 일러스트 화가이자 어린이 그림책 작가인 장 드 브뤼노프가 창조한 코끼리 캐릭터, 옮긴이) 포스터.

그것은 장식이었다.

그녀는 그것이 가정적인 행복이라는 생각을 하고 있었다. 그리고 실제로도 가정적인 행복이어서 나나는 행복했다. 그날 밤에 그녀가 특히 더 행복했던 것은 그녀의 이름이 그때만큼은 브루노였기 때문이었다. 그랬다, 브루노였다. 그런데 모이샤는 그것을 어떻게 생각했을까? 아니 아니, 모이샤가 아니었다. 모이샤 역시 침대에서는 새 이름을 가지고 있었다. 나나가 새로 지어준 모이샤의 섹스할 때 이름은 테디였다.

알겠지?

나나―브루노. 모이샤―테디.

나나는 행복했다. 섹스에 겁먹은 여자가 두려움을 직시하고 있었다. 그녀는 그녀 자신의 시나리오를 만들어 도착(倒錯)된 삶에 발을 들여놓고 있었다.

그것이 도착이었다고?

사실, 나는 그것이 도착이었다고 생각한다. 스물다섯 살인 여자가 자기의 어린 시절 침실에서 열 살짜리 사내아이 노릇을 하는 것에는 부정할 수 없이 추잡한 무엇인가가 있다. 너무 추잡할 수도 있다. 아마도 여러분은 섹스를 리얼리즘의 영역에서 유지해야 할 것이다. 섹스가 엉뚱하다면 섹스답지 못하게 되어 곤혹스러워진다.

모이샤는 특히 곤혹스러워졌다. 브루노가 테디에게 그의 어린아이 같은 팔, 그 팔에 탤컴 파우더를 바른 것 같은 부드러움과 창의력 없는 단조로움을 얼마나 사랑하는지 모른다고 했을 때, 테디는 자기가 욕실에서 E45(스킨케어 크림의 일종, 옮긴이)로 씻기 때문에 팔이 부드럽다고 대답했다. 그는 습진에 걸려 있었고 비누는 습진에 좋지 않았다.

모이샤는 그 환상에서 재치를 보이지 못했다. 그는 자기가 정말로 하려는 말이 무엇인지 잘 몰랐다.

모이샤와 브루노와 테디와 나나는 빗소리에 귀를 기울였다.

"나는 너하고 같이 여기, 침대에 있을 때 빗소리를 듣는 게 너무 좋아." 브루노가 테디의 가장 친하고 가장 가까운 친구로서 몸을 비비 꼬며 말했다. 그리고는 알록달록한 줄무늬에 끝자락 부분은 펄렁거리는 얇은 면 잠옷 차림으로 바짝 다가갔다. "너는 정말 사랑스러운 아이야." 그녀가 말했다.

그것은 환상이었다. 그래서 나는 환상의 세부 사항들을 설명해야 한다. 테디와 브루노는 예비학교(우리나라 식으로 하자면 초등학교, 옮긴이)에 다니는 소년들이다. 하지만 같은 학교에 다니지는 않는다. 그들은 각기 다른 학교에서 교육을 받는다. 그러나 휴일이면 다시 만나 이야기를 나눌 수 있다. 그들은 이야기를 나누는데 이야기를 나누는 동안에는 서로 떨어져 살지도 않고, 또 다른 어떤 남자아이들을 안 적도 없고, 언제나 휴일을 고대하는 척한다. 그들은 서로 사랑하고 있는 아이들이다. 둘 모두 호사스럽게 자라난 테디와 브루노는 가장 친한 친구이자 영혼의 동반자다. 그것이 환상이었다. 그것이 배경 설명이었다.

테디는 브루노에게 『어린 왕자』를 읽어주었다. 그리고 그 때문에, 나나는 그들이 아주 장난꾸러기들이고 이불 속 텐트에서 손전등을 들고 어둠 속에서 책을 읽는다고 우겼다. 이게 유치증이라고 할 만한 것일까? 모이샤는 그것이 궁금했다. 만일 그렇다면, 그는 고민스럽지 않았다. 나나가 행복한 것이 그저 좋았다. 그는 나나가 성적인 것이 좋았다.

뭐랄까, 모이샤는 적어도 그것이 성적으로 끝날 것이라고 생각했다.

그래서 테디는 브루노에게 이야기했다. 브루노에게 잠들기가 얼마나 힘들었는지를 이야기했다. 보모가 그에 대해 걱정을 하고 있었다고. 누우면 머리에서 자기의 심장이 뛰는 소리를 들을 수 있었다고. 또 자기에게는 천식도 있어서 숨을 제대로 쉴 수 없었고 그것은 천식 때문이었다고. 테디는 부르노에게 자기는 잠을 자려고 할 때마다 상상할 수 있는 것이라고는 크리켓 시합을 하고 있는 것뿐이었다고 고백했다. 그것이 바보 같은 소리로 들리겠지만 그것이 사실이었다고. 자기는 야구 방망이를 휘두르고 있었다고. 그것은 야구 방망이를 휘두르는 것 같은 느낌이었다고. 자기는 거기, 타석에 서서 TV에 나오는 타자들 모두가 그러는 것처럼 거듭거듭 안타를 치는 것 같은 느낌이었다고. 그리고 그의 심장은 방망이질을 하고 있었다고. 그러다 모이샤가 잠잠해지자 브루노가 새된 소리로 외쳤다. "그거 정말 불안한 꿈이었겠다!"

그는 조숙한 아이였다, 브루노는. 그가 일곱 살이었을지는 몰라도 그는 프로이트도 좀 공부했다.

그들은 거기에, 장난감들로 가득 찬 궤짝이 있는 침실에 누워 있었다. 궤짝 안에는 나나가 이마를 몇 바늘 꿰매어야 했을 때 용감한 군인처럼 잘 참았다고 받은 가짜 합성수지 머리칼이 달린 헐렁한 버즈비(모피로 만들어진 춤이 높은 모자. 영국 기병, 포병, 공병의 정모, 옮긴이)도 하나 있었다. 나나가 1학년에서부터 8학년 때까지 어소시에이트드 보드에서 받은 피아노와 플루트 강습 수료증들은 모두 벽에 액자로 걸려 있었다. 액자들 중 몇 개는 테두리에 금박 페인트칠이 된 플라스틱 성형 물결무늬 장식이 붙어 있었고 몇 개는 간편하게 끼워 넣는 민짜 틀이었다.

"너 기억나? 네가 걸핏하면 등부터 먼저 소파 옆의 쿠션들로 떨어졌고 그러면 배 속이 텅 비는 것 같은 느낌이 들었던 거." 테디가 물었다.

나나는 뒤에서 가느다란 털이 듬성듬성 난 모이샤의 어깨를 넘겨다보았다. 그의 가슴이 굴곡져서 달걀꼴로 한데 몰려 있었다. 그녀가 "너 괜찮아?" 하고 묻자 테디는 마음속에서 사랑과 욕망과 압도적인 섹스 충동이 한꺼번에 울부짖는데도 나나에게 "응, 난 괜찮아." 하고 속삭였다. 그리고는 구부정한 자세로 바닥에 등을 대고 털썩 누웠다가 그녀를 향해 고개를 모로 꼬아 떨어뜨렸다. 그의 턱에 겹주름이 생겼다. 다음에 그가 그녀에게 키스했고, 그녀도 그에게 키스했다.

"멋져, 네가 멋지다고 하면 그건 멋진 거야." 나나가 말했다.

만일 여러분이 그 근처 길거리의 희미한 나트륨등 불빛 아래서 졸고 있는 경찰관 옆에 있었다면 아무것도 확실하지가 않았을 것이다. 어쩌면 여러분은 단추를 채우지 않은 잠옷 윗도리를 왼쪽 젖가슴 안쪽의 경사진 부분만 살짝 보이도록 걸친 그녀의 스냅 사진도 한 장 찍지 못했을 것이다. 아니, 여러분은 침실을 보았을 수도 있다. 램프 불빛을 보았을 수도 있다. 천국을 보았을 수도 있다.

그것은 가정적인 행복이었다.

어떻게, 모이샤는 생각했다. 어떻게 너는 이 다정함으로부터 추행으로 옮겨갈 수가 있지?

그것은 까다로웠다. 그들 중 누구도 소년이 아니었으므로. 그들 중 누구도 게이가 아니었다. 그러므로 그 상황에서는 추행이 어려웠다. 그들은 젊은 동성애자의 섹스 연습을 하지 못했었다.

"내가 너를 만져야 해?" 그가 물었다.

왜냐하면 테디와 브루노는 결국 동성애를 하고 있었기 때문이었다.

"너 내가 너를 만져주길 바래?" 그가 다시 물었다.

그리고 모이샤는 손을 브루노의 조그만 고추가 있는 곳으로 밀어 넣었다. 나나가 그의 손을 잡았다. 잡고 그대로 있으면서 "오, 노." 했다.

그런데 예비학교에 다니는 사내아이가 노라고 할 때는, 그것은 예스라는 뜻이다.

11

이 대목에서 나는 여러분이 조금 혼란스러워 할 수도 있겠다는 상상을 할 수 있다. 어쩌면 여러분에게는 질문 목록이 있을지도 모르겠다. 왜 그들은 불평하지 않고 있는가? 왜 그들은 단순한 관계에 있었으면 하고 원하지 않는가? 왜 모이샤는 이 테디와 브루노 시나리오에 동의하는 척하는가? 그리고 왜 그는 나나가 다른 여자와 농탕치는 것을 불평하지 않는가? 왜 나나는 모이샤가 결코 질투를 하지 않는다고 불평하지 않는가?

그들이 불평을 하지 않는 이유는 불평을 하는 것이 어렵기 때문이다. 그들은 둘 모두 행복하게 타협하기 때문에 불평을 하지 않는다. 불평을 하는 것은 타협을 하는 것보다 더 그들을 불행하게 만든다.

나는 여러분이 이 말에 수긍하지 않는다는 것을 알지만 여러분을 납득시킬 수는 없는 노릇이다. 여러분은 리얼리즘은 어디에 있느냐고 묻는다. 유럽 소설의 정확성은 어디에 있느냐고. 발자크나 톨스토이의 본질에 대한 진실은 어디에 있느냐고.

글쎄, 유럽의 한 소설가에 대해서 생각해보자. 나는 여러분에게 미하일 불가코프의 삶에 관한 짧은 이야기를 하나 해주려 한다. 불가코프는 스탈린 치하 러시아의 풍자 소설가이자 극작가였다.

1930년 3월 28일, 미하일은 소련 정부에 편지를 한 통 써 보냈다.

12

저의 모든 작품들이 판매금지 된 후, 저를 작가로 알고 있는 많은 시민들이 모두 똑같이 조언하는 것을 들을 수 있었습니다.

"공산주의 연극"을 쓰고 또 소련 정부에 회개하는 편지를 보내서

제가 이전에 제 문학 작품들로 표현했던 견해를 철회하고 이제부터는 공산주의 이념에 헌신하는, 함께 여행하는 작가로서 일할 것임을 보증하라는 것이었지요.

그 목적은 박해, 빈곤, 그리고 궁극적으로는 피할 수 없는 죽음으로부터 자신을 구하기 위해서라는 것이었고요.

저는 그 충고에 주의를 기울이지 않았습니다.

제 목적은 훨씬 더 진지하기 때문입니다.

저는 제가 가지고 있는 증거 서류로 제가 글을 쓰기 시작한 이래 소련 언론 전체가 <u>특별한 적의를 가지고</u> 미하일 불가코프의 작품은 소련에 존재해서는 안 되는 것이라고 주장해왔다는 사실을 증명할 수 있습니다.

저는 소련 언론이 <u>상당히 공정하다는</u> 말을 하고 싶습니다.

<u>"소련에서는 어떤 풍자도 소비에트 체제에 이의를 제기하는 것이다."라고 하는.</u>

제가 소비에트 체제 하에 있을 이유가 있을까요?

<u>저는 소련 정부가 제게 가능한 한 짧</u>은 시일 내에 아내와 함께 나<u>라를 떠나라고 명령해주실 것을 요청합니다.</u>

만일, 그럼에도 불구하고, 제가 쓴 글에 설득력이 없어서 제가 소련에서 평생 침묵해야 할 운명이라면, 저에게 일자리를 달라고 소련 정부에 요청합니다.

13

그러나 여러분은 그것이 완전히 다른 이야기라고 한다. 불가 코프는 스탈린주의 러시아에서 살고 있었다고. 불가코프의 편지 에서 보이는 페이소스와 용기 사이에 무슨 관련이 있냐고, 그리 고 나나와 모이샤하고는 무슨 관련이 있냐고. 내 말은 분명히 나 나와 모이샤와 안잘리의 관계가 스탈린주의 하에서 살아가는 것 과 같다는 것이 아니냐고. 농탕질 치는 3자혼교는 스탈린주의가 아니라고.

뭐, 그런 것은 아니다. 그것은 스탈린주의가 아니다. 스탈린 주의가 단지 전체주의적인 침략만을 뜻한다면 그것은 스탈린주 의가 아니었다. 그러나 1930년에 스탈린은 스탈린주의자가 아 니었고 오히려 다정했다. 어느 비밀경찰 정보원의 말에 따르면, 스탈린은 미하일 불가코프에게 전화를 걸었다고 한다.

"불가코프 동무요?" 공산당 비밀 정보부원이 물었다.

"예." 미하일 대답했다.

"스탈린 동지께서 지금 곧 통화하실 것입니다." 공산당 비밀 정보부원이 말했다.

불가코프는 그 말이 틀림없이 짓궂은 장난이라고 여겼지만 그래도 어쨌든 기다렸다. 그리고 기다리는 동안 자기의 갈색 벨 벳 카디건 소매를 내려다보았다. 기름기 밴 얼룩에 양파 조각이 하나 들러붙어 있었다. 그는 양파 조각을 툭 쳐서 떼어내려고 했다. 하지만 그대로 붙어 있어서 껍질을 벗기듯 그것을 벗겨냈다.

2~3분쯤 뒤 미하일은 전화기에서 흘러나오는 목소리를 들었다. 그것은 스탈린의 목소리였다.

"동무의 편지에 신속하게 응답하지 못해서 대단히 미안하오만, 불가코프 동무, 몹시 바빠서 그렇게 되었소. 나는 동무의 편지에 매우 관심이 있었고 그래서 동무와 이야기를 하고 싶었소. 내가 말했듯이, 나는 일에 너무 매여 있어서 그 일이 언제쯤 가능할지는 모르겠소. 그러나 내가 동무를 볼 수 있을 때 동무에게 알려줄 것이오. 어떤 경우에든 우리는 동무를 위해 뭔가 해보려 할 것이오."

그것이 스탈린이었다.

비밀경찰 정보원은 그것이 스탈린의 눈부신 대중선전 작업이라고 생각했다. 이 비밀경찰 ─ 그를 이고르라 부르기로 하자 ─ 의 말에 따르자면, 이고르의 말에 따르자면, 모두들 이렇게 말했다고 한다.

"스탈린 동지는 정말로 뛰어난 분이서, 그리고 생각해 봐, 그분은 또한 꾸밈없고 가까이 다가갈 수 있기도 해!"

이고르는 스탈린의 인기가 어떻게 그처럼 예외적인 형태로 개발되었는지를 전해주었다. 그의 말에 따르자면 사람들이 열정과 애정을 가지고 스탈린 이야기를 했고, 불가코프의 편지라는 전설적인 이야기는 여러 가지 형태로 다시 이야기되고 있었다고, 어느 술집에서나 그 이야기가 돌고 있었다고 했다.

그 전화통화 후, 불가코프에게는 모스크바 예술극장에서 일자리가 주어졌고 그는 다시는 책을 내지 않았다. 물론 불평은 했고 저항도 했지만 스탈린의 전화 예의에 걸려들어 어찌해볼 도리가 없게 된 것이었다.

나는 불가코프와 스탈린, 그리고 모이샤와 나나와 안잘리라는 두 상황이 매우 유사하다고 생각한다. 처음에는 그렇지 않아 보일 수도 있지만, 사실은 그렇다. 이것은 여러분이 알아차리지 못했을 경우에 대비해서 하는 말인데, 나는 이 책에서 소련의 역사 같은 그런 사소한 것에는 아무런 관심도 없다. 나는 그렇게 제한된 것은 아무것도 쓰지 않는다. 아니, 내가 관심 있어 하는 것은 다정함이다. 그래서 나는 만일 스탈린주의가 단지 전체주의적 침략만을 의미한다면 나나와 안잘리와 모이샤를 스탈린주의자로 묘사하는 것이 견강부회로 보일 수도 있다는 것을 알고 있다. 그러나 스탈린주의가 예의 바름을 의미한다면, 거기에는 분명한 유사성이 있다. 그런 유형의 스탈린주의를 "전화 스탈린주의"라 부르기로 하자.

전화 스탈린주의는 강제하는 기법으로 다정함을 이용하는 것이며 양보를 강요한다.

사람은 누구나 때로는 전화 스탈린주의자다.

다정함이라는 관점에서, 나는 나나와 미하일 불가코프와 모이샤와 안잘리와 스탈린의 개인적인 행동 사이에서 다른 점을 볼 수 없다.

14

안잘리는 모이샤의 거실로 걸어 들어갔다. 나나는 요 위에서 이불을 둘러쓰고 있었다. 하루 동안 쉬면서 트리샤(인도의 여자 영화배우·모델, 옮긴이)를 지켜보고 있는 중이었다. 그녀는 천장을 올려다봄으로써 트리샤를 지켜보고 있었는데, 그 이유는 "내 남자친구가 내게 에로틱 댄서가 되라고 하고는 이제는 내가 그 일을 그만두었으면 해요."라는 구절로 제기된 문제에 대해서 생각해보고 있었기 때문이었다. 나나는 에로틱한 춤이 에로틱하다고는 생각하지 않았다.

기다란 금발머리에 땅딸막한 다리를 한 가브리엘이 보라색 디아망테(반짝이는 모조 다이아몬드, 유리 등의 작은 알갱이들을 점점이 박아 넣은 장식, 또는 그 장식을 넣은 직물, 옮긴이) G스트링(음부를 가린 뒤 허리에 묶어 고정하게 되어 있는 가느다란 천 조각, 옮긴이)과 브래지어만 걸치고 객석에서 환호하는 어떤 남자의 무릎에서 한 바퀴 돌았을 때 나나는 눈길을 돌려버렸다. 그것은 에로틱하다기보다는 서글펐다. 그녀는 천장을 올려다보았다. 불빛은 연한 푸른색이었다. 그녀는 창백한 흰색이 어째서 연한 푸른색보다 더 창백하지 않은지가 궁금했다. 그것이 어째서 같은 정도로 창백한지가 궁금했다. 그 궁금증은 그녀가 에로틱한 춤 때문에 생겨난 감정적 침체에 얼마나 골몰해 있었는지를 보여주는 것이었다.

안잘리가 요에서 그녀 옆으로 빠짝 다가앉았다. 그녀는 앉아서 트리샤를 보고 있었다. 에로틱 댄서를 좋아하는 안잘리는 그 댄서가 기발해 보인다고 생각했다. 그녀가 싫어한 것은 그녀의 남자친구였다. 그의 가발(假髮)이 싫었다.

"오 마이 갓!" 나나가 딱딱 끊어지는 소리로 외쳤다.

그것은 사실이었다. 그것은 가발이었다. 나나도 그 남자친구는 소름이 끼친다고 동의했다.

15

그 행복한 트리오 – 아직은 3자혼교 관계가 아니었다, 아직은 – 에 대한 안잘리의 태도는 양면적이었다. 대체로 그녀는 슬펐다. 안잘리의 입장에서는 단지 커플만이 사랑이었고 세 번째 사람은 언제나 엑스트라였다. 그러나 다른 한편으로 그녀는 한 커플에 대한 엑스트라인 것을 즐기고도 있었다. 거기에는 관능적인 측면이 있었다.

안잘리는 존슨즈 베이비파우더 광고를 찍는 동안 커플에 대해서 생각해보았다. 안잘리도 앤 로빈슨(영국의 텔레비전 진행자·언론인, 옮긴이)에게는 동성애자가 아닌 온전한 여자였고, 그 광고는 앤의 경력이 뜨고 있던 바로 그때 만들어졌다. 그래서 이제는 앤이 광고를 만들 때면 그 광고는 「더 위키스트 링크」(영국 BBC의 퀴즈 프로그램, 옮긴이)의 형식을 따랐다. 그것은 그녀가 얼마나 성공했는지를 보여주는 것이었다.

존슨즈 베이비파우더 광고는 「더 위키스트 링크」를 아기들에 맞추어 패러디한 것이었다. 파란색 플라스틱 의자에 네 아기가 있다. 앤 로빈슨은 그 아기들에게 존슨즈 베이비파우더의 편안함과 편리함에 대해 질문을 던진다. 안잘리는 그 아기들 중 하나의 목소리를 맡아서 꼴꼴거리는 생각들을 목소리로 냈다. 안잘리의 아기는 왼쪽 끝의 아기였다. 그런데 그녀는 스트롱기스트 링크(가장 약한 연결이라는 뜻의 위키스트 링크 프로그램 이름과 대비시켜 가장 강한 연결이라는 뜻으로 쓴 표현임, 옮긴이)였다. 왜냐하면 안잘리의 아기는 다른 모든 아기들보다도 더 존슨즈 베이비파우더를 좋아했기 때문이었다.

아 결국, 안잘리는 자기가 커플이 되고 싶어 한다고 생각했다. 그녀는 사람들이 안잘리에게, 그리고 안잘리와 아노수카에게, 안잘리와 제베데에게 기념일 카드를 쓰게 하고 싶었다. 중요한 것은 이름이 아니었다. 그러면 자기는 바비큐 파티를 열어줄 것이라고 안잘리는 생각했다. 바비큐, 그것이 안잘리의 야망인 것 같았다.

그에 대한 설명이 있었다. 안잘리는 전 여자 친구 조시아로 인해 커플에 대해서 마음의 동요를 느끼고 있었다. 한 주일쯤 전 조시아가 석 달 전에 만난 여자 친구와 코스타리카 해변에서 다정하고 감동적인 의식으로 결혼했다는 것을 알았기 때문이었다. 그들은 참마로 만들어진 임시 오두막에서 결혼했다.

오, 안잘리. 조시아가 네게 무슨 짓을 했는지 봐. 그녀는 네가 바비큐라는 아이디어를 사랑하게 만들었어. 네 전 여자 친구는 코스타리카에서 결혼하고 너는 아내가 되고 싶어 해.

반면에 안잘리가 어렸을 때는 커플이라는 생각을 혐오했었다. 커플을 좋아하는 것은 그녀의 어머니였다. 그녀의 어머니는 정말로 커플 옹호론자였고 정말로 결혼 찬성론자였다. 그런 성향 때문에 안잘리의 어머니는 매주 가족이 함께 에지웨어 벨 뷰 영화관으로 하는 나들이를 언제나 즐기지는 못했다. 그 나들이는 언제나 즐겁지만은 않았다. 영화들이 언제나 이성애적인 결혼이라는 피날레로 끝나지는 않았기 때문이었다. 때로는 영화들이 사랑을 비극으로 보는 것 같았다. 그런 영화들은 사랑을 숭고하면서도 파괴적인 것으로 만들었다.

그것이 여전히 안잘리와 그녀의 어머니 사이에 존재하는 차이였다. 그들은 여전히 같은 영화를 즐기지 않았다. 예를 들자면, 안잘리가 좋아하는 발리우드 영화는 「데브다스」라는 최근 영화였다. 「데브다스」는 지금까지 만들어진 발리우드 영화들 중 제작비가 가장 많이 들어간 것으로, 있을 법하지 않은 음모가 있은 뒤 주인공이 전 미스월드 아이샤와라가 배역을 맡은 첫사랑이자 하나뿐이고 보답 받지 못한 사랑의 문 밖에서 죽는다.

「데브다스」는 안잘리의 마음에 꼭 드는 영화였다. 그녀는 발리우드 식 엔딩을 즐겼고 그런 비극이 마음에 들었다. 또 그런 영화들의 번쩍번쩍하는 스타일도 좋아했다.

아마도 나는 여기에서 좀 더 정확해져야 할 것 같다. 안잘리는 결국 그녀의 어머니와 그렇게 다르지 않았다. 그녀는 그렇다고 생각했지만 실제로는 그렇지 않았다. 그들은 둘 다 완벽한 커플이라는 생각을 사랑했다. 단지 그녀의 어머니는 결혼한 커플만을 커플로 인정했을 뿐이었다. 반면에 안잘리 커플이라는 용어를 그런 식으로 제한하지 않았다. 그것이 그들 사이의 진정한 차이였다. 안잘리가 발리우드 엔딩을 좋아한 것은 그런 엔딩이 로맨틱하기 때문이었다. 안잘리의 어머니가 발리우드 엔딩을 싫어한 것은 그녀 자신이 로맨틱하기 때문이었다.

16

나나는 안잘리가 커플에서 제외되었다고 느낀다는 것을 알고 있었다. 안잘리가 나나와 모이샤의 로맨스에 딸린 액세서리 같다고 느낀다는 것을 알고 있었다. 그런데 나나는 사람들이 제외되었다고 느끼는 것을 좋아하는 여자가 아니었다. 그녀는 모두가 행복하기를 원했고 자기본위적인 여자도 아니었다. 그녀는 여주인공이었다.

나나는 무릎을 모아 올리고 앉아서 안잘리에게로 몸을 기울였다. 하지만 그러는 중에 이불이 둘 사이에 끼어서 몸을 살짝 들어 올려 다시 안잘리 옆으로 더 가까이 다가가야 했다. 안잘리가 얼굴을 돌렸고 나나는 안잘리의 갈색 눈을 바라보았다. 다음에 나나의 얼굴이 천천히 아래로 숙여졌다.

나나는 안잘리에게 입술을 살짝 빨거나 깨무는 식으로 키스를 했고 다음에는 안잘리가 자기에게 그러도록 했다. 조용한 당혹스러움이 일었다.

왜 당혹스러움이 일었을까? 나나와 안잘리가 계집아이들처럼 가벼운 키스를 교환하는 것은 이상한 일이 아니었다. 그런데 왜 당혹스러움이 일었을까?

그 이유는 나나와 안잘리가 키스를 했을 때, 다른 때에는 언제나 모이샤가 같이 있었기 때문이었다. 나나는 안잘리의 입술을 살짝 빨거나 깨무는 식으로 키스를 하기 전까지는, 그때까지의 다른 모든 키스가 감시하의 키스라는 것을 알아차리지 못했었다. 때가 너무 늦기 전까지는 그것을 알아차리지 못했었다.

17

그때 모이샤는 캘리 수영장에서 제공하는 체육 프로그램에 가 있어서 핀즈버리에 있는 자기 집 거실에 없었다. 그는 예행연습을 하고 있었다. 배우로서의 몸을 다듬고 있었다.

그의 경력이 뜨고 있었다. 그는 킬번에 있는 트라이시클 극장에서 주연을 제의받았었고 이제는 리처드 노턴-테일러(영국의 저

널리스트·희곡작가, 옮긴이)가 전 유고슬라비아에 대한 국제 형사재판소의 초기 사본을 기초로 구성한 「피스키핑 포스(평화 유지군)」라는 새로운 연극에서 슬로보단 밀로세비치 역을 하고 있었다.

모이샤는 슬로보단 밀로세비치로서의 자기 역할을 상당히 좋아했다. 슬로보단은 불평꾼이었고 그는 자신을 슬로보단과 동일시할 수 있었다. 또 슬로보단은 코믹한 천재였고 모이샤는 반복에 타고난 재능이 있었다. 30킬로그램짜리 숄더 프레스를 적어도 열다섯 차례씩 하는 동안 그는 「평화 유지군」에서 자기가 좋아하는 독백 라인들을 떠올렸다.

"나는 일곱 시에 일어나야 하고, 여덟 시에는 수송될 준비가 되어 있고, 아무리 빨라도 오후 여섯 시는 되어야 돌아와. 그래서 내가 전화를 쓸 수 있는 시간은 오후 여섯 시부터 여덟 시 30분까지뿐인데, 그건 내가 하루에 두 시간씩 신선한 공기를 마시는 모든 피억류자들의 권리를 누릴 수 없다는 뜻이고, 경비원들도 나 때문에 신선한 공기를 충분히 마시지 못한다고 불평을 해."

어쩌면 모이샤가 법정드라마의 주인공으로서 웨이트 트레이닝에 우선순위를 두는 이유가 분명치 않아 보일 수도 있다. 그러나 거기에는 이유가 한 가지 있었다. 나는 여러분에게 이런 말을 하기가 조금은 쑥스럽지만, 그래도 말할 것이다. 모이샤는 일요잡지들에 실릴 프로필을 상상하며 점점 더 고무되고 있었다. 『헬로!』와 『이홀라!』에 실릴 더 많은 사진 촬영을 상상하고 있었다. 하지만 그는 자기의 몸이 사진 촬영을 할 만한 몸인지 알 수 없었다. 그의 몸은 잘 다듬어지고 근육이 불거진 모습이 아니었다. 그래서 모이샤는 불안감과 허영심으로 칼레도니안 가에서 신체단련을 하고 있었다.

18

한편, 핀즈버리의 구궁중한 구역 끝에서 나나는 안잘리의 냄새에 대해 생각하고 있었다. 안잘리의 냄새는 나나와 비슷했지만 달랐다. 다른 한편으로 그녀에게서는 모이샤보다 나나 비슷한 냄새가 났다.

그녀는 안잘리와 아주 가까이 있었기 때문에 그들의 냄새를 비교할 수 있었다.

안잘리가 손바닥으로 나나의 얼굴을 받쳐 들고 있었다. 나나의 불확실한 첫 키스는 그녀의 아래 입술과 안잘리의 턱 위쪽이 마주친 것이었지만 다음에는 안잘리가 다시 그녀에게 키스를 했다. 손가락을 쫙 펴서 나나의 목에 팔을 두른 다음 손을 오므리고 혀를 나나의 입술에 갖다 대는 식으로.

그들은 잠시 동작을 멈췄다.

그렇게 동작을 멈추고 있는 동안 「트리샤」에 나오는 관객들 중 한 여자가 에로틱 댄서의 남자친구에게 이제 원하는 것을 얻었는데 왜 반대를 하느냐고 물었고, 트리샤는 그것이 문제라고 인정했다. 그것이 문제의 핵심이라고.

그러나 안잘리와 나나는 트리샤를 보고 있지 않았다. 그들에게는 생각해보아야 할 더 중요한 일이 있었다.

보통의 이성애 또는 동성애 커플이 섹스를 할 경우 첫 키스에서 곧장 섹스로 이어지는 일은 별로 없다. 그렇게 빨리 섹스를 하는 것은 무례한 짓일 것이다. 기다림이 있어야 한다. 이 기다림은 두 사람이 원하는 것이 그저 섹스만은 아니라는 것을 의미한다.

하지만 나나와 안잘리는 보통의 커플이 아니었다. 그들은 은밀한 커플이었다.

은밀한 커플이 키스를 하면 곧이어 섹스가 뒤따를 가망성이 훨씬 더 크다. 그것은 은밀한 커플에게는 훨씬 더 많은 불확실성과 훨씬 더 많은 위험이 있기 때문이다. 은밀하게 키스를 한 뒤에는 섹스를 하지 않기가 매우 어렵다. 섹스를 하지 않는 것은 무례한 짓일 것이다. 그때는 서로에게 진지하다는 것을 보여주어야 한다.

하지만 나나와 안잘리는 보통의 은밀한 커플도 아니었다. 그들은 단지 무심코 은밀해진 커플이었고 그것이 섹스를 사회적으로 더 위험하게 만들었다. 그들은 그저 은밀하게 키스를 했을 뿐이었고 – 그래서 열정적이 되어야 했다. 그들은 그저 우연히 은밀하게 키스를 했고 – 그래서 그들은 여전히 좋은 친구일 뿐이었다.

그들은 다시 동작을 멈추었다.

다음에 안잘리가 몸을 쭉 펴고 나나를 자기 위로 끌어당겼다. 안잘리의 몸 밑으로 푹신한 이불 속에 잡지 아니면 특대 사이즈 책처럼 느껴지는 뭔가가 있었지만 그녀는 무시했다. 그러는 사이 나나는 속으로 이것은 레즈비언 섹스라는 생각을 하고 있었다. 그녀는 레즈비언 섹스를 하게 될 터였다. 그것이 그녀가 기억해야 할 것이었다. 방은 옅은 푸른색이었다. 그녀는 레즈비언 섹스를 하게 될 것이었다.

나나는 그런 일에 있어서는 풋내기였다.

이 특별하게 변형된 섹스 행위에서 각각의 참여자가 즐기는 방식은 다음과 같았다. 나나는 모이샤의 사더크 플레이하우스 극장 1998 시즌 티셔츠를, 대담하게도 그것 하나만 달랑 입고 있었다. 안잘리는 속이 훤히 비치는 옅은 크림색 프렌치 커넥션(미국의 의류 브랜드, 옮긴이) 시프트 드레스 밑에 M&S 흰색 G스트링과 M&S 백색 공단 뽕 브래지어(그랬다, 안잘리는 젖가슴이 작아서 약간 불만이었다)를 차고 있었다.

그것들은 지나치게 특이하지는 않았다. 그중 어느 것도 그렇지 않았다.

나나에게는 두 가지 걱정이 있었다. 그녀의 주된 걱정은 모이샤였다. 모이샤에게 그 일을 어떻게 말해야 할지, 어떻게 설명해야 할지 걱정이 되었다. 하지만 정말로는 그 일을 설명하게 될 것인지 아닌지도 잘 알 수 없었다.

그것이 나나의 주된 걱정이었다. 하지만 그것은 정말로 그렇게도 걱정스러운 일이어서 그녀는 아예 무시를 해버리려고 애썼다. 그 걱정은 해결될 수 없는 것이었으므로. 대신에 그녀는 두 번째 걱정거리에 집중했다. 두 번째 걱정거리는 더 실제적이었다. 나나는 이제 바야흐로 안잘리를 눕혀야 한다는 것에 겁이 났다. 그 일이 에로틱해졌으면 싶었지만, 에로틱한 것은 나나의 강점이 아니었다. 나나는 섹스를 두려워했고 또다른 실망을 하게 될까 봐도 두려웠다.

안잘리에게 걱정스러워 한다는 사실을 숨길 셈으로 나나는 전희를 포기했다. 전희를 포기 하는 건, 그녀는 생각했다, 달아올라 있는 것처럼 보이는 한 방법이 될 거야. 평범하고 친숙한 연인들만이 만지고 키스하고 그러는 의식을 그대로 따랐다. 나나와 안잘리 같은 연인들은 열정적이고 격렬했다.

나나는 손을 안잘리의 오른쪽 허벅지 위쪽으로 끌어 올려 그녀의 G스트링 안쪽으로 밀어 넣었다. 그런데 안잘리가 젖어 있었다, 그녀가 젖어 있었다! 나나는 가만 가만 안잘리의 그곳을 만졌는데 그녀가 손가락을 쓰자 안잘리는 그녀의 손목을 잡아 손을 들어냈다.

나나는 벌을 받고 슬펐다. 그녀는 단지 초심자일 뿐이었지만 그렇더라도, 그녀의 생각으로는, 아주 열심이기도 했다. 그러나 걱정할 필요는 없었다. 안잘리는 못마땅해하고 있던 것이 아니라 새로운 놀이상대를 진정시키고 있었으니까. 잠시 동안, 모든 것이 느려지고 형언키 어려워졌다. 그들은 천천히 키스를 했다.

하지만 다음에는 안잘리가 손으로 나나의 온몸을 쓰다듬고 문지르고 하면서 새로운 성적 위기가 고조되었다. 자신의 발전에 기꺼워진 나나는 몹시 흥분이 되어 속으로 열에 뜬 것 같은 말을 되뇌고 있었다. 이건 이국적이야, 그녀는 생각했다. 이게 진짜섹스야. 그래서 나나는 처음에 했던 성적인 제스처로 다시 돌아가 손을 안잘리의 오른쪽 허벅지로 끌어 올려 G스트링 안쪽으로밀어 넣었다.

그런데 안잘리의 G스트링은 갈고리로 채워져 있어서 나나가 손가락을 하나 더 그녀에게로 밀어 넣는 사이 다른 손가락이G스트링의 가랑이 부분에 감겼다. 그리고 나나의 손가락이 안잘리에게는 더 없는 즐거움이었다. 만일 안잘리의 자세가 달랐더라면 그것은 더 큰 즐거움이 될 수도 있었다. 그녀는 기대어 누워있기는 했어도 긴장이 되어서 몸을 쭉 펴고 있었다. G스트링이그녀의 항문과 회음부로 파고들자 안잘리는 그 해부학적인 명칭이 무엇이건 상관없이 아프다는 생각이 들었다. 그러나 이제는너무 흥분이 되어 있어서 나나에게 고통스럽다고 알릴 수도 없었다. 그녀는 절정에 이르기만을 원했다. 이제 그녀는 섹스의 중대한 단계에 접어들어 있었고 그래서 아무 말도 하지 않았다.

아픔 따윈 꺼져버리라고 해, 안잘리는 그런 생각을 하고 있었다. 그리고 나나는 모이샤를 떠올리며 오, 오, 오, 이건 잘못된 거야 하는 생각을 하고 있었다.

안잘리는 안간힘을 써서 오른손으로 G스트링을 아래로 밀어내리고 다시 자리를 잡은 다음 발로 그것을 더 아래로 밀어 내렸다. 그것이 안잘리의 왼발까지 내려와 발목에 걸려 흔들거렸다. 나나는 계속 그녀를 만졌다. 안잘리의 감긴 눈을 보면서 계속 만졌다. 그리고 속으로 이 얼마나 멋진가 하는 생각을 했다. 안잘리가 몸을 팽팽히 긴장시켜서 뒤로 활처럼 굽히고 조그맣게 헐떡이는 소리를 내가 시작했다. 그러는 동안 나나는 행복해졌고 안잘리의 성기를 응시했다. 그녀의 음모 바로 위에 반들거리는 검은 점이 하나 있었다.

다음에 안잘리가 절정에 이르렀다.

그녀가 나나를 바라보았다가 자기의 왼발에 걸려 흔들거리는 G스트링을 내려다보고 킥킥 웃었다.

나는 여러분에게 알려줄 것이라고 했다. 그래서 이제 알려주는 것이다. 나나와 안잘리는 방금 전 섹스를 했다.

19

나도 친구들 중 하나를 오르가즘으로 이끄는 것이 사회적으로 어색하다고는 생각한다. 나나는 안잘리를 내려다보다가 안잘리의 머리에 턱을 괴고 숨을 골랐다. 하지만 나나의 주된 어색함은 적어도 그 순간에는 심리적인 것이 아니었다. 그것은 신체적인 것이었다.

안잘리의 머리에 턱을 괸 나나의 입은 닫혀 있었다. 그래서 그녀는 코로 숨을 쉬고 있었다. 이것은 나빠 보이지 않을 수도 있었지만 실제로는 좋지 못했다. 나나는 코가 막혀 있어서 숨을 쉬기가 어려웠다.

그래서 코를 후벼야 했다.

나나는 안잘리의 따뜻한 머리칼에서 손을 살며시 위로, 자기의 기울인 얼굴로 들어 올렸다. 그리고 행복한 안잘리를 위해 만족스럽게 흥흥거리는 소리를 내며 얼굴을 손 쪽으로 숙였지만 그래도 당황스럽고 불안했다. 다음에 나나는 콧구멍에서 점액질의 코딱지를 후벼내어 안잘리의 머리 위에 놓인 새끼손가락에 묻은 그 코딱지 – 콧물에 피가 구부러진 반점처럼 섞여든 – 를 살펴보다가 지금은 아니라고 생각했다. 그래서 나나는 은밀해지기로 하고 안잘리를 쓰다듬었다. 그녀의 생각은 기운이 다 빠진 것처럼 나른하게 안잘리를 쓰다듬자는 것이었다. 그렇게 하는 동안 그녀는 솜씨 좋게, 델프트 찻잔을 집어 들듯 정확하고 예의 바른 기법을 펼쳐 보이며 새끼손가락을 바깥쪽으로 구부렸다. 그리고 왼팔을 더는 들고 있지 못하겠다는 듯 침대 가장자리로 툭 떨어뜨려 나무 프레임 밑에다 코딱지를 바르고 문질러 물기를 닦아냈다.

그것이 부정한 짓으로 생겨난 즉각적인 문제에 대한 나나의 해결 방법이었다.

20

그것은 분명 단 한 가지 문제는 아니었다. 그것이 첫 번째 문제가 될 수는 있었지만 가장 중요한 문제는 아니었다. 가장 중요한 문제는 나나가 정숙하지 못했었다는 것이었다.

그러나 이것은 정말로는 부정에 관한 이야기가 아니다. 부정은 나나가 심각해하는 이유가 아니었다, 정확히는 아니었다.

이것은 친절에 관한 이야기다.

이미 누군가와 사랑을 하고 있다면, 결국에 가서는 어떻게 할 것인지를 결정하게 된다. 예를 들어서, 나나가 몰래 코를 후비는 동안, 스테이시와 헨더슨의 경우를 다시 한 번 살펴보기로 하자. 헨더슨은 자기와 같은 나이인 비욘세라는 여자와 부정한 짓을 했을 때, 결국에는 비욘세를 택해 스테이시에게서 떠나겠다는 결정을 내렸다. 그 이유는 비욘세는 그에게 펠라치오를 해준 반면 스테이시는 오럴 섹스를 추잡하다고 여겼기 때문이었다. 나는 지금 헨더슨을 두둔하려는 게 아니다. 단지 사실을 얘기하고 있을 뿐이다. 그리고 이것은 선택 가능한 하나의 방법이다. 그럴 때 우리는 결국 누군가 다른 사람(스테이시)에게는 잔인하고 자기(헨더슨)에게는 친절한 결정을 내린다.

스테이시와 헨더슨의 결별에서 아이러니한 것은 스테이시가 겨우 한 달 전에 배리라는 용접공을 만났다는 사실이었다. 국립철강재단 직원이었던 배리는 몸집이 큰 남자였다. 그리고 스테이시에게는 큰 몸집이 섹시했다. 하지만 스테이시는 배리를 택해 헨더슨에게서 떠날 수는 없다는 결정을 내렸다. 그런다면 헨더슨에게 너무 큰 상처를 줄 것이라는 생각에서였다. 이것은 부정한 짓을 한 사람에게 선택 가능한 또 하나의 방법이다. 이 때는 자기(스테이시)에게는 잔인하고 다른 사람(헨더슨)에게 친절한 결정을 내린다.

다음은 더 보기 드문 선택 방법인데, 거기에는 흔히 또 다른 이유가 있다. 예를 들어, 스테이시가 배리를 택해 헨더슨에게서 떠나지 않은 데에는 실제로 더 사실적이고 우연한 이유가 있었다. 배리의 성기가 처음이자 딱 한 번 찔꺽거리는 소리를 내며 스테이시에게로 들어갔다 나왔다 하고 있었을 때 스테이시의 휴대폰이 울렸다. 새벽 세 시였고, 헨더슨에게서 걸려온 전화였다. 그는 5분 거리에 있는데 올라가도 되느냐고 물었다. 그리고 스테이시는 충격을 받아서 애처롭지만 확실하게 배리에게 영원히 떠나 달라고 했다. 그러나 다른 한 편으로는 그 일이 처음이자 마지막이었던 것은 그녀가 그의 전화번호를 알아내는 것을 깜빡했기 때문이었다.

그러나 어쨌든, 내가 대강 설명한 두 가지 선택 방법에서, 무시당하는 것은 제삼자, 새중간에 낀 사람이다. 두 선택 방법 모두에서 비욘세와 배리의 권리는 무시되었다. 그러나 만일 다른 누군가에게 친절하고 제삼자에게도 친절하고 싶다면? 만일 모든 사람들에게 친절하고 싶다면? 스테이시와 비욘세, 또는 헨더슨과 배리에게 모두 친절하고 싶다면 어떻게 해야 할까?

　　나나는 모든 사람에게 친절하고 싶었다. 그러나 모든 사람에게 친절하고 싶다면, 그것은 문제가 있다. 방은 옅은 푸른색이었다. 나나는 방금 전 안잘리를 절정에 이르게 해주었다.

　　그런데 그것은 중요하다.

7. 그들 사랑이 깨어지다

1

이제는 이야기가 더 복잡해지고 있지만 나는 여러분이 감당할 수 있다고 생각한다.

요약을 하자면 :

나나는 모이샤와 사랑하고 있었다.

안잘리는 아무와도 사랑하고 있지 않았다.

모이샤는 나나와 사랑하고 있었다.

동시에, 안잘리와 나나는 불륜의 연애를 시작한 것으로 보인다.

이제 여러분은 모든 것을 알 수 있을 것이다. 이것은 모이샤가 그의 여자 친구에게서 어떻게 버림받았는가 하는 이야기다. 그녀는 그의 가장 친한 친구로 그에게서 떠났다. 왜냐하면 그것이 가장 슬프고 가장 알기 쉬운 이야기이기 때문이다.

2

그런데 파파는 이 이야기에서 자비로운 천사였다. 언제나 중심적인 플롯 바로 밖에서 행복한 캐릭터 역할을 하는. 뭐, 모든 캐릭터들이 다 행복한 캐릭터였지만 파파는 가장 행복한 캐릭터였다.

이야기의 이 대목에서, 때는 8월이었다.(이 이야기는 해를 넘기지 않는다. 시작은 3월이었고 이제는 8월이었다.)

파파는 런던 시내 올드브로드 가에 있는 그의 사무실에 앉아서 나나가 열두 살 때 공예와 디자인 및 기술 강의를 듣고 있던 동안에 디자인한 종이 물리개 케이스를 보고 있었다. 그녀에게 공예와 디자인 및 기술을 가르친 교사는 미스터 스카브로였다. 햇볕에 그을린 피부를 한 그는 수강생 어머니들에게 인기가 많았고 프로방스에 재건축한 농가를 한 채 가지고 있었다. 그러나 수강생 아버지들에게서는 신임을 얻지 못했다. 나나는 그를 좋아했는데, 그 이유는 그가 나나에게 종이 물리개 케이스를 만들어주고 파파에게는 그것을 나나가 만들었다고 해주었기 때문이었다. 파파는 둘 모두를 믿는 척했다. 그 종이 물리개 케이스는 안쪽으로 새김눈이 있는 들쭉날쭉한 디자인에 주석으로 만들어진 것이었고 뚜껑은 둥근 모양의 너도밤나무 조각이었다. 나나가 자기 손으로 한 것은 거기에다 에나멜 청록색 사각형들을 다이아몬드 꼴로 붙인 것뿐이었다.

그것은 세상에서 가장 아름다운 물건은 아니었다. 나는 파파가 단 한 번이라도 그것이 아름답다는 말을 했을 거라고는 생각하지 않는다. 하지만 그 종이 물리개 케이스는 파파가 가장 아끼는 물건이었다.

올드브로드 가에 있는 파파의 사무실에는 휴게실 뒷면 벽을 타고 양치류 식물들과 송수관들이 배치된 조그만 조경 연못으로 떨어져 내리는 조그만 폭포가 있었다. 그 폭포가 휴게실에 염소 소독약 냄새를 풍겼다. 그 냄새는 수영장 냄새와 어렴풋이 비슷했다. 나나가 열 살 적에 파파를 보러 왔었을 때 그녀는 그 수영장 냄새가 좋았다. 또 가죽소파에 웅크리고 앉아 자기 앞의 보안 TV를 지켜보는 사람들을 지켜보는 것도 좋아했다. 어린 나나는 수영을 좋아했고 그래서 자기가 폭포에서 수영을 할 수 있다고도 상상했다. 그녀가 파파에게 그 말을 했을 때 파파는 그 연못 바닥은 사실 별로 깊지 않다고 설명을 해주었다.

올드브로드 가에 있는 자신의 사무실에서, 파파는 변함없이 종이 물리개들로 빼곡히 채워진 나나의 종이 물리개 케이스를 바라보았다. 그는 나나가 행복했기 때문에 행복했다. 그의 딸은 사랑에 빠져 있었고 그 사랑이 그녀를 행복하게 해주었다. 그리고 파파도 행복하게 해주었다.

그러나 파파는 이 이야기에서 믿음직한 가이드는 아니다. 이 야기의 구성에서 제대로 된 가이드는 되지 못한다.

3

한편, 안잘리는 촬영을 하다 잠시 쉬는 중이었다. 그녀는 담배 필 짬을 내어 레너드 가에 있는 스튜디오 뒤쪽으로 둘린 화재

피난 계단에 서서 연기 고리를 만들어보려 하고 있었다.

안잘리는 존슨즈 베이비파우더의 다른 광고를 찍고 있었다. 그 광고의 컨셉은 유명한 영화에 나온 장면들을 재연하는 것이었는데 안잘리는 「카사블랑카」의 유명한 마지막 장면에 들어 있었다.

여러분 중에서 알지 못하는 사람들을 위해 설명을 하자면, 「카사블랑카」의 마지막 장면은 릭 역을 하는 험프리 보거트가 일리자 룬드 역을 하는 잉그리드 버그만과 그녀의 유대인 남편이자 정치적 망명자 빅토르 라즐로 역을 하는 폴 헨레이드를 카사블랑카에서 떠나도록 한다는 단호하고 고상한 결정을 내리는 일에 달려 있다. 그것이 단호하고 고상한 결정인 이유는 릭과 일리자가 서로 사랑하고 있기 때문이다. 그러므로 그 영화는 관대함을 로맨틱하게 묘사한다. 비행기가 일리자와 빅토르를 안전하게 태우고 떠나려는 참에 릭은 클로드 레인즈가 역을 맡은 루이 르노 대위를 돌아다보고 이렇게 말한다. "루이, 나는 이것이 아름다운 우정의 시작이라고 생각하오." 그것이 그 영화의 두 유명한 대사 중 하나다. 다른 대사는 "다시 연주해줘요, 샘(Play it again, Sam: 일리자가 릭의 카페에서 샘에게 As time goes by를 다시 연주해달라고 했던 말이라고 알려져 있으나 실제로는 1972년에 우디 알렌이 주연을 했던 영화 제목임. 우리나라에는 「카사블랑카여 다시 한 번」이라는 제목으로 소개되었음, 옮긴이)."인데 – 하지만 영화에 통달한 여러분 모두가 알고 있다시피 카사블랑카에는 그런 대사라고는 없다.

그 재구성에서 안잘리는 잉그리드 버그만 역을 하고 있었다. 그리고 광고의 플롯은 이런 것이었다. 안잘리 버그만은 다른, 더 작은 브랜드의 베이비파우더를 계속 쓰고 싶은 유혹을 느낀다. 그러나 불륜의 연애는 도덕적이 아니다. 그런 연애는 받아들여지지 않는다. 모든 아기들이 새로운 스릴을 찾아 존슨즈에게서 떠나고 싶은 유혹에 저항해야 한다. 그래서 결국 비행기는 안잘리와 아기를 안전하게 태우고 떠오른다. "존슨즈와 아기 – 아름다운 우정" 그것이 광고의 소제목이었다.

그런데 나는 알고 있다. 그 광고의 플롯이 정확하지 않았다는 것을 알고 있다. 나는 아름다운 우정이 잉그리드 버그만과 폴 헌레이드 사이에 있지 않았다는 것을 알고 있다. 심지어 잉그리드 버그만과 험프리 보거트 사이에도 있지 않았다. 그런데 광고의 플롯은 동성애적인 우정이었다. 하지만 그것은 내 잘못이 아니다. 잘못은 존슨즈 베이비파우더에 있다.

해석을 하기란 어렵다. 너무도 흔히 해석은 주관적, 개인적이다. 일을 그르치는 것은 존슨즈 베이비파우더 광고 제작자들만이 아니다. 안잘리도 마찬가지로 일을 그르칠 수 있다.

안잘리는 말보로 담배에 불을 붙여 그녀의 방식대로 연달아 두 개비를 피는 동안 「카사블랑카」의 모든 유쾌한 플롯들을 떠올렸다. 그것은 유명한 삼각관계 이야기이자 관용에 관한 영화였다. 담배를 피는 동안 안잘리는 자기가 릭, 험프리 보거트라는 것을 알아차렸다. 그래서 릭처럼 행동해야 했고 나나를 포기해야 했다. 나나를 포기하고 싶지 않은 것이 사실이었지만 - 그러지 않는다면 그 다음엔 일이 어떻게 될까? 나나가 그녀를 위해 모이샤에게서 떠날 수도 있었다. 그런데 안잘리는 나나가 모이샤를 포기하는 것은 원치 않았다. 안잘리로서는 나나를 포기하는 것이 힘들었지만 - 모이샤를 포기하는 나나를 지켜보는 것은 훨씬 더 힘들 터였다.

그것은 비극이었다. 하지만 안잘리는 비극이 고상하다고 생각했다, 그 생각에 감정이 너무도 북받쳐서 그녀는 올드스트리트 근처의 비상계단에서 거의 울다시피 하기 시작했다.

나로서는, 「카사블랑카」의 결말에 대해 내 나름대로의 이론이 있다. 나는 그것이 비극적 결말이라고 생각하지 않는다. 나는 그것이 해피엔딩이라고 생각한다.

빅토르 라즐로는 체코계 유대인 저항 투사로 열성적이고 용기 있는 반(反)나치 지식인이었다. 나는 그것이 결국에는 비극적인 결말이었다고 생각하지 않는다. 빅토르는 목숨을 구하기 위해 탈출하고 있었는데, 우리는 그의 아내가 카사블랑카에서 국외 거주자 술집을 운영하는 뚱한 남자와 함께 있는 대신 남편 곁에 남은 것을 슬프게 느끼기로 되어 있다. 그런데 개인적으로 나는 그것이 슬프다고 생각하지 않는다. 나는 사랑이 그렇게까지 중요하다고 생각하지도 않고 멜랑콜리한 것이 그렇게 매력적이라고 생각하지도 않는다. 삼각관계인 사랑을 로맨틱하게 묘사할 필요는 없다.

4

그런데 나나는 모이샤에게서 떠나려는 생각을 하고 있지 않았으므로 안잘리는 사랑의 삼각관계에 내재된 비극에 대해서 걱정할 필요가 없었다. 또 나나는 자기가 안잘리와 사랑에 빠졌다고 생각하지도 않았으므로 그 시점에서 비극적인 삼각관계는 없었다. 나나는 모이샤와 사랑하고 있었다. 그녀는 모이샤와 사랑하는 사이였고 꼭 한 번만 배신을 했었다. 그것이 그때까지 나나의 위치였다. 그녀는 번민을 느끼기보다는 그저 죄책감만 느끼고 있었다.

나는 그녀가 죄책감을 느꼈어야 한다고는 생각하지 않는다. 그녀는 불륜의 연애를 하고 있지 않았다. 또 상황이 완전히 그녀의 잘못인 것처럼 보이는 것도 아니었다. 모이샤까지도 그 상황을 예견할 수 있었다. 하지만 나나는 그것이 모두 자기의 잘못이라고 생각했고 그 때문에 불안해하고 있었다. 그 불안이 그녀를 울게 만들고 있었다.

레즈비언 섹스 신이 있고 나서 며칠 뒤의 저녁 때 나나는 울고 있었다. 사실, 우는 것은 나나의 특징이 되었다. 말하자면 일상적인 것이 되어 있었다. 하지만 나는 특히 어느 하룻밤을 따라갈 것이다. 나나는 모이샤와 그녀의 장난감 표범하고 같이 침대에서 연회색 마스카라 눈물을 흘리고 있었다. 그 눈물이 장난감 표범의 머리 꼭대기를 검게 물들이고 꿰매어진 선들을 따라 발

229

톱까지 스며들었다. 그녀가 울고 있는 동안 비몽사몽 중에 있던 모이샤가 그녀를 뒤에서 끌어안았다. 그리고 성기를 그녀의 엉덩이 사이 솜털에 갖다 대고는 아무 소리도 내지 않았다. 그때 시간은 새벽 세 시였다.

모이샤는 잠에서 깨어나려고 했다.

누군가가 한밤중에 울고 있을 때는 온갖 별스러운 순간들이 있다. 온갖 우스운 아이러니들이 있다. 이 말이 냉혹하고 차갑게 들릴 수도 있지만 실제로 그것이 사실이다.

나나는 불안을 느끼고 있었다. 한편, 모이샤는 그저 혼란스러워만 했다. 그의 현명한 여자 친구 나나가 최근 들어 괴로워하고 있었다. 이제 여러분도 알겠는가? 그것이 이미 하나의 우스운 아이러니다. 그녀는 괴로워하고 있는 것이 아니라 – 단지 불안해하고 있었다.

"왜 그래?" 모이샤가 물었다. 그는 졸리고 또 졸렸다. "아침이 되면 괜찮아질 거야." 그가 살며시 그녀의 어깨 윗부분을 만지며 졸린 소리로 말하고는 손을 아래로 떨어뜨렸다.

의심할 바 없이, 모이샤는 피곤했다. 그래서 생각이 떠돌고 있었다. 하지만 나나는 깨어 있었다.

"뭐 땜에 그래?" 모이샤가 다시 물었다.

그는 무력감을 느꼈다. 그가 무력감을 느낀 이유는, 모이샤의 생각으로는, 졸려서 죽을 지경이기 때문이었다.

그러나 모이샤가 무력감을 느낀 이유는 사실 졸음기 때문이 아니었다. 나는 별도의 사실을 알게 되었는데, 그가 무력감을 느낀 이유는 나나가 울고 있었기 때문이었다. 그것이 이유였다. 이유는 그녀가 울고 있다는 단순한 사실이었다. 어떤 내면적인 부적응성으로 인해 모이샤는 언제나 울음에 속수무책이 되었다. 누가 뭐래도 제한받은 감정들이 있는 법이니까. 우리는 우리가 느끼는 것만을 느낄 수 있다. 그것은 별 재미가 없지만 세상 돌아가는 방식이 그렇다. 그것은 매우 어렵고, 매우 매우 까다롭고 별 재미도 없는 것이니 되풀이하지는 말도록 하자.

모이샤에게는 그것이 별 재미 없었다.

그는 헛되이 걱정을 하며 다시 늘어졌다. 그리고 나나에게 귀를 기울였다.

"자기 아마 틀림없이, 아마도, 오, 사랑해, 자기도 알지?" 모이샤가 그러고는 "나나, 나나," 하며 나지막하게 읊조렸다. 여자들에게 인기 있는 배우가 새벽 세 시에.

"미안해, 이제 됐어. 그건 단지. 오 미안해." 나나가 애써 말했다.

모이샤는 그것이 진정되는 것일 수도 있나고 생각했다. 그것이 평온으로의 전주곡일 수도 있다고 모이샤는 생각했다. 그녀가 졸음에 겨운 잠의 가치를 알게 되었다고.

"괜찮아," 그가 말했다. "그건 상관없어."

하지만 그것은 평온으로의 전주곡이 아니었다. 잠으로의 전주곡이 아니었다. 그것은 다시 해보려는 전주곡이었다.

나나가 중얼중얼 이야기를 하는 동안 모이샤는 안달이 났다.

그래서 침대 옆 테이블 어딘가에서 똑딱거리는, 눈에 보이지 않는 시계를 보려고 했다. 틀림없이 통틀 넉이 가까워진 것 같아서 걱정이 되었다. 만일 정말로 그렇다면 모이샤는 피곤해서 녹초가 된 남자였다. 그는 자기의 대사들 중 하나를 기억할 수 있을지 궁금해져서 자기의 대사들을 죽 떠올려보려고 했다. 그러나 히스테리 상태라서 슬로보단 밀로세비치의 대사들 중 어느 것도 떠올릴 수가 없었다. 그는 몹시 당황해서 정신이 멍해졌다.

때는 한밤중이었고, 모이샤는 겁이 났다. 불안감이 그를 사로잡았다.

반면에 그가 어렸을 적에는 홈베이스 캐비닛에 들어 있는 오브제 트루베(流木; 바다에서 떠밀려온 나무 조각 등 사람 손이 가지 않은 미술품, 또는 본래 미술품이 아니면서 미술품 취급을 받는 공예품, 옮긴이)의 모양이 무서워서 한밤중에 잠이 깼었더라도 모이샤는 자기가 안전하다는 것을 확실히 알고 있었다. 어렸을 적에, 모이샤는 점핑 빈(멕시코산 등대풀과의 식물 씨앗. 씨앗 속에 작은 벌레가 생기면서 그것이 움직이는 대로 씨앗이 뛰어다니는 것처럼 보인다 하여 붙여진 이름임, 옮긴이)이라든가 러시아 인형(속이 비어 있어 그 안에 같은 모양의 인형이 여러 개 차곡차곡 들어 있음, 옮긴이), 또는 주황색에 검은색 반점이 있는 1인치짜리 나무 코끼리 인형에 겁을 먹지 않았다. 그가 무서워하지 않은 이유는 방 한 귀퉁이에 사다리가 있었기 때문이었다.

그는 사다리로 올라서기만 하면 되었고 그러면 천장에서부터 2인치 떨어져 사방 벽을 두른 선반에 죽 늘어선, 나무로 만들어지고 페인트칠이 된 동물들이 어둠 속에서 빛나는 낙원이 펼쳐졌다. 또 사다리로 올라서지 못하더라도, 그는 어머니가 바로 문 밖에서 약속한 대로 버즈비를 쓰고 반짝반짝한 금단추들이 달린 빨간 양복을 입고서 그를 지켜주리라는 것을 알고 있었다.

하지만 그때는 한밤중이었고 모이샤는 자기 혼자뿐인 것처럼 느껴졌다. 또 늙은 것처럼도 느껴졌다. 그는 스물여섯 살이었고 나나라는 그의 여자 친구는 울고 있었다.

"나 좀 안아줄래?" 그녀가 물었다. "제발 좀 안아줘, 제발."

오, 모이샤. 모이샤는 겁이 났다. 그는 다 자란 성인이었다. 하지만 돌발적 상황에는 대처할 수가 없었다.

5

다음에는, 다음 날 아침에, 나나는 죄책감을 느끼며 모이샤와 섹스를 하고 있었다.

여러분이 이해를 하지 못할 경우에 대비해서, 나는 이 점을 분명히 해두고 싶다. 이것은 그들의 섹스 라이프가 아니다. 그것은 여러분이 읽고 있는 것이 아니다. 여러분은 그들의 감정에 대해서 읽고 있다. 그들의 윤리에 대해서 읽고 있다.

모이샤로 말하자면, 성인인 모이샤는 죄책감을 느끼지 않았다. 그저 나나 위에서 프로처럼 각도를 현란하게 바꾸어 가며 나나의 질에서 부걱거리고 철벅거리는 소리가 나게 하고 있었다. 하지만 그것은 모이샤의 이상적인 체위가 아니었다. 아니, 그는 다른 체위, 자기가 좋아하는 체위를 원했다. 그런데 모이샤가 좋아하는 체위는 무엇이었을까? 기다리라, 내가 여러분에게 알려줄 것이니, 기다리라. 그가 좋아하는 체위는 나나의 다리가 바짝 구부린 채로 끌어 올려져 그녀의 가슴에 포개져서 무릎이 쇄골에 닿는 것이었다.

하지만 그날 아침의 체위는 모이샤가 좋아하는 것이 아니라 나나가 좋아하는 것이었다. 나나의 생각으로는 그날 아침은 단조로운 곡예를 하기에 적당한 아침이 아니었다. 아니, 아니었다. 그녀는 양심의 가책으로 이타적이 되어 있었고, 그래서 모이샤를 위해 뭔가 특별한 것을 해주려 하고 있었다. 자기가 늘 생각해왔던 것을 해주려 하고 있었다. 그리고 모이샤는 늘 그녀에게 무엇을 좋아하는지 생각해보라고 했었기에 그대로 누워서 음탕해지려 하고 있었다.

음탕해진다는 것은 곧 오줌을 싸는 것이었다.

나나는 쌀 것 같다고 하기는 했지만 정말로는 싸야 할지 어떨지를 알지 못했다. 그녀는 싸야 했을까? 그녀가 알지 못하는 것은 참을 수 있느냐 아니냐였다. 그녀는 화장실로 갈 때까지 참을 수 있을지 어떨지를 알지 못했다.

그녀가 그 혁신적인 행위에 붙인 이름은 쉬야였고 그 특별한 순간에 그녀는 "나 쉬야 해도 돼?" 하고 물었다. 그날 아침 나나는 유아 본능을 지닌 사내아이 같은 계집아이로 피어난 것 같아 보였다. 그런데 본능을 통제할 수 없다는 것은 모두가 다 아는 사실이다. 그래서 나나는 "싸고 싶어, 쌀 것 같아." 했다. 눈을 감고 목을 당기며 모이샤에게 "제발 좀 싸게 해줘." 했다.

그것은 그녀의 한턱이었다. 미안해서 한 사과였다.

나나는 배신을 했었다. 그리고 불륜을 저지른 사람들은 적어도 순간적으로는 후회스러워 한다. 하지만 나나는 특히 더 죄책감이 들었는데 그 이유는 자기가 그 불륜 – 비극적으로 높은 섹스 욕구 – 에 대한 통상적인 변명도 하지 않았기 때문이었다. 나나는 성욕이 아주 많이 강하지는 않았다. 그리고 자기가 섹스를 하려 한다면 적어도 모이샤와는 할 수 있다는 것도 알고 있었다. 그래서 나나는 이중으로 후회가 되었다. 그것이 그녀가 오줌 싸기의 섹시함을 탐구해보기로 마음먹은 이유였다. 그녀는 이타적이 되어 있었다.

나는 그것이 이타직이라면 이타석인 데에도 좋은 점이 있다는 말을 해야 하겠다. 단, 더 많은 사람들이 이타적이라면, 그들은 자기네의 삶이 더 복잡하다는 것을 알게 될 수도 있다. 자기네의 성적인 레퍼토리가 통렬하게 확장된다는 것을 알게 될 수도 있다.

모이샤가 "하지만, 하지만, 나나." 했다.

아주 솔직히 말해서, 그는 깜짝 놀랐다.

6

나는 오줌 싸기에 대한 일반적인 태도가 무엇인지는 잘 모른다. 대부분의 사람들이 성적인 묘책으로서의 오줌 싸기를 어떻게 보는지는 모른다. 아마도 어떤 사람들은 그 행위로 인해 흥분이 되지 않을 것이다. 그런 사람들은, 내가 생각하기에는, 맑고 노르스름한 물줄기들이 쉿쉿거리며 엉클어지는 모습을 자위행위의 보조수단으로 이용하지는 않을 것 같다.

다른 사람들에게는 그것이 눈부시게 즐거운 쾌락이다. 그것은 온전한 성적인 승리의 일부다. 그런 사람들에게는 그것이 마더케어 쇼핑몰이나 또는 아스다 할인매장에서 고무로 된 매트리스 보호덮개를 사고 싶은 욕구가 불끈불끈 솟게 하는 감미로운 방종의 순간이다.

섹스를 하는 동안의 오줌 싸기에 관한 글을 읽는 데서는 읽는 사람들 하나하나가 문학적 예의 바름에 대해 제각기 다른 생각을 갖게 될 것이다. 나나의 탐구를 다루는 내 설명에서 비판할 것들을 찾기도 할 것이고, 동일시라는 문제를 경험하게도 될 것이다. 내 설명을 너무 노골적이라 여길 수도 있고 아니면 별로 노골적이 아니라 여길 수도 있다. 나는 그것을 알고 있다. 하지만 나는 그런 류의 글 읽기에는 관심이 없다. 자신을 모이샤와 나나하고 동일시하는 독자들에게는 관심이 없다. 나는 이 상황을 제대로 보는 독자들에게 관심이 있다. 나는 그들이 특히 모이샤의 입장을 제대로 보기를 원한다.

모이샤의 입장은, 여러분도 알다시피, 찬성도 반대도 아니었다. 그는 설득당할 수도 있었고 그것이 모이샤의 입장이었다.

처음에 모이샤는 오줌 싸기는 자기와 상관없는 일이라고 생각했다. 그래서 동작을 멈추고 그녀를 바라보았지만 나나는 그를 어정쩡하게 놓아두지 않으려 했다. 그녀는 스스로 즐기고 있었다.

"난 참을 수 있을 것 같지 않아." 그녀가 했다.

그랬다, 나나는 그러고 싶어 했다.

특이한 섹스 행위를 전파하는 사람들이 아마도 좀 소극적으로 다루지 않았나 싶은 현상이 한 가지 있다. 그 전파자들은 성행위 참가자 하나하나가 각자의 특별한 성적 행동을 갈망할 필요가 있다고 믿는다. 그 전파자들의 말에 따르면, 항문 피스팅을 하는 데서는 어설픈 아마추어가 되어서는 안 된다고 한다. 그 일에 전념해야 한다는 것이다. 하지만 나로서는 그 말이 옳다고 생각하지 않는다. 다른 누군가의 성적 환상을 공유하지 않는 한, 전념할 수 있는 감정에 범위와 한계가 있기 때문이다. 당연히, 다른 누군가의 성적 환상이 우리에게는 기괴하고 역겨워 보일 수도 있다. 또 그저 따분하게만 보일 수 있다는 것도 사실이다. 하지만 그와 다른 반응도 똑같이 일반적인 것이다.

누군가가 흥분이 된다면, 그것은 성적인 자극이다.

모이샤에게는 나나가 흥분하는 것이 성적 자극이었다. 그래서 바로 그날 아침에 오줌 싸기는 모이샤의 꿈이 실현된 것이었다.

그녀는 미리 그에게 참을 수 없다고 했다. 그리고 모이샤는 "참아야 할 거야. 어떻게든 참아야 할 거야. 나는 자기가 침대를 더럽히게 놓아두지 않겠어."라고 했다.

그의 말은 정색을 하고 한 것이었다. 모이샤는 그런 환상에 익숙했지만 나나가 그의 침대에 오줌을 싸는 것은 원치 않았다, 전적으로 원치 않았다. 그것이 그가 매트리스 보호덮개를 구입한 적이 없는 이유였다. 그는 비싼 던로필로 매트리스를 구입했지만 매트리스 보호덮개는 구입하지 않았고, 그래서 발가벗은 나나가 오줌 싸는 것을 절대로 좋아하지 않았다.

"하지만 못 참겠어, 못 참겠어." 나나가 울부짖었다.

모이샤는 점점 더 완강해져서 "자기가 그런다면 나 화 엄청 날 거야." 했다. 그러자 나나가 떨리는 목소리로 "오, 오.", 했는데 그 모습이 고분고분해 보였다.

"자기가 그런다면 나 자기에게 화 엄청 날 거야." 모이샤가 같은 말을 되뇌었다.

나나는 모이샤가 화를 내는 것은 원치 않았지만 그가 기분이 나빠지면 무엇에 호소할지가 궁금했다.

모이샤 밑에서 나나는 이제 자위를 하고 있었다. 모이샤는 그녀의 손등이 자기의 아랫배에 딱 붙어서 문질러지는 것을 느낄 수 있었다.

"내 허락 없이 싸버리면 난 혼쩌검을 내줄 수밖에 없어." 모이샤가 단언했다.

"나를 혼찌검 내?" 나나가 물었다.

그는 혼찌검을 내겠다고 되뇌었고 그녀는 으으음 했다.

모이샤가 나나의 음모로 덮인 치골에 왼쪽 손바닥을 갖다 대자 나나의 눈이 스르르 감겼다. 그녀는 숨을 코로 쌔근거리며 쉬고 있었다. 그녀가 고개를 이쪽저쪽으로 돌리자 그는 그녀를 올려다보았다. 그녀의 눈은 감겨 있었고 입은 다물어져 있었다.

다음에 모이샤의 손바닥이 젖었다.

나나는 외설스러웠다. 그녀는 오, 그렇게도 영리하게 외설스러웠다. 모이샤의 손가락 사이 언저리가 따끔따끔하고 축축하게 젖었다. 나나가 그의 손을 잡아 자기의 젖은 성기에다 대고 눌렀다. 나나는 오줌 방울을 뚝뚝 흘리고 있었다.

모이샤는 오줌이 습진에 미칠 영향이 걱정스러웠다. 습진이 가라앉을 수 있다고는 생각하지 않았다. 또 시트를 어떻게 해야 할 것인지도 생각해야 했다. 모이샤가 그런 것은 활달해 보이고 싶지 않아서가 아니라 단지 그 매트리스가 비싼 것이었기 때문이었다. 던로필로는 그저 그런 브랜드가 아니었다. 그는 시트를 세탁기 속으로 휙 던져 넣고 싶었다. 그가 특히 더 걱정을 했던 이유는 그때가 아침이었기 때문이었다. 착한 물의 여정(女精)들 모두가 알고 있듯이, 아침에 눈 오줌은 저녁에 눈 오줌보다 훨씬 더 진하다.

나나가 천진난만한 눈을 뜨고 그를 바라보았다.

"자기는 나를 역겹게 해." 모이샤가 툴툴거렸고 그러자 나나는 킥킥 웃었다.

7

지금 내게는 이 생각이 떠오른다.

『철학자 테레사』라는 짧은 소설이 있다. 그것은 마르키 드 사드(파리 출신의 이색적인 작가. 사디즘이란 말이 그의 이름에서 유래되었다, 옮긴이)가 마음에 들어 한 소설이었다. 그 소설은 1750년경에 출판되었는데, 그 소설을 쓴 사람이 정확히 누구인지는 아무도 모른다. 그 소설은 테레사에 의해 서술된다. 한 에피소드는 밀 에라디스가 그녀의 사제인 디락 신부에게서 벌을 받기 위해 엉덩이를 까내리고 있는 장면을 어떻게 지켜보았는지 묘사한다. 먼저 사제는 자작나무 회초리 다발로 그녀를 때린다. 그리고 다음에는 그녀에게 진정한 "성 프란시스의 밧줄"로 그녀를 고행정화(苦行淨化)하겠다고 한다. 성 프란시스의 진정한 밧줄은 그의 페니스다. 그녀는 그것이 그의 페니스인지 알지 못한다. 사제는 그녀의 항문에다 밀어 넣을 생각을 하고 있다가 결국에는 밀 에라디스에게 후배위로 성교를 하기로 마음먹는다.

다음은 『철학자 테레스』에서 인용한 글이다.

그의 머리가 숙여졌고 그의 번들거리는 눈은 연타를 가하는 그의 공성(攻城)망치에 고정되어 있었다. 그 공성망치의 진퇴를 그는 이런 식으로, 즉 그것이 후퇴할 때는 덮개에서 완전히 벗어나지 않고 돌진할 때는 따라 나가는 배와 양 허벅지가 닿게 하지 않는 식으로 통제했다. 돌이켜보면 그는 가상적인 밧줄의 기원을 그런 식으로 상상했을 법 싶다. 얼마나 대단한 침착성인가!

이 인용 글은 중요하다.

마침내 밀르 데라디스는 절정에 이르고 오르가즘을 하느님의 보상으로 해석한다. "'오, 그래, 나는 천상의 행복을 느끼고 있어. 내 마음이 물질로부터 완전히 분리되는 것을 느껴. 더요, 신부님, 더요! 제 몸에서 불순한 것을 모두 뿌리째 뽑아내주세요…….'"

나는 『철학자 테레사』의 작가가 의도한 것이 무엇인지 알 수 있다. 그는—물론 사제의 말은 거짓말이기 때문에—타락한 사제를 공격하려는 것이다. 그리고 또 처녀들이 종교적 황홀경에 휩싸이는 성서 구절들을 풍자하고도 싶어 한다. 그는 영성의 영성에 대한 허식을 풍자하고 싶어 한다. 그리고 우리는 모든 여자들이 원하는 것은 성교임을 알게 된다.

나는 그 모든 것을 알 수 있다. 다만 『철학자 테레사』의 작가가 정치적으로 예리해지려고 한 탓에 기회를 한 가지 놓쳤다고는 생각한다. 내가 다시 쓰는 글에서는 밀르 에라디스는 자기가 사제에게 겁탈당하리라는 것을 내내 알고 있었지만 알지 못하는 척했으리라는 것이다. 그것은 결정적인 전환이 될 것이다. 반면에『철학자 테레사』에서 밀르 에라디스는 정말로 알지 못하고 속임을 당한다. 그러나 분명히 이것은 비현실적이 아닌가? 그것은 비현실적이다. 그리고 작가도 그것을 알고 있다. 그것이 그가 우리에게 사제가 성기의 움직임을 능수능란하게 통제한 것에 대해 이야기하기를 그처럼 조심스러워 하는 이유다. 그것이 그가 사제의 성기만이 그녀에게 닿았다고 그처럼 고집스럽게 주장하는 이유다. 결국 그는 요점 없는 요점을 증명하려고 애를 쓰다가 그 빙퉁그러진 행위가 거짓이었음을 입증하고 말았다.

그래서 나는 그의 가장 친한 친구들에게는 도나티앵으로 알려진 마르키 드 사드가 1797년에 자신의 정치적 포르노인『줄리엣 이야기』를 쓰기로 했을 때, 모델로『철학자 테레사』를 골랐다는 것에 놀라지 않는다. 그는 그것을 "매력적인 작품"이라고 불렀는데 그것이 매력적이었던 이유는 "관능적 쾌락과 사악한 행위가 유쾌하게 연결된" 유일한 책이었기 때문이다. 지금 이 말이 조금 애매하다면, 도나티앵은 단지 그 책으로 성교하는 수도사들을 보여주려 한 것이었다. 그것이 바로 도나티앵이 읽고 싶어 했던 것이고, 그것이 바로 그가 쓰고 싶어 했던 것이다. 그는 정치적 빙퉁그러짐을 원했지 현실적인 빙퉁그러짐을 원한 것이 아니었다.

하지만 그렇더라도 사드는 빙퉁그러짐의 달인이 아니었다.

그는 너무 이론적이었다. 빙퉁그러짐을 글로 쓰는 데서라면 마르키 드 사드보다도 내가 더 쓸 만한 작가다.

8

하지만 침대에 있는 나나와 모이샤에 대해서는, 지금으로서는 그 정도로 충분하다. 안잘리에 대해서도 생각해보아야 하니까. 배경으로 「트리샤」도 끼워주면서 나나와 함께 열정적인 오후를 보낸 뒤, 안잘리는 몹시 후회가 되었다. 그래서 양심의 가책에 시달리다가 나나와 모이샤가 한동안 그들끼리만 있게 놓아두었다. 그녀는 전화가 와도 받지 않았고 이메일에도 답장을 하지 않았다.

안잘리는 리젠트 공원으로 산책을 나갔었다. 만일 우리가 젊은 여성인데 홀로 공원에 나와 있다면 그 때문에 로맨틱하고 아름답게 뵈노워 보일 수노 있다. 나나 덕분으로 절정에 이르게 된 뒤로 두 주 동안 안잘리는 행복하게 슬프고 즐겁게 우울한 짧은 산책을 나가곤 했다.

안잘리에 대해서 생각할 때 확실히 해두어야 할 사실이 두 가지 있다. 안잘리는 나나에게서 유혹을 당했었다. 그것을 우리는 알고 있다. 그러나 두 번째이자 중요한 사실은 이것이다. 안잘리는 때때로 감상적이었다.

이것은 감상에 대한 나의 정의다. 감상은 느낌 그 자체를 존중하는 것이며, 따라서 그것은 감정의 과장이다. 이 과장의 한 예는 안잘리의 너그러움이다. 올드스트리트 근처의 비상계단에서 안잘리는 나나보다 훨씬 더 큰 유혹을 찾아냈는데, 그 더 큰 유혹이란 도덕성이었다. 그것이 그녀를 사로잡았다.

안잘리에게는 고상한 험프리 보거트 같은 아량에 대한 심상(心象)이 나나 이상으로 흥분되는 것이었다. 그것이 그녀가 리젠트 공원 주위를 배회하며, 멀리 떨어져 있던 이유였다. 나나와의 관계를 유지하는 것보다 나나를 포기하는 것이 더 짜릿짜릿했다. 그것은 꼭 전시의 카사블랑카에서 살고 있는 것과 같은 느낌이었다.

9

하지만 나나는 자기가 나치 치하의 북아프리카에서 살고 있다고 생각하지 않는 것 같았다.

"난 너무 너무 너무 화가 났어." 나나가 말을 이었다. "난 그냥 뉴욕에 새로 생긴 프라다 상점에 대한 강의에 갔었거든, 렘 콜하스(네덜란드 출신의 건축가, 하버드대 교수, 2004년 서울대 미술관을 설계하기도 했음, 옮긴이)가 설계한 건물 말야."

"렘 콜하스?" 안잘리가 물었다.

"그래, 렘 콜하스." 나나가 대답했다. "그런데 이 사람, 이 사람, 이 작자, 그 작자 말이 프라다는 건축의 새로운 혁신이라는 거였어. 건축계에서. 그러니까 내 말은, 들어 봐, 이게 렘 콜하스가 한 말이었어. '건축은 평범한 사람들의 요구를 충족시키는 게 아니다, 그것은 대중의 사소한 행복을 위한 환경예술 작품이 아니다. 건축은 엘리트들의 일이다.'라고 말야." 나나가 화를 내며 말을 마무리했다. "엘리트들의 일이라니! 엘리트들의 일이란 게 대체 무슨 소리지? 그건 그저 기술이라고."

여러분도 위의 대화에서 짐작할 수 있겠지만, 나나와 안잘리는 건축협회 카페에 있었다. 주문할 차례를 기다리며 카운터 앞에 서 있었다.

"나는 에스프레소로 할 거야." 안잘리가 안심이 되어 말했다.

"아니, 난 괜찮아." 나나가 말을 받았다. "아니, 난 탄산수로 할 거야."

"그리고 다음에는," 나나가 말을 이었다. "이 사람은 자기 말을 다시 인용했어. 렘 콜하스가 말하기를, 나는 이걸 믿을 수 없는데, 렘 콜하스가 말하기를 '진정한 건축은 규범이나 건축으로부터 신중하게 자제를 하는 작업이다.'라고 했어. 건축으로부터 신중하게 자제를 하다니! 건축이 건축으로부터 자제를 해야 하다니!"

"맙소사." 안잘리가 기막혀 했다. "나는 그게 무슨 말인지 잘 모르겠어."

"그래, 모르는 게 맞아." 나나가 말했다. "알려고 할 것도 없고. 그건 아무 의미도 없는 소리니까."

안잘리가 자리에 앉았다. 나나는 들고 있던 푸카(영국의 사무용품 브랜드, 옮긴이) A4용지 철(綴)을 한옆으로 치웠다.

그런데, 나나가 정말로 강의 때문에 짜증이 났던 것은 사실이다. 그리고 또 정말로 렘 콜하스 때문에 몹시 화가 난 것도. 하지만 도시 디자인에 대한 열정적인 애착 때문에 대화를 순전히 건축학적으로 이끌지는 않고 있었다. 아니, 아니었다. 나나에게는 계획이, 성적인 계획이 한 가지 있었다. 그러나 당장 그 계획에 대해 이야기하고 싶지는 않았다. 그녀는 예사롭게 보이고 싶었고 대화가 자연스럽기를 바랐다.

나나는 안잘리에 대해서 걱정을 하고 있었다. 그녀가 슬퍼할 수도 있다고 생각해서였다. 그것이 안잘리가 이상하게 없어졌던 데 대한 나나의 해석이었다. 그녀는 안잘리가 지난 몇 주 동안 공원에서 감상에 젖어 있었던 것을 알지 못했다. 그래서 그녀가 울적하게 사다리꼴 모양의 캐드버리즈 셀리브레이션즈(영국의 케이크, 초콜릿 제조업체, 옮긴이) 봉지에 든 음식들을 먹으며 집에 있었을 것이라고 생각했다. 그런데 그것은 나나가 원하는 것이 아니었다. 그녀는 안잘리가 초콜릿을 너무 많이 먹는 것을 원치 않았다. 안잘리가 사랑받는다고 느끼기를 원했다. 뭐랄까, 그녀는 모이샤가 사랑받는다고 느끼는 것처럼 그녀도 사랑받는다고 느끼기를 원했다.

그래서 나나는 어떤 계획을 가지고 거기 건축협회 카페로 온 것이었다.

그러나 안잘리는 사랑받는다고 느꼈다. 너무 많은 사랑을 받는다고 느꼈다. 그녀는 그저 자기의 에스프레소 잔에 설탕을 넣어 휘젓고만 있었다. 그러면서 험프리 보거트라면 어떻게 했을까를 생각해보고 있었다.

10

나나에게는 계획이 한 가지 있었다. 그녀에게는 다른 성적인 제안이 있었다. 그 다른 제안은 3자혼교였다.

나는 섹스를 싫어하는 사람들이 섹스에 대해 하는 일이 놀랍다고 생각한다. 그들은 섹스를 합리적인 것으로, 도덕적인 것으로 만든다. 가끔은 가장 빙퉁그러진 사람들이 곧 섹스를 좋아하지 않는 사람들인네, 그들은 종종 부슨 일이든 할 준비가 되어 있는 사람들이기도 하다. 나나는, 우리가 알고 있다시피, 색정광은 아니었고 성욕이 매우 강하지도 않았다. 그런데 그것이, 내가 생각하기로는, 그녀를 더 빙퉁그러지게 했다.

여러분도 알다시피, 나나는 모이샤가 자신의 성생활이라는 시간을 즐기고 있다고 생각하지 않았다. 또 그가 성적인 천국에 있지 않았다는 것도 사실이었다. 그러나 실제로 모이샤는 그것으로 행복했다. 모이샤와의 성생활에 만족하지 못한 쪽은 나나였다. 그녀는 죄책감을 느끼고 있었기 때문에 여전히 모이샤를 위해, 자기의 애인을 위해, 더더욱 새로운 즐거움을 고안해내야 한다고 생각했다. 그리고 마침내는 뭔가를 생각해냈다.

그녀는 3자혼교를 생각해냈다.

그것이 나나의 논리였다. 모이샤는 착하고 참을성 있는 남자였기에 3자혼교를 누릴 자격이 있었다. 그것은 모든 남자들의 이상적인 시나리오였다. 더구나 그들이 3자혼교를 한다면, 안잘리도 제외되었다고 느끼지 않을 터였다. 자기가 퇴짜 맞았다고 느끼지 않을 것이었다. 그리고 나나에 대해서 말하자면, 그녀는 3자혼교에 대해 마음이 편했다.

그래서 나나는 3자혼교 관계를 조성해야 했다. 그것이 가장 합리적인 해결책이었다.

11

하지만 예의 바른 대화에서 3자혼교를 어떻게 제안해야 할까? 그것이 나나가 뜨거운 에스프레소를 홀짝거리는 안잘리를 지켜보며 곰곰이 생각하고 있던 문제였다. 3자혼교 얘기를 어떻게 꺼내야 할까?

그런데, 이것이 나나가 그 얘기를 꺼낸 방법이다. 농담을 하는 척 슬그머니 그 얘기를 끼워 넣는 식으로. 그 얘기를 하고 있지 않은 척하는 식으로.

우선 먼저 그녀는 안잘리의 성적인 기교를 칭찬했다. 이런 식으로. "난 우리가 그랬던 게 너무 좋았어, 너도 알 테지만. 정말로 너무 좋았어. 그건 정말, 오, 감미로웠어."

그 말에 안잘리는 치켜세워지는 것 같아서 불안해졌다. 그녀는 치켜세워지는 기분을 느끼고 싶지 않았다. 차라리 아연실색한 기분을 느끼고 싶었다.

다음에 나나가 말을 이었다. "난 그게 좋았어. 정말, 오오, 그게 아주 많이 좋았어."

나나는 미소를 보이고 있었다. 아니, 함박웃음을 짓고 있었다. 안잘리는 계속 치켜세워지는 기분을 느꼈고 험프리 보거트처럼 행동하고 있지 않았다. 이제 험프리는 떠나보내려던 귀부인의 목을 움켜쥐고 상황 끝났다는 말을 할 터였다.

다음에 나나가 말했다. "하지만 우리가 할 수 있을지 모르겠어."

"두고 봐야시." 안잘리가 말을 이었다. "두고 봐야지. 문제될 건 없어. 물론 그건 한 번으로 끝난 거였고."

나나가 "오." 하고는 "오, 하지만 그게 내가 좋아하지 않을 거라는 건 아니야." 했다.

"뭐라고?" 안잘리가 물었다.

"내 말은 그러는 방법이 한 가지 있을 것 같다는 거야," 나나가 털어놓았다. "내 말은. 우리 셋 모두가 그럴 수도 있다는 거야.

내 말은. 우리 셋 모두 어때?"

"우리 셋 모두? 셋이서 같이?" 안잘리가 물었다.

그녀는 미소를 보이고 있었다. 아니 함박웃음을 짓고 있었다. 그녀는 그 아이디어가 마음에 들었다. 그런 식으로, 그녀는 고상하게 느끼면서도 나나의 알몸을 다시 볼 수 있었다.

나나는 자기의 소질을 알고 있었다. 사람들이 무엇을 원하는지 알고 있었다.

"그거 그 사람 아이디어였어?" 안잘리가 물었다.

"음, 아니." 나나가 대답했다. "내 아이디어였어. 그 사람은 몰라."

"우리 셋이서 모두?" 안잘리가 다시 물었다.

"그래, 맞아." 나나가 대답했다. 그녀는 생긋이 웃고 있었다.

안잘리가 "우후후." 하고 웃는 소리를 냈다 그녀는 관심이 있었다. 그녀도 생긋이 웃고 있었다.

12

하지만 남자 쪽에 얘기하는 문제가 아직 남아 있었다.

나는 3자혼교를 제안할 때 가장 큰 어려움은 두 번째 여자를 설득하는 것이라고 생각한다. 대부분의 사람들이 난제로 여기는 것은 두 번째 여자라고 생각한다. 일단 가외의 여자가 있으면 남자는 당연히 따를 것이다.

그러나, 나나도 알고 있었듯이, 모이샤는 평범한 남자가 아니었다. 그는 다른 남자들보다 더 점잖았다. 그에게도 통상적인 정욕이 있는 것은 사실이었지만 모이샤는 그 정욕을 부정하기도 했다. 그러므로 모이샤의 여자 친구로서는 3자혼교를 제안할 수가 없었고 또 직접 물어볼 수도 없었다. 모이샤는, 내가 생각하기에는, 어떤 여자가 3자혼교를 좋아하리라고는 생각하지 못했을 것이었다. 그는 3자혼교가 자기중심적인 환상, 자기중심적인 남자의 환상이 아닌 다른 어떤 것이라고는 생각하지 못했다.

그래서 나나는 교묘하게 간접적으로 물어보았다. 섹스를 하는 동안에 그 이야기를 하는 식으로. 그것은 그저 환상 같았다. 그것은 그저 환상이었다.

안잘리와 건축협회 카페에서 이야기를 나눈 지 며칠 뒤, 나나는 자기네와 함께 다른 여자가 하나 더 있으면 어떨 것인지를 이야기하고 있었다. 그리고 모이샤에게 그것이 마음에 드느냐고 물어보았다.

여러분은 나나가 성생보는 섹스를 하는 동안에 이야기를 하기 좋아하는 여자가 아니라는 것을 알고 있다. 그래서 여러분은 그녀가 거기에 들이고 있던 노력을 이해할 수 있다.

모이샤는 그것을 마음에 들어 했다. 다른 여자가 같이 끼는 것을 마음에 들어 했다.

다음에 나나는 몇 가지 세부적인 것들을 덧붙였다. 그런데 그때 나나는 등을 대고 누워 있었다. 무릎을 가슴까지 들어올리고 모이샤의 행복해하는 눈을 들여다보고 있었다. 그러고 있으면서 그녀는 미소를 짓고 아주 부드럽게 말했다. "그런데 그 여자가 안잘리라면?"

그것은 환상이었다. 그들은 섹스를 하고 있었고 그래서 모이샤는 그 시나리오에 동의했다. 나는 거기에서 이상하거나 잘못된 점을 아무것도 볼 수 없다. 환상의 요점은 도덕과 완전히 무관하다는 것이다. 그것은 현실과는 아무 상관도 없다.

모이샤가 싱긋이 웃었다. 그는 안잘리가 그의 불알을 가지고 어떻게 하고 있는지를 설명해주는 나나의 이야기가 마음에 들었다. 그 이야기가 흥미롭게 들렸다. 테크닉이 더 좋아진 이야기로 들렸다. 그리고 그 이야기 덕분에 절정에 이르고도 있었다. 그래서 나나가 "안 될 게 뭐야?" 했을 때 그저 고개만 끄덕였다. 또 그녀가 깊은 숨을 쉬며 다시 "나 진담이야, 안 될 게 뭐야?" 했을 때에도 행복한 모이샤는 고개를 끄덕였다. 그리고 나나가 자기는 안잘리의 얼굴에 앉아 있고 그러는 사이 모이샤는 안잘리를 어떻게 핥아주는지를 설명했을 때에는 "좋아, 좋아." 했다.

그가 숨을 헐떡였다. 나나는 안잘리의 혀가 무엇을 하고 있고 모이샤는 어디에 있을 것인지를 설명했다.

모이샤가 가쁜 숨을 몰아 쉬며 "그래, 우리는 그렇게 해야 해."라고 했다 그리고 다음에는 사정을 했다.

그는 그것이 현실이 될 거라고는 생각하지 않았다. 나나가 진담으로 그런다고는 생각하지 않았다. 내가 여러분에게 말했듯이, 그러는 것은 그의 스타일이 아니었다.

13

그러나 실제의 삶에서 모이샤가 그런 환상적인 3자혼교를
해야 하는 것은 아니었다. 아니, 아니었다. 그것은 보다 더 정중
한 3자혼교, 예의 바른 3자혼교였다.

나나는 바닥에 누워 겁먹은 표정을 하고 있었다. 그리고 안잘
리는 - 안잘리는 그런 부류의 여자여서 아로마 테라피(향으로 심
신을 치유하는 요법, 옮긴이)에 빠져 있었다 - 모이샤에게 아베다(미
국의 유기농 천연 화장품 브랜드, 옮긴이) 주니퍼 마사지오일 병을 건
네주었다.

이 부분이 처음에는 모호해 보일 수도 있다. 하지만 나는 그
것이 모호하다고는 생각하지 않는다. 그것은 매우 지성적이었
다. 리젠트 공원에서 혼자 있을 때면 안잘리는 감상적이 되기 쉬
울 수도 있었지만 핀즈버리 연립주택 바닥에서는 더없이 사려
깊은 태도를 보이고 있었다.

3자혼교의 상투적인 광경은, 내가 생각하기에는, 두 금발 여
자가 피부색이 엷고 매력적인 남자를 가운데 두고 서로에게 매
달려 있는 것이다. 아니, 피부색이 엷지 않고 매력적이지 못한 남
자라도 상관없다. 사람들은 어떤 남자든 돈만 있으면 두 금발 여

자가 양옆으로 찰싹 들러붙어 늘어진다고 생각하니까. 하지만 그것은 3자혼교의 매우 제한적인 모습이다. 3자혼교는 그처럼 쉬운 일도 아니고 분명히 그처럼 관념적인 것도 아니다. 3자혼교에서는 온갖 종류의 실수들이 다 저질러질 수 있다. 또 3자혼교는 사회적으로 안정적이지가 못하다. 그러므로 성공적인 3자혼교에서의 관건은 참여자들 모두의 관계를 계속 유지하는 것인데, 그것이 바로 안잘리가 생각하고 있는 것이었다. 그녀의 계획은 그녀와 모이샤가 나나를 부드럽게 대해야 한다는 것이었다. 그들은 그녀에게 마사지를 해줄 셈이었다. 마사지는 아주 성적인 것은 아니었고 아주 놀라운 것도 아니었다.

그래서 모이샤와 안잘리는 나나의 다리와 발에 매끄러운 오일을 문질렀다. 그리고 그것이 효과가 있어서 그녀를 편안하게 해주었다.

"아주 좋아." 그녀가 작은 별처럼 눈을 감으며 말했다. "정말 아주 좋아."

그녀가 어니스트 & 훌리오 갈로 캘리포니아 카베르네 소비뇽 와인이 담긴 잔을 낚아채듯 들어 올리다가 보송보송한 솜털이 난 턱에 흘렸다. 안잘리가 흘린 와인을 핥아 먹는 동안 모이샤는 휘둥그레진 눈으로 그 장면을 응시했다. 눈을 떼지 못하고 지켜보았다.

그러나 모이샤는 숙달된 마사지사가 아니었다. 얼마 안 가서 곧 그는 마사지 오일에 따분해졌다. 그래서 안잘리가 끈기 있게 나나의 손과 손가락으로 옮아가는 동안 그는 나나의 배에 키스를 하기 시작했다. 나는 그것이 너무 앞질러간 것으로, 섣부르게 열정적인 것으로 보일 수도 있다는 것을 알고 있다. 그리고 또 실제로도 그랬다. 하지만 그것 역시 효과가 있는 것 같았다. 나나의 흥분이 고조되고 있었으니까. 모이샤가 그녀의 허벅지 안쪽을 쓰다듬고 긁고 하는 동안 그녀가 안잘리에게 "키스해줘." 했다.

안잘리가 오일 병을 가만히 창틀에 놓고 "이러면 돼? 이러면 돼?" 하면서 나나에게 키스를 했다. 그리고는 "나는 너하고 키스하는 게 좋아." 하더니 뺨을 맞대고 코를 부비며 나나의 목 아랫부분까지 더듬어 내려갔다.

"그건 간지러워!" 나나가 킥킥 웃고는 아래쪽으로 모이샤를 내려다보고 쌩긋 웃었다.

모이샤도 같이 싱긋이 웃어보였다. 나나가 머리를 다시 뒤로 젖히고 눈을 감으며 안잘리와 키스했다.

그 과정이 느리다는 것은 나도 알고 있다. 누구 하나 옷을 벗고 있지도 않았다. 나는 알고 있다. 하지만 섹스는 그래야 하는 것이다. 섹스에는 많은 생각과 동작이 있어야 한다.

예를 들자면, 안잘리는 자기가 왜 그때까지 그것 – 한 커플과 섹스를 하는 것 – 을 해본 적이 없을까 궁금해했다. 하지만 다음에는 갑자기 나나가 안잘리와의 키스를 그만두더니 그녀의 이마에다 가벼운 입맞춤을 하고는 아래쪽으로 모이샤를 내려다보았다.

나는 모이샤가 정말로 마음에 든다. 모이샤는 정말로 그렇게도 다정해서 나나의 허벅지 안쪽을 쓰다듬는, 그에게는 즐거움인 일을 하는 데 최선을 다하고 있었다. 하지만 그것은 쉬운 일이 아니었다. 약간은 서글픈 기분을 느끼고 있었을 때 그처럼 관심을 보이기는 쉽지 않았다. 그런데도 그는 싱긋이 웃었다. 안잘리가 목을 꼬아 돌려서 행복한 모이샤에게 쌩끗 웃어 보였다. 그리고 쌩끗 웃으며 나나를 바라보았다가 무엇이 잘못되었는지를 알았다.

나나는 모이샤에 대해서 걱정을 하고 있었다. 안잘리와 함께하는 모이샤를 보고 싶었고 모이샤가 따돌려지는 것을 원치 않았다. 그것은 안잘리가 한 생각이기도 했다.

그리고 안잘리는 자기가 그렇게 할 수도 있다고 생각했다. 물론 그것은 그녀가 상상하고 있던 것이 아니었다. 그녀는 모이샤가 지켜보는 중에 여자끼리 하는 행위를 상상했었다. 하지만 그것이 나나가 원하는 것이라면 자기는 친절하게 그래야 한다고 안잘리는 생각했다. 누가 뭐래도 모이샤는 매력이 없지는 않았다. 그것이 나나가 원하는 것이라면 안잘리는 그렇게 할 셈이었다.

14

아, 이타주의.

나나의 발치에 자리 잡은 모이샤는 슬펐다. 자기는 따돌려질 것이라는 예감이 들어서였다. 그는 안잘리가 정말로 남자들을 좋아한다고는 생각하지 않았다. 이제 자리가 그처럼 예상 밖으로 잡힌 터여서 그는 이번 행위가 3자혼교이기를 바랐을 법도 했다. 모두가 즐거워한다면 그것이 가장 좋은 일이라는 생각도 들었을 법했다. 하지만 그는 아무것도 기대하지 않고 있었다. 그저 서글프게 이것은 그들 셋 모두가 서로 키스하고 만지고 그러는 행위의 자연스러운 진전이라고만 여겼다. 그것은 오후 다섯시에 배달된 고고 슈프림 피자를 먹고 난 뒤의 일이었다. 그가 탓할 사람은 오로지 그 자신뿐이었다.

모이샤는, 여러분도 알다시피, 무슨 일이 벌어지고 있는지 알지 못했다. 그는 나나와 안잘리가 그처럼 친밀해진 것은 그때가 처음이라고 생각했으니까. 사실, 그는 안잘리와 나나가 이미 섹스를 했다는 사실을 전혀 눈치 채지 못하고 있었다. 그래서 3자혼교도 그들에게 난생처음이라고 생각한 것이었다.

그러나 서글픈 느낌이 물러가는 것과 동시에 모이샤는, 여러분도 상상할 수 있듯이, 몹시 흥분이 되었다. 그런데 나는 여러분이 그 일로 그를 비난할 수 있다고는 생각하지 않는다. 그의 여자친구와 어느 모로 보아도 매력적인 또 다른 여자가 그의 앞에서 동성애적인 행위를 하고 있었으니까. 그는, 모이샤는 너그러워진 기분을 느끼고 있었다. 하지만 그 저녁 시간이 언제쯤 제대로 포르노적이 될 것인지 궁금해하고도 있었다. 설령 모이샤가 포함되지 않더라도, 그 장면을 지켜보는 것은 여전히 즐거울 것이었다.

15

그런데 모이샤가 그날 저녁에는 포르노가 필요하다는 생각을 하고 있던 바로 그때, 안잘리가 − 그 생각에 딱 맞추어서 − 팔을 위로 뻗어 엇갈리게 해서 청록색 T셔츠를 벗고 있었다. 그리고 다음에는 브래지어 걸쇠를 따서 풀었다. 브래지어가 그녀의 젖가슴 아래에서 앞쪽으로 미끄러져 내렸다.

마침내 반라! 안잘리는 젖가슴을 드러내고 있었다.

이 대목에서 나는 안잘리의 젖가슴을 묘사하고자 하는데, 이것은 내가 얌심맞아서가 아니다. 안잘리의 젖가슴 모양은 나나의 젖가슴 모양과 반대되는 모양이기 때문에 중요하다. 여러분도 기억하다시피, 나나의 젖가슴은 젖꽃판의 아주 희미한 얼룩과 유두의 아주 여린 분홍색 작은 동그라미만이 있는 커다랗고 완전히 창백한 모양을 하고 있었다. 반면에 안잘리의 젖가슴은 더 작았고 각각의 유방이 젖꽃판으로 얼룩져 있었다. 또 젖꼭지도 큼직하고 검은 적갈색이었다.

내가 안잘리의 젖가슴 묘사를 즐기고 있는 것은 물론 사실이다. 그러나 여전히 그것이 내가 얌심맞다는 뜻은 아니다. 이 비교에서 유추할 수 있는 중요한 심리적 세부 사항이 있기 때문이다. 나나와 안잘리가 다른 종류의 유방을 가지고 있었다는 것은 결정적으로 중요하다. 그것이 모이샤에게는 분명한 성적 자극이 되었고 나나에게는 약간 곤란한 일이 되었다. 안잘리의 가슴 때문에 나나는 살짝 불안해졌다. 안잘리는, 나나가 생각하기에는, 나나보다 훨씬 더 매력적이었다.

나나는 양손으로 안잘리의 흉곽 양쪽을 잡고 안잘리의 검은 적갈색 유두를 빨았다. 안잘리가 그녀를 편하게 해주려고 몸을 젖혀 뒤로 기댔다. 그리고 그 자세로 모이샤와 얼굴을 마주보게 되자 안잘리는 그녀의 젖꼭지를 빠는 나나의 입 위쪽에서 모이샤와 키스를 하기 시작했다.

이제 저녁 시간이 섹스적이었다. 이제 그들은 3자혼교를 하고 있었다.

그러나 모이샤는 잠시 떨어져 나왔다. 자기의 레즈비언 친구인 안잘리와 키스를 하는 것은 뭔가 좀 이상하다는 생각이 들어서였다. 모이샤는 그것이 안잘리가 정말로 원하는 것인지 어떤지가 궁금했다. 확실히 그렇다고 믿을 수가 없었다. 그래서 모이샤는 "이게 좋아?"하고 물어보았다. 안잘리가 고개를 끄덕이고 그의 목덜미를 잡아 자기 쪽으로 끌어당기자 모이샤는 속으로 아니, 아니, 아니, 이건 이 여자가 원하는 게 아닌데 하는 생각이 들었다. 그런데도 안잘리가 계속 고개를 끄덕이며 그에게 키스를 하자 모이샤는 나나에게 "이게 좋아?" 하고 물었고 나나는 고개를 끄덕였다.

16

만일 내가 포르노 작가라면 다음에 일어날 일은 급격한 동작이 될 것이다. 나는 내 등장인물들이 옷 벗는 모습을 묘사해야 한다. 옷을 벗기는 것은 포르노 작가들을 당황케 한다. 그러나 다행히도, 나는 포르노 작가가 아니다. 나는 포르노를 싫어하고 그 마술적인 리얼리즘을 싫어한다. 나는 19세기의 리얼리즘을 믿는다.

옷을 벗기는 일은 나에게는 아무 문제도 되지 않는다.

세 사람은 일어섰다. 안잘리는 옷을 모두 벗어내렸다. 그녀가 입고 있던 것은 데님 스커트와 검은 팬티뿐이어서 그러는 데 시간이 그리 오래 걸리지 않았다. 더군다나 그녀는 두 가지 모두를 한꺼번에 벗어 내렸다. 나나는 드레스와 브래지어는 벗었지만 팬티를 벗는 데서는 부끄러운 느낌이 들었고 그래서 잠시 팬티를 그대로 입고 있었다. 셔츠 단추를 풀어놓고 있던 모이샤는 청바지와 컨버스 사각팬티를 벗어 내렸다. 그런 다음, 몸을 굽히고 구부러진 모양으로 발기한 페니스가 배를 찌르는 중에 벗겨지려고 들지 않는 쫄쫄이 갭 양말을 벗으려고 애를 썼다.

모이샤는 자기 침대에서 키스를 하고 있는 두 여자와 몸을 합쳤다.

17

안잘리는 나나의 다리 사이에 첼로처럼 앉아 있었고 나나는
안잘리 뒤에서 그녀를 만지며 그녀의 목에 키스를 할 수 있었다.
모이샤는 침대를 가로질러 기어가다 안잘리 위로 덮쳐 그녀와
키스했다. 하지만 그러자니 문제가 생겼다. 그 서슬에 나나, 가녀
린 나나가 짓눌린 것이었다. 그래서 그들은 위치를 바꾸어 다시
바닥으로 내려갔다. 바닥에는 더 넓은 공간이 있었으니까.

그러니까 내 말은, 그들 중 두 사람이 바닥으로 내려갔다는
얘기다. 나나는 그저 앞쪽으로 굴러서 머리를 침대 가장자리 너
머로 늘어뜨렸다.

그 위치에서 나나는 모이샤가 흥분에 휩싸이는 것을, 그가 안
잘리와 키스하는, 거칠게 그녀와 키스하는 모습을 지켜보았다.
다음에 모이샤가 오른쪽 무릎으로 안잘리의 양다리를 벌렸고,
그래서 그의 성기가 안잘리의 질구 위로 허공에 떠 있었다. 잠시
후 이제 적당한 때가 되었다는 판단을 하고 모이샤가 왼손으로
성기를 잡아 쥐고서 안잘리에게로 밀어 넣었다. 뒤이어 안잘리
와 모이샤가 섹스를 하기 시작했다. 모이샤는 후배위로 뒤에 우
뚝 섰고 안잘리의 젖가슴은 그녀의 갈비뼈 밖으로 납작하게 밀
려 나와 좌우로 흔들렸다.

하지만 그것은 포르노가 아니었다. 그것은 혼란이었다.

여러분도 알다시피, 모이샤는 즐거웠다. 그는 다른 여자와 함

께 합법적으로 섹스를 하고 있었으니까. 더구나 안잘리는 나나처럼 호리호리하지가 않아서 특히 더 즐거운 느낌이었다. 피부색이 엷고 우아한 나나는 모이샤에게 항상 땅딸막하다는 느낌을 안겨주었고 두 사람의 몸이 한데 얽혀 꿈틀거릴 때마다 나나가 모이샤에 비해 미흡한 것 같아 보였다. 반면에 안잘리는 실로 대단한 육체의 소유자여서 모이샤가 생각하기에 그녀의 성적 매력이 타의 추종을 불허하는 것 같았다. 그녀는 육체적이고 복잡하지 않고 뇌쇄적이었다.

물론, 모이샤의 생각은 틀렸다. 안잘리는 복잡했다.

모이샤는 안잘리가 결정을 내리도록 놓아두지 않고 그녀에게로 밀고 들어갔다. 그런데 안잘리는 결정을 하지 않는 것이 곧 승낙은 아니라는 것을 알고 있었다. 일이 그렇게 된 것은 단지 그녀가 즉석 섹스라는 것이 제대로 된 시나리오인지 아닌지 잘 몰랐기 때문이었다. 그녀는 그것이 나나의 계획이라고는 생각하지 않았다. 그래서 나나를 보지 않으려고 애쓰면서 천장이 목련 무늬 벽지와 만나는 자리의 회반죽을 올려다보았다가 올록볼록한 꽃잎들을 따라 징두리 판벽까지 아래쪽으로 눈길을 내렸다. 방을 바닥에서부터 보고 있자니 이상했고 그 때문에 방이 비현실적으로 보였다. 라디에이터 옆에 있는 진노랑 반창고가 그녀의 눈에 들어왔다.

그리고 안잘리는 기분이 좀 상하기도 했다. 나나가 더 많이 참여해주기를 기대했었는데 상황이 그녀가 예상했던 것과는 달랐기 때문이었다. 3자혼교는 그저 그런 플로어 쇼가 아닌데도 이번 행위는 그저 플로어 쇼일 뿐이었다. 모이샤가 그녀를 마구 밀어붙이고 있었다. 그것은 일을 더 재미있게 하려는, 더 많은 관심을 끌려는 것이었지 3자혼교는 전혀 아니었다.

고독한 안잘리는 어차피 끝내야 할 일을 후딱 해치우기로 했고 무엇을 어떻게 해야 하는지도 알고 있었다.

"아아 미치겠어, 너무 좋아!" 안잘리가 외쳤다. "미치겠어, 죽겠어, 오오, 지저스, 너무 좋아! 아니, 그냥 좋은 게 아니야. 오오, 정말 미치게 좋아!"

그녀가 모이샤의 페니스 주위로 엉덩이를 돌리고 비틀었다. 그리고 모이샤의 비틀린 목에서 힘줄이 불거져 색이 더 연한 피부에 키스를 하면서 모이샤의 커다란, 그래서 아프게 하는 페니스에 대해 자신의 성기를 더 작게 할 셈으로 질 근육을 조이며 말했다. "아 아니, 그게 아니고, 아니, 그래, 오, 그거야. 바로 그거."

그것은 엔터테인먼트 작업이었다.

모이샤가 더 깊이 들어올 수 있도록 안잘리는 모이샤의 등허리에 걸친 발을 올렸다 내렸다 했다. 그녀가 원하는 것은 그가 빨리 사정을 하는 것이었다. 그녀는 다만 온갖 객관적인 조짐이라는 위안을 원했고 그래서 몸을 꼬며 예쁘게 굴 수 있었다.

좋다, 이제부터 나는 포르노적인 글을 좀 쓸 것이다. 이제부터 하나의 문단을 쓸 것이다.

그가 빼내려고 하자 그녀는 오르가즘에 이르려는 것처럼 질을 꽉 조이고 그에게 속삭였다. "내게 해줘, 제발 더 세게 해줘."

다음에 그녀는 그의 페니스가 단단해지고 두꺼워지는 것을 느끼고 "오, 오, 오, 오, 오." 환호성을 질렀다. 그녀는 둥둥 떠가고 있었다. 그녀의 "오 오" 하는 소리에 그의 페니스가 벌떡거리고 있었다. 그녀도 그것을 느낄 수 있었고 그래서 그에게 싸달라고 했다.

그녀는 그의 잘 생긴 얼굴에 빰을 문질렀다. 모이샤가 무겁게 느껴졌다. 그는 조시아보다 훨씬 더 무거웠다. 그가 마지막으로 성기를 더 깊이 밀어 넣으면서 몸을 씰룩거렸다.

나나에 대해서 말하자면, 나나는 슬펐다. 여러분도 알 수 있듯이 다자간 섹스 신은 효과가 없기 때문이다. 나는 그렇다고 말하기가 당황스럽지 않다. 3자혼교의 결점은, 나나가 알게 되었듯이, 기진맥진이 아니었다. 그녀가 기대했던 것과는 달리, 결점은 부산스러움이 아니었다. 그 결점은 함께 참여하지 못한다는 것이었다. "3자혼교"는 완곡어법이었다. "3자혼교"는 부정한 짓을 뜻하는 단어였고 그녀는 질투가 났다.

그러나 모이샤는 매우 자랑스러웠다. 이상한 느낌이 들면서도 자랑스러움을 느꼈다.

18

그러나 부정한 짓이 무엇일까?

1934년 5월 16, 17일 밤에, 시인 오시프 만델스탐은 체포당했다. 여러분은 오시프에 대해 알고 있다. 그가 아내를 어떻게 만났는지도 알고 있다. 비밀경찰이 그의 집 문을 두드린 것은 오시프가 화장실에서 낙심해 등을 쭉 편 채 머리를 뒤로 젖히고 있었을 때였다. 그는 대변을 보려고 애쓰면서 14분 동안이나 화장실에 있었다. 비밀경찰이 들이닥치는 소리가 들리자 그는 급한 중에도 재빨리 밑을 닦고 화장지를 흘려보내기 전에 찬찬히 거기에 묻은 얼룩을 살펴보았다.

오시프가 체포당한 이유는 조지프 스탈린을 이렇게 묘사한 시를 썼기 때문이었다. "구더기처럼 통통한 기름기 낀 손가락에, 40파운드는 나갈 것처럼 단호한 말, 가죽을 입은 것처럼 번들거리는 종아리, 그리고 바퀴벌레 눈처럼 커다란 웃음." 그것은 별로 우호적인 묘사가 아니었다. 그래서 스탈린은 그를 체포케 한 것이었다.

그러나 그들은 단지 오시프를 욕보일 셈으로만 그를 체포한 것이 아니었다. 그들은 그 시를 누가 보았는지도 알고 싶어 했다. 사람들이 이렇게 생각했는지를 알고 싶어 했다.

오시프는 한결같이 영웅으로 간주되었다. 그리고 실제로도 영웅이었다. 나는 여러분이 내가 조금이라도 다르게 생각한다고는 생각하지 않기를 바란다.

오시프가 그들에게 이름을 댄다면 그가 이름을 댄 사람들도 틀림없이 곤욕을 치르게 될 터였다. 그래서 분명히 오시프가 비밀경찰에게 그 이름들을 대지 않았느냐고? 분명히 그들을 배신하지 않았느냐고?

그는 그들을 배신했다.

문 이 비아냥거리는 글이 써졌을 때 동무는 누구에게 그것을 암송했고 누구에게 복사본을 주었는가?

답 나는 그 시를 이 사람들에게 낭송해주었소: (1)내 아내, (2)아내의 남동생이자 아동도서 작가인 예브게니 카진, (3)내 형제인 알렉산더, (4)내 아내의 친구로 노동조합 중앙위원회 연구조사부에 근무하는 엠마 게르쉬테인, (5)동물 박물관의 보리스 쿠찐, (6)시인 블라디미르 마르부트, (7)젊은 여류 시인 마리아 페트로비크, (8)여류 시인 안나 아크마토바, 그리고 (9)그녀의 아들 레프 구밀료프.

나는 그가 고문당할 가망성 때문에 두려워했다는 것을 알고 있다. 나도 그것을 알고 있다. 어쩌면 그 심문에는 글로 옮겨지지 않은 중단이 있었을 수도 있다. 그러나 오시프를 보기로 하자. 특별히 협조적으로 보이려는─"내 아내의 친구로 노동조합 중앙위원회 연구조사부에 근무하는 엠마 게르쉬테인"─그를 보자. 그것은 내가 여기에서 관심을 갖는 특별한 세부 사항이다. 오시프는 고문을 무서워했을 뿐만 아니라 잘 보이려고도 하고 있었다.

나는 오시프를 공격하려는 것이 아니다. 솔직히, 나는 그를 좋아한다. 그를 좋아하기 때문에 그를 너무 많이 이상화시키고 싶지 않은 것이다. 만일 내가 루비앙카 감옥에서 스탈린의 비밀 경찰에게 심문을 받고 있었다면, 나는 모든 것을 다 털어놓았을 것이다. 또 고문을 무서워하기도 했을 것이다. 나는 그가 털어놓았던 것보다 훨씬 더 많은 것을 털어놓았을 거라고 생각한다. 오시프와 마찬가지로, 나도 항상 협조적이 되는 것으로 보이고 싶다. 누구나 다 그렇다.

그런데 그것이 바로 배신이다. 그것은 한 사람보다 더 많은 사람에게 협조적이 되려고 하는 자기중심적인 욕망이다.

배신은 당연한 것이다.

19

하지만 나나는 왜 질투를 했을까? 그녀는 안잘리를 질투했을까 아니면 모이샤를 질투했을까?

그녀는 모이샤와 함께 있는 안잘리를 질투했다. 안잘리의 성적인 능력을 질투했다. 나나는 안잘리가 모이샤보다도 더 빨리 절정에 이르는 것을 보았다. 그것이 나나를 슬프게 했다. 안잘리는 모든 남자들이 좋아하는 여자였다. 뿐만이 아니라, 모든 여자들이 좋아하는 여자이기도 했다. 안잘리는 매력 있고 호감을 사는 여자였다.

"그래서 그게 좋았어? 그게 정말로 좋았어?" 나나가 안잘리에게 물었다.

"멋졌어, 아니 정말 정말 좋았어." 당황하고 성마른 안잘리가 대답했다. "이제껏 그렇게, 오, 완전히 가게 느꼈던 적은 없는 것 같아. 그건 정말 온몸이 따끔거리는 느낌이었어. 내 거기만이 아니라 온몸이 다 그랬다고나 할까?"

"그랬다니 나도 기뻐." 나나가 그러고 나서 한 마디 덧붙였다. "아주 멋지게 들려."

가엾은 나나. 그녀는 섹스를 싫어했다. 경쟁도 싫어했다. 그녀는 모이샤와 안잘리가 즐겼다는 것이 기뻤다. 또 그들에게 분노를 느끼고 있지도 않았다. 다만 그녀는 섹스에 화가 났고 더 이상 섹스가 없었으면 싶었다. 그녀가 원한 것은 모이샤가 그녀를 안아주었으면 하는 것뿐이었다. 하지만 그는 더없이 행복한 표정으로 바닥에 누워 있었다.

안잘리가 티슈를 찾으려고 일어섰다. 침대 옆 바닥에 크리넥스 화장지 박스가 있었다. 그녀가 다리를 구부리고 허벅지 위쪽에서부터 음모까지 따라 올라오면서 몸을 닦아냈다. 화장지를 하나 뽑아내어 쓰고 또 뽑아내어 쓰고 하면서. 다음에는 모이샤가 나나와 함께 침대로 들어갔고 깨끗하게 싹 닦아낸 안잘리도 같이 들어갔다. 그리고 세 사람은 행복하게 한데 뒤엉켰다.

하지만 실제로는 모이샤 하나만이 행복했다. 그런데 심지어는 모이샤도 불안했다. 앞으로 벌어지게 될 일들이 정확히 어떤 성질의 것일지가 불안했다.

내가 한 번 하게 해주는 건, 그는 생각했다, 하지만 그건 단지 내가 기분 상하지 않게 하려는 것일 뿐이야. 한 번 하고 나면 그 다음엔 지켜보고 또 지켜보고 하게 될 테니까.

여러분도 알다시피 모이샤는 바보가 아니었다. 그에게는 보다 더 긍정적인 신호들이 필요했다.

20

2000년 8월, 이탈리아 경찰은 알카에다 구성원들 간의 아랍어 통화들 중 몇 가지를 감청했다.

미스터 압둘라만이라는, 알카에다로 의심되는 구성원이 예멘에서 이탈리아에 살고 있는 한 이집트인에게 전화를 걸어 "비행기들을 공부하고 있다."고 했다. 그리고 다음에는 이렇게 말했다 : "모든 일이 계획대로 되어서 우리가 다음번에 만날 때는 당신에게 비행기 창문이나 조각을 가져다줄 수 있으면 싶소." 아랍어의 이탈리아 번역에 따르면, 그는 계속 이렇게 덧붙였다 : "우리는 그들을 공격하고 도도한 태도를 보여야만 하오. 잘 기억해 두시오. 공항들에서의 위험을."

실마리들을 탐지해내기란 쉬운 일이 아니다.

미국 측 번역을 조회해보면, 미스터 압둘라는 이렇게 말했다. "우리는 미국인들과 이종족 간 결혼을 하고, 그래서 그들은 코란을 공부하오. 그들은 자기네가 맹수의 왕 사자, 세계의 권력이라고 생각하지만, 우리는 그들에게 이 서비스를 해줄 것이고 그러면 공포가 보이게 될 것이오." 그는 또 이렇게도 말했다. "거기 그 나라에 불이 붙어 하늘에 거대한 구름들이 일 것이고 바람이 불 때만을 기다릴 것이오."

이탈리아 경찰은, 자체 방어를 위해, 그러한 이미지는 종종 그들이 뜻하는 것으로 보이는 것과 반대되는 의미일 수도 있다고 했다. 그런데 나는 이 이탈리아 군경찰의 말에 많은 공감을 하고 있다. 압둘라만은 국제 테러 같은 소리는 하지 않았다. 그의 말은 알코올 중독자의 말처럼 들린다. 내 친구들이 마약을 많이 복용했을 때 하는 소리처럼 들린다.

실마리들을 탐지해내기란 쉬운 일이 아니다. 돌이켜 보면 모든 것이 그처럼 명확한데도.

8. 로맨스

1

난생처음으로 3자혼교를 하고 난 뒤의 주말에 모이샤는 잔뜩 흥분이 되어 있었다. 다음에 무슨 일이 일어날 것인지 알아보고 싶어서였다. 그는 자기 앞에 어떤 예기치 않은 멋진 성경험이 놓여 있는지 알아보고 싶었다. 그러나 모이샤에게는 불행하게도, 다음에 일어난 일은 섹스의 부재였다. 현실은 예기치 못한 멋진 성경험이 아니라, 사실상 그 어떤 종류의 섹스도 없다는 것이었다.

나나는 휴일 여행을 떠나 있었다. 열흘 동안 파파와 함께 떠나 있었다.

지금이 옆길로 새기에 안성맞춤인 때가 아니라는 것은 나도 안다. 하지만 그렇더라도 내가 언제고 아무 때나 옆길로 샐 수 있는 것은 아니다. 그중 몇 가지는 피할 수 없는 경우인데 이번 휴가도 피할 수 없는 경우다. 이미 저 앞쪽 제4장에서 나왔던 새빌 로우로의 쇼핑 여행을 여러분도 기억하는지 모르겠지만, 파파와 나나는 9월 휴일 여행을 예약해두었었다. 그것은 나나가 석사과정을 마쳤을 때 파파가 내는 한턱이었고 베니스행 비행기 표도 두 장 구입해두었었다. 이 여행은 나나의 이상적인 휴가여행일

터였다. 그들은 베니스로 날아간 뒤 거기에서 머무는 중간쯤에 루마니아의 작은 마을로 순례를 갈 예정이었는데, 센트럴 유러피언 열차 여행도 재미있을 것이었다. 그들이 거기로 가는 이유는, 파파가 베니도름(스페인 동부의 해변 휴양도시, 옮긴이)이나 도레모노스(스페인 남부의 해변 휴양도시, 옮긴이)로 가보기를 무척 원하기는 했어도, 나나가 문화적인 휴가를 원했기 때문이었다.

그것이 나나가 어떻게 하고 있었느냐 하는 것이다. 그것이 그녀가 좋아하는 것이었고 나는 그것을 어쩔 수 없다.

2

나는 휴가여행에 대한 여러분의 생각이 어떤 것인지는 알지 못한다. 어쩌면 여러분이 이제껏 휴가여행을 가본 곳이라고는 미코노스(그리스에 있는 유명한 신혼여행지, 옮긴이)뿐일지도 모른다. 어쩌면 휴가여행에 대한 여러분의 정의는 고리버들 커피 테이블과 밀즈 앤 분(영국의 로맨스 소설 출판사, 옮긴이)에서 나온 소설 모음집을 갖추고 있는 작은 셋집을 빌리고 적어도 하루에 한 번씩 한 남자와 섹스를 하는 것일 수도 있다. 아니면 여러분이 이제껏 가본 곳이라고는 스키 리조트뿐일지도 모른다. 그러나 만일 여러분이 하루 종일 스키를 탈 수 있고 밟아 다져진 길에서 점심으로 참치 샌드위치를 재빨리 먹어치울 수 있지 않은 한, 그 휴일은 휴일이 아니다.

사람들은 휴일에 대해 우스꽝스럽게 군다. 모두가 완벽한 휴일에 대한 자신의 이론을 가지고 있다. 그런데 나는 완벽한 휴일에 대한 여러분의 이론이 파파와 나나의 휴일에 여러분 멋대로 영향을 미치는 것은 원치 않는다.

나는 그들의 휴일이 여러분의 이상적인 휴일은 아닐 것이라고 상상할 수 있다. 어쩌면 그 때문에 여러분은 무슨 이유로 누군가가 나나처럼 되고 싶어 하겠느냐는 질문을 할지도 모른다. 그러나 여러분은 여러분의 이론을 빌미로 나나와 파파에게 흥미를 잃어서는 안 된다.

나나와 파파의 해외여행에서 중요한 것은 그 여행이 이 책에 나오는 진정한 사랑의 한 단면이라는 것이다. 어쩌면 그 여행은 시대에 뒤떨어지고 괴상하게 보일 수도 있고 여러분이 즐기는 휴일과는 전혀 다르게 보일 수도 있지만, 그래도 그것은 사랑이었다. 순수하게 이타적인 사랑이었다.

여러분은 그 점을 오해해서는 안 된다.

아니, 이 책에서 파파와 나나는 진정한 사랑을 보여준다. 그것이 내가 여러분에게 기억시키고 싶은 것이다. 그러므로 이 장의 제목은 진짜이기도 하고 진짜가 아니기도 하다. 만일 여러분에게 로맨스가 항상 성적이라면 이 장의 제목은 진짜 제목이 아니다. 그러나 로맨스가 완전한 사랑을 의미한다면 진짜 제목이다.

3

베니스에서 두 사람은 흔들거리는 수상 택시를 탔다가 아르세날레에서 넘어질 듯 내린 다음 부두를 따라 부친토로 호텔까지 걸었다. 그 호텔은 나나가 타임아웃 웹사이트에서 택한 자그마한 곳으로 정면 벽은 황토로 되어 있고 석호(潟湖)가 바라다보이는 곳이었다. 또 19세기 말에 화가 제임스 맥닐 휘슬러가 머물렀던 곳이기도 했는데 그 사실이 학구적인 나나의 마음을 끌었다.

그들은 체크인을 한 다음 빨간색과 초록색 꽃무늬가 든 카펫 위로 걸어 그들의 방으로 갔다. 나나가 두 침대 중 하나에 앉아 샌들을 벗는 동안 파파는 창가에서 행복한 표정으로 실루엣처럼 창에 기대어 서 있었다. 나나가 방을 가로질러 그에게로 걸어갔다. 창 옆에는 커다란 직립식 선풍기가 놓여 있었다. 나나는 그 선풍기 스위치를 끄고 파파 옆으로 가 서서 그와 대칭이 되도록 그 옆의 창틀에다 머리를 기댔다. 나나의 맨발에 와 닿는, 회색과 검은색 사금파리 조각들이 박힌 싸구려 테라초(각종 돌의 파편을 백색 시멘트 등으로 굳힌 모조 자연석, 옮긴이) 바닥이 차가웠다. 그녀는 창틀의 페인트칠에서 붓이 지나간 자국, 매끄러운 광택 면에 뻣뻣한 털로 그어진 줄들을 유심히 살펴보았다. 그리고 다음에는 둘이 함께 불이 밝혀졌다 꺼졌다 하는 수면을 지켜보았다.

그 정경이 아름다웠다.

베니스는 아름답다, 정말로 그렇다. 어떤 사람들은 그곳이 어떤 의미로든 간에 너무 아름답다 생각하고, 어떤 사람들은 그곳이 전혀 아름답지 않다고, 사람들이 베니스가 아름답다고 하는 것은 단지 그곳이 오래되었기 때문이며 그 사람들 모두가 완전히 잘못 알고 있다고 생각한다.

베니스는 아름답다.

"아—름답네요." 나나가 말했다. "정말 아—름다워요."

"그런데 저건 뭐지?" 파파가 물었다.

"저건, 저건 도가나, 그러니까 세관이에요." 나나가 대답했다.

파파가 "우후후." 하고 웃는 소리를 내고는 "저것도 아름답지 않니?" 하고 물었다.

"아뇨." 나나가 대답했다. "저건 아름답지 않아요. 글쎄 뭐 괜찮기는 하네요. 괜찮은 편이에요. 아름답지 않은 건 아니네요."

"그러면 저건 어떠니? 저게 뭐지?" 파파가 다시 물었다.

"저건 교회예요. 살루테 교회(바로크 양식을 대표하는 산타 마리아 델라 살루테 교회를 말함, 옮긴이)죠." 나나가 대답했다.

"아름답구나." 파파가 감탄했다.

"아니 그렇지 않아요. 저건 분명히 아름답지 않아요." 나나가 반박했다.

"어째서 아니지?" 파파가 궁금해했다.

"그냥 아니에요." 나나가 얼버무렸다.

"하지만 어째서지?" 파파가 다시 물었다.

"아빠, 나 플로리안으로 데려가줄 거죠? 그러면 무엇이 아름다운지 알려드릴게요." 나나가 그러고 나서 파파에게 키스를 하고 한 마디 덧붙였다. "나 핫초콜릿 먹고 싶어요."

　계단을 따라 아래층 로비로 내려가는 사이 그들은 어떤 여자가 휴일에 섹스를 하면서 오르가즘에 이르고 있는 것이 틀림없는 소리를 들을 수 있었다.

　둘 모두 그 소리를 못 들은 척했다.

4

　만일 여러분이 걱정스러워한다면, 이 장에서 섹스 이야기가 끼어드는 것은 딱 그 한 대목뿐이다. 이 장에는 섹스가 없다. 이 장에서 나나는 더없이 행복하다. 때때로 나는 이 책이 섹스에 대한 공격이라고 생각한다. 또 때로는 그것이 내숭이라고도 생각한다. 어쩌면 그럴 수도 있을 것이다. 그런데 만일 그렇다면 어떤 사람들은, 아니 어쩌면 꽤나 많은 사람들이, 그것은 잘못이라고 생각할 것이다. 그들은 내숭 떠는 것은 두둔할 여지가 없다고 생각할 테니까. 하지만 나는 내숭 떠는 것을 두둔할 여지가 없다고는 생각하지 않는다. 정말로 그렇다고 생각하지 않는다.

5

　카페 플로리안은 베니스의 산마르코 광장에 있는 커피숍이다. 그곳은 아주 오래된 커피숍인데, 이 말은 지금 그곳의 커피 값이 아주 아주 비싸다는 뜻이다. 만일 모이샤가 거기에 있었더라면 그 때문에 몹시 화가 났을 것이다. 커피 한 잔에 4파운드, 핫초콜릿 한 잔에 5파운드씩이나 할 수도 있으니까.

　하지만 나나와 파파는 값에 대해서는 걱정하지 않기로 했다. 그들은 휴일을 즐기고 있었고 플로리안의 저속한 매력이 마음에 들기도 해서 즐거운 마음으로 조그만 팔각형 테이블에 앉았다. 어쩌면 "조그만"이라는 말로는 그 테이블이 얼마나 작은지 실감 나게 전달되지 않을 수도 있을 것이다. 그 테이블은 18세기의 것으로, 거한이라도 키가 5피트 5인치밖에 안 된다는 생각을 전제로 만들어진 것이었다. 그래서 나나는 키가 6피트인 몸을 접듯이 불편하게 앉아 그 테이블이 꼭 무엇처럼 보인다고 생각했다. 꼭 무엇처럼 보인다는 생각이 들기는 했지만 그게 무엇인지는 기억이 나지 않았다.

　나나는 창밖으로 세인트 마크 성당의 다채색 돔들을 바라보았다. 세인트 마크 성당은 베니스에서 가장 유명한 건물이고 나나는 그 건물 때문에 행복했다. 18세기 풍의 핫초콜릿을 홀짝이는 동안 산마르코 성당을 바라볼 수 있다는 것이 행복했다. 그녀는 자신이 관광객이라는 것도 아주 마음에 들었다. 그런데 여기서 나는 나나의 생각에 완전히 동의한다. 나도 관광객이 되는 것을 무척이나 좋아한다.

"나는 저 성당이 너무도 좋아요." 나나가 그러고는 "저렇게 컬러풀한 방식이 마음에 쏙 들어요." 하고 나서 "그 모양들이 마음에 들어요." 하고 덧붙였다.

그녀가 도자기 주전자에서 진한 초콜릿을 따라내자 주전자 주둥이에서 초콜릿 액이 괘선(罫線)처럼 뚝뚝 떨어져 엉긴 덩어리로 굳어졌다. 그것은 초콜릿보다 더 짙은, 거의 검은색이었다.

"이거 정말 너무 멋지네요." 그녀가 감탄했다.

이건 꼭 주사위 놀이판 같아! 그 생각이 떠오르자 그녀는 안심이 되었다. 그랬다. 그, 테이블은 그녀의 오래된 주사위 놀이판 같았다.

나나는 행복했고 어린 시절의 향수에 잠겼다.

파파를 바라보며 그녀는 자기가 어렸을 때 어떻게 일어나서 졸린 걸음걸이로 어떻게 아래층으로 내려갔는지를 떠올리고 있었다. 파파가 전화통에다 대고 이야기하는 소리를 들을 수 있었고 프렌치윈도(뜰과 발코니로 통하는 좌우 여닫이 유리창, 옮긴이)는 열려 있곤 했었다. 아침에 일어났을 때면 거실은 썰렁했고 나나는 자동차도로에서 들려오는 소음과 얼마쯤 떨어졌는지 잘 모를 곳에서 군사훈련이 시작되는 소리도 들을 수 있었다.

그녀는 자기가 관광객이라는 것이 아주 마음에 들었다. 관광 여행은 편안했다. 꼭 내 집처럼 편안했다.

6

예를 들자면, 그들이 베니스에서 나눈 대화들 중 하나는 이런 것이었다.

"저게 뭐지" 파파가 물었다.

"뭐가요?" 나나가 되물었다.

"저거." 파파가 가리켰다.

"저건 18세기 거예요." 나나가 알려주었다.

"정말이니?" 파파가 더 알고 싶어 했다.

"그럼요." 나나가 단언했다. "저건 18세기 건축물이에요."

"네가 그걸 어떻게 알아?" 파파가 미심쩍어했다.

"그건요, 내가, 그건…… 그건, 벽돌 때문이죠." 나나가 대답했다.

"하지만 너는 벽돌을 볼 수 없을 텐데." 파파가 지적했다.

"아니, 볼 수 있어요." 나나가 우겼다.

"아니 너는 볼 수 없어." 파파도 물러서지 않았다.

"아니, 볼 수 있어요." 나나가 계속 우겼다. "그리고 저건 18세기 거 맞아요."

"그러면 저거에 대해서는?" 파파가 다시 물었다.

"저건, 저건, 도제(Dogee, 중세 이탈리아 도시국가의 수장, 옮긴이)의 궁전이에요." 나나가 대답했다. "그리고 저건 한숨의 다리고요."

"저건 한숨의 다리가 아니야." 파파가 반박했다. "나는 그림

엽서에서 한숨의 다리를 본 적이 있는데 저건 그 한숨의 다리가 아니야."(여기에서 파파가 그것이 한숨의 다리가 아니라고 한 이유는 같은 이름을 가진 다리가 케임브리지 대학교에도 있고 베네치아에도 있기 때문인데 베네치아에 있는 다리는 폰테 데이 소스피리고 케임브리지에 있는 다리는 폰테 데이 퍼그니임, 옮긴이)

"아니," 나나가 말을 이었다. "아니, 아빠 말도 맞아요. 그 다리는 폰테 데이 퍼그니니까요."

"뭐라고?" 파파가 물었다.

"폰테 데이 퍼그니요." 나나가 대답했다.

"그건 들어본 적도 없는 이름인데." 파파가 능쳤다.

"나는 그걸 러프 가이드 잡지에서 읽었어요." 나나가 알려주었다.

"건축학, 그러니까 네가 하고 있는 게 역사건축학 맞지?" 파파가 물었다.

"맞아요." 나나가 대답했다. "아빠 그걸 알고 있군요."

"그저 좀 놀려본 거다." 파파가 싱긋이 웃었다.

사실 그는 놀리고 있던 것이 아니라 기억을 할 수 없던 것이었다. 하지만 나는 여러분을 너무 놀리고 있다. 그래도 좀 기다려 보면 내가 왜 여러분을 놀리고 있는지 그 이유를 알게 될 것이다.

곤돌라에서, 어둠 속에서, 반쯤은 쓴맛이 나는 카바(발포성 포도주, 옮긴이)를 병째로 마시며 파파와 나나는 함께 행복했다.

7

사흘 뒤, 파파와 나나는 베네치아 르네상스에 대해 알아보던 중에 티르구 지우를 향해 출발했다. 티르구 지우는 루마니아 서부에 있는 작은 산업도시고 그 여행은 나나의 특별 관광 서비스였다.

나나는 판에 박힌 관광객이 결코 아니었다.

베니스 기차역에서 매표소 안에 있는 남자가 그들에게 베니스발 부다페스트행 열차 시각을 알려주었다. 터키의 명승지들이 그려진 자를 가지고 열차 시간표를 짚어가며 시간을 읽어주는 식으로. 다음에 그들은 부다페스트에서 루마니아의 크라이오바행 기차를 탔고, 크라이오바에서 티르구 지우로 갔다.

그런데 왜 이 발음하기도 어려운 루마니아의 소도시가 나나의 특별 관광 서비스였을까? 그 이유는 티르구 지우에 브랑쿠지의 기념물들이 있기 때문이었다. 그러면 브랑쿠지는 누구일까?

브랑쿠지는 20세기 초의 조각가로, 루마니아 인이었지만 파리에서 살고 있었다. 루마니아어로 브랑쿠지의 이름은 "브룬쿠쉬"로 발음된다. 하지만 나는 그것이 문제가 된다고는 생각하지 않는다. 어쨌든 그를 "브룬쿠쉬"라고 부르는 것은 꽤나 폼을 잡는 것이므로 여러분은 이 책에서 "브랑쿠지"를 고수해도 된다.

이야기가 꽤나 문화적으로 가고 있다는 것은 나도 알고 있다. 그러나 문화관광은 불가피하게 문화적이어서 나로서는 그것을 어쩔 수 없다. 만일 파파와 나나가 베니도름으로 가보기로 했다면 분명히 나는 이 브랑쿠지를 여기로 끌어다댈 필요가 없을 것이다. 하지만 그들은 베니도름에 있지 않다. 그들은 이제 막 루마니아 서부에 있는 작은 산업도시 티르구 지우에 도착한 참이다.

어쨌든, 얘기가 그렇게까지 문화적인 것은 아니다. 브랑쿠지는 20세기 조각가로 나나가 좋아하는 조각가였고 또 그녀가 제출한 박사과정 주제이기도 했다. 여러분이 알아야 할 것은 그것뿐이다.

티르구 지우 역의 간이매점들 앞쪽은 광고의 콜라주였다. 그중에는 리글리 스페어민트 껌 광고와 스니커즈 운동화 광고도 있었다. 마라톤 바(기다란 모양의 밀크 초콜릿 바, 옮긴이) 광고 역시, 나나의 생각으로는 적어도 10년 전에 없어졌어야 했지만 여전히 그대로 있었다. 그곳의 공기가 나나의 피부를 해쳤다. 숨을 쉬기도 고통스러웠다. 내가 좀 전에도 얘기했듯이, 그곳은 작은 산업도시였다. 그녀의 옷이 몸에 척척 들러붙었다. 파파가 역 밖에 늘어서 있는 택시들과 운전사들에게로 성큼성큼 걸어가서 유로파 호텔로 가자고 하자, 한 운전사가 미소를 지었다.

운전석에는 빛바랜 색색가지 구슬들이 줄줄이 드리워져 있었고 그 뒤로는 이따금씩 대문자를 섞어 사인펜으로 아이들에 대한 염려와 신에 대한 끝없는 믿음을 적은 쪽지가 스카치테이프로 붙여져 있었다. 그가 섬기는 신의 모습은 입체적으로 보이는 그림 속에 모셔져 있었다.

나나는 얼룩진 창밖을 응시했다. 반시간 뒤, 20파운드의 짐을 던 그들은 호텔 유로파에 도착했다. 그 호텔은 간선도로에 면해 있었고 콘크리트를 얇게 친 테라스에는 코카콜라 파라솔이 몇 개 쳐져 있었다. 파파가 트렁크에서 수트케이스를 끌어내리고 있던 운전사가 돌아다보자 그에게 고마움을 표하고 역 도로에서 30도 각도로 다른 쪽에 있는 스피어민트 껌과 스니커즈 운동화 광고를 바라보았다.

파파는 실망한 것처럼 보이지 않으려고 애를 썼다. 화난 것처럼 보이지 않으려고 애를 썼다. 평정을 되찾은 파파는 공산주의가 몰락한 이후의 어두컴컴한 유로파 호텔 로비에서 프랑스어를 사용하며 그들의 여권을 넘겨주고 텅 빈 복도를 따라 행진하듯 나나에게로 걸어왔다. 복도에는 걸레 손잡이가 문 안쪽으로 비스듬히 기울어진 자루걸레가 하나 있었다. 그가 텅 빈 호텔 7층에 있는 그들의 방을 찾아 들어섰다. 그 방의 벽지 무늬는 꽃들, 초록색 잎사귀에 둘러싸인 진홍색 장미들이었다.

그들은 가방을 내려놓고 방을 나섰다.

파파와 나나는 언제나 칵테일 아워(디너 직전, 또는 오후 4~6시경, 옮긴이)인 맨해튼 마티니 바를 지나 걸어서 중앙 광장에 이르렀다. 광장에서는 네 개의 확성기들이 지역 라디오 방송을 틀어주고 있어서 파파와 나나는 겁을 먹고 줄을 지어 걸었다. 그들은 공원을 찾고 있었다.

이것은 짤막한 문화적 이야기다. 1935년에 루마니아 국무총리의 아내이기도 했던 루마니아 국민여성연맹 총재가 유명한 루마니아 조각가 브랑쿠지에게 전쟁기념공원의 기념물을 위촉했다. 그 기념공원은 티르구 지우에 건립될 것이었고, 그 기념공원을 위해 브랑쿠지는 「키스의 문」, 「침묵의 테이블」, 그리고 「영원한 원주」를 제작했다. 브랑쿠지는 레퍼토리가 있는 조각가였고 계속 같은 작업을 되풀이했다. 변화를 주면서 되풀이했다.

티르구 지우 시립공원에 있는 브랑쿠지의 「키스의 문」은 고인돌처럼 보였다. 고인돌은 수직으로 새워진 두 개의 돌 위에 하나의 돌이 수평으로 균형 잡히게 놓여 있는 구조다. 「침묵의 테이블」도 그 공원에 있었다. 그것은 열두 개의 돌 좌석들이 딸린 직경 2미터의 커다란 돌덩이었다. 열둘은 상징적인 숫자로 1년에 들어 있는 달의 수이기도 했고 전통적인 루마니아 장례식에 초대받는 손님 수이기도 했다.

나나는 「침묵의 테이블」에서 멈춰 섰다. 그 테이블 옆에 서서 뒤를 돌아다본다면 공원 반대편에 「키스의 문」이 있었고 그 문 아래에서 남녀 한 쌍이 키스를 하고 있었다. 남자의 머리칼은 가르마가 한옆으로 타지고 매끄러웠다. 그런데 만일 나나가 뒤로 돌아선다면 거기에는 물에 기름이 뜬 조용한 호수가 있었다.

그녀는 살짝 불안한 기분을 느끼고 있었다. 그것은 모험이었고 그녀는 모험을 좋아했다. 그것이 모험인 이유는 순전히 날이 점점 더 어두워지고 있어서였다. 어두워지기 전에 그녀는 마지막 브랑쿠지를 보고 싶었다.

그래서 파파와 나나는 어느 매점에서 급히 핫도그를 어적어적 씹어 삼킨 뒤 마지막 목적지 – 29미터 높이의 「영원한 브랑쿠지 원주」가 세워져 있는 곳 – 에 이르렀다. 그 원주를 향해 걷는 동안 나나는 파파에게 브랑쿠지가 티르구 지우에 그 원주를 세웠을 때 촬영했던 자체 제작 영화에 대해 모든 것을 알려주었다. 그리고 또 그가 구름과 빛이 원주의 모양을 어떻게 변화시키는지를 기록했다는 사실도. 그녀는 구름과 빛이 그 원주의 모양을 변화시키는 것으로 보이는데, 그 이유는 그 원주가 무수히 많은 톱니 모양들이 있는 골진 원주이기 때문이라는 설명도 해주었다.

그러나 막상 그 원주에 이르렀을 때는 사정이 달랐다. 「영원한 원주」는 비계(飛階)에 딸린 두 그물선반들 사이에 불안정하게 서 있었고 그 옆의 크레인이 그보다도 더 높았다. 그 원주는 마을 주변 도로에서 뚝 떨어진 유원지에 있었다. 그 모든 것이 나나를 슬프게 했고 그녀는 거기에 비계가 없다는 상상을 해보려고 애썼다.

슬픈 일이지만, 때로는 관광여행도 편안하지만은 않다.

파파가 먼저 입을 열었다. "아니, 나는 이게 좋아. 이게 건축과 무슨 관계가 있는지 알 수 있거든. 그러니까 내 말은, 내 말은……"

파파는 다정해지려고 애쓰고 있었다. 그래서 나나가 브랑쿠지는 건축이란 단지 사람이 살고 있는 조각품이라고 했다고 하자 그야 물론이라고 맞장구를 쳐주었다.

"아빠도 그렇게 알아요?" 나나가 물었다.

"그럼. 그렇고 말고." 파파가 대답했다.

"그는 자기의 작품들을 건축처럼 구성했어요."

나나의 그 말에 파파는 "우후후." 하고 웃는 소리를 냈다.

"이건 건축물이에요." 나나가 단언했다. "이건 뒤쪽에 있는 교회를 볼 수 있도록 구성되었어요."

그것은 사실이었다. 만일 아주 열심히 본다면, 석양 속에서 분명히 작은 청동 돔을 볼 수 있었다.

"두통이 이는구나." 파파가 말했다. "아니, 정말로 두통이 있어."

그들은 다시 호텔 유로파로 되짚어 걸어갔다.

파파가 조그만 화장실로 들어가 문을 잠그고 소변을 보는 동안 자신이 내는 소리에 민망해져서 욕조 온수 꼭지를 돌렸다. 그리고 다음에는 냉수 꼭지도 같이 틀어서 흘러내리는 물이 손을 스쳐 지나가게 하다가 제대로 맞지 않는 고무마개를 막았다. 그리고 변좌에 앉았다가 일어서서 신발을 벗어 뒤꿈치 부분을 꺾어 신고 때가 낀 거울을 들여다보았다. 두통이 가시지 않고 있었다.

8

파파와 나나는 지난 나흘 동안 베니스로 돌아와 있었다. 그 나흘은 파파 몫의 휴일로 문화적이지 않은 시간이었다. 그 마지막 나흘 동안 그들은 어딘가에 앉아서 먹고 마시러 나갔다. 예술 작품들을 보려고는 하지 않았다. 건축물들을 보려고도 하지 않았다.

파파와 나나는 바들을 찾아 걷고 있었다. 그들이 건너지르는 광장들에는 인적이 거의 없었고 이따금씩 시간에 늦은 배달원이 수상자전거를 타고 지나갔다. 영수증 뒷면에 적힌 목록을 든 남자의 감독 하에 아보카도(열대 아메리카산 과일, 옮긴이) 박스들이 곤돌라에 실리고 있었다. 한 사무실의 창이 하나 열려 있었고 형광성 담자색 빛을 발하는 애플 아이맥 모니터 앞에 앉아 있던 여자가 고개를 돌려 파파와 나나가 지나가는 동안 창밖으로 유심히 그들을 지켜보았다.

이것은 하나의 목가다. 이 장 전체가 하나의 목가다.

예를 들자면, 파라디소 페르두토 바에서 나나는 파파에게 마리화나를 어떻게 말아서 피우는지 막 가르쳐준 참이었다. 그녀가 파파에게 마리화나에 대해서 가르치고 있었던 이유는 그의 두통이 걱정스러웠기 때문이었다. 그녀는 마약이 치료제가 될 수 있다고 생각했다. 그것이 비로 이 이야기가 얼마나 한가로우냐 하는 것이다.

"아빠, 예전에 마이 올드 더치라고 불렸던 그 레스토랑 기억나요?" 나나가 물었다. "아빠가 치과병원 다음에 나를 거기로 데려가곤 했잖아요. 나는 지금도 왜 팬케이크였는지 이해가 가지 않아요. 그리고 어쨌든. 그걸 핥아요. 종이를 핥아요. 예, 그렇게요. 그런데 팬케이크는 접시에 비해 너무 컸고 접시도 아주 컸지요."

"그건 네가 채식주의자였을 때였어, 그래서 나도 채식주의자가 되었고." 파파가 대답했다.

나나는 그 말이 자기가 좋아하는 것이라고 생각했다. 그녀는 기억 떠올리기를 좋아했다.

"거기는 멋진 곳이었어요." 그녀가 한 마디 덧붙였다.

다음에 잠시 대화가 끊겼다. 대화가 중단된 상황을 표현하기란 어려운 일이다. 그 상황은 단지 동시에 일어나는 일로만 표현될 수 있다. 예를 들자면, 그 상황은 파파가 파라디소 페르두토 성냥갑에서 마분지를 한 조각 찢어내어 그것을 마리화나 꽁초로 말았다가 더 작아지도록 반으로 찢는 동안 나나가 그 모습을 지켜보기에 충분할 만큼 길었다.

"나 이러면 어떨까요." 그녀가 다시 말을 꺼냈다. "나 모이샤하고 동거를 하면 어떨까 생각하고 있었어요."

그녀가 모이샤와 동거를 하려 한다? 그녀가 모이샤와 동거를 하려 한다고?!

그것은 사실이었다. 그녀는 결정을 내렸다. 나는 여러분 또한 놀랄 수 있도록 그 사실을 이렇게 비밀로 해두었다. 여러분은 자신의 반응을 파파의 반응과 비교할 수 있다. 파파의 반응은 행복이었다. 그는 행복했다. 나나를 위해 그저 행복하기만 했다.

아직까지는 분명히, 파파가 3자혼교를 목격하지는 않았었다. 그는 모든 사실을 다 알지는 못했고 나나와 안잘리에 대해서도 알고 있지 못했다. 그는 나나가 이를테면 "3자동거"를 즐기기 시작했다는 사실을 모르고 있었다.

　나나의 행복을 축하하는 뜻에서 파파가, 이 이야기의 자비로운 천사가, 두껍고 솜씨 없게만들어진 마리화나에 불을 붙여 길게 빨아들였다.

9

　나나가 아직 크리스마스를 제대로 즐길 정도로 어렸을 적에, 크리스마스 이브였던 밤에, 파파는 나나의 침대 가장자리에 앉아 글을 읽어주곤 했다. 그럴 때면 『크리스마스 전야』를 읽어주었는데, 그것은 시였다. 그 시에서 나나는 라플란드(유럽 최북단 지역, 옮긴이)에서 산타클로스가 밤새도록 여행을 하며 크리스마스 선물을 전해주기 위해 어떤 준비가 이루어지는지 알게 되었다. 그리고 하나하나의 순록에 대해서도, 또 그 순록들의 이름도 모두 알고 있었다. 하지만 더 나이가 들었을 때는 루돌프 - 물론 그녀는 루돌프를 기억할 수 있었다 - 와 대셔와 프랜서와 도나와 블리첸밖에 기억하지 못했다. 더 많은 순록들이 있었지만 그녀가 기억하는 것은 그것들뿐이었다. 파파가 시를 읽어줄 때는 매우 진지해 보였다. 그 시는 그저 하나의 이야기가 아니었고 파파도 아주 진중해 보였다. 그리고 나나는 파파의 진지함을 사랑했

289

다. 그러는 것이 옳다고도 생각했다. 그것은 – 산타클로스가 어떻게 나나에게로 오느냐 하는 것은 – 더없이 진지한 일이었다.

그것이 나나의 마음에 드는 기억이었다. 그녀는 파파가 글 읽어주는 목소리를 사랑했다.

9. 흥미 유발

1

통상적으로 3자동거는 성적으로 자유로운 것처럼 보여도 아슬아슬하다. 어느 커플이 음란할 수 있다는 것은 사실이지만, 누가 뭐래도 그들은 여전히 커플이고 여전히 정상적이다. 반면에 3자동거는 자유분방한데, 그것이 자유분방한 것은 어쩔 수 없는 일이다.

이 논의의 여지가 없는 것을 굳이 입증해야 한다면 영화 「카바레」를 보기로 하자. 1970년대 초반 뉴욕에서 제작된 「카바레」에는 야한 글램록(1970년대의 대중음악으로 남자 가수가 특이한 옷차림과 화장을 했음, 옮긴이)의 황홀한 매력이 있다. 1930년대 초반의 베를린을 무대로 한 이 영화는 샐리(젊은 라이자 미넬리가 연기한)라는 미국인 카바레 가수와 브라이언이라는 영국 작가의 이야기를 들려준다. 샐리와 브라이언은 친구 사이인 여자와 남자다. 다음에 그들은 막시밀리안을 만나는데 막시밀리안은 독일의 백작이다. 여러분은 무슨 일이 일어날 것인지 상상할 수 있을 것이다. 샐리는 막시밀리안에게 빠지고 브라이언도 막시밀리안에게 빠진다. 그리고 막시밀리안은 둘 모두에게 빠진다.

3자혼교는 글램록 플롯의 특징이다. 글램록은 3자동거가 없이는 자유분방하지 않을 것이다.

예를 들어, 그 영화에서 가장 유명한 대사는 이것이다. "둘이 서는 하나를 이기지만 아무것도 셋은 못 이겨." 그 대사를 노래로 부른 것은 킷 캣 클럽의 루주를 바른 남자 MC인데, 그는 균형 잡힌 몸매에 가슴이 풍만한 이브닝드레스 차림의 여자 둘을 양옆에 세워놓고 추파를 던지며 그 노래를 부른다. 그리고 그것이 3자혼교의 판에 박힌 모습이다. 3자혼교는 전염성 강하게 성적이고 나치 이전의 타락이며 섹스의 화신이다.

나는 그것을 모두 알고 있다. 또 많은 사람들이, 3자동거에 대해서 생각이라도 한다면, 어떻게 생각하는지도 알고 있다. 나는 다만 3자동거에 대한 그 견해가 부정확하다고 생각한다. 그 견해는 그렇게도 많은 사실들을 놓치고 있다.

가을이었다. 파파에게 알렸던 대로 나나는 모이샤와의 동거에 들어갔고 건축협회에서 새로운 학기, 건축이론 박사과정을 시작했다. 모이샤는 킬번의 트라이시클 극장에서 공연되었던 리처드 노턴 테일러의 연극 「평화 유지군」에서의 슬로보단 밀로세비치 역을 끝냈다. 안잘리는 존슨즈 베이비파우더 광고에서 그해 계약분을 더 찍었는데. 안잘리 역시 모이샤와 동거를 하는 것 비슷하게 되어 있었다. 그녀는 복사한 열쇠를 가지고 있어서 아무 때나 드나들 수 있었고 주말마다 거기에서 머물렀다.

나는 여러분이 이제는 즐겁기를 바란다. 여러분이 그 거주 형태에 대해 명확히 알았기를 바란다.

그들은 현대적인 3자동거를 하고 있었다. 그들이 분명히 3자동거를 하고 있었다는 것은 부정할 수 없는 사실이었다. 그들은 둘이서, 그리고 셋이서 섹스를 했다.

2

그러나 3자동거가 오로지 성적인 것만은 아니다. 그것이 오로지 나치 이전의 퇴폐적인 것만은 아니다. 다른 모든 것들과 마찬가지로, 그것은 또한 가정적이기도 하다. 나나와 안잘리와 모이샤는 물론 타락한 섹스 게임을 했지만, 셋이서 함께 수영을 하러 가기도 했다. 토요일 아침에 모이샤와 그의 두 여자 친구는 하이홀본에 있는 오아시스 수영장으로 수영을 하러 갔다. 그런데 나는 그들이 수영하는 모습을 지켜보고 싶다. 특히 수영장 안에 있는 모이샤를 지켜보고 싶다.

수영은 주로 모이샤에게 순수한 기쁨이었다. 그러나 좀 곤란한 일들이 있었다. 그것들 중 일부는 사소했고 또 일부는 그렇지 않았다.

이것들은 사소하게 곤란한 것들이었다.

그는 별도의 탈의실 때문에 짜증이 났다. 성차별이 부당해 보였다. 그는 약간의 질투를 느꼈다. 발이 젖지 않도록 양말과 신발을 신은 채로 서서 허리춤이 짧은 H&M 청바지를 벗는 동안 여자 탈의실에서 무슨 일이 벌어지고 있는지 전혀 알 수가 없어서였다. 뚱한 기분으로 모이샤는 다른 남자들의 성기를 바라보았다. 그것들이 꼴 보기 싫었다. 그는 오로지 젖가슴들만을 좋아했다. 게이로 보이지 않으려고 조심스럽게, 그는 파란색 면봉으로 귀지를 파내는 척하면서 자기의 페니스를 다른 페니스들과 비교해보았다. 괜찮아 보였다. 특별히 멋진 것 같지는 않았지만 그래도 괜찮아 보였다.

모이샤는 해청색 아디다스 수영복으로 갈아입은 다음 끈적이는 소독액에 발을 적시며 그곳을 지나 수영장으로 걸어갔다. 그리고 스테인리스스틸 계단에 용감히 들러붙어 계단을 내려갔다. 수영장은 가장 깊은 곳이 수심 3미터였는데, 그곳이 모이샤를 살짝 무섭게 했다. 그는 자기의 키를 정확하게 알지 못했지만, 그러니까 자기의 키를 미터 단위로는 알지 못했지만, 3미터라면 두 배는 될 것이라고 생각했다. 적어도 자기 키의 두 배는 될 것이라고.

모이샤는 마음대로 구부릴 수 있는 스펀지 부낭(浮囊)들과 알록달록한 줄무늬가 쳐진 고무 뗏목, 그리고 주황색 공기팽창식 완장 같은 것들이 들어 있는 흰색 케이지를 보았다. 그리고 속으로 그 잔뜩 널려 있는 부표와 뗏목과 완장을 이용할 수 있을까 생각해보다가 그러지 않기로 했다. 다른 누구라도 들어올 수 있었다. 예쁘장한 16세 소녀가 들어올 수도 있었다. 그런데 수영장에서 예쁘장한 16세 소녀와 마주쳤을 경우, 모이샤는 흰색과 파란색 줄무늬가 든 폴리스티렌 부낭을 붙잡고 있고 싶지 않았다.

　모이샤는 여자 탈의실 입구를 건너다보며 얕은 쪽 끝에서 떠돌았다. 그러면서 나나와 안잘리가 자기에게 친 장난들에 대해 생각해보았다. 어느 날 아침에는 그 둘이 모이샤에게 워터 윙(수영 연습용으로 양 겨드랑이에 끼는 날개 꼴의 부낭, 옮긴이)을 끼우고 그를 끌어가기도 했다. 아니면 나나와 안잘리가 가장 깊은 쪽 끝으로 건너가 선 자세로 헤엄을 치며 키스를 했거나. 나나와 안잘리는 모이샤보다 수영을 훨씬 더 잘해서 그를 가지고 놀았다. 그는 두 여자가 수영 전의 샤워를 하면서 포르노그래피에서처럼 서로의 젖꼭지에 비누칠을 해주는 모습을 상상했다. 그러자 그의 성기가 꽉 끼는 수영복 안에서 발기되었고, 그래서 어쩔 수 없이 있던 자리에 그대로 서서 물이 찰랑찰랑하는 매끄러운 타일들에 팔꿈치를 괸 채 무심하고 생각에 잠긴 표정을 하고 있어야 했다. 그리고 또 실제로도 생각에 잠겨 있었다. 그는 수영이 끝난 뒤 핀즈버리에 있는 머스터드 씨드라는, 그가 좋아하는 카페에서 마실 커피 생각을 하고 있었으니까. 머스터드 씨드에서 모이샤는 염소 소독약 때문에 따끔거리는 곳들과 손가락 가장자리의 습진에 바셀린을 바를 수 있었다. 머스터드 씨드는 그의 안정요법 장소, 도시에서의 피난처였다.

3

그가 발기된 음경이 수그러들기를 기다리며 카푸치노 생각을 하고 있는 동안, 모이샤에 대해서 생각해 보기로 하자. 우리는 사소하게 곤란한 온갖 일들이 모이샤의 가정적인 일상에 문제를 일으킬 것이라고 생각했다. 하지만 이제는 그의 에로틱한 특성을 생각해 보자. 그의 에로틱한 특성은 심각하게 곤란한 것이었다.

문제는 모이샤가 돈 후안 타입이 아니라는 것이었다. 만일 그가 돈 후안 타입이었다면 그는 자기가 처해 있는 성적인 상황을 정복으로 보았을 것이다. 한꺼번에 두 여자를 성적인 승리로 보았을 것이다. 그러나 모이샤는 그런 식으로 보지 않았는데, 나는 그것을 이해할 수 있다. 나도 돈 후안 타입은 아니니까.

모이샤는 도덕적이었고 나나를 사랑했다. 지조 있게 그녀를 사랑했다. 그리고 이 지조 있는 사랑은 그가 3자동거를 정말로는 즐길 수 없다는 뜻이었다.

매혹적인 영화 「카바레」에서는 원래의 여자 친구와 남자친구인 샐리와 브라이언 사이에서 오가는 위험한 대화가 나온다. 브라이언이 "오 막시밀리안을 해치워!" 하고 소리치자 샐리가 "그럴게."라고 대답한다. 그리고 다음에는 브라이언이 잠시 말을 끊었다가 조용히 덧붙인다. "나도 그럴 거야."

나는 그 짤막하게 발췌한 대화를 아주 많이 좋아한다. 그것이 3자동거의 저변에 깔려 있는 관계를 깔끔하게 요약해주기 때문이다. 모이샤가 알아차리고 있던 것은 3자동거가 상호 불륜을 기반으로 한다는 것, 3자혼교에는 세 다른 커플이 있다는 것이었다. 그리고 그 커플들 중 하나가 안잘리와 모이샤였는데, 그것이 모이샤를 아주 행복하게 해주지는 않았다. 물론 그는 그것을, 안잘리와의 모든 섹스를 즐겼다. 다만 자기가 찬성을 했는지 아닌지를 분명히 알 수 없었다. 그것은 결국 불륜이었다.

모이샤는 돈 후안이 아니었고, 또 쿨하지도 않았다. 그는 로맨틱했다. 이제, 로맨틱한 사람에 대한 내 정의는 이렇다. 로맨틱한 사람은 연애 관계가 도덕적인 관계도 되어야 하는 사람이다. 그런데 모이샤는 3자동거를 도덕적이라고 생각하지 않았다.

모이샤는 3자동거를 하기에는 너무 착했다.

4

그러나 여러분은 동시에 두 가지를 생각할 수 있다. 모이샤는 불편하게 느꼈고, 그 느낌은 중요했다. 하지만 그는 인간일 뿐이어서 불편하게 느끼는 것 외에도, 두 여자 친구를 두고 있는 명백한 특권을 시인할 줄도 알았다.

예를 들자면, 오아시스 수영장에서의 관계는 정상적으로 가정적이어서 보통은 수영장을 위아래로 몇 번씩 왕복하며 원기를 돋우는 것이었다. 하지만 그 특정한 토요일 수영에서는 상황이

묘해졌다. 안잘리의 비키니 상의가 툭 풀어져버린 것이었다. 그것이 안잘리와 나나가 늦게 나온 이유였다, 그 둘이 킥킥 웃으며 탈의실에서 나왔을 때 안잘리는 젖가슴 위로 팔짱을 끼고 있었다. 안잘리의 말은 고리가 망가졌다는 것이었는데 그 말은 사실이었다. 그녀가 물을 헤치며 나아가자 그녀의 젖가슴이 드러났다. 안잘리는 모이샤에게 그건 자기가 새로 산 비키니였다고 했다. 지난주에 톱샵에서 구입했고 딱 한 번만 착용했다는 것이었다. 안잘리는 눈을 동그랗게 뜨고 아무렇지도 않다는 투로 그 말을 했다. 그냥 지금 그것이 못쓰게 된 것일 뿐이라고.

그들은 장난스러운 삼인조여서 즉석에서 묘책을 꾸며냈다. 그런데 여러분이 기억하고 있을지 모르겠지만, 나는 사람들이 즉석에서 묘책을 꾸며낼 때 그것을 마음에 들어 한다. 안잘리는 팔을 계속 젖가슴 가까이에 두고서 주황색 워터 윙으로 교묘히 가리고 있었다. 그것이 비키니 톱 노릇을 해주었다. 그러나 예의 바른 아침 수영에서의 딜레마를 해결할 수는 없었고 그 셋은 당황스러워서 정수 필터 옆의 얕은 쪽 끝에 서 있었다.

나는 이 얘기를 털어놓기가 좀 쑥스럽지만, 맨살을 드러낸 젖가슴 때문에 생겨난, 이상하게 버림받았다는 느낌 때문에 안잘리는 한 가지 아이디어를 떠올렸다. 그녀가 내 주인공들 중 하나이기는 해도, 예의 바른 수영을 원치 않는 그녀는 갑자기 수상쩍은 수영을 하고 싶어졌다. 모이샤가 물속에서 사정을 하게 만들고 싶어진 것이었다. 그래서 나나가 모이샤 뒤에 서고 그녀는 물

속으로 몸을 숙여 아디다스 수영복 안에 있는 모이샤의 페니스를 그러쥐었다. 수영장 물의 무게로 눌리고 있는데도 그의 페니스가 커졌다. 점점 더 커지고 또 커졌다. 배려심 많은 안잘리는 모이샤에게 아무것도 흘러나오지 않을 거라고 약속했다. 결정적인 순간에 자기가 몸을 뒤로 젖히고 나나가 그를 번쩍 들어 올려서 그의 페니스가 물을 부수고 자기 입에 맞닿도록 해줄 거니까 아무 문제도 없다는 거였다.

모이샤의 눈에 겁먹은 빛이 서렸다. 그의 눈이 경찰에게 잡힐 것 같다는 두려움을 그대로 드러냈다. 안잘리가 급박한 상황에서는 정수 필터가 증거의 다른 모든 흔적들을 제거해줄 거라고 설명을 하는 동안 모이샤는 뻣뻣이 선 채로 겁에 질렸다. 내가 보기에는 그 두려움이 이치에 닿지 않는 것으로는 보이지 않는다. 그들은 공공 수영장 한 귀퉁이에 꽉 끼듯이 몰려 있었고 그중 하나는 명백히 한 쌍의 워터 윙만을 끼고 있었다. 모이샤는 그 상황이 수상쩍지 않을 리가 없다고 생각했다. 구조요원에게 들키지 않고 넘어갈 수는 없을 거라고.

그 짓이 구조요원에게 들키지 않고 넘어가지는 않았다. 그 남자가 얕은 쪽 끝에서 수영을 하지 않고 있는 그 그룹을 도와줄 셈으로 그들 중 하나에게 워터 윙이 필요하지나 않은가 해서 어슬렁어슬렁 걸어오고 있었다. 그 구조요원은 키가 후리후리하고 아주 멋진 남자였다. 배에 식스팩이라는 복부 근육들이 뚜렷이 새겨져 있는, 그는 매우 아름다웠고 기가 막히게 잘생겨서 모이사에게 자기는 영양실조인 것 같다는 기분을 느끼게 했다. 그런데 안타깝게도, 안잘리 모이샤와 나나는 그의 이름을 결코 알아내지 못했다. 하지만 나는 여러분에게 그 구조요원의 이름을 알려주겠다. 그의 이름은 에이드('도움'이라는 뜻, 옮긴이)였다.

"하이." 에이드가 인사를 건넸다.

"하이." 모이샤도 밝게 받았다.

그는 에이드가 무엇을 볼 수 있는지 궁금해하고 있었다. 에이드는 충분히 다 볼 수 있었다.

"당신들 그걸로 괜찮아요?" 에이드가 물었다. 그는 워터 윙 얘기를 하고 있는 것이었다.

"예, 예, 예, 괜찮아요." 그러면서 모이샤는 유대인 연대기에 그 이야기가 들어간다면 자기 친척들이 뭐라고 할지가 궁금해졌다.

안잘리가 에이드에게 미소를 지어 보였다. 나나는 부끄러워서 고개를 돌렸고 그러자 에이드가 미소를 지었다.

여러분이 보다시피, 구조요원까지도 3자혼교에 매료되었다. 구조원까지도 3자혼교를 아슬아슬한 멋의 본질로 보았다. 에이드가 윙크를 해 보이고 다른 데로 걸어갔다.

5

어쩌면 안잘리의 행동이 비정상적인 노출증으로 보일지도 모른다. 그래서 나는 그에 대한 설명이 필요하리라는 것을 알고 있다. 문제는 안잘리와 모이샤가 함께 성적이 되었을 때는 별로 편안하지가 않았다는 것이다. 섹스를 하는 중에도 그들은 항상 친구로, 납득이 가지 않게 섹스도 하는 친구로 남아 있었다. 그들이 섹스를 하는 이유는 섹스를 하기로 되어 있었기 때문이었다. 누가 뭐래도 그들은 3자혼교의 3분의 2였으니까. 그러나 의무적인 섹스는, 뭐랄까, 의무적일 수밖에 없어서 따분하다.

나는 그것이 참 안된 일이었다고 생각한다. 여러 가지 면에서 3자혼교는 궁극적인 섹스 단위이며 섹스의 사회주의적 유토피아다. 3자혼교의 장점 중 하나는 성적 책임이 동등하게 나누어질 수 있다는 것, 성적 지위가 재분배될 수 있다는 것이다. 예를 들자면, 난간기는 언제나 다른 여자에게 딜도로 자기를 만족시켜 달라고 하는 것은 불행한 일이라고 느껴 왔다. 여자가 여자에게 딜도를 써달라고 애걸하는 것은 삽입에 과도한 관심을 드러내는 것으로 보이리라고 내숭스럽게 느끼고 있었다. 그러나 3자혼교에서는 모이샤에게 그의 페니스를 자기에게 써달라고 하는 데서 그런 거부감이 조금도 느껴지지 않았고 모이샤는 기꺼이 그녀에게 자기의 페니스를 써주었다. 나나가 싫어한 한 가지 체위는 여자가 양손과 양 무릎으로 엎드리고 뒤에서 삽입당하는 것이었다. 그녀는 모이샤에게 그런 식으로 할 때는 아프다고 했다. 그의 페니스가 거의 배 속으로까지 들어오는 느낌이었고 그것이 그녀를 아프게 했다. 반면에 안잘리는 엎드리는 체위에 행복해했다.

재분배는 효과가 있었다. 성적으로 효과가 있었다. 안잘리는 모이샤가 그녀에게로 깊이 밀어 넣는 것을 매우 좋아했고 절정에 이르렀다.

모이샤의 경우, 그가 나나와 자신의 섹스 레퍼토리에 대해서 생각할 때 느낀 한 가지 유감스러운 것은 69체위의 어려움이었다. 그 체위는 동시에 하는 구강 섹스다. 그 체위가 나나와 모이샤의 성생활에 여간해서 등장하지 않은 이유는 나나의 키는 6피트인데 모이샤는 그리 크지가 않았기 때문이었다. 그 체위가 정말로 성공적이려면 모이샤의 페니스가 거꾸로, 뒤쪽으로 뻗어 있어야 했을 것이다. 그런데 실제의 성생활에서는, 나나의 등이 고통스럽게 아치형으로 굽거나 그녀의 입이 그의 무릎에 가까운 허벅지 안쪽을 빨 수 있을 뿐이었다. 아니면 모이샤가 나나의 배꼽을 핥고 있었거나. 반면에 안잘리는 모이샤보다 작았고 그녀의 입은 딱 맞는 위치에 있었다. 모든 것이 제 위치에 있었다.

그런데 3자혼교가 섹스의 유토피아였다면, 어째서 그것이 완벽하지 않았을까? 나는 그림으로 설명을 하고자 한다. 그러니까, 상상의 그림으로. 여러분은 스케치를 상상해야 할 것이다. 그 스케치는 양팔 양다리로 엎드린 안잘리를 보여주고, 모이샤는 그녀 뒤에서 무릎을 꿇고 있다. 여러분이 원할 경우에는 모이샤의 허리에서부터 불쑥 튀어나온 조그만 가지를 상상할 수도 있다. 어쨌든, 이 스케치의 주안점은 그 가지가 아니라 생각 풍선(캐릭터가 생각하고 있는 것을 표현하기 위하여 글을 적어넣는 풍선 모양의 말칸, 옮긴이)이다.

여러분은 그들이 어떻게 느끼는지를 알고 있다. 그들은 즐겁게 성교를 한다고 느끼고 있다. 그런데 문제는 그들이 어떤 생각을 하고 있느냐 하는 것이다. 여러분은 모이샤의 생각 풍선 안에 적힐 것이 무엇인지를 이미 알고 있다. 그것은 "나나"이고 이 스케치에서 그는 "달링 나나." 하는 신음소리를 낼 것이다. 그의 생각 풍선은 몹시 감상적이고 로맨틱했다. 그러나 안잘리의 생각 풍선은 달랐다. 그것 역시 매우 감상적이고 로맨틱한 것은 사실이었지만 레즈비언 식으로 로맨틱해서 레즈비언의 추억들로 가득했다. 그것은 "조시아"였고 그녀는 "조시아" 생각을 하고 있었다. 그러니까 자기의 전 애인을 떠올리고 있었다. 그리고 심지어는, 오, 노 노 노, 그녀는 때때로 "나나"를 생각하고도 있었다. 때로는 더 최근의 레즈비언 동성애 순간들, 나나가 유스턴 로드에 있는 캠던 도서관이며 웨일즈와 북아일랜드에 비우호적인 국립지리원 구역에서 그녀를 절정에 이르게 해주었던 때와 같은 순간들을 떠올리고도 있었다.

여러분도 알다시피, 내가 전에 언급한 것처럼, 안잘리는 대부분의 사람들보다 더 양성이었다. 그리고 또 능숙한 양성적 여자이기도 했다. 그녀에게는 남성과 여성을 모두 상대할 수 있는 타고난 재능이 있었다. 뛰어난 재능이 있었다. 그러나 결국 그녀는 정말로 남성에게 쏠리지는 않았다. 여성에게 쏠리는 것만큼 쏠리지는 않았다.

안잘리는 여자들을 좋아했다. 그녀는 여자들에게 빠졌다.

6

그러니까, 여러분도 알 수 있듯이, 이 3자동거는 애매모호했고 보이는 것처럼 그렇게 자유분방하지도 않았다. 여러분은 모이샤가 행복하지 않았다는 것을 알고 있다. 그리고 안잘리도 아주 행복해 보이지는 않았다. 3자동거는, 여러분도 알다시피, 나치 이전의 타락이 아니다. 전혀 아니다.

심지어는 잠자리를 정하는 것마저도 어려웠다.

일반적인 커플은 흔히 침대에서 제각기 어느 한쪽을 택하게 된다. 예를 들자면 스테이시와 헨더슨의 숙명적인 관계에서는 스테이시가 항상 왼쪽에서 잤다. 그러나 삼인조의 경우에는 잠을 자는 위치가 더 복잡한데 그 위치는 중립적이 아니라 상징적이다.

예를 들자면, 트라이시클 극장에서 상연된 「평화 유지군」의 성공적인 연속 흥행을 축하하기 위해 나나와 모이샤와 안잘리는 카프리스로 점심식사를 하러 갔다. 그러나 세 사람 모두 그 값비싼 점심식사에서 많은 것을 기억하지는 못했다. 그들은 미식가가 아니었으니까. 그들은 술을 마셨고 술이 거나해지자 떠들썩하게 자기 이야기들을 했고 술에 취해서 불끈불끈 화를 내기도 했다.

그건 정말 굉장했다고 모이샤는 생각했다.

하지만 대화는 이러했고 굉장하지도 않았다.

"자기 말야, 자기, 오늘 밤엔 내가 가운데서 자도 괜찮겠어?" 나나가 물었다.

"오늘 밤에만?" 당황한 모이샤가 되물었다.

"뭐랄까, 난 정말 침대 끝에서는 잠을 제대로 잘 수 없어." 나나가 이유를 말했다. "매일 아침마다 우유배달을 하는 사람들이 올 때면 잠을 깨는데 그러고 나면 다시 잠을 잘 수가 없어. 다음 엔 자기가 일어나고 그러면 나는 하루 종일 졸려. 그러니까 어때, 괜찮아?"

그 말에 모이샤는 "아니, 음…… 아니, 그래 좋아." 했다.

내가 즉석 다이어그램으로 스케치를 해보겠다. 보통 침대에 서의 배치는 이랬었다.

나나, 모이샤, 안잘리.

그런데 나나는 이것을 원했다.

모이샤, 나나, 안잘리.

거기에는 미묘한 차이가 있었다. 누구 옆에 누가 있는지 보라. 그리고 모이샤는 그 차이를 알아차렸다.

"그리고 또," 나나가 말했다. "창문 문제도 있어."

"창문?" 모이샤가 물었다.

"그래, 그러니까 내 말은 내가 그거에 익숙해질 줄 알았는데," 나나가 말을 이었다. "난 종종 잠을 설치는데, 잘은 모르겠지만 정말로 너무 추워."

"그러면 창문을 열어놓지 않고 자기만 하면 되잖아." 안잘리가 그러고 나서 다시 말했다. "이제부터는 창문은 닫는 거야. 나도 창문을 닫는 게 더 좋아."

모이샤는 시든 잎사귀에 싸인 자기의 농성어 찜을 응시했다.

"아니면 네가 끝에서 자도 되고 그러면 나는 중간으로 갈 거야." 안잘리가 말했다. "다른 쪽 끝으로 가면 네가 창문 가까이에 있지 않게 될 테니까."

안잘리가 바꾸어 제안한 다이어그램에서는 잠자리 배치가 이랬다.

모이샤, 안잘리, 나나.

나나는 그 배치를 마음에 들어 했다. 모이샤는 그 배치를 조금도 마음에 들어 하지 않았다.

모이샤는 몸을 기댄 채로 빙 돌아서 자기 뒤에 있는 은제 스탠드에서 와인 병을 움켜쥐었다. 그 병은 흰색과 검은색으로 광택인화된 엘비스 코스텔로 상표가 정면으로 바로 보이게 놓여 있었다. 그런데 엘비스 코스텔로는 알고 보니 르 카프리스의 정규 와인이었고 그는 어느 새엔가 번지르르한 사람들 축에 끼어 있었다. 모이샤는 그 와인 병을 노려보았다. 갑자기 엘비스 코스텔로가 싫어졌다. 그는 번지르르하고 행복한 사람들을 몹시 싫어했다.

"자기는 아무 말도 없었어." 그가 나나에게 말했다. "나나가 말했어?" 그가 이번에는 안잘리에게 물었다. "나는 거기 둘이 그러게 하고 싶지 않아." 그가 안잘리와 나나에게 말했다.

"그럼 난 오늘 밤엔 요에서 자야 할 것 같아, 내 생각엔. 그냥 거기서 잘 수밖에." 나나가 어깃장을 놓았다.

"요에서?" 모이샤가 물었다. "왜 요에서? 그냥 창문이나 닫으면 왜 안 되는 거지?"

"우린 창을 닫을 수도 있어." 안잘리가 나나를 설득하려고 했다.

"아니, 아니, 왜 모이샤가 무시되어야 해?" 나나가 안잘리에게 그러고 나서 다음에는 모이샤에게 말했다. "내 말은 이건 자기 집이잖아? 자기는 늘 그랬어, 창문을 닫으면 너무 덥다고. 그래서 난 그냥 오늘밤엔 요에서 자려는 거야."

"이거 봐," 모이샤가 구슬렸다. "사실 그건 아무것도 아냐. 정말 아무것도 아니라고. 그건 별 희생이 아니라니까." 모이샤가 싱긋이 웃었다.

"지금 뭐라고 했어?" 나나가 묻고 나서 덧붙였다. "미안해, 듣지 못했어. 내 휴대전화 벨이 울리고 있다고 생각했거든."

"그건 조금도 희생이 아니라고." 모이샤가 대답했다.

하지만 나나는 그대로 밀고 나갔다. "아니 아냐. 나는 요에서 잘 거야."

"하지만 내가 그러는 걸 원치 않는다면?" 모이샤가 그러고 나서 덧붙였다. "내 말은, 자기는 혼자서 자는 걸 좋아하지 않는다는 거야. 난 그걸 알아. 왜 침실에서 나하고 안잘리하고 같이 자지 않으려는 거지? 자기는 혼자서 자는 거 좋아하지 않아."

그들 옆의 테이블에서 두 웨이터가 빵 부스러기를 털어내고 있었다.

"자기가 얼마나 바보같이 굴고 있는지 좀 봐," 나나가 말했다. "내 말은, 그러니까 내 말은, 안잘리가 창문 닫는 걸 더 좋아한다면 내가 거기서 안잘리하고 같이 잘 수 있다는 거야."

"하지만, 하지만, 나는 우리가 창문을 닫을 수도 있다고 했어." 모이샤가 반박했다.

"아, 나 참," 나나가 혀를 차고 말했다. "그게 언제까지고 그렇게 자지는 않아. 나는 잠을 통 못 잔다고."

"그거 아주 좋은 생각이야." 안잘리가 거들었다. "네가 깰 때 나를 깨우게 될까 걱정하지 않아도 될 테니까."

"내가 너를 깨워?" 모이샤가 물었다.

"그래, 맞아." 안잘리가 대답했다. "아침에 네가 내 위로 넘어갈 때."

나나가 자기 탄산수 잔에서 떠도는 조그만 얼음 조각을 흔들어 달그락거리게 했다. 모이샤는 소변을 보러 갔다.

화장실로 통하는 계단 근처 테이블에, 모이샤의 생각으로는 자기 헤어스타일을 의식적으로 손수 디자인한 남자가 하나 있었다. 그의 헤어스타일은 그날 아침 따끔따끔한 말총 롤브러시로 촘촘하게 웨이브를 준 것이었다. 그 남자는 자기의 친구, 남자친구에게 사진을 보여주고 있었다. 그의 친구는 황갈색으로 그을린 피부에 머리칼은 반들거리는 빨간색으로 염색을 했고 안경은 맨 윗부분을 수평으로 가로지르는 철사가 달린 휴고 보스 금테 안경이었다. 그에게는 사마귀가 하나 있었고 콧수염을 기르고 있었다.

무슨 이유에서인지 모이샤는 그 두 사람 때문에 씁쓸한 기분을 느꼈다. 그들이 그를 몹시 씁쓸하게 느끼도록 만들었다. 모이샤는 그것을 인정하려고 들지 않겠지만, 나는 여러분에게 그 이유를 알려줄 수 있다. 그 이유는 두 남자가 함께 있었기 때문이었다. 그들은 동성애자의 모습을 하고 있었다.

안된 일이지만 그렇다. 내 책의 주인공들 중 하나는 일시적으로 동성애자가 되어 있었다.

남자 화장실은 더 조용했고 다행히 사람 하나도 없었다. 소변기는 기다랗게 하나로 이어진 것이었는데 맨 아래쪽에는 마지막으로 떨어지는 힘없고 줄어드는 오줌 방울들이 튀지 않도록 경

사진 우윳빛 유리가 대어져 있었다. 모이샤는 상체를 뒤로 젖히고 페이즐리 무늬(다채롭고 섬세한 곡선 무늬, 옮긴이)가 든 사각 팬티 밖으로 성기를 꺼냈다. 그리고 포피(包皮)에서 음모를 한 올 잡아뗀 다음 오줌을 누었다. 부드러운 검은색 카펫이 깔린 어둠침침한 화장실에서 있으니 기분이 더 나아지는 것 같다는 생각이 들었다. 그는 공들여 손으로 쓴 것 같은 이탤릭체로 아미티지 생크스(영국의 화장실 설비 제조업체, 옮긴이)라고 줄줄이 적힌 회색 글자들을 바라보았다. 그리고 자기의 오줌이 도기로 된 소변기를 때리는 점 주위로 텅 빈 원이 어떻게 퍼져나가는지를 지켜보았다. 그는 오줌발이 약해진 마지막 한 방울을 털어낸 다음 오줌을 찔끔찔끔 지리는 성기를 도로 집어넣고 지퍼를 올렸다. 그리고 손에 물을 축여 머리칼을 세웠다. 물은 수도꼭지에서 거품과 섞여 조밀하고 부드럽게 쏟아져 내렸다.

그가 돌아왔을 때는 모조가죽에 끼워진 청구서가 테이블에 놓여 있었고 나나와 안잘리는 키스를 하고 있었다. 둘이 서로 가벼운 키스를 하고 있었다.

모이샤는 자기에게 문제가 있다는 생각이 들었다.

모이샤의 문제는 자본주의 사회에서 반대하는 문제들과 재미있게 비슷했다. 많은 좌파 비평가들이 지적했듯이, 자본주의에 반대하기란 매우 어려운 노릇이다. 그것을 설명하려고 애쓴 사람은 안토니오 그람시였는데, 그는 이탈리아의 마르크스주의자로 1926년 파시스트 정권에 의해 체포 투옥되었다가 1928년에 20년 4개월 5일 형을 선고받았고 1937년에 뇌졸중으로 사망했다. 그 시점에서 그는 또한 동맥경화, 결핵성 감염, 폐결핵 등으로 고통받고도 있었다. 하지만 그것이 나쁘지만은 않았다. 그 시기에 그는 『감옥 노트북』을 작성했으니까.

그 『노트북』에서 안토니오는 많은 이론들을 개설(槪說)했는데 그러한 이론들 중 하나는 자본주의 사회에 살고 있을 때 혁명적이 되는 방법에 관한 것이었다. 안토니오는 "헤게모니"라는 것 때문에 혁명은 교활해야 한다고 생각했다. 헤게모니는 세력이 동의를 과도하게 지배하는 일 없이 상호 간에 균형을 이루는 세력과 동의의 결합이었다. 그래서 실제로도, 세력이 신문협회 등 이른바 여론기관들에 의해 표현된 대다수의 동의에 기초하는 것처럼 보이도록 확실히 해두려는 시도가 항상 벌어지고 있다.

쳇.

안토니오는, 기본적으로, 우리가 자본주의에 동의하지 않을 때 아무도 상관하지 않는다는 말을 하고 있었다. 자본가들은 아무도 눈치 채지 못하게 자본주의를 조작했다는 것이었다.

그러나 내게는 누군가가 자본주의를 공격할 때 아무도 상관 하지 않는 이유에 대한 다른 이론이 있다. 우리는 언제나 짐짓 점 잔빼는 사람처럼 보인다. 우리가 부유하다면, 우리는 사람들이 우리를 위선적이라 여긴다고 불평한다. 우리가 가난하다면 우리 는 사람들이 우리를 시샘이 많다 여긴다고 불평한다.

그와 비슷하게, 만일 모이샤가 3자혼교는 이상적이 아니라 고 불평한다면, 여러분은 그가 위선적이라고 여길 것이다. 그와 함께 침대에 있는 두 여자에 대해서 불평을 하는 성인 남자라니, 말도 안 되는 소리라고. 그러나 만일 그가 여러분의 손목을 잡고 예쁜 파란 눈을 들여다보며, 그 눈이 정말로는 이상적이 아니라 고 우긴다면 여러분은 3자혼교에 대한 그의 반대가 순전한 시샘 이라고 여길 것이다. 그는 기대했던 별난 성적인 만남, 두 가지의 성적인 관심을 누리고 있지 못하다고.

나는 여러분이 모이샤를 성적으로 가엽게 여길 것이라고 생 각한다.

8

3자동거는 가정생활과 섹스의 혼합으로 사람들이 생각하는 것보다 훨씬 더 커플과 유사하다. 단지 더 복잡해진 커플일 뿐이다. 예를 들자면, 그들은 여전히 우유를 사야 하고 그래서 토요일이나 일요일 아침에 나나와 안잘리는 암웰 가에 있는 근사한 유제품 가게로 걸어 들어갈 것이다.

나는 그 우유 구매를 설명하고자 한다. 그것은 의미 있는 습관이었다.

로이드&선 데어리 파머즈 1등급 데어리 프로덕츠라는 기울어진 금박 이탤릭체 상호가 매점 전면을 장식하고 있었다. 로이드&선 데어리 파머 1등급 유제품 매점은 언제나 아내들로 붐볐다. 또한 아버지들로도 붐볐는데 그것이 나나를 킥킥거리게 했다. 그것이 나나를 킥킥거리게 한 이유는 아버지와 아내들이 나나와 안잘리를 볼 때 무슨 생각을 할지 상상할 수 있었기 때문이었다. 나나는 그 아버지와 아내들이 손에 손을 잡고 매장으로 들어오는 두 여자 때문에 당황해한다고 생각했다. 그런데 나나가 정말로 좋아한 것은, 비록 그녀와 안잘리가 분명히 전위적이기는 했어도, 분명히 자유분방하기는 했어도, 그들은 어쩌다 우연히 그렇게 되었다는 것이었다. 나나는 암웰 가의 유제품 매장에서 아내들만큼이나 아내답게 느꼈다. 완전히 결혼한 여자처럼 느꼈다. 다만 그녀에게는 남편뿐만 아니라 아내도 있었고 그것이 유일한 차이였다.

분명히, 안잘리는 남편과 아내들에 대해서 다르게 느꼈다. 그녀는 아내 쪽에 훨씬 더 관심이 많았다.

유제품 매점 실내장식은 매우 밝았고 서커스 곡예사들처럼 피라미드 꼴로 배열된 황토색 콜먼 겨자 단지들도 있었다. 나나가 좋아하는 저지 우유를 들고 있는 예쁘고 행복한 여자의 사진이 실린 50년대의 포스터도 있었다. 그 여자의 머리칼은 완벽하게 소용돌이 진 귀 둘레로 곱슬곱슬하게 말려 있었다. 나나는 그 구시대의 매력이 마음에 들었다. 현관 계단 옆으로는 절단하지 않은 시거 같은 개똥이 조심스럽게 한옆으로 치워져 있었다. 줄을 서서 기다리는 동안 나나는 쇼윈도 장식 안쪽 가장자리에 있는 초록색 모조 잔디를 가볍게 톡톡 쳤다. 뾰족뾰족하면서도 부드러운 것이 마음에 들었고 그것이 모조품이라는 것도 마음에 들었다.

안잘리에 대해서 말하자면, 안잘리는 수다를 떨었다. "그 사람들이 왜 갈라섰는지 알아? 나는 알아. 그 사람들 그렇게도 행복한 커플로 보였는데. 내 말은 바로 지난주에, 근데 너도『히트』잡지에 실린 그 인터뷰에서 그 여자가 한 얘기 읽지 않았어? 난 알아. 그건 정말 사실이었어."라거나 또는 "근데 분명히 그 남자는 팔레스타인 사람처럼 보이지도 않았어. 그 남자는, 그러니까 내 말은 그 남자가 양복을 입고 있었다는 거야." 하는 식으로. 그러다 안잘리가 우유를 달라고 한 다음 돈을 찾아보려고 했다.

"1파운드 모자라네." 안잘리가 말했다. "1파운드 있어? 1파운드가 모자란데."

다음에 그들은 걸음마 타는 아기들과 쇼핑백들 사이로 이리저리 돌고 생긋 웃어 보이며 매점을 나섰다.

안잘리와 나나는 암웰 가를 벗어나 로이드 베이커 스트리트로 되짚어 걸었다. 그것은 판에 박힌 일상이었다. 나나는 망사 커튼과 백합과 식물들, 칠이 벗겨지는 "아이 러브 워싱턴" 스티커, 플라스틱으로 성형한 얼간이 상 같은 것들을 좋아했다. 그리고 때로는 어색하게 휘갈긴 레이블이 붙어 있는 BHS(영국의 클래시컬한 여성 잠옷 메이커, 옮긴이) 잠옷을 입고 한쪽 다리를 이불 위로 뻗치는 여자를 상상하기도 했다. 또 다른 때에는 검은 벨벳 드레스 차림으로 보이지 않는 피아노 건반을 누르는, 머리를 땋아 늘인 소녀 옆에 서 있는 여자를 눈앞에 떠올리기도 했다.

주택들은 나나로 하여금 아기들을 생각하게 했다. 그녀의 가족을 생각하게 했다. 그리고 나나에게는 가족이란 결국 이성애 가족이었다. 나는 그 점을 분명히 해야 한다고 생각한다.

반면에, 일요일 아침 우유를 사러 가는 그 시점에서 안잘리는 이러곤 했다. "난 너를 너무도 사랑해."

그것이 우유가 의미 있는 이유다.

"사랑해."라고 말하는 방법이 한 가지만은 아니라는 것을 기억해두는 것이 중요하다. 우선 먼저 가슴 벅차고 황홀한 사랑의 "사랑해."가 있다. 그러나 또 허물없이 행복한 우정에서 나온 "사랑해."도 있다. 그런데 안잘리는 두 번째 방식의 사랑한다는 말을 하고 있었다. 뭐랄까, 아니, 그녀는 두 번째 방식의 사랑한다는 말을 하는 것으로 시작했다. 다만 그 말이 점점 더 심상찮아지고 있다는 것이었다. 여러분이 짐작을 하지 못했을 경우에 대비해서, 안잘리는 나나를 점점 더 많이 좋아하고 있었다. "사랑해."
가 점점 더 가슴 벅차고 황홀한 사랑이 되어가고 있었다.

그런데 어쩌면 또 다른 이유도 있었을 것이다. 안잘리는 3자
동거가 그녀를 위한 해결책이 되어줄 것이라고 정말로는 믿지
않았다. 그녀는 여전히 중심적인 커플에서 밀려나 있는 느낌이
었다. 3자혼교는 항상 불확실했고 그래서 어쩌면 나나에 대한 그
녀의 자발적인 "사랑해."는 불안의 한 예일 수도 있었다. 그녀는
자신을 안심시키기 위해 나나를 필요로 하고 있었다.

안잘리의 생각으로는 결국 상처를 입게 될 사람은 그녀 자신
이기 때문이었다. 누군가가 밀려나 곤혹스러워지게 된다면, 그
사람은 안잘리일 터였다.

아무도 당장 사랑에 빠지지는 않는다. 그러는 데는 시간이 걸
린다. 때로는 사랑이 미묘하고 눈에 띄지 않는 이유로 진전되기
도 한다. 10월 초부터 11월 중순까지 안잘리는 나나와 함께 우유
를 사러 가는 일상을 진전시켰고 그러면서 사랑에 빠졌다.

하지만 나나는 그것을 알지 못했다. 그녀는 안잘리의 "사랑
해."가 허물없는 행복한 우정의 표현이라고만 생각했다. 그 무
렵, 그러니까 11월에, 어쩌다 나나는 유모차를 끄는 한 여자가 역
시 유모차를 끄는 다른 여자와 수다 떠는 것을 보고 마음이 산란
해졌다. 그중 하나가 "나는 내가 검둥이, 흑인인 게 자랑스러워.
너도 마이클 잭슨이 젊었을 때는 아프리카 검둥이였었다는 거
알지?" 했다. 두 포동포동한 아기는 축 늘어져서 플라스틱 주름

이 잡힌 하늘을 지켜보았다. 나나는 고개를 끄덕이고 안잘리에게 키스했다, 공공연하게 그녀에게 키스했다. 그것은 일요일 아침이었고 그들은 우유를 사러 가고 있던 중이었다. 그것은 가정적이었다.

나나는 행복했다. 그녀는 행복한 가정을 생각하고 있었다.

9

1936년 어느 날 밤, 영화배우 르네 뮐러는 독일 수상 관저에서 수상과 단 둘이 있었다. 그 당시 수상은 아돌프 히틀러였고, 밤이 늦었기 때문에, 그리고 단 둘이서만 있었기 때문에, 르네는 아돌프가 섹스를 원한다고 확신했다. 그리고 그녀의 생각이 옳은 것 같았다. 그가 그녀의 옷을 벗기기 시작했다. 하지만 그들이 막 침대로 들어가려는 참에 아돌프가 바닥으로 무너져 내리더니 그녀에게 자기를 걷어차 달라고 애원했다.

처음엔 르네는 못하겠다고 했다. 벌거벗은 수상이 네 발로 엎드려 걷어차 달라고 애원을 하는 것은 너무도 당황스러운 일이었다. 그러나 아돌프는 간청을 하면서 자기는 아무 짝에도 쓸데없는 버러지, 바보, 개만도 못한 대우를 받아 마땅한 짐승, 벌을 받아야만 하는 나쁜 꼬맹이라고 했다.

아돌프는 굴복을 하고 있었다. 성적으로 르네에게 굴복하고 있었다.

당황하는 데서 재미있는 것은 계속 당황한 채로 있기보다는 결국 당황하게 만든 그 일을 하기로 한다는 것이다. 말하자면 그것을 극복하는 것이다. 결국, 르네 뮐러는 아돌프를 걷어차기 시작했다. 처음엔 아주 살살 걷어찼지만 그래도 그를 걷어차기는 걷어찼다. 그리고 그 발길질이 아돌프를 흥분시켜서 그는 더 걷어차 달라고 애걸복걸했다.

"이 버러지야." 르네가 소리쳤다. "이 비열한 쥐새끼야."

아돌프는 정말로 즐기고 있었다. 그는 르네에게 그래주는 것이 얼마나 너그러운지 모르겠다고, 자기는 당한 것보다 얼마나 더 많이 당해야 하는지도 모르겠다고, 자기는 정말 그렇게도 많은 처벌이라는 은전으로 상을 받을 가치도 없다고 했다. 그녀와 같은 방에 있을 가치도 없다고, 아돌프는 말했다.

재미있는 것은 그 시점에서 르네 또한 즐기고 있었다는 것이다. 그녀는 전에 폭력을 휘두르며 성행위를 주도하는 여자 노릇을 해본 적이 없었지만 그러는 것이 재미있었다. 영화배우 르네 뮐러는 당황하기는커녕, 그녀의 삶에 내재된 성적인 매혹을 막알아낸 참이었다. 그래서 아돌프를 몹시 세게 걷어차고 때리기 시작했다.

이 얼마나 보기 드문 성의 역전인가. 걷어차이기를 원하는 가엾은 아돌프. 이런 말까지 입 밖에 낸 가엾은 것. "나는 당신과 같은 방에 있을 가치도 없소."

나는 차라리 아돌프에게 다정하고 싶다. 그리고 지배자의 역할에 너무 빨리 빠져든 가엾은 르네. 순진무구한 상태에서 아돌프도 르네도 자기네의 섹스 라이프를 특별한 것으로 만들었다. 르네가 가하는 발길질의 정확한 순서와 강도에 관해서는 아돌프로부터는 그 어떤 상세한 요구도 없었다. 그저 막연한 바람만 있었다. 그저 막연히 걷어차 달라는 것뿐이었다.

아돌프와 르네는 이제 막 인간적인 궁지 한가운데서 마주친 것이었다. 바로 그거다. 섹스는 특별하지도 않고 독창적인 것도 아니다. 여러분은 자신의 성도착이 자신에게만 있다고 생각할지도 모르지만, 아니다. 성도착은 일반적이고 보편적인 것이다. 여러분이 성도착을 특별한 것으로 만들려고 한다.

10

안잘리는 인터넷을 하고 있었다. 어느 날 아침 그녀는 보니사의 집 거실에 홀로 앉아 공짜 포르노를 보고 있었다. 에로티카 마퇴르 닷컴에서 제공하는 썸네일 갤러리 주변을 돌아다니고 있었다. 여러분이 썸네일 갤러리에 대해서 들어본 적이 없다면, 썸네일은 하나의 사진이다. 엄지손톱보다 더 클 것도 없는 포르노 사진이다. 그러나 그것을 클릭하면 사진이 확대된다.

이것은 이야기에 매우 중요하다. 솔직히 말해서 안잘리는 자위를 하고 있었다.

야한 목걸이에 검은 망사 옷을 걸친 여자가 자기의 질 속으로 손가락들이 다 들어가도록 손을 밀어 넣고 있었다. 아니면 검은색과 보라색으로 된 잭슨 폴록(미국의 추상표현주의 화가, 옮긴이)의 드립 페인팅 같아 보이는 그림을 배경으로 해서 4등분된 적갈색과 해청색 쿠션 위에 네 발로 엎드려 있거나. 그 사진에는 어떤 남자의 팔도 보였지만 그의 손은 보이지 않았다. 손이 보이지 않은 이유는 흰색 수술 장갑으로 덮여 있었고 손가락들은 밀어 넣어져 있었기 때문이었다. 안잘리는 그 손가락들이 밀어 넣어진 자리를 정확히 알 수 없었다. 여자의 항문 속으로 밀어 넣어진 것 같았지만 정확히 알기는 어려웠다.

피스팅 갤러리를 다 보고 나자 안잘리는 교실 뒤편에서 애인을 흥분시키고 있는 호색한 계집애 사진 29장, 털을 밀어낸 통통한 음부를 벌리고 있는 엄청나게 섹시한 여자의 음부 확대 사진 30장, 엉덩이를 벌려 적나라한 핑크빛 음부를 보여주는 계집애 사진 12장, 아주 작지만 흥건히 젖은 음부에 섹시한 젖가슴을 한 여자들의 몰카 사진 23장, 가죽 옷을 걸치고 달아오른 음부에 권총을 찔러 넣고 있는 계집애 사진 20장을 보겠느냐는 제의를 받았다.

그 목록이 안잘리를 따분하게 했다.

포르노에 있어서 문제는, 또한 일반적으로 섹스에 있어서 문제는 상상을 해야 한다는 것이다. 우리는 정확해져야 한다. 그런데 정확해지기는 어렵다. 그래서 흔히 우리는 다른 사람들의 이야기를 빌린다. 다른 사람들의 이야기를 빌리는 것은 어쩔 수 없는 일이다.

예를 들자면, 안잘리가 볼 수 있는 주된 이야기들은 계층과 가족이었다. 자기 엄마의 연인에게 탐스러운 덤불을 벌리고 있는 젊고 섹시한 금발 여자의 음부 확대 사진이 28장 있었다. 그것은 가족이었다. 또는 하루 종일 조랑말 안장에 올라 있는 거친 기수(騎手) 아가씨들의 사진 16장. 그것은 계층이었다. 또는 삼촌 집으로 가서 12인치 작대기에 공격을 가하는 조카들의 슬라이드 사진 27장이나 저녁 때 예뻐하는 딸을 덮치는 아버지의 슬라이드 사진 25장은 가족. 또는 풍만하고 멋진 엉덩이를 과시하는 세련된 금발 주부의 모습 28장이나 퇴근 후에 섹스 게임을 벌이는 작장여성들의 사진 16장은 계층. 그리고 또 구강성교를 하기 전에 남자의 성기에다 오줌을 누는 어린 매춘부들의 사진도 16장 있었는데 그것은 더 색달랐다. 그 사진들은 안잘리가 좋아하는 것이 아니었지만, 그리고 사실 내가 좋아하는 것도 아니지만, 그래도 얼마간의 상상력을 보여주었다.

안잘리의 생각으로는 단 하나의 묘사만이 가능성을 보여주었다. 그것은 한 소년이 이웃집 할머니의 잔디를 깎고 난 뒤 그녀와 성교하는 18장의 사진이었는데 거기에서 좋았던 것은 깎아낸 잔디였다. 그것이 너무도 가정적인 상황에 대한 이해를 보여주었다.

그런데 안잘리가 인터넷을 돌아다니는 이유는 서글픈 것이었다. 하지만 그것은 또한 예측할 수 있었던 것이기도 했다. 그녀는 3자혼교에서의 온갖 성적 책임들을 그리 많이 즐기고 있지는 않았다. 그것들 모두가 즐거움은 아니었다.

다시 말해서 그녀는 자기의 섹스 라이프에서 정확한 상상의 부족을 느끼고 있었는데 나는 그 이유를 알고 있다. 여러분도 그 이유를 알고 있다. 그녀는 나나와 사랑에 빠져 있었고 그래서 자기가 남자들에게는 물렸다고 생각했다.

11

3자혼교에 대한 이 설명에서 나나의 느낌은 숨겨져 있었다. 아마 여러분 중 몇몇은 그것이 심각한 누락이라고 생각할 것이다. 하지만 내가 나나의 감정을 모른 척한 데에는 이유가 있다. 나는 내가 나나에 대해 서술하기 전에 먼저 여러분이 두 가지 사실을 관찰했으면 싶었다. 첫 번째 사실은 이것이었다. 안잘리와 모이샤는 썩 괜찮은 섹스를 했다. 물리적으로는 괜찮은 섹스를 했다. 하지만 그것은 안잘리의 섹스 재능 덕분이었다. 그러나 두 번째 사실도 있었다. 안잘리도 모이샤도 섹스를 하면서 감정적으로는 행복하지 못했다. 그 둘 모두 나나에게 애착심을 가지고 있었기 때문이었다.

그러나 나나 역시 불행하다고 느끼고 있었다.

처음엔 나나는 자기네 셋 모두가 다 행복해 보이는 것이 기뻤다. 그 행복은 그녀가 모이샤를 처음 만났을 때 상상했던 것이 아니라 생겨난 것이었다. 그리고 나는 그 실제적인 사고방식에 박수갈채를 보낸다. 자기 연민이 없는 것에 박수갈채를 보낸다.

그러나 걱정스러운 것이 있었다. 섹스가 나나를 걱정스럽게 했다. 그것이 그녀를 점점 더 걱정스럽게 했다.

희망이라고는 없는 3자혼교! 그것은 가능한 최상의 섹스 조합이었지만 그들 중 누구도 섹스에 대해 행복하지 않았다. 모이샤는 죄책감을 느끼고 있었고 안잘리는 좌절감을 느끼고 있었다.

나나는 안잘리에게는 부러움을 느꼈고 모이샤에게는 질투를 느꼈다. 그 이유는 나나에게는 섹스의 재능이 없었기 때문이었다. 그녀는 성적으로 복잡했고 그 때문에 모이샤와 안잘리가 황홀하고 능숙하게 섹스를 하는 동안 그들과 같은 방에 있는 것이 서글퍼졌다. 그 상황을 즐기고 있기가 어려웠다. 그대로 있는 것은 일종의 사회적 노력이었다.

그것이 내가 나나의 감정을 숨기고 싶어 했던 이유다. 나는 여러분이 그녀가 걱정하고 서글퍼하는 것이 얼마나 잘못된 일인지 알게 하고 싶었다. 여러분이 그 아이러니를 알게 하고 싶었다. 모이샤와 안잘리는 자기네의 성생활을 어려운 속임수라고 생각한 반면 나나는 그들의 성생활을 황홀하다고 생각했다. 카마수트라 같다고. 그녀는 걱정스럽고 서글펐다. 자신의 빈약한 성적 충동 때문에 우울했다.

또 다른 아이러니도 있었다. 나나는 자기가 3자혼교에 성적으로 어울리지 못한다는 느낌을 극복하기 위해 자발성을 과시하고 싶었다. 그래서 안잘리와 같아지고 싶었다. 하지만 그녀는 단순히 모이샤와 섹스를 하는 것으로만 그러지 않았다. 물론 모이샤와 섹스를 하면서도 그렇게 했지만. 그러나 보다 더 중요한 것은, 그녀가 안잘리와 함께 실험을 했다는 것이었다. 그녀는 안잘리의 모든 제안에 동의했다. 그리고 안잘리의 요구는 갈수록 더 강렬해지고 있었다. 그녀가 점점 더 동성애적이 될수록 요구도 더 구체적이고 엉뚱해졌다.

나는 나나가 어느 정도까지 엉뚱해 보일 수 있었는지는 모른다. 내 생각엔 그녀가 아주 엉뚱해 보이지는 않았을 것 같다. 섹스에서 나나가 좋아한 것 한 가지는 – 우리는 모두 섹스는 나나가 좋아하는 주제가 아니라는 것을 너무도 잘 알고 있다 – 친밀감이었다. 그녀는 적어도 사랑받는다는 느낌을 좋아했다. 반면 안잘리는 점점 더 사나워지고 있었다. 그 때문에 나나는 좀 불편했지만 그녀가 무엇을 어떻게 할 수 있었을까? 그녀는 얌전한 숙녀로 보이기를 원치 않았는데.

12

　그것이 어느 날 안잘리의 검지, 중지, 그리고 약지가 바로 관절마디 아래까지 나나의 질 속에 있던 이유였다. 그 손가락들은 존슨즈 KY 젤리로 미끈거렸고 젤리의 파란색 튜브와 흰색 뚜껑은 새털 이불 속 어딘가에 있었다.

　그들의 가정적인 레퍼토리에 안잘리와 나나는 피스팅으로 알려진 섹스 기법을 도입했다. 그들은 피스팅을 받아들였다. 그런데 내가 생각하기엔 피스팅을 받아들인 것은 하나의 성과다. 그들은 안잘리의 주도로 인터넷 레즈비언 포르노 영화의 고전인 「*How to Fuck in High Heels and Femme II*(하이힐 신고 하는 여자들끼리의 섹스 2편)」에서 고른 요령들을 가지고 그 행위를 했다.

　같이 실험을 해보고 싶은 사람들, 또는 그저 상상만 하기도 어려운 사람들을 위해, 나는 여러분에게 지침을 한 가지 제공하고자 한다.

　우선 먼저, 안잘리가 나나를 흥분시켰다. 그녀는 천천히 나나의 클리토리스를 혀로 눌렀다가 나나의 질에서 흘러나오는 점액을 핥고는 말랑말랑하게 주름이 진 음순을 둥글게 쫙 펼쳤다. 그리고 나나는 머리를 옆으로 가게 해서 질구가 안잘리의 혀에 맞닿도록 엉덩이를 들어올렸다. 그 몸짓이 안잘리에게 아이디어를 떠올려주었다. 안잘리는 손가락으로 나나의 항문 주위를 누르다가 다음에는 손가락을 세워 안으로 밀어 넣었다. 나나는 아늑하게, 이상하게 꽉 찬 느낌이 들었고 안잘리는 그것이 나나가 즐기는 것임을 알았다. 그러나 불행하게도, 그날 아침에 나나는 여느 때의 그녀와는 다르게 꿈틀거리고 또 꿈틀거렸다. 안잘리의 손가락이 약간 불편했다. 그러나 안잘리는 나나의 꿈틀거림을 불편한 꿈틀거림이 아니라 쾌락의 꿈틀거림으로 해석했다. 안잘리의 생각으로는, 그것은 더 깊은 무언가에 대한 요청이었다. 그래서 안잘리는 더 깊이 밀어 넣었고 나나의 대변 조각을 만질 수 있었다.

나나가 "아히우우우." 했다.

그것은 애매모호한 소리였다. 나는 여러분이 내가 그것이 고통스러워하는 소리라고 알려주지 않는 한 무슨 소리인지 알 수 있다고는 생각하지 않는다. 그 소리는 쾌락의 신음소리였을 수도 있었으니까. 하지만, 그것은 고통스러워하는 소리였다.

안잘리가 위쪽을 올려다보았다.

그 별난 레즈비언 피스팅 에피소드가 신경이상의 위기에서 때 이르게, 피스팅을 하기도 전에 끝나지 않은 이유는 안잘리가 여전히 속고 있었기 때문이었다. 그녀는 나나가 열에 떠 있지 않다는 것을 알지 못했다. 그것이 쾌락의 신음소리라고, 나나가 더 해달라는 애원을 하는 것이라고 생각했다. 그녀가 한 손가락으로 하는 것을 따분해한다고, 그녀는 온전한 광란을 원한다고 생각했다.

안잘리는 내부 윤활을 위해 존슨즈 제품 무료 증정 팩의 일부로 받은 존슨 앤 존슨즈 KY 젤리 튜브를 집어 들었다. 그리고 손가락에 젤리를 약간 짜내어 나나에게 문질렀다.

나나는, 여러분이 궁금해할 경우에 대비해 말하자면, 돌처럼 굳어들었다. 그녀는 안잘리의 손이 그때껏 보아온 중에서 가장 작은 손인 게 좋았지만 그렇더라도 여전히 무서웠다. 그런데 나도 그 점에서는 그녀와 같은 입장이다. 나도 무서워했을 것이다. 하지만 더 무서운 것은 그녀가 아마도 『마리 끌레르』에서 읽었다고 기억하는, 독자들에게 오르가즘만이 주먹을 질에서 풀어줄 수 있다고 알려주는 기사였다. 그 기사가 나나 같은 여자를 겁먹게 했다.

안잘리는 이제 다량의 KY 젤리를 나나의 질 안쪽과 바깥쪽에 발라두었다. 그리고 자기의 오른손에도 그 젤리를 여러 겹의 투명한 줄들처럼 발라두었다. 그녀는 아주 많이 즐거워하고 있었다. 하지만 솔직히 말해서, 그것이 나를 놀라게 하지는 않는다. 그녀 앞에 옅은 색 음모를 한 6피트 키의 금발 여자가 흠뻑 젖은 채 기대어 누워 있었으니까. 그것은 흥미를 끌지 않을 수 없는 장면이었다.

안잘리는 피스팅 사진들에서 눈여겨보았던 대로 손바닥이 위로 가게 해서 오른손 검지와 중지를 삽입했다. 아주 서서히 삽입하면서 아주 조금씩 천천히 움직여 거의 관절마디까지 깊게 밀어 넣었다. 그리고 동시에 왼손의 섬세한 엄지로는 나나의 클리토리스를 살짝살짝 건드렸다. 그렇게 몇 분이 지나갔다. 다음에 그녀는 약지도 밀어 넣었다. 그 손가락은 놀랄 만큼 빠르게 미끄러져 들어갔다. 너무도 빠르게 미끄러져 들어가서 안잘리는 엄지도 덧보태기로 했다. 엄지의 위치는 세 손가락 위로 납작하게, 일명 "오리너구리"로 놓여야 했다. 안잘리는 오리너구리를 만들었고 나나가 신음 소리를 냈다. 이번에는 즐거워서 내는 신음이었다. 그것은, 안잘리의 생각으로는, 더없이 굉장한 일이었다. 그래서 안잘리는 밀어 넣었다. 천천히 밀어 넣으면서 새끼손가락도 구부려 같이 안으로 밀어 넣었다.

서서히, 서서히, 안잘리의 오른손이 미끄러져 들어갔다. 그녀의 손은 이제 손가락 관절마디까지 나나 안쪽에 있었다. 마침내 그녀는 나나에게 피스팅을 한 것이었다.

다음에 모이샤가 걸어 들어왔다.

그들 모두 평상시처럼 그대로 이어갔다.

모이샤는 조그만 검은색 포마이카 책상 옆의 나무 의자에 앉아 가장 가까이에 있는 책을 집어 들고 ─놀라고 흥분이 되었으면서도 태연한 척하면서─ 읽기 시작했다. 그 가장 가까이에 있는 책은 집어 들고 보니 안잘리 말에 따르자면 『엘르』 잡지에서 추천한 솔 벨로의 『단편 모음집』 장정본이었다. 모이샤는 책을 사지 않았다. 책들이 너무 비싸다고 생각해서였다. 그는 서점에서 어떤 책을 여기저기 훑어보고 아주 마음에 들어 하기도 했지만 그런 다음 가격을 보고는 그것으로 그만이어서 책을 도로 내려놓곤 했다. 모이샤는 솔 벨로우 『단편 모음집』 커버 안쪽으로 접힌 부분을 흘끗 보았다. 20파운드라니! 그 가격이 그를 놀라게 했다. 20 파운드라니! 하지만 모이샤는 그 책을 읽었다. 미국에 있는 유대인 남자의 삶에 대해서 읽었다.

나나는 피스팅을 당하면서 솔 벨로우의 『단편 모음집』 표지에 실린, 시카고에서 눈에 갇힌 캐딜락 사진을 보았다. 그것은 뭔가 생각해 볼 거리가 있는 사진이었다. 나나가 신음소리를 내는 동안 안잘리는 나나의 질 속으로 들어가 있는 손가락들을 펼쳤다 오므렸다 했고 그것이 나나에게는 커다란 즐거움이었다. 나나가 숨넘어가는 소리를 내자 안잘리는 만족스럽게 미소를 지었다.

하지만 나나는 자기가 피스팅을 당하는 동안 자기의 남자친구가 현대 미국문학을 읽고 있어서 느긋이 즐기기가 쉽지 않았다. 더구나 그녀는 오르가즘에 대해 걱정을 하고 있었다. 지금은 자기가 난생처음 다른 사람들이 보는 앞에서 오르가즘에 이를 때가 아니라는 걱정을 하고 있었다. 안잘리의 손이 즐거울 뿐 아니라 고통스럽기도 했다. 그래서 나나는 실험을 하는 것 치고는 자기네가 아주 잘 했다고 결론지었다. 자기네는 특별한 즐거움을 찾아냈다고. 하지만 이제는 그만두어야 할 시간이었다.

"이제 그만 된 것 같아." 나나가 말했다. 헐떡이며 그 말을 했다.

그리고 안잘리는, 안잘리는 상냥했기 때문에, 나는 여러분이 그녀가 상냥하지 않았다고 생각하지 않기를 바라는데, 나나에게 미소를 지으며 고개를 끄덕였다. 안잘리가 왼손가락을 하나 더 나나의 질 기부(基部)로, 자기의 오른손 밑으로 밀어 넣고 나나의 질을 아래쪽으로 눌렀다. 그렇게 한 것은 공기가 좀 들어가도록 해서 진공상태를 해소하기 위해서였다.

모이샤는 솔 벨로우를 내려놓고 팔을 의자 팔걸이에 놓았다가 그러기도 귀찮은 듯 축 늘어뜨렸다. 그리고 다음에는 일어나서 차를 끓이러 갔다.

13

얼마 전에 나는 초현실주의자들을 언급했다. 섹스에 대한 그들의 대화를 언급했다. 그런데 아마도 초현실주의가 여기로도 다시 기어드는 모양이다. 이런 상황 – 한 남자가 솔 벨로우의 소설을 읽으면서 자기 여자 친구가 다른 여자에 의해 피스팅 당하는 것을 지켜본 다음 차를 세 잔 끓이는 – 도 종종 초현실적이라고 불리니까. 나와는 다른 이야기꾼이라면 "그건 모두 너무 초현실적이었다."고 할 수도 있을 것이다. 사실 그것은 바로 모이샤와 안잘리가 하고 있던 생각이었다. 모이샤가 차를 끓이고 안잘리는 긴장을 푸는 동안, 그들은 모두 자조적으로 이것이 아주 초현실적이라는 생각을 하고 있었다.

하지만 초현실적이란 무엇일까?

"초현실주의"라는 단어를 만들어낸 사람은 기욤 아폴리네르였다. 기욤은 20세기 초의 프랑스 시인이었는데 그 단어를 발레

「퍼레이드」의 프로그램 노트 – 장 콕토가 시나리오를 썼고 앙드레 마신이 안무를 짰고 파블로 피카소가 장식을 했고 에릭 사티가 음악을 맡은 – 에서 만들어냈다. 그리고 6주 뒤에 그는 자신의 연극인 「티레시아스」의 프로그램 노트에서 다시 그 단어를 썼다. 초현실주의자에 대한 그의 정의는 이것이었다. "인간이 걷기를 흉내 내고 싶어 했을 때 그는 바퀴를 발명했는데 그 바퀴는 다리처럼 보이지 않는다. 그것을 알지 못한 그는 초현실주의자였다."

그 정의가 우리를 너무 멀리까지 가게 하는지도 모르겠다. 그 정의에 따르면 안잘리와 모이샤는 아마도 해당이 되지 않을 것이다. 한 남자가 자기의 여자 친구와 그녀의 여자 친구가 피스팅하는 것을 보고 나서 그들을 위해 차를 끓이는 것은 바퀴의 발명과 아주 유사해 보이지는 않으니까.

시(詩)들은 별개로 하고, 기욤 아폴리네르가 쓴 가장 유명한 것은 『일만 일천 번의 채찍질(Les Onze Mille Verges)』이라는 포르노 소설이었다. 그 소설에서는 수많은 사람들이 모니라는 인간 섹스기계에게 강간당하고 채찍질 당하고 죽임을 당한다. 그것은 썩 좋은 소설은 못 되는데, 아무튼 거기에는 이런 문장들이 꽤 많이 실려 있다. "절정에 이르자 그는 칼을 집어 들고 이를 악문 채 비역질을 계속하면서 어린 중국 소년의 머리를 잘랐고, 그 소년의 목에서 피가 분수 물처럼 뿜어져 나오는 중에 인 마지막 경련으로 엄청난 양의 사정을 했다."

그러나 어떤 사람들은 그 포르노 소설이 초현실주의를 정의

한다고도 생각한다. 분명히 그 소설은 심리적 동기 부여라든가 도덕적 고려 같은 것이 어떻게 해서 실제로는 존재하지 않는지를 보여준다. 그리고 또 우리가 진정한 인간이라면 세상이 본질적으로는 초현실적임을 깨닫게 되리라는 것도 보여준다.

나는 그 사람들이 어리석다고 생각한다. 기욤 아폴리네르가 중국 소년들에게서 항문 섹스로 동정을 빼앗은 다음에 머리를 잘랐을까? 아니다. 그것은 초현실주의의 모든 주장에 치명적인 결함이 있었기 때문이다. 그 이유는 이것이다.

현실에서는 아무것도 초현실적이 아니다. 단지 "초현실적"인 것만이 초현실적이다.

예를 들자면, 나나가 안잘리에게서 난폭하게 피스팅을 당한 지 하루 뒤에, 3자혼교가 두 달 정도 지속되었을 때, 파파가 뇌졸중을 일으켰다.

그런데 나는 여러분이 그것을 예상하지 못했다고 상상할 수 있다. 또 그것이 슬프고 놀라운 일로 다가오리라고도 상상한다. 질병을 예상하기란 어려운 노릇이니까. 하지만 나는 짐작을 하는 것은 분명히 가능하다고 생각한다. 휴일 여행 때 파파에게는 두통이 있었다. 베니스의 곤돌라에서 내가 여러분에게 준 실마리가 있었다. 그에게 현기증이 있었다. 심지어 나는 그것을 제2장 첫머리에서도 언급했었다.

하지만 그것이 무엇이었건 간에, 초현실적인 것은 아니었다. 아니, 아무것도 초현실적이 아니다.

기욤 아폴리네르는, 예를 들자면, 가학적이고 동성애적인 강간을 당한 뒤에 죽지 않았다. 아니, 그는 독감으로 죽었다.

14

"자기 지금 통화할 수……" 나나가 물었다.

"응, 그래, 그래." 모이샤가 대답했다. "그러니까 5분쯤. 나 잠시 쉬는 중이거든."

"아빠 이젠 괜찮아." 그녀가 말했다. "병원에서 괜찮대."

"잠깐만, 무슨 말인지 안 들려. 잠깐만, 어떻게 됐다고?" 모이샤가 물었다.

"종양일 수도 있대." 그녀가 대답했다.

"종양이라니, 빌어먹을 종양이라니?" 모이샤가 소리를 빽 질렀다. "맙소사!"

"그럴 수도 있대." 그녀가 말했다.

"정말이야? 뭐라고? 하지만 그분이 얼마나 오래?" 모이샤가 물었다.

"의사들이 알려주려고 하지 않아. 자기네도 모른대." 그녀가 대답했다. "하지만 아빠는 평상시 같지 않다는 걸 느껴왔다고 했어. 그래서 온갖 우스꽝스러운 일들을 하기 시작했고. 내 말은 적어도 그게 이걸 설명해준다는 거야. 그 모든 두통이."

모이샤는 무심코 자기에게도 두통이 있는지 확인해보았다. 그로서는 어쩔 수 없는 일이었다. 그에게는, 그래, 아니, 아니, 아니, 그에게는 없었다.

"그러니까 내 말은," 그녀가 말을 이었다. "아빠가 그 시간에 나한테 전화를 걸어서 – 내가 자기한테 말했잖아 – 차를 끓일 수 없게 되었다는 거였어. 그래서 내가 '그게 무슨 말이에요?' 했더니 아빠가 '티백이 어디로 가고 없어.' 해서 내가 다시 '그게 무슨 말이에요?' 했는데,"

"자기 지금 어디야?" 모이샤가 말을 끊고 물었다.

"병원 접수대에 있어." 그녀가 다시 말을 이었다. "내가 '그게 무슨 말이에요?' 했는데 아빠는 티백을 주전자에 넣어 둔 거였어, 그러지 않았겠어?" 그녀가 말을 계속했다. "아빠가 처치를 받고 나서 전에는 안 하던 짓을 하는 게 이상해. 더 장난스러워져서 한 간호사를 계속 희롱하고 있어."

"그렇지만 이제는 괜찮으시잖아." 모이샤가 말을 가로챘다.

"더 장난스러워졌어." 그녀가 하던 말을 계속했다, "의사가 그 여자 날짜 스탬프에만 신경을 쓴다며 계속 불평을 해."

"그 여자 날짜 스탬프?" 모이샤가 물었다.

"그런 게 있어." 그녀가 말했다.

"그러면 어떻게 할까, 내가 자기 있는 데로 갈까?" 그가 물었다.

"아니, 나를 돌봐줄 필요는 없어." 그녀가 대답했다.

"자기를 돌봐주려는 게 아니라 그러고 싶어서." 그가 말했다.

"그러지 않아도 돼." 그녀가 사양했다.

"이거 봐, 나는 자기 남자친구야." 그가 말했다. "그러고 싶어, 사랑해."

그가 사랑한다고 하는 것은 사실이라고 그녀는 생각했다. 그녀는 그의 여자 친구였고 그것이 그녀를 행복하게 했다. 그러나 누가 뭐래도 그녀는 사랑스러웠다, 나나는. 행복을 느끼면서도 그녀는 안잘리 때문에 슬펐고 그래서 생각을 다시 해보았다. 그녀의 생각으로는 동시에 두 여자 친구가 되는 것도 가능할 것 같았다.

"그러니까 암인 거로군. 맙소사, 나나," 그가 말했다. "나나," 그가 다시 불렀다. "나나 듣고 있어?"

"응 그래, 듣고 있어." 그녀가 대답했다. "그런데 의사들도 암인지 아니지는 몰라."

"그럼 지금은 뭘 어떻게 하고 있지? 화학요법?" 그가 물었다. "응, 그래, 맞아. 그러니까 먼저 X레이를 찍고 그 다음엔 화학요법. 그건 아빠가 선택하는 거지만 받게 될 거야. 그러면 병원에서는 화학요법을 쓰고. 나는 아빠가 받지 않겠다면 받게 할 거야."

"이거 봐," 그가 말했다. "빌어먹을, 나 이제 그만 들어가 봐야 해. 다른 사람들은 모두 다, 모두 다 들어갔어,"

"안 들려, 뭐라고 했어?" 그녀가 물었다.

"모두 다 들어갔다고." 모이샤가 소리쳤다. "이거 봐, 나는, 이거 봐, 이따가 나와서 전화할 게." 그러고는 한 마디 덧붙였다. "내가 그냥 올라가서 자기를 찾으면 되는 거지?"

"뭐라고? 어떻게 하겠다고?" 그녀가 물었다.

"어떻게 할 거냐고? 나는 지하철역으로 갈 거고 그러면 여섯 시까지 에지웨어행을 탈 수 있어." 그가 대답했다.

"아니, 테임즈 노선을 타." 그녀가 알려주었다.

"뭐라고 했어?" 모이샤가 물었다.

"그걸 타라고." 그녀가 말을 이었다. "킹즈크로스에서 타고 엘 스트리에서 내려. 그런 다음에는 택시를 타고. 그러는 게 더 빨라."

"아니, 잠깐만. 뭐라고 하는지 안 들려." 모이샤가 말했다.

"아. 안잘리에게 물어봐." 나나가 말했다. "걔도 오기로 했으 니까." "뭐라고?" 그가 다시 물었다. "뭐라고 하는지 하나도……"

"안잘리에게 물어보라고."

그러고 나서 그녀는 전화를 끊었다.

15

제1장에서의 일은 이야기의 이 시점에서, 즉 9장 말미에서 있었다. 한 주일쯤 뒤 나나와 모이샤는 항문 섹스를 시도했다. 여러분도 기억하겠지만, 아마도 기억하겠지만, 그 시도는 효과가 별로 없었다. 모이샤가 여자 친구의 손목 둘레로 부들부들한 분홍색 수갑을 가만가만 조이려고 하던 사이 그는 얼굴이 살짝 찌푸려지는 것 등등을 알아차렸다.

나는 여러분이 이제는 그들이 속박 기구와 항문 섹스에 빠져들자는 결정을 함께 내리도록 이끈, 선의에서 생겨난 그 모든 복잡한 생각들과 타협들을 이해할 수 있으리라고 믿는다.

그리고 그 시도가 끝났을 때 여러분은 모이샤가 유대인임을 희화화하는 어설픈 익살을 계속했다는 것도 기억하리라 믿는다. 그는 이렇게 말했다. "자기 그 유대적인 거 좋아하지 않았어? 그게 내가 생각해낼 수 있는 최고의 거였었는데."

풀이 죽어서 모이샤가 멋쩍게 웃었다.

그녀는 조용히 그를 보고 있었다. 그의 모습이 만화에서 튀어나온 것 같아 보였다.

"왜 그래?" 그가 물었다.

그녀가 생긋 웃고 나서 대답했다. "웃기지 마, 자기는 반만 유대인이야."

모이샤는 몸을 약간 앞으로 숙인 채 그녀 앞에 서 있었다. 이제는 격자무늬 파자마가 걸쳐진 오른쪽 다리에 체중을 싣고서. 그의 왼쪽 발은 조금 더 앞쪽으로 나가 있었고 무릎은 살짝 굽혀져 있었다. 그는 파자마를 입고 있는 중이었다.

가로등 불들이 제멋대로 하나씩 둘씩 켜지는 동안 나나는 거기에 그대로 누워 있으면서 자기가 왜 행복한지 생각해보았다.

"그리고 자기는 할례도 하지 않았어." 그녀가 덧붙였다.

"시시한 일로 말다툼은 하지 말자고." 그가 파자마 왼쪽 다리에 발을 끼려고 깨금발로 방을 가로질러 뛰면서 구시렸다.

모이샤는 행복하지 않았고 풀이 죽어 있었다. 그의 생각으로는 나나와 모이샤의 관계는 성공적이지가 못했다. 그때까지 아무것도 성공적이지가 못했다. 그는 3자동거로 바뀌어가는 관계에서의 악영향들을 곰곰이 생각하고 분석하며 그 관계가 다시 둘만의 것이기를 바라고 있었다.

　　만일 나나가 모이샤의 생각을 알기만 했더라면! 하지만 그녀는 알지 못했다. 대신에, 나나는 행복했고 자기가 행복한 이유를 알아냈다. 이제 더 이상 카마수트라 같은 섹스를 하려고 들지 않아도 된다는 것을 알았기에 행복했고 이제 더 이상 안잘리와 모이샤 둘이 더 능숙하게 더 흥분해 있는 모습을 지켜보지 않아도 되었기에 행복했다. 그것은 그녀가 고상한 결정을 내렸기 때문이었다. 나나는 다시 집으로 돌아가서 파파와 함께 있을 것이고 모이샤에게서는 떠날 것이었다. 모이샤는 그녀를 필요로 하지 않았다. 그에게는 그녀가 없는 편이 더 나았던 반면, 파파는 그녀를 필요로 하고 있었다.

　　여러분이 누군가의 아버지가 뇌종양으로 의심되는 증세로 입원해 있는 동안 부자연스러운 섹스 행위를 계획하는 것이 타당한가 하는 생각을 했을 경우, 여러분은 파파가 입원해 있지 않았다는 사실을 알아야 한다. 병원에서는 그것이 정말로 종양이라고 확신하지는 않았다. 그들은 단지 가벼운 뇌졸중일 수도 있다고 생각했다. 그래서 파파는 외래환자가 되었고 병원에서 그의 스캔 사진들을 분석하는 동안 집으로 돌아와 있었다.

파파는 집에 편히 앉아서 행복하게 쉬고 있었고 회복되었다고도 할 수 있었다. 모든 것이 다 평온해 보였다.

하지만 나나는 평온하다는 것이 그를 간호하지 않아도 된다는 이유가 될 수는 없다고 생각했다. 나나는 파파를 사랑했고 파파와 함께 집에 있던 것이 그리웠다. 그녀는 자기가 파파를 얼마나 사랑하는지 보여줄 셈이었다.

사랑의 제스처 – 그것이 나나가 결정한 것이었다.

10. 그들 사랑이 깨어지다

1

이제 아주 분명히 하겠다. 나나는 떨어져 나가기를 원했다. 영원히 떨어져 나가고 싶다는 결정을 내렸다.

거기에는 한 가지 자기중심적인 이유가 있었다. 그녀는 더 이상 섹스 경쟁의 일부가 되고 싶지 않았다. 또 모이샤와 안잘리를 지켜보고 싶지도 않았다. 나나는 굴욕감으로 신물이 나 있었다.

그리고 거기에는 이타적인 이유도 한 가지 있었다. 그녀는 파파를 보살피고 싶었다.

그것 역시 사랑의 제스처였다.

2

1995년도 노벨 평화상 수상자인 요세프 로트블라트 경은 핵보유국들 사이에 하나의 조약을 요구했다. 각 국가는 어떤 분쟁에서도 핵무기를 먼저 사용하지 않겠다고 동의하라는 것이었다. 1995년 4월 5일, 핵보유 선언국들의 선제사용포기정책(No First Use Policy)이 징식으로 조인되었다.

나는 나나와 모이샤와 안잘리가 핵보유국이 아니라는 사실을 알고 있다. 그들은 분명히 국가가 절대로 아니다. 그래서 이것은 약간 멜로드라마틱하고 부적절해 보일 수도 있지만 실제로는 멜로드라마틱하지도 부적절하지도 않다.

선제사용포기정책은 상호확증파괴에 근거를 두고 있다. 이 상호확증파괴(mutually assured destruction)의 약어는 MAD다. 그리고 MAD는 그 협정을 위한 아주 훌륭한 기초이며 많은 협정들의 근거가 된다. 그러나 거기에는 또한 결함도 있다. 그런 유형의 협정은 모든 사람들이 위협을 느끼는 경우에만 효과가 있다. 즉 그것은 사람들이 파괴가 결국은 바람직하지 않을 것이라고 느끼느냐 아니냐에 달려 있다. 어떤 사람들은 삶이 더 악화될 수 없다고 느끼기가 무섭게 더 이상 위협을 전혀 느끼지 않는다. 위협을 느끼려면 삶을 조금이라도 즐겨야 한다. 삶이 전혀 마음에 들지 않으면, 보복 핵공격을 받는 것에 대해서 걱정을 하지 않는다. 그리고 핵무기선제사용포기조약을 깰 수도 있으며 그 시점에서 협정은 더 이상 구속력이 없다.

아마도 그것은 3자동거에서 떠나겠다는 나나의 결정과 대등하지는 않을 것이다. 그녀는 자신의 삶이 가망 없다고 생각했기 때문에 떠나려는 것이 아니라 자기 아빠를 간호하기 위해 떠나려는 것이었다. 그것은 이타적인 결정이었다.

하지만 나나에게 그것은 이타적인 것만은 아니었다. 거기에는 또 다른 이유가 있었다. 그것은 자기중심적인 이유였다.

내가 유사성을 볼 수 있는 곳이 바로 거기다. 그리고 내가 거기에서 특별히 지적하고자 하는 것은, 자기중심적인 이유는 숨겨진 이유이기 때문이었다는 것이다. 그 이유는 분명하게 드러나지 않았다. 그래서 나는 여기에서 그것을 강조하는 것이 중요하다고 생각한다. 성적인 불평등에 대해서 곰곰이 생각하는 더 감상적인 순간들에, 나나는 자기가 잃을 것은 아무것도 없다고 생각했다. 함께 머물자는 그들의 암묵적인 합의는 이제 더 이상 그 어떤 구속력도 없었다. 나나로서는 떠나는 것이 머무는 것보다 더 나쁠 것도 없었다.

외교계에는 선제사용포기정책에 대한 별칭이 하나 있다. 그들은 그것을 No FUN이라고 부른다. 광기(MAD)는 즐겁지 못한(No FUN) 것이라고.

그런데 여러분도 알겠지만, 불행히도 나나는 즐거움을 찾으려는 참이었다.

3

나나는 잠을 깼고 떨어져 나가고 싶었다. 모이샤에게서 떠나고 싶었다. 안잘리에게서 떠나고 싶었다. 그 둘 모두에게서 떠나고 싶었다. 그것이 모두에게 최선이었다.

그날 아침 그들 세 사람의 배치는 다음과 같았다.

나나, 안잘리, 모이샤.

어쩌면 그것으로는 배치를 정확하게 보여주지 못할 수도 있다. 모이샤는 안잘리를 감싸고 누워 그녀에게 바짝 들러붙어 있었다.

그 두 사람을 바라보는 동안 나나는 몹시 슬퍼졌다. 몹시 슬프면서도 행복했다. 아마도 추측건대, 슬펐던 것은 분명했다. 모이샤가 안잘리를 끌어안고 있는 모습을 지켜보는 것은 슬픈 일이었다. 그가 다른 여자와 행복해하는 모습을 보는 것도 슬펐다. 또 자기는 떠나갈 거라고 생각하는 것도 슬펐다. 하지만 그러려고만 한다면, 행복하게 느낄 수도 있었다. 그녀는 자기가 남편의 정부에게 남편을 양보하는 고상한 아내라고 상상할 수도 있었다.

하려고만 한다면 나나는 「카사블랑카」에서 다른 결말을 상상할 수도 있었다.

그 결말에서 나나는 유대인 남편이자 반 나치 지식인인 빅토르 라즐로 역할을 한다. 나나의 버전에서는 고상한 쪽이 빅토르지 릭이 아니다. 자기희생을 하는 것은 빅토르다. 그는 혼자서 조그만 쌍발 프로펠러 비행기에 오르고 연인들을 그대로 모로코에 남겨둔다.

버그만은 보거트와 함께 남는다. 이 결말에서 빅토르는 자기 중심적이 아니며 자신의 개인적인 행복에 그리 집착하지 않는다.

모이샤가 빙글 구르며 깨어나 고개를 들고 나나를 건너다보왔다. 나나는 그를 바라보고 있었다. 그가 나나에게 시간이 어떻게 되었느냐고 물었다. 나나는 시간을 알려주고 안잘리 위로 몸을 기울여 모이샤에게 키스했다.

나나는 이제 곧 영원히 떠나려는 참이면서도 모이샤에게 커피를 좀 끓여주겠다고 했다.

4

그것은 쉬운 일이 아니다 - 결별을 하는 것은. 적절한 시기라는 것도 여간해서 없다. 사실 나도 그 적절한 시기가 언제쯤일지 모른다. 그 특정한 결별은 아침 여덟 시에 있었다. 그것은 썩 좋은 시간은 아니었고 게다가 나나는 알몸이었다. 그녀가 주방에서 주전자에 물을 채우고 있었을 때 모이샤가 그녀를 뒤따라 왔다. 그 역시 알몸이었다.

단 한 가지 좋은 점은, 나나의 생각으로는, 안잘리가 거기에 없다는 것이었다. 적어도 안잘리는 여전히 자고 있었다. 다른 사람이 끼어들게 해서 설명을 하고 그러는 것은 그만두고라도, 한 사람과 결별하는 것만도 어려울 만큼 어려운 일이었다.

그녀가 "모이샤" 하고 나서 말을 끊었다. 모이샤는 하품을 하며 잠자코 있었다. 그래서 나나가 "나는 지금 이게 옳은 건지 모르겠어." 하고 말을 잇자 모이샤가 "뭐가?" 하고는 다시 "뭐가?"

하고 나서 다시 하품을 했다.

그녀는 침실로 걸어 들어가 자기의 옷 꾸러미를 집어 들고 다시 주방으로 돌아와서 그것을 조리대 위로 휙 던져 올렸다.

"모이샤, 봐, 난 자기를 사랑해." 그녀가 말했다. "이건 내가 자기를 버리는 게 아니야. 자기는 이걸 버리는 거라고 생각하면 안 돼. 난 그냥 아빠하고 같이 있고 싶다는 생각을 점점 더 많이 하고 있었던 것뿐이야. 그리고 자기와 안잘리, 자기하고 안잘리는 같이 있어야 하고."

모이샤가 "뭐?" 하고 물었다. 그는 잠이 덜 깨어 있었다. 모이샤는 이제 막 깨어났을 뿐이었고 아침 여덟 시에 머리 회전이 최상인 상태가 아니었다.

"미안하지만 난 그냥 이건, 그냥 내 생각으론 우리가 이제 좀 떨어져 있어야 할 것 같아." 그녀가 말했다. "아니면 내가 그러거나. 당분간은. 그리고 아마도, 아마도 우리는 할 수 있을 거야. 난 자기가 상처받지 않기만을 바랄 뿐이야." 그녀가 잠시 말을 끊었다가 다시 이었다. "미안해, 내가 이러고 있어서."

"나는 이유를 모르겠어. 왜 그래야 하는지 모르겠어. 우리가 왜 이걸 그만두어야 하는지 모르겠어." 모이샤가 황당해했다.

결별하고 싶은 마음이 전혀 없을 때 결별하는 것은 특히 더 어렵다. 그런데 나나는 결별하고 싶었다, 정말로 그러고 싶었다. 그녀는 자기 아빠와 함께 있고 싶었다. 하지만 그녀는 여전히 모이샤를 사랑하고 있었다. 여전히 모이샤가 사랑스럽다고 생각했다. 다만 그녀는 이제 모이샤가 안잘리와 함께 하는 것이 더 행복하리라고 생각한 것뿐이었다.

그래서 모이샤는 그녀에게 도움이 되지 못하고 있었다 — 그 상황을 세심한 대화로 이끄는 데서는. 그 상황을 대화로 이끄는 것 자체가 나나에게는 귀찮은 일이어서 모이샤는 이해득실을 헤아리려 해볼 수도 없었고 합리적이 되어볼 수도 없었다. 그녀는 떨어져 나가기를 원했다. 영원히 떠나고 싶어서 대화를 원치 않았다. 대화에서는 이런저런 것들을 설명해야 하고 영원히 떠나고 싶다는 말을 해야 한다. 그런데 나나는 그런 말을 하고 싶지 않았다. 그것은 부분적으로 나나가 친절하기 때문이었다. 그녀는 상처를 입히는 사람이 되고 싶지 않았다. 그것 또한 떠나고 싶다는 것이 완전히 진실은 아니기 때문이었다.

누군가와 결별을 하는 데서 문제는, 확신이 서지 않으면 — 그런데 사람들은 너무 자주 확신을 하지 못한다 — 결별에 설득이 포함된다는 것이나. 그럴 때는 결별 상대에게 그러는 것이 모든 사람에게 더 나은 방법이라고 설득을 해야 한다. 그런데 자신을 완전히 납득시키지 못했다면 그러기가 쉽지 않다. 만일 여러분 역시 알몸이고 커피를 두 잔 끓이고 있다면 그러기가 특히 더 곤란할 것이다.

나나가 모이샤에게 커피 잔을 건네주자 그는 커피 잔을 들고 어슬렁어슬렁 거실로 들어갔다. 그리고 나나는 그 뒤를 따랐다. 자기 옷들을 챙겨 들고 뒤따라갔다.

"하지만 나는 자기를 사랑해." 모이샤가 말했다.

개인적으로 나는 그것이 아주 좋은 화법이었다고 생각한다. 그의 말이 좀 진부한 소리로 들릴 수도 있겠지만, 나는 그가 제대로 잘 짚었다고 생각한다. 그것은 사실이었다. 그는 그녀를 사랑했고 그것은 누군가와 결별을 하지 않을 썩 좋은 이유가 된다.

그는 요에 앉아 있었고 그리 행복한 기분을 느끼지 못하고 있었다. 6피트 키의 아름다운 여자가 그와 결별하려 하는 동안 자기가 그런 식으로 벌거벗고 있다는 것이 행복하지 않았다. 그래서 모이샤는 교묘히, 예사롭게 나나의 셔츠를 자신의 몸에 걸쳤다. 그것이 앉아 있는 그의 배에서 지방질이 여러 겹으로 접혀 주름 잡힌 뱃살을 가려주었다.

나나는 검은색 바지를 주워 입다 말고 동작을 멈췄다. 그것이, 이 위기에 옷을 입는 것이 옳지 못하다는 느낌이 들어서였다. 그러는 것이 조금은 무정하게 느껴졌고 그래서 그녀는 동작을 멈췄다.

따라서 이 섹션의 나머지 부분에서는 나나는 상의를 걸치지 않았고 바지 앞섶도 여며지지 않았다. 그것은 모이샤가 그녀의 팬티에 달린 청록색 레이스를 볼 수 있다는 뜻이었다. 그녀의 팬티는 M&S 제품들 중에서 최고급이었다.

테이블에 나나의 미니 거울이 놓여 있었다. 나나는 그 거울을 엄지손톱으로 비집어 열었다. 그 거울의 스테인리스 스틸 케이스에는 "Mirror"라는 글자가 인쇄되어 있었다. 그녀가 거울을 다시 내려 닫고 모이샤 하고 불렀다. 모이샤는 벌거벗고 있는 것이 민망하게 느껴져서 손을 축 늘어진 불알 가까이로 내렸다. 그는 아주 몹시 벌거벗겨진 느낌이었다. 나나가 그 전날 구입한 목시라고 불리는 새 립스틱을 집어 들었다. 목시는 루비우(선홍색에 가까운 빨강, 러시안레드, 옮긴이) 같은 빨강이었지만 더 밝은 색이었다. 하지만 이제는 그 색이 별로 흥미로워 보이지 않았다. 조금도 흥미로워 보이지 않았다. 모이샤는 거실 테이블 현수판(懸垂板: 책상 옆에 경첩으로 매달아 접어 내리게 된 판, 옮긴이) 위의 고리버들 받침에 놓인 휴대용 탁상시계를 바라보았다. 그 시계의 노란색 형광 시침과 분침이 여덟 시 30분을 가리키고 있었다.

"자기 늦었어." 모이샤가 나나의 관심을 다른 데로 돌리려고 했다.

"그건 중요하지 않아." 그녀가 일축했다.

"아니, 중요해, 자기는 가야 한다고. 그 얘기는, 그 얘기는 나중에 해도 돼." 그가 우겼다.

"그건 단지 치과 진료일 뿐이야, 모이샤." 그녀가 반박했다.

"나도 알아, 그러니까 중요한 거고." 모이샤도 물러서려고 하지 않았다.

나는 지금 여기서 바보짓을 하고 있는 게 아니다. 그는 갑자기 그녀의 이에 집착했다. 그것이 갑자기 그렇게도 멜랑콜리하고 중요해 보였다. 그것이 배려를 하는 데서 필수적인 것으로 보였다. 모이샤의 생각으로는 그가 배려를 하는 것으로 보이면 나나가 생각을 바꿀 수도 있을 것 같았다. 그가 다정하면 그녀는 그가 얼마나 다정한지를 깨달을 수도 있을 것 같았다.

"이거 봐, 자기에게는 뭔가 슬퍼할 일이 있어. 그러니까 나한 테 얘기해봐." 모이샤가 구슬렸다.

"정말 아무 일도 없어. 아무 일도 없다니까." 나나가 시침을 뗐다. "난 그냥. 모르겠어."

"아니, 말해 봐." 모이샤가 채근했다.

주고받은 말이 아주 정확히 그렇지는 않지만 대강은 그렇다. 그런 상황에서는 그런 일이 벌어진다. 상황이 달라지는 경우는 매우 드물다.

모이샤가 일어서서 창 쪽으로 건너갔다. 그는 이른 아침 경치를 즐기고 있지 않았다. 그의 생각으로는 그 상황에서 필요한 것은 우아함이었다. 그 상황에서는 우아하고 미묘할 필요가 있었다. 그 상황에서 모이샤는 특히 더 우아하고 미묘할 필요가 있었다. 어떻게든 그 난국을 타개해야 했다. 하지만 알몸인 채로는 어떻게 그래야 할지 알 수가 없었다. 그는 창가에 서서 창밖을 지켜보았다. 밖에서는 한 소년이 테니스 라켓을 머리 위로 들어 올린 채 걸어가고 있었다. 윌슨 테니스 라켓이었다. 가죽처럼 보이는 플라스틱 커버가 그 아이의 즉석 우산이었다.

모이샤는 비를 맞는 그 소년이 몹시 안됐다고 느꼈다.

아, 가엾은 모이샤. 이제 곧 그는 결별이 우아하지 못하다는 것을 알게 될 것이다. 결별은 절대로 우아하지도 즐겁지도 않다. 결별이란 곧 수많은 거짓말과 회피니까. 그 장면에 그가 기대했을 법한 1930년대 상류사회의 우아함은 물론 없었다. 아니, 없었고, 그 대신에 벌거벗은 모이샤는 오로지 혼란스러울 뿐이었다. 그는 우물쭈물하면서 뚱하니 곤혹스럽게 서 있기만 했다.

그리고 나나도 우물쭈물하면서 옆방 침실에 남겨진 안잘리를 다시 생각하고 있었다. 나나가 가장 원치 않는 것은 모이샤와 결별을 이야기하고 있는데 안잘리가 거실로 들어서서 그 이야기를 듣는 것이었다. 그러나 다른 한편으로는 모이샤와 그 이야기를 결말지어야 할 필요도 있을 것 같았다. 그녀의 결별 선언은 너무도 일방적이었고 모이샤는 아직 할 말을 하지 못하고 있었다.

오, 가엾은 나나. 그녀는 무엇을 어떻게 해야 할지 몰랐다. 그래서 "자기 나하고 같이 치과에 가줄 거야?" 하고 물었다.

모이샤가 그녀를 바라보았다. 그것은 그가 예상하고 있던 결별이 아니었다. 뭐랄까, 분명히, 그는 정말로는 어떤 결별도 예상하고 있지 않았다. 그러나 결별이 무엇인지에 대해 질문을 받는다면, 거기에 치과로 가는 것은 포함되지 않았다.

"치과에?" 그가 되물었다.

"그러니까 자기가 그러고 싶다면 지하철역까지 나를 데려다줘도 돼." 나나가 대답했다. "그건 단지, 안잘리가 듣는 걸 원치 않아서야. 그게 공평하다고 생각하지 않아."

모이샤도 그것이 나쁜 생각은 아니라는 것을 알 수 있었다. 그것은 합리적인 생각이었다.

코믹한 슬로모션처럼 실시간으로 옷을 입는 막간이 있은 다음에 나나와 모이샤는 집을 나섰다. 우산도 없이 그들은 내리는 빗속으로 들어섰다.

5

1920년, 공산주의 러시아에서 내전이 벌어지고 있었을 때 니콜라이 부하린은 『이주 시기의 경제학』이라는 조그만 책을 썼다. 니콜라이는 볼셰비키였고 그래서 최근의 혁명을 아주 마음에 들어 하고 있었다. 그 책에서 그는 모든 것이 원활하게 돌아가고 있는 이유를 설명하려고 애썼다. 국가가 분열되고 있는 것처럼 보이는 동안에도 실제로는 모든 것이 다 잘되어 간다는 것을 설명하려고 애썼다. 그의 입장에서는 혁명은 훌륭했다. 어떤 사람들이 죽어갈 수도 있고 프롤레타리아가 죽어갈 수도 있지만 그것은 모두 계획의 일부였다.

니콜라이는 이렇게 적었다. "더 넓은 관점에서 보자면 – 즉 더 큰 범위의 역사적 규모라는 관점에서 본다면 – 프롤레타리아 강제는 그 모든 형태에 있어서, 처형에서부터 강제노동에 이르기까지, 역설적으로 들릴지는 몰라도, 자본주의 시대의 인간적인 자료로부터 새로운 공산주의 인간성을 형성하는 방법이 된다." 그리고 레닌은 그 책 여백이다 이렇게 적었다. "바로 그렇다!"

하지만 나는 니콜라이가 얼마나 정확한지는 잘 모르겠다. 나는 더 정확해질 수도 있다고 생각한다.

니콜라이는 결국 수많은 사람들이 총살당하거나 하루 24시간 내내 노역을 강제당한다는 말을 하고 있었지만 그것은 나쁜 일이 아니라는 것이었다. 그것이 공산주의라는 것이었다. 니콜라이는 사람들이 길게 멀리 보기만 하면, 자기중심적이기를 그만두기만 하면 삶이 얼마나 경이로운지 알게 될 것이라고 생각했다.

나는 니콜라이가 그의 책 제목을 옳게 잡았는지 의심스럽다. '과도기의 경제학'은 썩 옳지가 못하다. 그 책 제목은 '과도기의 심리학'이라고 했어야 마땅하다. 과도기의 심리학이란 맹목적 낙관주의, 즉 실제로는 상황이 아주 엉망인데도 더 나은 쪽으로 바뀌어가고 있다고 자위를 하는 것이다.

여기에 대러시아 혁명이라는 역사적 시기에 관한 몇몇 수치들이 있다.

1917년에 페트로그라드의 인구는 250만 명이었지만 1920년에는 70만 명이었다. 1913년에는 260만 명의 공장노동자들이 있었지만 1920년에는 160만 명으로 줄었다. 1920년에는 곡물 소비가 전쟁 이전의 40% 수준이었다. 1918년 2월에서부터 1920년 7월까지 700만 명의 사람들이 영양실조와 역병으로 죽었고 사망률은 두 배로 뛰었다. 1921년에서부터 1928년까지 우크라이나에서는 20만 명의 유대인들이 살해당했고 30만 명이 고아가 되었고 70만 명 이상이 집을 잃었다.

그런데 분명히 모이샤는 집을 잃지도 않았고 학살당한 우크라이나 유대인도 아니었다. 나는 지금 대비를 시키려는 것이 아니다. 아니, 나는 또 다른 대비를 시키고 있다.

모이샤는 니콜라이 부하린처럼 생각하고 있었다. 혁명이 한창일 때에 펜튼빌 가에 있는 아메리카나 화장품점 밖에서 모이샤는 맹목적으로 낙관적이 되어 있었다.

6

"내 생각엔 이건 정말 이해가 되지 않아." 모이샤가 말했다. "나는 자기 사랑해."

그는 이미 그 말을 했었고 한 것이 사실이기도 했지만 모이샤는 그 말을 두 번씩 하는 것이 문제가 된다고는 생각하지 않았다. 그것이 그가 하려는 말의 핵심이었다. 의문의 여지가 없는 핵심이었다. 그래서 모이샤는 뜸을 들였다. 효과를 위해 뜸을 들였다. 그렇게 뜸을 들이는 동안 모이샤는 아랫입술을 살짝살짝 깨물었다.

"나도 자기 사랑해." 나나가 말했다.

"그렇다면 우리가 왜 갈라서야 하는 거지?" 모이샤가 물었다. 모이샤는 다시 아랫입술을 깨물었다.

그때 나나의 전화벨이 울렸다. 모이샤의 눈길이 그 전화기로

쏠렸고 나나의 눈길도 그쪽으로 쏠렸다. 그녀가 전화를 받았다,

"하이, 아니 저예요. 내일은 안 돼요. 그래서죠. 예 분명해요. 좋아요. 나중에 뵐게요."

모이샤는 아메리카나 화장품점 진열창 안쪽을 들여다보았다. 그 진열장은 조울증적인 제조자의 진열이었다. 그런데 그 위기의 순간에도 모이샤는 그 화장품점의 제의에 정신이 팔렸다.

남녀 공용

헤어드레싱

아프리카인

&

유럽인

모이샤는 폴리에틸렌 반신상들에 씌워진 가발들을 눈여겨보았다. 거기에는 시스니와 에드니, 그리고 시몬과 룹사가 있었다. 그중 어느 것도 예쁘지 않았다. 절단된 포니테일(뒤에서 묶어 아래로 드리운 머리칼, 옮긴이)들이 색색가지 마디로 장식되어 있었다. 거기에는 또 무지개 색깔로 염색된 속눈썹들이 담긴 비닐 봉투 꾸러미도 있었다. 그랬다, 위기의 순간에도 모이샤에게는 가정적인 면이 있었다. 그는 언제나 사람들이 그런 것들에 지불하는 액수에 아연실색해질 수가 있었다.

"하지만 자기는 그럴 수 없어. 정말이야. 자기가 정말로 그런

다면 나를 더 이상 사랑할 리 없는 거라고." 모아샤가 말했다.

"아니, 내가 자기를 사랑하지 않아서가 아니야." 나냐가 반박했다. 나는 늘 자기를 사랑해."

"하지만 자기는 그럴 수 없어."모이샤가 되뇌었다.

나는 나냐가 몹시 안됐다고 느낀다. 다정한 모든 사람들이 몹시 안됐다고 느낀다. 그것은, 자기가 왜 떠나고 싶어 하는지를 설명하는 것은 나냐에게는 너무 어려운 일이었다. 그 모든 행복하지 못한 생각들을 설명하는 것은 너무 어려운 일이었다.

그런데 그때 비가 멎었다.

그것이 모이샤를 더 슬프게 했다. 그는 비의 효과를 꽤나 마음에 들어 하고 있었다. 모이샤는 누아르 영화의 멜랑콜리한 함축을 꽤 좋아했다. 모이샤가 생각하기에 비는 적어도 슬픔에 적절한 날씨였다.

7

좋다, 니콜라이 부하린 이야기로 다시 돌아가 보자. 나는 1920년부터 1930년까지 빠르게 진행할 것이다.

1930년대에 스탈린은 니콜라이에 대해 약간 우려를 하고 있었다. 많은 사람들이 니콜라이가 스탈린을 마땅히 그래야 하는 만큼 숭배하지 않는다고 생각하는 것 같았다. 그들은 니콜라이가 테러리스트에 음모를 꾸미는 자라고 주장했다.

분명히 니콜라이는 그 때문에 당황했고 그래서 스탈린에게 전화를 걸었다.

"어이, 니콜라이, 콜랴(부하린의 애칭), 겁낼 것 없어." 스탈린이 말했다. "우리가 옳고 그름을 가려낼 테니까. 물론 우리는 동무가 적이라고는 믿지 않아."

"하지만 동지께서는 어떻게 제가 테러리스트 집단의 협력자라는 생각이라도 하실 수가 있습니까?" 니콜라이가 우는 소리를 했다.

스탈린은 그 말이 정말로 귀엽다고 생각했다.

"걱정 마, 콜랴. 걱정 말라고. 우리가 해결할 테니까." 종이 물리개를 풀면서 그가 말했다.

나는 내가 스탈린의 전화 매너를 마음에 들어 한다는 말을 해야겠다. 전에도 그 말을 했지만 다시 말하고자 한다. 그 남자는 전화 통화의 천재였다.

1938년에 스탈린은 니콜라이 부하린을 반역죄로 재판에 넘겼다.

정치가 니콜라이 부하린의 삶과 내 두 주인공 – 나나와 모이샤 – 의 삶 사이에서 또 다른 유사성이 있는 곳이 바로 이 대목이다.

1938년의 여론 조작용 재판에서 니콜라이는 거짓 자백을 했다. "내가 알았건 알지 못했건, 어떤 특별한 행위에 직접적으로 가담했건 하지 않았건, 이 반혁명적 조직에 의해 범해진 모든 범죄"에 대해 죄상을 인정한 것이었다.

니콜라이는 물론 그것은 거짓 자백이 아니라고도 주장했다. 그것이 모든 진짜 거짓 자백의 핵심이다.

전에는 니콜라이가 모이샤 같았지만 이제는 나나 같다.

나는 누군가와 결별하는 것이 여론 조작용 재판에 참여하는 것과 좀 비슷하다고 생각한다. 거기에는 일반적으로 정의와 합리라는 겉치레가 있다. 그리고 결별을 하는 사람은 모든 책임을 다 받아들인다. 그 아니면 그녀가 거짓 자백을 하는 것이다.

8

아메리카나 화장품점 밖에서 나나는 거짓 고백을 했다.

"어쩌면, 그래 어쩌면 나는 자기를 더 이상 사랑하지 않는지도 몰라. 아마 자기가 옳을 거야. 자기는 안잘리하고 더 잘 지낼 거야." 그녀가 말했다. "나는, 나는 아빠하고 같이 있고 싶은 거고 그게 더 간단해. 아마 자기가 옳을 거야."

나는 나나가 안됐다고 느낀다. 정말이다. 그런 식으로 거짓말을 하는 것은 좋지 못하다. 하지만 나는 모이샤가 훨씬 더 안 됐다고 느낀다. 나나로서는 모이샤와 결별하는 것이 대처하기 어렵고 내심 슬펐겠지만 그것은 적어도 그녀의 결정이었다. 그녀의 고뇌에 찬 비이성적인 결정이었다. 반면에 그것은 모이샤의 결정이 전혀 아니었다. 모이샤는 행복하지 않았고 외로웠다. 갑자기 몹시 외로웠다. 모이샤는 절망적이었다.

그가 생각할 수 있는 것은 안잘리뿐이었다. 하지만 그 생각도 그가 외로움을 덜 느끼게 해주지는 못했다.

"안잘리 얘기는 무슨 뜻으로 하는 거야?" 그가 물었다.

"그건 내가 말한 대로야. 내가 말한 뜻 그대로. 자기는 안잘리하고 같이 있는 게 더 나을 거야." 그녀가 대답했다.

"하지만 난 안잘리를 원치 않아. 난 자기를 원해." 모이샤가 애원했다.

나나의 왼손 둘째손가락 손톱뿌리 각질 바로 밑의 조그만 거스러미가 그녀의 바지 주머니 안감에서 풀린 폴리에스테르 실에 걸려 있었다. 하지만 그녀는 상관하지 않고 아메리카나 화장품 점의 쇼윈도 안쪽에 있는 재지 프로페셔널 글루건을 들여다보면서 무엇에 쓰는 것인지 궁금해 했다.

"아니, 난 자기가 안잘리하고 같이 있어야 된다고 생각해." 나나가 되뇌었다.

"하지만 난 안잘리하고 같이 있고 싶지 않아. 자기하고 같이 있고 싶어. 그 애를 끌어들인 건 자기야. 그건 내 생각이 아니었어. 나는 그걸 원한 사람이 아니었어." 모이샤가 반박했다. 그는 몹시 속이 상하고 혼란스러웠다. "자기가 그 애를 원했어. 나는 그 때문에 어려움을 겪은 사람이고. 그게 나야. 나는 벌써 오래

전에 떠날 수도 있었어."

물론 모이샤는 떠날 생각을 했었다. 하지만 실제로는 도저히 그럴 수가 없었다. 그는 나나를 사랑했고 어떻게든 그녀와 함께 있기를 원했으니까. 나는 그가 왜 그런 말을 했는지 이해할 수 있다.

나는 그가 왜 독립선언을 하고 싶어 했는지 이해할 수 있다. 그는 더 나은 기분이 되려 하고 있었다. 실패한 조정자가 되어 있었어도 굴욕감을 느끼지 않으려 애쓰고 있었다.

왜냐하면 누군가에게서 결별을 당하는 것은 굴욕이기 때문이다. 그것은 최악의 느낌들 가운데 하나다.

"나나, 난 가봐야 해, 자기도 가야 하고. 자기는 치과로 가야 해." 그가 말했다.

그런데 모이샤의 말이 고상하고 침착하게 들릴지 몰라도 그는 고상하지도 침착하지도 않았다. 솔직히 말하자면 그는 어찌할 바를 모르고 있었을 뿐이었다. 몹시 당황해 있어서 다음에 무슨 말을 해야 할지 아무 생각도 할 수 없었다. 그 혼란 속에서도 그는 나나가 치과의사와의 진료 예약을 놓치게 될까 봐 걱정이 되었다. 왜냐하면 그에게는 그 일이 여전히 중요했기 때문이었다. 그는 성실했다.

그가 "나는 자기를 누구보다도 더 사랑해." 하고는 잠시 뜸을 들였다.

"자기는 가봐야 해." 그러고 나서 모이샤는 떠났다.

9

나나의 치과의사는 고트립이라는 사람이었다.

고트립 씨는 캐번디시 스퀘어에서 진료 업무를 보고 있었다. 이 말이 어쩌면 그가 상류층 지역 치과의사라는 말로 들릴 것 같은데, 사실 그는 상류층 지역 치과의사였다. 그의 병원은 할리 스트리트 바로 옆에 있었으니까. 하지만 나나는 그 위치 때문에 고트립 씨에게로 가는 것이 아니었다.

고트립 씨는 에지웨어에서 보잘것없는 국민보건서비스 치과의사로 진료를 시작했다. 그리고 다음에는 런던 중심부 상류층 지역에서 진료비 개인부담 환자들을 받는 치과의사가 되었다. 하지만 그는 나나만큼은 계속 진료를 해주겠다고 했다. 자기가 그녀 가족의 친구이기 때문에 그러겠다는 것이었다. 그것은 나나의 아빠에 대한 호의였다.

고트립 씨의 치과 대기실에는 어항과 잡지들이 있었다. 나나는 1998년 판 『테이크 어 브레이크(영국에서 발간되는 여성용 주간지, 옮긴이)』를 한 권 집어 들었다. 그 잡지는 여러 사람의 손을 타서 끈적끈적했지만 나나는 상관하지 않고 『테이크 어 브레이크』를 읽기 시작했다가 곧바로 울기 시작했다.

나나는 앨런이라는 남자와 사랑에 빠진 맨디라는 여자의 실화를 읽고 있었다. 앨런이 근위축측삭경화증(루게릭 병)에 걸렸다는 것이 밝혀졌다. 그 실화가 나나를 울게 했다. 그것이 나나를 울린 이유는 앨런과 맨디가 그 병에 대항해서 아기를 갖기로 했기 때문이었다. 아기는 앨런을 기억하는 한 방법이 될 것이었고 그 이야기는 임종 장면으로 절정에 이르렀다.

나는 그에게 봉투를 보여주고 그 봉투에서 증명서를 꺼냈다.

"이건 별이야." 내가 말했다. "당신과 제임스 이름을 따라서 지었어."

그것은 앨런과 제임스 윌슨별이라고 불렀다. 앨런이 미소를 지었다.

"당신 아기에게 나에 대해서 모든 걸 다 얘기해줄 거지, 그렇지?" 그가 물었다.

나는 고개를 끄덕였다.

그가 떠나가는 동안 내내 나는 그의 손을 잡고 있었다.

그는 마흔여덟 살이었고 뱃속의 아기는 14주째였다.

나나가 말 없는 열대어들 옆에서 엉엉 울고 있는 동안 고트립 씨가 대기실로 들어왔다.

"나나," 고트립 씨가 그녀를 불렀다. "나나."

나나는 그를 올려다보고 손등으로 눈물을 훔쳤다.

"아니, 그건, 그건······" 나나가 설명을 하려고 했다.

"괜찮아?" 그가 물었다.

"네, 그럼요, 괜찮아요." 그녀가 대답했다.

"아버님은 좀 어떠셔?"

그 질문에 나나는 마음이 산란해져 있었던 탓으로 고트립 씨가 파파의 최근 병력에 대해 모르고 있다는 것을 떠올리지 못했다. 그래서 울고 또 울면서 어떻게든 말을 해보려고 했다. "아빠가 돌아가실까 봐 무서워요." 하는 그런 말을 해보려고 했다. 하지만 울고 있을 때는 말이 잘 나오지 않는다. 울음은 말을 똑똑히 하고 싶어도 도움이 되지 않는다.

고트립 씨는 기지가 있어서 나나를 조금이라도 더 혼란스럽게 하고 싶어 하지 않았다. 참담한 일들을 꼬치꼬치 캐묻고 싶어 하지 않았다. 나나가 삶을 정상적으로 영위하고 싶어 한다면 그러도록 놓아두어야 했다. 그의 생각으로는 나나가 괴로워하는 것은 당연한 일이었다.

나는 여러분이 고트립 씨가 너무 심하게 넘겨짚어서 파파가 사망했다고 추측한 것을 비난하지는 않으리라고 생각한다.

"집으로 가는 게 어떻겠어?" 고트립 씨가 권했다.

그랬다, 그는 가족과 사별한 여자를 집으로 돌려보냈다. 죽음에 직면해 있을 때는 치과진료를 할 계제가 아니라는 것이 고트립 씨의 생각이었다.

고트립 씨는 관념적인 편집광이 아니어서 잠간 스쳐가는 미소를 과대평가하지 않았다.

나는 이 이야기를 잠시 중단하려 한다.

1975년에 앤디 워홀은 『앤디 워홀의 철학(A에서부터 B로 갔다 되돌아오기)』이라는 책을 썼다. 그러니까 뭐랄까, 그 책을 쓴 것이 아니라 구술했다. 그가 썼건 구술을 했건 그 내용들 중 하나는 이런 것이다.

섹스는 우리가 때때로 그러고 싶어 하는 때를 위한 노스탤지어다. 섹스는 섹스를 위한 노스탤지어다.

그런데 나는 그것이 사실이라고 생각한다. 때로는 그것이 사실이라고 생각한다. 예를 들자면 스테이시는 헨더슨과 결별한 뒤 그녀가 크왐이라고 부르기를 좋아하는 남자를 만났다. 크왐은 미들섹스 대학교에서 환경이론 학위를 받으려 하고 있었는데, 꽤나 재미있는 사람이었고 그녀에게 북해의 물고기들에 대한 이야기를 해주었다. 북해가 몹시 오염되어 있어서 그것이 북해의 물고기들에게 많은 문제를 일으킨다는 것이었다. 그러나 불행히도 크왐은 얇은 은테 안경을 낀 작달막한 남자였다. 그래서 몸집이 크고 쿨한 남자를 좋아하는 스테이시는 크왐에게 특별히 끌리지가 않았다. 하지만 어쨌든 그녀는 크왐과 섹스를 했고 그를 좋아했다. 그리고 섹스는 자기가 좋아하는 남자들과 하

기를 좋아하는 것이라고 생각했다. 그 섹스는 그녀가 헨더슨과
도 했던 것이었다.

스테이시에게는 섹스가 섹스를 위한 노스탤지어였다.

11

이것은 그저 기분 전환이 아니다. 이것은 그저 내 이야기의
가장 슬픈 대목에서 여러분의 기본은 돋워주려는 것이 아니다.
내게는 보다 더 중요한 이유가 있었다.

앤디와 스테이지와 크왐과 아주 유사한 방식으로, 나나가 떠
난 지 며칠 뒤 안잘리는 모이샤와 함께 침대에 있었다. 그들은 막
잠이 들려는 참이었다.

어쩌면 이것이 여러분을 놀라게 할지도 모른다. 아마도 여러
분은 모이샤와 안잘리가 아직도 함께 있다는 것에 놀랄 것이다.

아마도 여러분은 3자동거에서 누군가가 떠나면 남은 두 사
람의 관계가 불편해질 수도 있다고 생각할 것이다. 그들이 자연
스러운 커플이 아닌 것이 너무도 분명해질 것이라고. 그들은 단
지 셋 중에서 남은 두 사람일 뿐이라고. 그리고 그 때문에 그들은
많은 압박감을 느낄 것이라고.

나는 그 생각이 어느 면에서는 옳다고 생각한다. 하지만 그것
은 한 가지 매우 중요한 사항을 무시한다. 누구도 셋 중에서 3분

의 2가 되어 있음을 인정하고 싶어 하지 않는다는 것이 그것이다. 인정을 하는 것은 당황스러운 일이기 때문이다. 설령 남은 두 사람이 많은 압박감을 느끼더라도 어느 쪽에서도 그것을 인정하려고 하지 않는다. 누구도 그 관계가 위험하다는 것을 인정하려고 하지 않는다. 그 둘 모두에게는 침묵을 지키는 나름대로의 이유가 있다.

하지만 그 이유라는 것이 무엇일까?

아마도 그것은 섹스 신으로 가장 잘 설명될 수 있을 것이다. 그렇다, 섹스 신으로. 아마도 여러분 섹스 신에 싫증이 났을 것이다. 그래서 내가 안심을 시켜주겠다. 이것은 이 책에서 나오는 마지막 섹스 신이다. 그리고 이것은 유쾌한 섹스 신이기도 하다. 이 책에 나온 다른 여러 섹스 신들에서와는 달리 거기에는 해부학적이어야 할 필요가 없다. 그것은 단지 회고전인 섹스 신일뿐이다. 그리고 어쨌든, 회고적인 섹스 신은 정말로는 섹스 신이 아니다. 그것은 성교라는 거창한 행위가 아니다.

그래서, 안잘리는 모이샤와 함께 침대에 있었다.

모이샤가 침묵을 지키는 데는 아주 단순한 이유가 있었는데 그것은 이러했다. 그는 안잘리가 온전한 양성애적 여자인지 확신을 하지 못하고 있었다. 그것이 모이샤가 침묵을 지키고 있는 이유였다. 최근에 전개된 일들로 장황하고 혼란스러워서 그는 기다리며 지켜보기로 한 것이었다.

그런데 나는 모이샤가 옳았다고 확신한다. 실제적인 견지에서 볼 때 그것은 정확한 행동 방침이었다. 안잘리는 자기가 온전한 양성애적 여자인지 전혀 확신을 하지 못했지만 그렇더라도 그녀는 다정했다. 그녀는 모이샤에게 그는 자기의 남자친구가 아니라고 설명할 수가 없었다. 그런다면 관계가 너무도 불안정해 보일 것이라는 걱정 때문이었다. 그리고 안잘리에게는 또 다른 이유도 있었다. 그녀는 외로웠다. 나나가 몹시 그립기도 했다. 그런데 외로울 때는 아무도 없이 혼자 자는 것보다 같이 잘 사람이 있는 편이 훨씬 더 안심이 된다.

그것이 모이샤와 안잘리가 아직도 함께 있는 이유였다. 그것이 내가 그들의 이상한 관계를 논하지 않은 이유다.

그런데 나는 뭔가 또 다른 이유도 있었다고 생각한다. 모이샤와 안잘리가 그 관계에서 행복하지 않았더라도, 사실상 몹시 쓸쓸해하고 있었더라도, 그것이 커플로서 행복하지 못했으리라는 이유는 아니다. 새로운 상황에서는 감정이 아주 빠르게 변할 수있다. 나는 그것이 갑자기 커플로 바뀐 두 사람에게는 자연스러운 일이라고 생각한다. 그 상황이 잘 풀릴 수도 있다는 것을 감안한다면 그렇다, 그들로서는 기대에 차 있는 것이 자연스러운 일이다.

사람들에게는 정상적이 되려는 본능이 있다. 나는 사람들이 타고나기를 낙천적이라고 생각한다.

그런데 그들은, 안잘리와 모이샤는, 둘 다 낙천적이었다. 그리고 누가 뭐래도 그들은 서로를 좋아했다. 따라서 그들은 속으로 자기네가 커플이 될 수도 있다고 생각했을 수도 있었다. 그럴 법하지는 않지만 그럴 수도 있었다.

하지만 그것이 어째서 섹스 신이었을까?

그것은 내가 모이샤와 안잘리가 어떻게 느끼고 있는지를 설명하는 동안 그들은 조용히 서로를 더듬고 있었기 때문이다.

12

한 주일이나 두 주일쯤 뒤 나나와 모이샤는 빗속에서 해튼 가든으로 걸어 올라가고 있었다. 해튼가든은 런던에 있는 귀금속 상가로 매우 유대인적인 거리이기도 하다. 그런데 이것은 분명히 우연의 일치다. 나는 언젠가 보석(jewellery)이 언어학적으로 유대(jew)와 관련이 있다고 주장한 스눕 도기 독(그룹 이스트사이즈의 멤버인 흑인 가수·영화배우. 본명은 스눕 라이언, 옮긴이)을 혐오하는 편이다. 쥬얼리에 들어 있는 쥬는 그저 음성학적인 우연의 일치일 뿐이다.

그러나 모이샤가 유대적인 해튼가든에서 자기의 유대인다움에 대해 이야기하고 있었던 것은 사실이다.

나나와 모이샤가 빗속에서 걷고 있던 동안 모이샤는 챙 넓은 검은 모자를 쓴 채 비닐 천막 밑에서 비를 피하고 있는 정통파 유대교도들에 대해 이야기를 늘어놓았다. 그런 하시디즘(18세기 폴란드에서 일어난 유대교의 한 파로 신비적 경향이 강함, 옮긴이)이 그냥 좋다고. 그들과 관련된 모든 것을 좋아한다고. 그들의 작달막한 체구와 귀 둘레로 달랑거리는 곱슬머리를 좋아한다고. 그들에게 는 그들만의 멋진 스타일이 있다고. 모이샤는 골진 폴리에스터 양말 위로 바지가 펄럭이는 그들의 스타일을 찬양했다. 아니면 그들의 머리칼에 카넬(유대 남자들이 신에 대한 존경을 나타내기 위해 쓰는 머리덮개, 옮긴이)이 찰싹 들러붙어 있는 방식을 찬양하거나. 모이샤는 슬픔을 느끼면서도 그렇다고, 자기는 그것을 좋아한다 고 했다.

나는 여러분이 모이샤가 얼마나 잘 처신하고 있었는지 알아 줄 것으로 기대한다. 그는 아주 예의 바르게 처신하고 있었다. 전 남자친구의 모범을 보이고 있었다.

왜냐하면 모이샤는 슬픔을 느끼면서도 동시에 매력적이 되 려 하고 있었으니까. 전 애인과 함께 하루를 보내는 것은, 여전히 전 애인과 함께 외출을 하고 있는 동안에도, 서로 잘 어울리기가 어려운 경우였다. 그것은 아주 세심한 주의를 요하는 일이었다. 게다가 또 나나의 아버지가 죽어가고 있을 수도 있었다. 그래서 모이샤의 생각으로는 그날이 이상적인 날은 아닌 것 같았다. 그 러나 모이샤는 나쁜 남자도 아니었고 자기중심적인 남자도 아니 었다. 서로 잘 어울리기가 곤란하다 보니 모이샤는 말이 많아졌 다. 말이 많기도 했고 아주 매력적이기도 했다.

"우리 어디 안으로 들어가서 먹을 데를 좀 찾아볼까?" 모이샤가 제안했다.

나나는 타고나기를 준비성이 없는 여자였기 때문에 – 1월인데도 그녀는 얇은 흰색 셔츠를 입고 있었다 – 고개를 끄덕였다. 안으로 들어가자는 말이 좋게 들렸다.

모이샤에게는 어디에서 먹을 것인가에 대해 생각이 한 가지 있었다. 그것은 단순하게 정한 것이 아니었다. 그는 나나를 코셔 노셰리로 데려갈 생각이었다.

그래서 그들은 그레빌 가를 따라 코셔 노셰리까지 빗속을 걷고 있었다.

코셔 노셰리 밖에는 주문받은 상품을 배달하는 감은색 코셔 노셰리 승합차가 보도의 연석(緣石)에 한쪽 바퀴가 짓눌린 채 세워져 있었다. 그리고 그 승합차의 운전석 문에는 '코셔 노셰리 24시간 영업'이라는 자주색 글자들이 굵은 이탤릭체로 스텐실되어 있었다. 모이샤는 나나에게 그곳이 런던 시내에서 가장 쓸 만한 소금절이 쇠고기집이라고 장담했다. 브릭 레인보다도 더 낫다고. 카운터에는 24시간 내내 사람들이 볼 수 있도록 회녹색의 기름진 고기가 진열되어 있다고.

두 사람 모두 자리에 앉았다. 모이샤는 신경과민이었다. 나나도 신경과민이었다.

나나가 젖은 셔츠를 브래지어의 레이스 폴리지(천을 잘라낸 자리에 붙이는 나뭇잎맥 모양의 망사 장식, 옮긴이) 위로 들어 올렸다. 모이샤는 자기가 이곳을 무척이나 좋아한다고 했다.

나는 여러분이 모이샤가 갑자기 개종했다고 생각하지 않기를 바란다. 그가 여호와를 찾은 것은 나나와 결별한 여파 때문이 아니었다. 아니, 그는 어떤 식으로도 유대교의 주된 계율에 복종하기로 맹서한 적이 없었다. 유대 종족과 믿음에 대한 모이샤의 관계는 언제나 그랬듯 순전히 희로애락의 감정과 관련된 것이었다. 코셔 노셰리 역시 그에게 그런 감정을 느끼게 해주었다. 말하자면 그는 슬펐고 그곳이 그를 행복하게 해준 것이었다. 그곳이 그에게 자기는 소금절이 쇠고기를 좋아한다고 믿게 해준 것이었다. 때때로 그가 코셔 노셰리에 앉아 베이글 모양의 소금절이 쇠고기를 길고 가느다란 조각들로 찢어내곤 하던 순간들에 모이샤는 이스트엔드의 멋진 유대인 청년과 동질감을 느꼈다.

귀에 약간 붉은 색이 도는 노란 털이 난 남자가 크림치즈 베이글을 사고 있었다.

"하지만 내가 좋아한 건, 언제나 좋아한 건, 스탠리 매튜스(1915~2000, 영국의 풋볼선수·감독, 옮긴이)였더랬소." 그가 문을 바깥쪽으로 열어 잡고 있으면서 말했다.

"아, 예." 카운터 뒤의 남자가 듣고 있는 척을 해주었다.

그 남자는 일회용 커피컵에 플라스틱 뚜껑을 끼워 맞추려고 애를 쓰고 있었다.

"누구도 그런 드리블은 못 했더랬소." 그 남자가 다시 문을 닫고 주먹으로 베이글이 담긴 자기의 구겨진 가방을 가리키면서 말했다. "그 사람은 그저 골을 넣고 손을 흔들고 어깨를 툭툭 친

다음 다시 뛰러 가곤 했더랬지."

모이샤가 메뉴를 훑어보고 나나를 바라보았다.

"나는, 나는……" 모이샤가 먼저 말을 꺼냈다. "우리는 자기를 보고 싶었어. 우리 둘 모두 자기를 보고 싶었어."

"나도 자기 보고 싶었어." 나나가 화답했다.

"난 지금도 자기를 사랑해. 자기도 알 거야. 난 지금도 자기를 사랑해." 모이샤가 털어놓았다.

"나도 알아." 나나가 말을 받았다.

"자기 그때 기억나?" 모이샤가 물었다. "자기가 내 대사 외는 거 도와주고 있었던 때. 그게 뭐였더라…… 노엘 카워드였나? 그게 우리가 이제껏 함께했던 가장 즐거운 시간이었는데."

나는 이 이야기가 옆길로 샌 것이라고는 생각하지 않는다. 그렇게 보일 수도 있지만, 그렇지 않다. 모이샤는 나나를 사랑하고 있었다. 그녀가 그리운 정을 느꼈으면 싶었고 그녀도 자기를 그리워했으면 싶었다.

"자기가 그 다음에 하려던 게 뭐였지?" 나나가 물었다.

"내가 하려던 거? 뭐 아무것도 없어. 다음 주에 미팅이 잔뜩 있기는 하지만." 모이샤가 대답하고 나서 말을 이었다. "그런데 안잘리는 뭔가를 따냈어. 누군가를 위한 다른 어떤 광고를 따냈거든. 그게 뭔지 기억이 나지는 않지만. 하지만 그건 꽤 돈이 될 거야, 꽤 많은 돈이 될 거야."

나나는 고개를 끄덕였다.

"그런데 자기 아버님은 좀 어떠셔?" 모이샤가 물었다.

"아, 아빠는 괜찮아. 괜찮은 것 같아. 그러니까 내 말은 아빠 입맛이 이상하다는 거야. 강하고 자극적인 맛은 아무것도 느끼지를 못해, 카레 맛도 못 느끼고. 그저 어중간한 것들만 맛을 느껴. 레몬 맛과 라임 맛의 차이도 알지 못하고." 나나가 대답했다.

모이샤가 우~후~ 했다. 하지만 그 "우~후~"는 따분해서 나온 소리가 아니었다, 나는 여러분이 그런 생각을 하지 않았으면 한다. 그것은 걱정스러워하는 "우~후~"였다.

"무슨 맛이 제일 먼저 돌아왔는지 알아?" 나나가 물었다.

"뭐였는데?" 모이샤가 되물었다.

"오징어." 나나가 대답했다.

"오징어?" 모이샤가 다시 물었다.

"아빠는 정말 맛있는 오징어를 먹었고 그 맛을 알았어. 그 맛이 돌아온 건 감기를 앓은 뒤였고." 나나가 말을 이었다. "아빠는 감기에 걸렸을 때 아무 맛도 느끼지를 못했는데 감기가 떨어지고 나니까 입맛이 전보다 더 잘 살아났다고 했어. 그런데 내 말은 그게 어떻게 해서 그렇게 되었느냐는 거야."

"나나, 나나 달링, 난 어떻게 된 건지 전혀 모르겠어." 모이샤가 그러고 나서 메뉴를 집어 들었다.

그 동작은 주의를 다른 데로 돌리거나 다음에 할 말을 위장하려는 것이었다.

"내 생각엔 괜찮을 것 같아, 나하고 안잘리는." 모이샤가 말했다. "내 말은 자기가 없으니 이상하다는 거야. 슬프기도 하고. 하지만 잘은 모르겠어. 우리는 어쩌면, 아마도 해낼 수 있을 거야."

지금 나는 모이샤가 그 말을 한 것에 좀 놀란다. 나나가 돌아오도록 하고 싶어 했다면 나나에게 자기와 안잘리가 행복해질 수 있다고 한 것은 정말로 무분별한 짓이었다. 하지만 나는 모이샤가 왜 그런 잘못된 짓을 했는지 알 수 있을 것 같다. 그의 말은 결국 어느 면에서는 사실이었고 그런 식으로 그는 예의를 차릴 수 있는 기회도 얻었다. 그는 나나가 코셔 노셔리에서의 그 식사를 힘들어하지 않게 하려 애를 쓰고 있었고 그래서 참착해 보이고 싶었던 거였다.

하지만 나는 그것 – 나나에게 그녀가 자기를 파괴하지 못했다고 이야기하는 것 – 이 그를 즐겁게 해주었다고도 생각한다. 그것은 작은 예의를 차린 복수의 순간이었다.

그리고 그것은 복수였다. 나나는 모이샤를 좋아했다. 아니, 그를 좋아하는 정도가 아니라 그 이상이었다. 그처럼 고상하게 떠나기란 여간 어려운 일이 아니었다. 그녀는 모이샤에게서 떨어져 사는 것을 좋아하지 않았다. 그래서 모이샤와 안잘리를 시샘했고 그들이 결국 함께 행복해질 것이라고는 생각하고 싶지 않았다.

나나는 고개를 끄덕였다.

그녀는 주위를 둘러보았다. 그녀 옆에서 한 남자가 얇게 썬 음식 조각들에 케첩으로 낙서를 하고 있었다. 벽에는 벽화 같은 거

대한 조각그림 맞추기 퍼즐이 있었다. 그리고 나나의 오른쪽으로
는 히로니뮈스 보스(15세기 후반~16세기 초의 네덜란드 화가. 미술 역사
상 가장 신비에 싸인 인물 중 한 사람으로 간주됨, 옮긴이)의 「성 안토니
오의 유혹」이 있었다. 그림 아래에는 트롱프뢰유 양피지 두루마
리에 세 가지 다른 언어로 "Temptation of Saint Anthony - Tentation
de Saint Antoine - La Tentazione di Antonio"라고 적혀 있었다. 조
각그림 맞추기 퍼즐 옆에는 레이블이 하나 붙어 있었다.

<u>세계 최대의 퍼즐</u>
16,000 조각 이상

그녀의 왼쪽에도 다른 퍼즐이 하나 더 있었다. 그것은 어느 호
수의 정경이었다. 나나는 이스라엘에 호수들이 있는지 궁금했다.
그 호수가 이스라엘에 있는 것인지도 궁금했다. 그녀는 윤을 낸
적갈색 가죽으로 장식된 플라스틱 메뉴판을 바라보았다. 그 식당
에서는 베스트 소금절이 쇠고기 저녁 정식 모음 사진을 메뉴판에
종이 물리개로 끼워놓고 있었다. 나나는 베이글과 계란찜을 주문
했다. 모이샤는 베이글 모양의 소금절이 쇠고기를 주문했다.

그런데 여러분이 모이샤를 보는 것은 이번이 마지막이다. 여
러분이 그를 마지막으로 보게 되는 것이 바로 지금 이 순간이다.
나나는 그가 코셔 노셰리에서 베이글 모양의 소금절이 쇠고기를
주문했을 때 그와 결별했다.

나는 모이샤가 거기, 코셔 노셰리에서 왜 감상적이 되었는지 이해할 수 있다. 그런 감정을 느끼게 해준 것은 유대인들의 1950년대였다. 접시 하나하나마다 한가운데에 불그스름한 살색으로 커다란 B자가 찍히고 그 오른쪽으로 "uy loom's est eef"가 위에서부터 아래로 배열되어 있었다["Buy Bloom's Best Beef(블룸 가게에서 최상의 쇠고기를 사세요)"라는 문구가 장식적으로 배열되었다는 뜻, 옮긴이]. 그곳은 예전의 세상이었다. 연분홍색 유포(油布)와 의자 등받이에 소용돌이 모양의 금박 곡선이 있는 세상, 훨씬 더 안전하고 행복한 세상이었다.

그런데 나는 그 느낌을 제대로 알 수 있다. 내가 거기에 있을 때는 나도 그런 감정을 느낀다.

13

하지만 나는 감상적이 되지도, 슬퍼지지도 않을 것이다. 아니, 대신에 나는 행복을 묘사하려 한다. 이야기의 이 대목에서 내게 많은 선택권이 있는 것은 아니더라도.

나는 나나의 행복을 묘사하려고 할 것이다.

에지웨어가 나나를 행복하게 해주었다. 그녀는 에지웨어에 살고 있는 것이 마음에 들었다. 또 파파가 거기에서 살았고 그러는 것을 즐겼기에 에지웨어가 멋지다고도 생각했다.

아마도 여러분은 에지웨어에 가본 적이 없을 것이다. 그래서 아마도 그곳이 얼마나 묘하게 다양한 행복의 원천인지 알 수 없을 것이다. 에지웨어는 지하철 노던 선 끝에 있다. 따라서 정확히 도시는 아니고 분명히 교외다. 그곳의 지하철역은 1923년에 절제된 네오 그루지야 스타일로 설계되었다. 그리고 해마다 하누카(11월이나 12월에 8일간 진행되는 유대교 축제) 때는 역 앞 광장에 10피트 높이의 메노라(유대교 제식 때 쓰는 일곱 갈래 또는 아홉 갈래의 촛대)가 세워진다. 역에서 왼쪽으로 돌아 길을 따라가다 보면 맥도날드 햄버거를 지나 브로드워크 쇼핑센터로 이르게 된다.

안식일(유대인들에게는 토요일, 기독교도들에게는 일요일임, 옮긴이)이 끝나는 토요일 밤이면 유대인 선남선녀들이 흑인, 아시아인 처녀총각들과 함께 맥도날드 밖으로 모여들어 제각기 다른 약물을 판다. 때로는 시간을 죽일 셈으로 지하철을 타고 골더스로 가서 골더즈 그린 지하철역 밖에 서 있다가 다시 에지웨어로 돌아오기도 한다.

에지웨어는 다문화적 천국이다.

만일 여러분이 맥도널드를 지나 계속 걸어간다면『주이시 클로니클(Jewish Chronicle)』의 지원을 받는 신문 판매점도 지나게 될 것이다. 그 신문 판매점 밖에는 게시판도 있는데 그 게시판 역시 『주이시 클로니클』의 지원을 받는 것이다. 그 게시판은 판매대리점 계약의 일부로서 신문 기사제목들을 알리는 자리다. 나나가 파파를 보고 나서 집으로 돌아올 때『주이시 클로니클』의 머리기사는 이런 것이었다.

"마조르카에서 나흘 동안의 유월절 휴일을!"

나는 그 기사가 10피트 높이의 메노라와 결부되어 나나를 슬프게 하지나 않았을까 싶다. 그 메노라가 나나를 향수에 젖게 했다. 아니, 아마도 정확히 향수는 아니었을 것이다. 그녀는 우대인 여자가 아니었고 이스라엘이 그녀의 조국도 아니었으니까. 단지 그녀는 특별히 좋아하는 한 유대인에 대해 슬프고 속이 상해서 비극적인 생각들을 하고 있었을 뿐이었다.

여러분은 그녀가 파파를 사랑한다는 사실을 기억해두어야 한다. 하지만 그녀는 모이샤도 사랑했다.

신문판매점을 지나면 오른쪽으로 예전에 벨뷰 영화관이었던 곳이 있다. 그러나 만일 여러분이 계속 걷는다면 얼마 안 가서 곧 레일웨이 호텔의 건축학적 광기를 보게 될 것이다. 그 호텔은 1931년 A. E. 스웰이 자기 멋대로의 튜더 양식에다 가짜 교수대들을 덧붙여서 마무리한 건축물이다. 그리고 거기가 에지웨어 하이스트리트의 맨 끝이다.

에지웨어는 교외다. 음울하고 조용하고 사랑스럽고 저속한 교외다.

14

아, 그렇지는 않고, 사실 이 이야기에서 행복한 사람이 따로 있었다. 어떻게 본다면 이 시점에서는 그녀가 나나보다도 더 행복했다.

안잘리는 모이샤의 연립주택에서 꾸벅꾸벅 졸고 앉아 있었다. 그녀는 모이샤의 연립주택에 앉아서 나나 생각을 하고 있었다. 또 모이샤에 대해서도 생각하고 있었다.

안잘리는 사랑에 대해 생각하고 있었다.

나는 여러분이 안잘리를 기억해주기 바란다. 여러분은 이 부분을 생각 없이 읽어서는 안 된다.

안잘리는 그녀의 발리우드 영화들을 떠올리고 있었다. 그녀가 보았던 가장 사랑스러운 발리우드 영화는 「데브다스」였다. 그 영화는 매우 감동적이었고 샤룩 칸이 아이쉬와라 라이의 집 문 밖에서 죽는 마지막 장면에서는 사랑이 얼마나 놀랍고 강렬한지를 보여준다. 안잘리는 그 영화가 사랑이 무엇보다도 더 강하다는 것을 보여준다고 생각했다.

그리고 나는 안잘리가 옳았다고 생각한다. 나는 그녀를 좋아한다, 정말로 좋아한다. 나는 그녀가 비몽사몽을 헤매는 중에도 사랑의 힘과 경이로움에 대해서 생각하고 있었기에 그녀가 여전히 실제적이었다고 생각한다.

그러나 안잘리는 실제적이었기에 진퇴양난이기도 했다. 자기가 어떻게 느끼고 있는지도 분명히 알 수 없었다. 그것은 사랑이 아니었다. 그녀도 그것을 알고 있었다. 다만 그녀는 행복하다는, 갑작스럽고 놀랄 만큼 행복하다는 것이었다.

11. 결말

파파는 그의 새털이불, 진홍색 바탕에 조그만 흰색 사자들과 매들과 사과나무들이 있는 독창적인 디자인의 새털이불에 앉아서 나나와 그녀의 다정한 남자친구 모이샤에 대한 이야기를 주거니 받거니 하고 있었다.

파파는 모이샤를 좋아했다. 아주 많이 좋아했다.

안잘리는 엔딩이 아니다. 분명히 여러분은 그것을 알았어야 했다. 나는 안잘리가 행복해하는 것으로 이야기를 끝내지는 않을 셈이다. 아니, 베드룸 신으로 시작을 했으니 베드룸 신으로 끝낼 것이다.

"그런데 모이샤는 어떻게 지내니?" 파파가 물었다. "넌 언제 돌아갈 거고?"

이야기를 더 진행시키기 전에 나는 파파의 옷차림을 묘사하고자 한다. 그의 옷차림은 여느 때와는 달랐다. 양말은 한쪽은 빨간색, 다른 한쪽은 해청색인 짝짝이에 검은색 정장 바지는 지퍼는 올려졌지만 단추는 채워지지 않았고 상의는 파파가 1987년 로데스에서 샀던, 곱슬곱슬한 수염의 사티로스가 인쇄된 흰색 티셔츠였다.

자, 이제 나는 이야기를 다시 시작할 수 있다. 다만 나는 여러분이 그가 기념일에는 제대로 입도록 해주기를 바란다.

"그런데 모이샤는 어떻게 지내니?" 파파가 다시 물었다. "넌 언제 돌아갈 거고?"

여러분도 알다시피, 파파는 나나가 모이샤에게서 영원히 떠났다는 사실을 모르고 있었다. 나나가 파파에게 그 이야기를 하지 않은 이유는 자기의 사랑 이야기로 파파를 혼란스럽게 하고 싶지 않아서였다. 그녀는 파파가 자기에게서 온전한 사랑을 받는다고 느끼기를 원했고, 그것은 곧 그에게 나나와 모이샤는 이제 더 이상 함께하지 않는다는 말은 할 수 없다는 뜻이었다. 그 말을 한다면 그녀의 순수한 사랑이라는 제스처가 복잡해질 뿐더러 성의도 덜한 것으로 보일 터였다.

왜냐하면 나나는 순수한 사랑의 몸짓을 보이고 있었으니까. 그것은 사실이었다.

2

여기에서 나는 여러분이 나나의 비밀, 즉 그녀가 모이샤와 결별한 일을 완전히 미친 짓이라고 평가해서는 안 된다고 생각한다. 도덕적이 되기란 매우 어려운 노릇이다. 나는 그렇게 되기가 거의 불가능하다고 생각한다, 그리고 여러분은 온갖 종류의 일반화와 이론들을 믿어야 한다.

한 가지 일반화는 이런 것이다. 사람들은 종종 고상한 제스처가 실제적인 제스처보다 본질적으로 더 낫다고 생각한다. 설령 고상한 제스처가 아무 소용이 없고 잠재적으로는 본인에게 해롭더라도, 그것이 여전히 도덕적이라고 생각한다.

그러므로 이 소설의 표현 형식에서는 나나가 파파와 함께 사는 것이 모이샤와 함께 사는 것보다 더 낫다. 그러는 것이 자멸적이고 잠재적으로는 나나의 궁극적인 행복에 해로울 수도 있지만 그래도 더 고상하다.

나나는 그녀의 이론에 대한 지지자를 체코의 반체제 작가이자 전임 대통령이었던 바츨라프 하벨에게서 찾게 될 것이다. 1969년 8월 9일, 그가 반체제 작가였었을 때 바츨라프는 당시 체코 대통령이었던 알렉산드르 두브체크에게 편지를 한 통 써 보냈다. 러시아의 체코슬로바키아 침공이 있은 지 1년 뒤의 일이었다. 러시아 군대가 침공을 했던 이유는 두브체크의 더 온화하고 더 나은 공산주의 때문이었다. 그들은 두브체크를 대통령직에서 물러나게 했지만 그가 대통령궁에 머무는 것은 허용했다. 그러나 그를 혼자 있게 놓아두지는 않았다. 그들은 그가 더 좋은 형태의 공산주의를 부정하게 하고 싶어 했다.

바츨라프는 두브체크가 그러는 것을 원치 않았다. 그가 더 나은 형태의 공산주의에 대한 믿음을 견지해주기 바랐다. 비록 그러는 것이 두브체크에게 위험하고 효과가 전혀 없을지라도. 그것이 그가 두브체크에게 고상하라고 탄원하는 편지를 쓴 이유였다.

바츨라프는 이렇게 썼다. "비록 직접적이고 가시적인 정치적 효과를 볼 가망이 전혀 없는 순수한 도덕적 행위일지라도, 시간이 지남에 따라 점진적 간접적으로 정치적 중요성이 점점 더 커질 수 있습니다."

바츨라프는 아무 소용도 없고 자신에게 해로운 도덕적 제스처라도 비웃어서는 안 된다는 말을 하고 있다. 그 제스처는 그저 내보이기 위한 것이 아니고 반드시 제스처여야 하는 것도 아니라는, 어떤 선은 결국 선 그 자체로부터 올 수도 있다는 말을 하고 있는 것이다.

불행히도 바츨라프의 이론은 입증될 기회를 얻지 못했다. 바츨라프가 편지를 보내고 나서 한 달 뒤인 1969년 9월에 러시아는 두브체크를 의회에서도 몰아냈기 때문이다. 바츨라프는 그 어떤 답장도 받지 못했다.

3

나나는 파파의 질문에 바로 대답하지 않았다. 파파에게 자기가 언제 모이샤에게로 돌아갈 것인지를 바로 말하지 않았다. 그러는 대신 파파의 자리에서 파파와 나란히 앉아 우편물을 열었다. 그날 아침 우편물은 엽서 한 장이었다. 그들 가족의 친구이자 치과의사인 고트립 씨가 보낸 엽서였다.

친애하는 니나
아버님을 여읜 크나큰 상실에
깊은 애도를 표합니다.
류크 고트립

그녀가 킥킥거리며 소리 내어 읽었다. 두 사람 모두 킥킥거렸다.

"이런 못돼먹은 작자 같으니!" 파파가 소리쳤다. "그게 내가 죽었을 때 보낸 거란 말이지? 딸랑 한 줄이? 그거 이리 줘봐라." 파파가 그것을 읽고 다시 한 번 더 읽었다. "이런 못돼먹은 작자 같으니!" 파파가 같은 소리를 또 했다.

나나는 그 엽서를 창턱에 올려놓았다가 중심이 잡히지 않자 엽서를 구부려 중심이 잡히게 했다.

"그런데 너 뭘 어떻게 한 거냐? 그 사람한테 내가 죽었다고 한 거냐? 그 사람이 대체 왜 엽서를 보냈는지 그게 알고 싶구나." 파파가 의아해했다.

"기억이 나지 않아요." 나나가 둘러댔다. "난 아무 말도 하지 않았거든요. 나는, 아니, 난 아무 말도 하지 않았어요."

물론 그 말은 사실이 아니었다. 그녀는 울면서 고트립 씨에게 파파가 죽을까 봐 무섭다고 했었다. 코트립 씨는 그 말을 잘못 알아들은 것이 틀림없었지만 나나는 파파에게 그가 죽을까 봐 무서워했다는 말은 할 수 없었다. 아니, 나나는 그러기엔 너무도 주의 깊었고 너무도 다정했다.

"그런데 모이샤는 어떻게 지내고 있니? 넌 그 얘길 하지 않았어. 너 언제 돌아갈 거니?" 파파가 물었다.

"돌아가지 않을 거예요." 나나가 대답했다.

그 말이 파파를 놀라게 했다.

"뭐라고?" 파파가 물었다.

그 질문에 나나는 이렇게 대답했다. 그러니까 한숨을 쉬고 나서 대답했다. "나 그 사람하고 헤어졌어요."

그 말이 파파를 더 놀라게, 당혹스럽게 했지만 파파는 뭔가 침착한 말을 하려고 애썼다. "네가?"

"우리 헤어졌어요." 나나가 털어놓았다.

"하지만 어째서? 그 사람 다정한 청년이었는데. 어째서 그 사람하고 헤어진 거니?" 파파가 물었다.

"내가 그러고 싶어 했어요." 나나가 대답했다.

"하지만 어째서지?" 파파가 다시 물었다.

"난 아빠하고 같이 있고 싶었어요." 나나가 대답했다.

그녀는 자기가 순수한 사랑의 제스처를 보이고 있다고 생각했다.

하지만 파파는 그녀가 보이는 순수한 사랑의 제스처를 원치 않았다. 그리고 또 나도 그렇다. 그는 어이없고 아연실색한 느낌이었다. 파파는 자기중심적인 사람도 아니었고 자기본위적인 환자도 아니었다. 그는 나나가 그러도록 놓아두어서는 안 된다는 생각을 하고 있었다.

"나하고 같이?" 파파가 물었다. "하지만 너는 모이샤하고 같이 있어야 해."

파파는 나나가 자기를 보살피도록 해서는 안 된다고 생각했다. 그녀에게는 남자친구가 있었고 삶이 있었다. 그는 나나가 자기를 보살피느라 시간을 허비하게 할 수 없었다.

"아니, 난 아빠하고 같이 있고 싶어요." 나나가 고집했다.

"너는 모이샤에게로 돌아가야 해." 파파가 잘라 말했다. "너 돌아가서 미안하다고 해라. 그 사람한테 네 마음이 바뀌었다고 해. 나 때문에 모이샤하고 헤어져서는 안 돼. 그건 미친 짓이야." 파파가 말을 이었다. "그러니까 내 말은, 네가 그 생각을 얼마나 오래 하고 있었느냐는 거야. 나하고 같이 있을 생각을 얼마나 오래 하고 있었던 거지?"

갑자기 파파는 피곤기를 느꼈다. 몹시 피곤하고 슬픈 느낌이었다.

내가 너무 오래 살고 있어. 파파는 그런 생각이 들었다.

여러분도 알다시피, 파파의 뇌졸중이나 종양일 수도 있는 증세가 특별히 곤란한 문제를 야기했었다. 예후(豫後)는 단지 추정일 뿐이었다. 의사들은 설령 그 증상이 종양으로 밝혀진다 해도 파파가 20년은 더 살 수 있을 것이라고 했다. 그러나 다음날 죽을 수도 있었다. 그처럼 정확히 예측을 할 수 없는 상황이 파파를 괴롭혔다. 만일 나나가 그를 일주일 동안만 보살피기로 했다면 그도 별 신경을 쓰지 않았을 것이었다. 그러나 보살피는 기간은 얼마라도 될 수 있었고 몇 년이 될 수도 있었다.

파파는 당황스러웠다. 자기가 너무 오래 살고 있다는 생각도 들었다. 자기의 삶이 나나의 삶을 허비하고 있다는, 자기가 모든 것을 허비하고 있다는, 돈까지도 헛되이 쓰이고 있다는 생각이 들었다. 그의 간병 비용은 결코 헐한 것이 아니었다. 그런데 파파는 자기의 사랑하는 딸에게로 갈 수도 있는 돈을 향후 20년 동안에 다 써버리고 싶지 않았다.

파파는 이 이야기에서 자비로운 천사였다. 여러분은 그것을 기억해야 한다.

"봐라, 이건 미친 짓이야. 나한테는 돌봐줄 사람 필요 없다." 그가 말했다. "이틀에 한 번씩 간호사가 오기도 하고. 사실 나한테는 간호사도 필요 없어. 나는 아무렇지도 않아. 그러니 너도 나하고 같이 있을 필요 없다."

그것은 너그러운 동시에 야박하기도 했다. 모순되는 말처럼 들릴 수도 있지만 그것이 사실이었다. 파파로서는 너그러웠고 나나에게는 야박했다.

4

나는 바츨라프 하벨이 두브체크에게 보낸 편지에 숨겨진 의제가 있었다고 생각한다. 바츨라프는 고상함에 대한 경쟁적인 다른 이론에 대응하려는 것이었다고. 그 경쟁적인 이론에 따르면 소용이 없을 성싶은 고상한 제스처는 고상한 것이 전혀 아니라 단지 과시의 한 형태일 뿐이며, 따라서 고상해 보일 법한 행위는 단지 자기본위적일 뿐이라는 것이었다.

물론 바츨라프는 고상한 행위의 동기들이 의심받게 되리라고는 생각하지 않았을 것이다. 뭐랄까, 그렇게 될 가능성은 인정했더라도 요점을 보려 하지는 않았을 것이다. 그는, 바츨라프는, 초월적인 도덕성을 믿기에 「평화의 교란」이라는 인터뷰에서도 이렇게 말한다. "나는 아무것도 영원히 사라지지는 않으며 우리의 행동은 더더욱 그렇다고 믿는다……." 그는 회의적인 사람들과는 그 어떤 관계도 맺지 않을 것이며 밀란 쿤데라 같은 더 복잡한 체코 반체제 작가에게 고개를 숙이지도 않을 것이다.

여러분도 알다시피, 바츨라프가 두브체크에게 편지를 보내기 1년 전인 1968년에 밀란과 바츨라프는 결별을 했었다. 나는 여러분에게 그 논쟁의 개요를 간단히 설명하고자 한다.

1968년에 밀란은 "체코의 운명"이라는 뜻의 「체스키 우델」이라는 기사를 하나 썼다. 그 기사에서 밀란은 패배주의자가 아니었고 러시아의 침공에 기가 꺾이려 하지 않았기에 두브체크의 개혁정책이 포기되지 않았다고 했다. 체코에는 경찰국가란 없고 언론의 자유가 있으며 "세계 역사상" 처음으로 민주적 사회주의를 창조할 가능성도 있다는 것이었다. 그래서 밀란은 소비에트의 미래에 대해 공공연하게 걱정하는 사람들을 "확실성이라는 환상 속에서만 살 수 있는 나약한 사람들"이라고 결론지었다. 그들은 전혀 도덕적이지가 않다는 것이었다.

그러나 바츨라프는 그 시론을 마음에 들어 하지 않았고, 그래서 1968년 2월에 「체스키 우델?」이라는 시론을 하나 썼다. "체코의 운명?"이라는 뜻이었다. 그는 공공연하게 보증을 요구하는 것은 그리 나쁜 일이 아니라 했고 사람들의 완전히 합리적인 걱정을 완화시키는 것이 중요하다고 생각했다. 바츨라프의 생각으로는, 세계사의 중심에 있는 체코슬로바키아에 대한 밀란의 비전은 감상적인 것이었다.

응답으로 밀란은 「라디칼리스무스 아 엑시비시오니스무스」라는 또 다른 기사를 썼는데, 그것은 "급진주의와 과시주의"라는 뜻이었다. 그 기사에서 밀란은 자기가 뜻했던 바를 설명하려고 했다. 그의 생각으로는 러시아인들과 경찰국가에 대한 그 모든 두려움이 그가 싫어하는 "도덕적 과시주의"를 보여주는 것일 뿐이었다. 밀란은 또 바츨라프가 "온전함을 입증하려고 안달이 난 사람들의 질병"을 앓고 있다고도 생각했다.

그러므로 바츨라프가 고상해 보일지라도 그는 과시주의자일 뿐이라는 것이었다.

나는 거기에서 누가 옳다고 밝혀졌는지에는 관심이 없다. 그 당시를 돌이켜 보고는, 어떤 사람들은 밀란이 틀렸다고 생각할 수도 있을 것이다. 소련군 탱크들이 프라하의 거리들을 휘저으며 다니고 있었을 때 도덕성을 두고 논쟁을 한 것이 시의적절해 보이지는 않지만 실제로 나는 그가 틀렸다고는 생각하지 않는다. 밀란은 도덕적으로 나이브하지 않았고 또 사실 매우 진실하고 중요한 주장을 하고도 있었다. 결국, 이타적인 것으로 보이는 행동이 실제로는 자기 잇속을 챙기는 행동일 수도 있는 것이다.

그것이 복잡한 문제다.

이 소설의 표현 형식에서는, 예를 들자면, 파파와 함께 사는 것이 고상해 보일지라도 실제로는 자기 잇속을 챙긴 것일 수도 있다. 나나의 희생이라는 외견상의 고상함이 단지 모이샤가 안 잘리를 절정에 이르도록 해주는 것을 지켜보지 않으려는 데서 생겨난 것일 수도 있기 때문이다. 물론 나는 그것이 완전히 사실이라고 하는 것은 아니다. 단지 실상은 그럴 수도 있다는 말을 하는 것일 뿐이다.

하지만 바츨라프는 그 점을 인정하려고 들지 않았다. 그것이 내가 바츨라프를 좋아하지 않는 이유다. 하지만 나는 밀란 쿤데라는 좋아한다. 아주 많이 좋아한다.

5

"내가 아빠하고 같이 있는 거 원치 않아요?" 나나가 물었다. 그녀는 고민스러웠다.

"내 예쁜 딸아, 물론 나는 네가 나하고 같이 있는 걸 원해." 파파가 대답했다. "글쎄 뭐랄까, 아니, 나는 네가 같이 있는 거 원치 않아. 하지만 그건 내가 그러는 걸 좋아하지 않아서가 아니라 네가 모이샤에게로 돌아가기를 원해서야. 이건 미친 짓이다, 미친 짓이라고."

이것이 결말이고 거기에서는 모든 것이 뒤바뀌어 버렸다.

"하지만 나는 돌아갈 수가 없어요." 나나가 고백했다.

"돌아갈 수가 없다니? 네가 모이샤에게로 돌아갈 수가 없다고?" 파파가 물었다.

"그 사람 다른 누구하고 어울리고 있거든요." 나나가 대답했다.

"다른 누구하고 같이? 벌써?" 파파가 물었다.

"네. 안잘리하고 같이 어울리고 있어요." 나나가 대답했다.

"오 이런." 파파가 탄식했다. "오 이럴 수가!"

"괜찮아요." 나나가 안심을 시켜주려고 했다. "괜찮아요. 그래서 난 아빠하고 같이 있을 수 있고요."

"그러니까 그 친구가 너하고 헤어진 거로구나."

"아니, 아니에요." 나나가 설명을 하려고 했다. "내가 그 사람하고 헤어진 거예요."

"뭐랄까, 분명히 모이샤는 그보다는 더 잘했을 것으로 보이는데." 파파가 말을 이었다. "내가 보기엔 분명히 꽤나 잘하고 있는 것으로 보이는데."

6

나는 바로 여기서 이야기를 끝내려면 끝낼 수도 있다. 그리고 만일 내가 여기서 이야기를 끝낸다면 그것은 매우 슬픈 이야기가 될 것이다. 만일 내가 못돼먹었다면 그렇게 했을 것이다. 하지만 나는 못돼먹지 않았다. 나는 선량하고 이 책도 온통 다 선량하다. 내 생각에는 여러분이 내게서 기대할 수 있는 것이 바로 선량함이다.

그래서 나는 이야기를 계속해나갈 것이다.

7

"아니, 아니에요." 나나가 말했다. "아주 복잡해요 우리는. 너무 복잡해요 우리는." 그녀가 말을 멈췄다 다시 잇고 멈췄다 다시 잇고 했다. "우리는 모두 함께 있는 그런 식이었어요. 꽤나 여러 번요." 나나가 다시 말을 끊었다.

좋다, 이야기를 더 진전시키기 전에 나는 나나와 파파와 섹스에 대해서 설명을 좀 해야겠다. 그들은 섹스에 대해서 점잔을 빼는 사이가 아니라 친구처럼 거리낌이 없었다. 그것이 일상적인 화젯거리는 아니었을지 몰라도 화제가 되면 흉허물 없고 자연스러웠다. 섹스는 가볍게 웃어넘기는 중립적인 것이었지만 그렇다고 해서 나나가 그 모든 상황을 설명하기 편했다는 얘기는 아니다. 파파에게 3자동거 경험에 대해서 이야기하기란 여전히 좀 곤란하고 민망했다.

"우리는 3자동거 비슷했어요." 나나가 털어놓았다.

"너희가 3자동거였다고?" 파파가 물었다.

"그런 셈이에요." 나나가 그 대답을 하고 나자 말이 다시 끊겼다.

그 대화에는 아주 여러 번의 중단이 있었다. 나는 여러분이 내가 그 모든 중단을 글로 쓸 수 없더라도 여러분 스스로 상상해야 할 것이라고 생각한다.

"그 얘기를 왜 나한테는 한 번도 하지 않았니?" 파파가 물었다.

"모르겠어요." 나나가 말을 이었다. "나는 그냥, 나는 그냥, 그럴 필요가 없다고, 생각했던 것 같아요."

"그러면 얼마나 오랫동안 셋이서?" 파파가 물었다.

섹스는 중립적인 화제였기에 나나가 3자혼교의 일원이었음을 알게 된 것이 파파에게는 충격이었지만 도덕적인 면에서의 충격은 아니었다. 그것은 비난할 일이 아니었다. 파파는 그런 부류의 부모가 아니었다. 그것은 순전한 놀라움이었다.

파파는 자기가 왜 나나에게 그런 식으로 이야기를 하고 있는지 잘 알 수 없었다. 그가 이야기하는 방식은 그녀에게 학교에 대한 이야기를 하곤 했던 식이었다. 그러나 파파는 어떤 식으로 이야기를 해야 할지 알 수 없었다. 누가 보더라도 그것은 아주 정상적인 상황은 아니었다. 뇌졸중이나 종양일 수도 있는 질병에서 회복되고 있던 아빠가 딸과 그녀의 예사롭지 않은 성생활에 대한 이야기를 나누고 있었다는 것은.

"아, 몇 달 동안요. 우리가 베니스에서 돌아온 뒤부터요." 나나가 대답했다.

"몇 달 동안이라, 알겠다." 파파가 말했다.

파파는 몹시 피곤하다는 느낌이 들었다. 엄청나게 아연하고 피곤한 느낌이었다.

8

지금 이 부분은 내 소설에서 여러분 자신의 개인적 이론이 읽는 방식에 영향을 미쳐서는 안 되는 또 다른 대목이다. 이 경우에 여러분은 부모에 대한 자신의 이론으로 스스로에게 영향을 미쳐서는 안 된다. 이 세상에는 수많은 부모들이 있고 그들 모두가 나름대로 묘한 구석이 있다. 그래서 나는 부모로서 이 상황에 대처하는 예측가능한 방식이 한 가지뿐이라고는 생각하지 않는다. 여러분의 자식이 여러분에게 자기가 이제 막 3자동거에서 떨려났다고 할 때 보일 수 있는 반응은 여러 가지가 있다.

이제 나는 파파가 어떻게 반응했는지를 설명하려고 한다. 나는 여기에서 그 어떤 일반적인 법칙도 정하지 않을 것이다.

"나는 말이다, 나는 꼬치꼬치 캐물으려는 게 아니야." 파파가 말했다.

"네, 알아요."

"나는, 나는, 솔직히 꽤나 놀랐다."

"네에."

"그러면 이 일은, 이제는 끝난 거니?"

"네."

여기까지는 파파가 정말로는 반응을 보이고 있지 않았다. 그는 단지 이해를 하려 애쓰고 있었다. 몇 가지 명확한 사실들을 알아보려 하고 있었다.

"아니 그게 무슨 말이냐?" 파파가 물었다. "너희가 3자동거였다고? 그러니까, 그러니까 정말로 3자동거였다는 거냐?"

"네." 나나가 대답했다.

"그게 모두 그렇게 된 거였구나, 네가 모이샤하고 같이 지내려고 옮겨간 게. 그러면 안잘리하고도 같이 지내려고 했던 거니?"

"뭐랄까, 꼭 그렇지만은 않아요. 그 애한테 열쇠가 있었어요."

"아 그랬구나."

"그 애는 거의 내내 거기에 있었고요."

"맙소사." 파파가 탄식했다.

그 "맙소사"는 파파가 가장으로서 한 말이 아니었고 그래서 화를 내는 말도 아니었다. 그 "맙소사"는 놀라서 아연실색하는, 마음속 깊은 곳에서 나온 말이었다.

"그래, 그랬구나. 너 모이샤하고 갈라선 것은 아니겠지?" 파파가 물었다.

"아니, 갈라섰어요." 나나가 대답했다.

"그랬구나. 하지만 안잘리하고도 갈라선 건 아니겠지?"

"뭐, 그 애하고는 여전히 아무 문제 없어요."

9

그래서 파파에게 심상이 하나 떠올랐다. 파파는 그것이 고전 형적인 3자동거, 영화에 나오는 3자동거처럼 들린다고 생각했다. 꼭 「줄 앤 짐」 같다고.(나는 별도로 하고, 여러분은 이 소설에서 「줄 앤 짐」을 본 사람이 파파 하나뿐임을 기억할 것이다.)

그는 도무지 이해가 되지 않았지만 다른 한편으로는 매혹되기도 했다.

"그게 어떤 거였니? 아니, 아니다. 내가 이건 묻지 말았어야 했는데." 파파가 미안해했다.

"괜찮아요." 나나가 무마했다.

"하지만 그게 어떤 거였니?" 파파가 다시 물었다.

어쩌면, 정말로 어쩌면, 여러분에게는 이 대화가 충격적일 수도 있을 것이다. 여러분의 생각으로는 아빠가 딸의 성생활에 대해서 세세한 것들까지 캐물어서는 안 되는 것일 테니까. 그런 식으로 묻는 것은 음란해 보일 수도 있을 것이다. 하지만 나는 그렇게 보지 않는다. 파파에게는 장난스러운 면이 있어서 나나의 얼마쯤은 음란하고 있을 법한 성생활이 꽤나 흥미롭겠다는 생각을 하고 있었다. 그러니까 파파의 장난기가 호기심으로 바뀐 것이었다. 그 호기심은 호색과 비슷할 수도 있었지만 나는 그것이 문제가 된다고는 생각하지 않는다. 그것은 단지 파파와 나나가 얼마나 친밀한지를 보여주는 것일 뿐이었다. 나는 호색도 오케이라고 생각한다. 3자동거는 매혹적인 것이고 이제는 여러분도 그렇다는 것을 분명히 알고 있다. 나는 내가 3자동거에 매혹되지 않는 둔감한 사람처럼 되리라고는 생각하지 않는다.

"뭐랄까, 좀 이상했어요." 나나가 대답했다. "그랬어요. 잠자기가 힘들었어요."

그것은 사실상 대답이 아니었다. 파파가 원했던 종류의 대답은 아니었다. 그것은 너무도 원론적이었다.

"그러면 너희가 함께 잤다는 거냐?" 파파가 물었다. "그러니까 내 말은, 셋이 늘 한 침대에서 같이 잤느냐는 거다."
"네." 나나가 대답했다. "그랬어요."
"잠자기가 힘들었다고?"
"안잘리가 악몽을 꾸어서요. 그래요, 그 애가 악몽을 꾸어요."
"우우후."
"그 애가 가운데서 잤어요."
"알겠다."

"그거에 대해서는 얘기할 필요 없겠구나."
"그래요, 그게 좋겠어요," 나나가 말을 받았다. "내가 그랬잖아요."

문제는 파파 쪽에서 나나가 섹스에 능하다고 여긴다는 것이었다. 그는 나나가 틀림없이 성적인 기교에 능할 것이라고 생각했다. 그의 생각으로는 누구든 3자혼교의 3분의 1이 되어 본 사람은 섹스 예술가임에 틀림없었다. 그 생각은 논리적인 것이어서 자기 억제는 끼어들 여지가 없었고 질문을 하는 것도 문제가되지 않았다.

하지만 나나는 섹스 예술가가 아니었다. 나는 여러분도 이제는 그것을 알고 있으리라 여긴다.

"나는 통 이해가 가지 않는구나." 파파가 말했다.

"뭐가 이해가 가지 않아요?" 나나가 물었다.

"글쎄다, 나는 그저 흥미가 좀. 나는 그저."

"무엇이에요?"

"뭐랄까. 그거에. 너하고 안잘리를 모이샤가 지켜보았는지, 아니면."

"네, 때로는요."

"좋다. 하지만 함께는 아니었겠지?"

"함께가 아니라니요?"

"너희 셋 모두가 다. 한꺼번에."

"뭐, 때로는요."

"우우후."

"하지만 그러기는 곤란했어요."

"아, 그러니까 체위가?"

"그런 셈이에요. 조심스러워야 했거든요."

"당연히 그랬겠지. 알겠다. 체위."

"그런데 그게 자연스럽게 된 거니?"

"뭐가요, 섹스가요?"

"뭐 그렇지. 그, 음…… 체위 말이다. 그렇게 된 거니? 어디에 어떻게 있어야 할지를 저절로 알게 된 거니?"

"그랬죠. 많이 어렵지는 않았어요."

"그랬다고?"

"그랬어요. 꽤나 쉬워 보였어요."

"하지만 결정은 어떻게 한 거니?"

"우리가 했어요."

"내 말은 너희가 어떤 일이 일어나게 될지를 사전에 미리 상의했냐는 거다."

"했어요."

"나는 모르겠구나. 나는, 그건 너무 복잡한 것 같아."

"그리고 모이샤. 그 친구 안잘리하고도 섹스를 했겠지?" 파파가 물었다.

"네, 그랬어요." 나나가 대답했다.

"네가 보는 앞에서?"

"뭐 그렇죠. 아니면 내가 거기에 없기도 했고요."

"그런데 아무렇지도 않든? 속상하지 않더냐?"

"내가 왜 그래야죠?"

나나는 섹스 예술가인 척하려 하고 있었다. 자기 말이 섹스 예술가처럼 들리게 하려 하고 있었다. 그리고 썩 잘해내고도 있었다. 하지만 아주 솔직히 말하자면, 나는 파파가 나나보다도 더 섹스에 대해 예사로웠다고 생각한다.

"당황스럽지는 않았니, 그러는 게?" 파파가 물었다.

"뭐가요?" 나나가 되물었다.

"함께 하는 게."

"아니, 아니, 아니, 아니에요."

"정말로 아니었어?"

"아, 그럼요."

"나는 단지 그게 아주 복잡했을 거란 생각이 들어서 말이다."

"아니, 그렇지 않았어요. 정말이에요."

"내 말은 그게 너희 둘에게 아주 곤란했으리라는 거야."

진홍색 바탕에 조그만 흰색 사자들과 매들과 사과나무들 무늬가 박힌 독창적인 디자인의 새털이불이 깔린 파파의 침대에 앉아서 나나와 파파는 킥킥 웃었다. 엉겁결에 그렇게 웃기 시작했다.

"내 말은 네가, 네가 전에 여자들하고 섹스를 해본 적이 있느냐는 거다. 그랬니?" 파파가 물었다.

"나는, 음…… 아뇨." 나나가 대답했다. "없어요."

"그런데 그건 어땠니? 그건 그러면 이상하지 않았니?"

"뭐가요? 안잘리하고요?"

"뭐, 그렇지."

"그건, 그건, 재미있었어요. 색달랐어요."

"그러면 그걸 즐겼니?"

"내가요?"

"안잘리하고 그러는 게 좋았어?"

나나는 몸을 꼬았다. 그리고는 손바닥을 펴서 새털이불에 박힌 늠름한 흰색 사자 무늬를 짚었다.

"그거에는 대답하지 않을래요."

"그렇다면 그건 틀림없이 모이샤의 아이디어였을 것 같은데?" 파파가 물었다.

"아뇨," 나나가 대답했다. "내 아이디어였어요."

"네 아이디어였다고?"

"실은 누구의 아이디어도 아니었어요."

"그런데 그, 너는 그걸 뭐라고 부르니? 혼교라고?"

"네, 그렇게 불러요."

"하지만 그걸 어떻게 시작한 거니? 그게 어떻게 시작되었지?"

"아니, 아빠."

"알았다, 알았어."

"너희 모두 술에 취해 있었니?" 파파가 물었다.

"그런 걸 꼭 물어봐야 해요?" 나나가 되물었다.

"나는 그저. 그래, 됐다."

"내 말은 괜찮다는 뜻이에요."

"이 말은 해야겠다." 파파가 말했다. "나는 항상 그 친구를 좋아했어."

"아빠!" 나나가 소리쳤다.

"아무튼 그게 사실이야. 그 친구는 나를 웃게 해주었거든."

"하지만 맙소사." 파파가 뇌까렸다.

하지만 그것은 다른 "맙소사."였다. 그것은 좀 더 안정된, 좀 더 이해하는 "맙소사."였다. 그것은 매혹된 "맙소사."였다.

10

파파는 장난스럽기도 하고 매혹이 되기도 했다. 그러나 다른 한편으로 더 걱정스러워하는 면도 있었다. 그 때문에 파파는 보호적이 되었다. 보호적이 되어 진지해졌다.

"하지만 나는 일이 그렇게 된 게 좋지만은 않구나." 파파가 말했다. "그 말은 해야겠어."

"뭐가요, 아빠?" 나나가 물었다.

"나는 그거에 전적으로, 나는 그 일에 전적으로 동의할 수는 없어."

"뭐에요? 내가 떠난 거에요?"

"아니, 떠난 게 아니야. 뭐랄까, 나는 떠나는 거에도 동의하지 않지만 그 모든 타협에도 동의 안 해."

"그건 타협이 아니에요. 이젠 다 끝났어요."

"어쨌든 그건 타협이었어."

"아무튼 지금은 아니에요."

"전에는 그랬고?" 파파가 물었다.

"그랬다니, 뭐가요?" 나나가 되물었다. "그게 이상적이었냐고요?"

"아니, 물론 아니겠지."

"난 그게 좋은 일일 거라고 생각했어요." 나나가 말했다.

"좋은 일이라니?" 파파가 물었다.

"그게 모이샤를 행복하게 해줄 거라고 생각했어요. 또 안잘리도 행복하게 해줄 거라고."

"하지만 너는 어떻게 하고?"

"내 생각엔 나는, 나는, 잘 모르겠어요." 나나가 대답했다. "그건 얘기하기가 어려워요."

"우후우."

"그건, 뭐랄까, 한동안은 좋았어요. 이상하게 들리겠지만 좋았어요."

"그래, 그 말을 믿어도 될 것 같다."

나는 이 장면에서 우리가 파파의 감정이 바뀌어간 과정을 추적해볼 수 있다고 생각한다. 그것은 충분히 이해가 가는 과정이었다. 맨 처음엔 파파는 충격을 받았고 다음에는 충격이 가벼운 놀라움으로 바뀌었다. 그 다음에는 놀라움이 흥미로운 호기심으로 기울어졌고 또 그 다음에는 호기심이 보호해주려는 마음과 염려로, 그리고 염려는 간단한 논리적 사고에 자리를 내주었다.

"그렇다면 모이샤가 정말로 안잘리하고 같이 나간 건 아니겠구나." 파파가 말했다. "그 여자하고 같이 남은 거지."

"아니, 아니에요." 나나가 부인했다. "그 사람 개를 좋아해요.

"하지만 그 친구가 그 여자를 좋아한다고? 그 둘이 서로 사랑한다고?"

"모르겠어요."

"그 둘이 사랑한다고?"

"모르겠어요. 어쩌면요."

"내 말은 얼마나 오래 그랬느냐는 거다, 내 말은. 그저 두어 주일쯤이냐?"

"몇 달요."

"몇 달이라, 맙소사. 몇 달."

"하지만 그래도," 파파가 말을 이었다. "그런데 너는 무슨 생각을 하고 있었지?"

아니, 파파는 지성인이어서 그 질문은 없었던 것으로 했다.

"그러면 너하고 그 사람은 어떠니?" 파파가 물었다. "모이샤가 여전히 너를 사랑하고 있니?"

"모르겠어요." 나나가 대답했다.

"모르겠다고?"

"글쎄요, 아마도요. 그럴 거예요."

"그렇다면 좋다. 이게 정답이야." 파파가 말을 이었다. "너는 모이샤와 그 친구가 안됐다고 느끼는 다른 여자에게서 떠났는데, 그 친구는 여전히 너를 사랑하고 있어. 그리고 너는 나하고 같이 지낼 수 있도록 그렇게 했던 거고."

우리는 그 말이 아주 정확하지는 않다는 것을 기억해두어야 한다. 그 말은 사실보다 좀 더 고상했다. 파파가 아는 한에서는 정확했지만 파파는 섹스에 대한 나나의 고민을 모르고 있었다. 나나가 모이샤에게서 떠난 데에는 다정한 이유뿐 아니라 자기중심적인 이유도 있다는 것을 알지 못했다.

"글쎄요, 아빠가 그렇게 생각한다면요." 나나가 말했다.

11

어렸을 적에 나나는 이층에 있는 침대로 가서 태아처럼 바짝 웅크린 자세로 누워 있곤 했다. 그렇게 한 이유는 학교에서 누군가가 그러면 마음이 편해진다고 했기 때문이었다. 그래서 나나는 몸을 바짝 웅크렸다. 해질녘의 이른 시간에 침대로 올라가 누워 굿나잇 뽀뽀를 기다리면서. 파파가 위층으로 올라오는 동안 그녀는 층계참이 삐걱거리는 소리에 귀를 기울였다. 그리고 다음에는 문이 살며시 밀려 열리는 사이 잠들어 있는 척을 했다. 파파의 얼굴이 그녀의 얼굴로 다가올 때에도 눈을 계속 질끈 감고 있었다. 파파는 그녀에게 뽀뽀를 해준 다음 방에서 나가곤 했다.

그녀는 해질녘의 이른 시간에 침대로 갔고 커튼들이 하얀 방을 푸르게 바꿔주어서 선잠의 꿈에서 깨어나면 그곳이 정말로 푸른 빛에 감싸인 하얀 방인지 하얀 빛에 감싸여 반짝이는 푸른 방인지 알 수 없었다.

잠에서 깨어나면 나나는 층계참을 가로질러 타박타박 걸어가 더 큰 침대에 누워 있는 파파를 보곤 했다. 그리고 파파가 문쪽으로 더 가까운 쪽에 있으면 파파 옆으로 기어가 침대 가장자리에 걸터앉았다. 그녀는 파파를 보살폈다. 그와 함께 꾸벅꾸벅 조는 것으로 그렇게 했다. 그리고 파파가 출근을 하려고 일어나면 파파가 있던 자리로 굴러간 다음, 반쯤 열린 욕실 문을 통해 쭈그리고 앉은 그의 늘어진 가슴과 면도솔 타래와 이상하게 구부러진 그의 성기를 지켜보았다.

회사에서는 2주에 한 번씩 파파가 일찍 퇴근해서 나나를 돌볼 수 있도록 해주었고 그래서 그는 나나가 주방 테이블에서 숙제를 하는 동안 그녀를 지켜볼 수 있었다. 또 와이셔츠 소매 커프스를 풀고 그녀에게 차를 끓여 주기도 했다.

나나가 행복한 모습을 상상할 때면 그것은 언제나 파파와 함께 주방에 있는 것이었다.

그곳은 그녀가 좋아하는 집이었다. 그 집에는 길모퉁이에 장미 덤불이 있었다. 또 노란색 테두리의 붉은 벽돌로 만든 잠자는 경찰도 있었고 초록색 라운지와 민들레 무늬 벽지가 발라진 노란색 주방도 있었다. 그리고 위층에는 주름 잡힌 귀리 색 카펫이 깔린 흰색 층계참이 있었고 층계참 끝에는 스테인드글라스 튤립 창문이 있었다. 그 튤립에 나나는 마분지를 잘라 만든 새 – 검은색 사인펜으로 마무리한 테두리에 끈끈한 깃털을 붙인 – 를 블루택(고무 재질의 재사용이 가능한 접착제, 옮긴이)으로 붙여 놓았다.

그녀는 집을 사랑했고 그녀의 아빠를 사랑했다. 나는 여러분이 이 점을 과소평가하지 않았으면 싶다. 파파는, 다정하고 실제적이고 너그러운 파파는, 그녀의 마음을 돌리고 있었으니까.

12

"너는 분명히 모이샤에게로 돌아가야 할 거야." 파파가 말했다.

"그럴 수 없어요." 나나가 말했다.

"아니, 너는 모이샤에게 돌아갈 거야."

"하지만 정말 그럴 수 없어요."

"어째서지?"

"안잘리가 있어서 돌아갈 수 없어요." 나나가 대답했다.

"이 문제가 안잘리하고 무슨 관계가 있는지 모르겠구나." 파파가 말을 이었다. "너 안잘리를 사랑하니?"

"아뇨."

"그러면 너 모이샤는 사랑하니?"

"네."

"그러면 뭐가 문제지?"

"안잘리에게 상처를 줄 수 없어요."

"나나, 나나, 안잘리는 문제가 아니야."

물론 그 말이 바로 나나가 듣고 싶어 한 말이다. 그것이 그녀가 정말로 원한 말이다. 그녀는 모이샤가 돌아오기를, 스스로 돌아오기를 원했다. 하지만 나나로서는 그녀가 원하는 일을 하기가 어려웠다. 더구나 그녀가 원하는 일이 다른 누군가에게 상처를 주게 된다면 특히 더 어려웠다. 하지만 이것이 결말이다. 모든 것이 뒤바뀌는 곳은 바로 여기다. 그리고 나나는 자기중심적이 될 것이었다. 그것이 바로 여기가 결말인 이유다.

어쩌면 여러분은 이것이 자기중심적이라는 데 동의하지 않을지도 모른다. 아마도 여러분은 파파 쪽에서 나나가 떠나기를 원했다면 도덕적으로 곤란한 문제는 여간해서 없다고 생각할 것이다. 하지만 이 문제는 파파와 관련된 것이 아니다. 뭐랄까, 단지 파파만의 관심사가 아니다. 문제가 되는 것은 안잘리다.

나는 여러분에게 안잘리를 기억하라고 했다. 안잘리는 좀 이상한 방식으로 행복해했고 나나도 그것을 알고 있었다. 모이샤도 그녀에게 그 말을 했었다. 나나는 또 만일 자기가 돌아간다면 안잘리에게서 모이샤를 빼앗게 되리라는 것도 알고 있었다. 모이샤는 그녀에게 그 말도 했었다. 그래서 내가 하려는 말은 이것이다. 나나는 그 모든 것을 알고 있고 여전히 돌아가고 싶어 한다. 그녀는 자기가 해야 할 일을 무엇이든 하려 한다.

"너도 알 거다, 내가 너를 얼마나 사랑하는지." 파파가 말했다.

그리고 모이샤는 그녀에게로 돌아올 것이었다. 물론 그럴 것이었다. 나는 모든 것을 다 알고 있다. 모이샤가 어떤 사람인지도 아주 잘 알고 있다.

13

내 어머니의 체코인 친구 페트라는 밀란 쿤데라를 싫어했다. 그가 자기의 조국을 떠나지 말았어야 한다는 것이었다. 그녀는 그가 자기중심적이라고 생각했다.

내게는 밀란 쿤데라의 두 번째 소설인 『훼어웰 왈츠(Farewell Waltz)』의 이상한 프랑스어 번역본이 한 권 있다. 1979년에 출판된 번역본인 그 책은 인조가죽 커버에 가짜 금박 돋을새김으로 된 무늬가 인쇄되어 있다. 머리말로는 밀란 쿤데라와의 인터뷰가 실려 있다. 나는 그 인터뷰에서 한 문장을 인용하고자 한다. "내가 조국을 떠나기 위해 어떤 대가를 치렀는지는 아무도 의심할 수 없습니다. 내 머리가 하얗게 세었으니까요."

나는 우리가 여기에서 몇 가지 날짜를 기억해야 한다고 생각한다. 쿤데라는 1929년에 태어났다. 그가 체코슬로바키아를 떠난 것이 1975년이었으니 그때 그의 나이는 마흔여섯이었다. 그것은 조국을 떠나기에는 꽤 많은 나이다. 그런데 그는 브르노 근처의 숲에서 출판을 금지당하고 격리된 채 7년을 꼬박 감시하에서 살다 떠났다. 7년은 어딘가에서 격리되어 살기에는 꽤 긴 시간이다.

나는 사람들이 자기중심적인 것에 대해 매우 지성적이라고 생각하지 않는다. 또 자기중심적인 것이 얼마나 도덕적일 수 있는지 안다고도 생각하지 않는다. 그것이 도덕적인 이유는 자기가 파괴되는 것을 거부하기 때문이며 따라서 그것은 전적으로 도덕적인 자세다.

14

파파는 이 이야기에서 너그러운 천사였다.

지금까지 내내 나는 여러분에게 이 이야기를 해왔다. 내 이야기는 그저 다정하기만 한 이미지는 아니었고 그것이 사실이었다. 나나에게 자기중심적이 되라고 한 것은 너그러운 일이었다. 그녀에게 떠나라고 한 것도 너그러웠다. 때때로 우리는 이타주의적이 되어서는 안 된다. 나는 그것이 때로는 자기파괴적이기도 하다고 생각한다. 어쩌면 이 말이 사납게 들리고 여러분 나름의 개인적인 도덕성에 거슬릴 수도 있을 것이다. 하지만 내 말이 옳다.

이 책은 보편적인 것이다. 나는 이 말을 첫머리에서도 했었다. 이 책은 보편적이기 때문에 다의적이다. 이 책에는 모든 사람을 위한 무엇인가가 있다. 그리고 마지막 다의성은 이것이다.

나는 분명히 파파 편이다. 오, 정말로 그의 너그러움과 사랑에 감탄한다. 나는 너그러움을 믿는다. 하지만 나는 파파 편인 것만은 아니고 나나 편이기도 하다. 그것은 내가 선량한 점을 볼 수 있기 때문이고 그 선량함은 매우 훌륭한 것이다.

하지만 자기중심적인 것에 정말로 잘못된 것이 무엇일까? 자기중심적인 것이 때로는 도덕적이기도 하다.

통상적인 예측을 불허하는 기상천외한 발상

지금까지의 그 어떤 소설과도 궤가 다른 애덤 써웰의 이 소설은 겉보기와는 달리, 그 내용을 파고들어 보면 포르노적인 소설이 아니다. 작가가 이 책은 섹스에 관한 것이 아니라고 거듭거듭 주장했듯이, 이 소설의 중심 주제는 도덕성과 겸양과 예의에 관한 것이며, 섹스 지상주의의 가면을 벗겨내려는 애덤 써웰의 용감한 시도는 놀라우리만큼 설득력이 있다.

이 대담하고 자의식적인 처녀작에서 애덤 써웰은 두 연인의 입 밖에 내지 못하는 혼란을 탐사하고 관계의 해체 과정을 짚어 나가며 은밀한 성적인 관계의 불안하고 곤란한 속성들에 대해 일반적인 통념보다 훨씬 더 신빙성 있는 대안을 제시한다. 그리고 독자들은 작가가 예측불허로, 어떻게 본다면 생뚱맞기 그지없게, 옆길로 새는 유머러스하고 코믹한 장난기에 웃음을 금치 못할 것이다.

이 소설에서 무엇보다도 더 흥미롭고 뛰어난 점은 시니컬한 해학적 표현과 역설적인 언어유희를 짜 맞추어 통상적으로는 용인되지 않는 생각과 행위들(이를테면 주인공 모이샤의 갖가지 엉뚱하고 변태적인 생각들, 항문성교, 3자혼교 등)에 대한 일반론을 제시한 다음, 그 일반론에 대해 논리적으로 흠잡을 수 없는 역설을 도입해 반전시킴으로써 그런 생각과 행위들을 타당성 있는 것으로 바꾸어버리는 논리와 예증의 능력이다. 그래서 결국 많은 독자들이 이 소설에 나오는 여러 이야기들 중 적어도 한두 가지에서는 사랑에 빠진다는 것이 어떤 것인지에 공감을 하게 될 것이다.

독자들의 흥미를 유발하는 또 하나의 기발한 장치는 일반에게 알려지지 않았던 유명 인사들의 있을 법하지 않은 변태적 행위, 속임수, 위선 등을 확실한 증거를 대어 까발림으로써 독자들에게 당신이 설령 그런 행위를 했더라도 그것은 당신만 그런 게 아니라 다른 사람들도 대체로 다 그렇다고 일반화시켜 공감을 얻어내는 기법이다.

작가가 현란하게 펼쳐 보이는 논리와 예증의 능력은 독자들에게서 흥미와 감탄을 유발하고 웃음을 끌어내는 동시에, 변태적인 성행위를 소재로 해서 독자들로 하여금 자신의 허영과 겉치레와 위선을 통렬하게 깨우쳐 확 벗겨내도록 해주기도 한다. 시종일관 역설적이고 이야기가 어디로 튈지 예측불허인 이 소설의 문체는 대체로 이런 식이다.

당신 이게 음란하다고 생각하지? 하지만 그렇다고 해서 정말로 화가 나지는 않을걸? 실제로는 당신도 좋아할걸? 어쩌면 좋아하지 않을지는 모르지만, 그렇더라도 살아오면서 어느 때엔가 당신에게도 이거하고 거의 같은 일이 있었을걸? 그래, 물론 있었어! 이 책은 당신을 안심시켜주려는 거야. 이 책은 보편적인 거라구. 이건 비교학문이라니까?

이 소설의 기본적인 줄거리는 비교적 간단하다. 건축학을 공부하는 매혹적인 여주인공 나나가 아버지를 따라 연극제의 첫 공연을 보러 갔다가 주연배우 모이샤를 만나 인사를 하게 되고, 얼마쯤 뒤 그와 다시 마주쳐 차츰차츰 서로의 매력에 끌려서 사랑하는 사이가 된다. 그리고 다른 한편으로는 모이샤의 친구이자 레즈비언 성향인 안잘리와도 친구가 되었다가 나중에는 안잘리가 따돌려졌다는 느낌을 받지 않도록 이타심에서 3자동거를 제안한다. 그러나 길수록 점점 더 모이샤는 안잘리의 풍만한 매력에 빠져들고 나나는 그 둘이 즐기는 장면을 보기가 괴로워져 3자동거 관계에서 빠져나간다.

그러나 소설의 구성은 줄거리처럼 단순하지 않고 대단히 복합적이며, 시시콜콜한 사항들 하나하나가 태피스트리처럼 짜여들어 하나의 흐름으로 엮이는 스토리라인을 이룬다. 그리고 작가는 이야기를 좀 더 쉽게 풀어나가기 위해 건축에서부터 운명

예정설까지 동원해서 독자들에게 직접적으로 이야기를 하는데, 그것은 작가가 도덕성과 겸양 사이의 갈등 같은 커다란 주제에 달려들기 위해 사용하는 기법이기도 하다.

이 소설을 통해 작가가 이야기하려고 하는 것은, 이타주의는 자기파괴적이 될 수도 있어서 비도덕적이고, 이기주의는 자기파괴적이 되는 것을 막아주기 때문에 도덕적일 수도 있다는 것이다. 기존의 인식의 틀과 문장 구성법을 반례로 확 깨버리는 독창적 기법을 이용해서 등장인물들의 삶과 살아온 배경, 성향 등을 다각도로 분석하면서도 마지막에 가서는 그 분석과 상반되는 결과를 도출하며 우리의 상식을 뛰어넘어 여지없이 논파해버리는 이 소설의 논증들이 설령 궤변이라 할지라도, 그 궤변은 하나같이 이치에 맞아서 반박할 수 없는 궤변이다.

위기에 대처하는 나나의 결정이 다소 실망스러울 수도 있겠지만 이 소설의 포인트는 바로 거기에 있다. 가장 현실적인 이야기들은 때로 가장 이치에 닿지 않는 결말을 보이기도 하는 거니까.

황보석

국립중앙도서관 출판예정도서목록(CIP)

나의 포르노그래픽 어페어 / 지은이: 애덤 써웰 ; 옮긴이:
황보석. — 서울 : 이숲, 2015
    p. ;   cm

원표제: Politics
원저자명: Adam Thirwell
영어 원작을 한국어로 번역
ISBN 979-11-86921-04-3 03840 : ₩13800

영국 현대 소설[英國現代小說]

843.6-KDC6
823.92-DDC23   CIP2015034705

나의 포르노그래픽 어페어

1판 1쇄 발행일 2015년 12월 31일
지은이 | 애덤 써웰
옮긴이 | 황보석
펴낸이 | 임왕준
편집인 | 김문영
펴낸곳 | 이숲
등록 | 2008년 3월 28일 제301-2008-086호
주소 | 서울시 중구 장충단로8가길 2-1(장충동 1가 38-70)
전화 | 2235-5580
팩스 | 6442-5581
홈페이지 | http://www.esoope.com
페이스북 | http://www.facebook.com/EsoopPublishing
Email | esoope@naver.com
ISBN | 979-11-86921-04-3 03840
ⓒ 이숲, 2015, printed in Korea.